行动如何可能

鲁迅文学的一个思想脉络

李国华 著

生活·讀書·新知 三联书店

Copyright © 2023 by SDX Joint Publishing Company.
All Rights Reserved.

本作品版权由生活·读书·新知三联书店所有。
未经许可，不得翻印。

图书在版编目（CIP）数据

行动如何可能：鲁迅文学的一个思想脉络／李国华著．—北京：生活·读书·新知三联书店，2023.5　（2023.11 重印）
ISBN 978-7-108-07538-3

Ⅰ．①行⋯　Ⅱ．①李⋯　Ⅲ．①鲁迅研究　Ⅳ．①I210

中国版本图书馆 CIP 数据核字（2022）第 206222 号

责任编辑	李　佳
装帧设计	康　健
责任校对	张　睿
责任印制	董　欢
出版发行	生活·讀書·新知 三联书店
	（北京市东城区美术馆东街 22 号 100010）
网　　址	www.sdxjpc.com
经　　销	新华书店
印　　刷	鸿博昊天科技有限公司
版　　次	2023 年 5 月北京第 1 版
	2023 年 11 月北京第 2 次印刷
开　　本	880 毫米 × 1230 毫米　1/32　印张 11
字　　数	256 千字
印　　数	3,001-5,000 册
定　　价	89.00 元

（印装查询：01064002715；邮购查询：01084010542）

李国华

男，1980年生，江西省于都县人，目前任教于北京大学中文系，主要从事中国现当代文学研究，著有《农民说理的世界——赵树理小说的形式与政治》及《黄金和诗意——茅盾长篇小说研究四题》。

目 录

第一编 "自性"与行动问题的思想语境

鲁迅留日时期的思想建构与章太炎思想的关系　3

论鲁迅思想及其文学与"相互主体性"意识　65

第二编 主体建构的自我问题及历史哲学

《野草》：梦与忆之诗　85

"我"的内在秩序与外部关联　111

现代心灵及身体与言及文之关系　127

鲁迅《故事新编》主体构建的逻辑及其方法　158

鲁迅的菰蒲之思　185

第三编 行动问题与革命语境及历史实践

时间意识与小说文体　209

革命与"启蒙主义"　220

腹语者的诗学：论鲁迅《伤逝》　252

革命与反讽　279

鲁迅论"现代史"　303

怀疑主义作为意识形态　323

后　记　341

第一编

"自性"与行动问题的思想语境

鲁迅留日时期的思想建构
与章太炎思想的关系
——以"自性"概念的意义理解为中心

鲁迅的思想和基本精神是在他留日时期（1902—1909）初步形成的。

这一被称为"原鲁迅"的思想史内容[1]，基于对19世纪欧洲资本主义文明和晚清中国现代之路的双重批判，以"立人"为中心，旁及个人（"己"）、社会（"群"）、国家（"人国"）等文明再造的原理性课题。在鲁迅的思考中，人如何有"己"，如何自"立"，其精神如何张扬，其内在生活如何入于"沉邃庄严"之境，其"立人"的资源如何连接"群之大觉"和"人国既建"的目标，"人国既建"之后该展现怎样的新的世界图景，都是非常重要的内容。

这些使鲁迅超然于中国乃至亚洲之现代追求前列的思考，这

---

[1] 日本学者伊藤虎丸先生认为，在鲁迅留日时期所发表的文言评论中，能看到具有本源意义的"原鲁迅"思想，鲁迅的思想或小说主题，实际上几乎都可以在这一时期的评论中找到原型。参伊藤虎丸著：《鲁迅与日本人：亚洲的近代与"个"的思想》，第59—85页，李冬木译，石家庄：河北教育出版社，2000年。

种关于个人、社会、国家等文明秩序的深沉的思想建构,当然不是无源之水、无本之木,除了人所习知的鲁迅对20世纪初欧洲新思潮的代表人物尼采、克尔凯郭尔、施蒂纳、易卜生等人的接受,除了日本语境从中所起的制约作用,在中国方面,则有章太炎主笔《民报》时期(1906—1909)的思想所发挥的重要作用。

在此思想形成之前,鲁迅也曾相信过科(医)学救国,献身于民族主义革命,栖身在洋务派、改良派、革命派的影响阴影里,但章太炎1906年赴日主笔《民报》的活动,尤其是关于"自性"的一系列思想建构,却对业已"弃医从文"、正处于艰难求索之中的鲁迅的思想形成,起到了启示、引导、促生的作用。

对鲁迅的"立人"思想而言,"自性"这一概念具有关键的重要性。它虽然只见于《文化偏至论》中对德国施蒂纳思想的转述介绍,而在别处相同或类似的意思是被作者以别的词汇表达的,但与其主要思想命题——诸如人如何才能有"己",如何才能自"立",精神如何才能张扬,内在生活如何才能入于"沉邃庄严"之境,"立人"的资源如何连接"群之大觉"和"人国既建"的目标,"人国既建"之后该展现怎样的新的世界图景,等等,都有着内在的联系。也正因此,探讨鲁迅的思想和章太炎之间的渊源和影响关系就是很自然的。本文即拟以"自性"概念的意义理解为中心,在词义梳理的基础上,探讨鲁迅留日时期的思想建构与章太炎思想的关系。

在赴日之前,鲁迅与章太炎之间并不存在直接的渊源。据有关资料分析,他1899年在南京读书前后即读过《时务报》[1]《苏

---

[1] 参见鲁迅:《朝花夕拾·琐记》,《鲁迅全集》第2卷,第306页,北京:人民文学出版社,2005年。

报》[1]等,而上面刊有章太炎的文章[2];1902年去日本留学前接触过章太炎的《訄书》,虽然自谓"读不断,当然也读不懂"[3]。去日本后,鲁迅更广泛地接触新书报,《清议报》《新民丛报》《浙江潮》《民报》等都是他热衷的读物。章太炎的思想文章就这样渐渐进入了鲁迅的思考。鲁迅曾在《关于太炎先生二三事》中忆及章太炎对自己的影响,尤其是其所谓"战斗的文章";在《集外集·序言》中叙及1903年所作《斯巴达之魂》《说鈤》时,也提到"以后又受了章太炎先生的影响,古了起来"等意思[4]。这"古了起来"中,就透露出章太炎对鲁迅思想趣味的潜在影响。大体上说,鲁迅所受章太炎的影响主要依靠下列两种途径:一是对《民报》《国粹学报》等刊物的阅读[5];二是在东京时的亲身接触,如1906年7月15日中国留学生为章太炎召开欢迎会之类活动[6],1908年在东京听章太炎讲解《说文解字》[7]等,影响的结晶主要体现在他留日后期的几篇文言论文上。

---

[1] 周作人:《风雨谈·旧日记抄》,第155页,石家庄:河北教育出版社,2002年。
[2] 1897年2月22日和3月3日出版的《时务报》第十八册和第十九册上分别载有章太炎《论亚洲宜自为唇齿》和《论学会大有益于黄人亟宜保护》两文。参见汤志钧编:《章太炎年谱长编》上册,第40—41页,北京:中华书局,1979年。
[3] 鲁迅:《且介亭杂文末编·关于太炎先生二三事》,《鲁迅全集》第6卷,第565页。木板的《訄书》1899年冬在苏州付梓,秘密发行,极难流通到日本。参看汤志钧编:《章太炎年谱长编》上册,第95—98页;朱维铮:《章太炎全集(三)·前言》,第3—8页,上海:上海人民出版社,1984年。
[4] 鲁迅:《集外集·序言》,《鲁迅全集》第7卷,第4页。
[5] 参见鲁迅:《坟·题记》,《鲁迅全集》第1卷,第3页;《且介亭杂文末编·关于太炎先生二三事》,《鲁迅全集》第6卷,第566页。
[6] 参见魏若华:《鲁迅与他的老师》,第76页,银川:宁夏人民出版社,1982年。
[7] 参看李何林主编:《鲁迅年谱(增订本)》第1卷,第204—205页,北京:人民文学出版社,2000年;汤志钧编:《章太炎年谱长编》上册,第289—295页。

第一节 "自性"的词源及其在晚清语境中的意义

一 词源

"自性"一词，魏晋以前不见于典籍，乃佛经中梵文 Svabhāva 的意译，意指不依赖于任何事物而有的不改不变的固有本性；它的异名有法界、法性、真如、清净心、佛性、法身、如来藏、中道等。这是"自性"一词在广义唯识学中使用的一般情况。另外，在因明学中，"自性"又称为"有法"，即一个句子的主语。而数论中的"胜性"或"本"也常被译作"自性"（prakriti）。[1]

在印度哲学中，"自性"一词的实际内涵考究起来有很多区别，甚至有截然相反的区别。数论师说的神我，胜论师句义中的我等九法，都是一一有情、具有各自独立不变性的实体，他们所讲的"自性"为"各独定实自性"。对此，佛教各派，无论大乘小乘，一致破斥这种"自性"为邪执，讲究"空无自性"。它有所谓"有为恒实自性""无为真常自性"及缘起的"空无自性"等，兹不具述。

在广义的唯识学中，因派别相当复杂，对"自性"意义的理解意见也很不一致。以中国向来所传的无著、世亲、护法、玄奘的唯识学为依据来讲，主要有所谓"遍计所执自性""依他起自性"和"圆成实自性"等三"自性"。相对三"自性"，唯识学立了三"无性"。

---

[1] 参见韩廷杰先生在《成唯识论校释》（北京：中华书局，1998年）一书中所作的相关注释。另参见蓝吉富主编：《中华佛教百科全书》第四卷，第2165—2166页，台南：中华佛教百科文献基金会，1994年。

唐宋以降，中国佛典上最常用的"自性"一词，虽本源自印度佛典，但内涵有变化，是一种"即有真空即空妙有"的圆中自性。即有真空即空妙有，意指即有之空才是真空，离有之空是顽空，即空之有才是妙有，离空之有是妄有。当前的一念心，就是即有真空即空妙有的圆中自性，也就是本来的天真佛；成佛不必外求，当人即是。[1]

中国禅宗所讲的"自性"，即为圆中自性，与唯识学所讲的阿赖耶识（Ālaya）有着极其相似的内涵。如六祖《坛经》中说："世人性本清净，万法在自性，思量一切恶，即行于恶，思量一切善，便修于善行。如是一切法，尽在自性。"[2]而阿赖耶识的第三位因相，称为"一切种识"，即指此识含有各种有漏种子和无漏种子，可以熏生各种现行，成为一切心法、心所法、色法和心不相应行法生起的原因。此中逻辑是一致的。中国僧人、诗僧多在圆中自性的意义上使用"自性"一词。如唐·释道宣《广弘明集》卷二十二："若云各有自性，不可迁贸者，此殊不然。"这符合"自性"的基本含义。如唐·释道世《法苑珠林》卷二十八："自性平等，本无增减。"这就是禅宗所讲的"自性"了。如唐·寒山《寒山诗集》："达道见自性，自性即如来。"以及元·释大䜣《题左德明刊施金刚经后》："夫自性之妙，则藏一微尘而非隘，包太虚而非广，在瞬息而非速，亘万古而非久，大浸不溺，大火不热者，盖理之常，非假他术也。"[3]这就更加明

---

[1] 参见太虚：《诸法有无自性》，《太虚集》，北京：中国社会科学出版社，1995年。
[2] 慧能：《坛经校释》，第39页，郭朋校释，北京：中华书局，1983年。关于"自性"这个概念在《坛经》中的意义、作用，可看方立天著《中国佛教哲学要义（上卷）》（北京：中国人民大学出版社，2002年）第十六章"慧能《坛经》的性静自悟说"。
[3] 释大䜣：《蒲室集》卷十二。

确是禅宗所讲的"自性"。当然，如宋·释普济《五灯会元》卷三："八十年来辨西东，如今不要白头翁。非长非短非大小，还与诸人性相同。无来无去兼无住，了却本来自性空。"则比较近于大乘空宗的见解了。

中国古代文人学者因有进则儒墨、退则释老的习性，故"自性"一词也经常出现在他们的书籍、文章和诗词里，其意多指本性或特性。其较深层次的内涵，一般都受到禅宗的影响，不过有渐、顿之别。如唐·王维《画西方阿弥陀变赞（并序）》："生因妄念，没有遗识，凭化而迁，转身不息。将免六趣，惟此十力，哀此仁兄，友于后生。不知世界，毕意经营，傍熏获悟，自性当成。"[1]这近于渐。唐·李华《荆州南泉大云寺故兰若和尚碑》："本来常净，自性无迁。"[2]这近于顿。也有明确是渐悟说的，如宋·苏辙《书传灯录后》："六根为物所塞，为物所坐，则不见自性，不闻自性，不能分别自性。若不为物所塞，不为物所坐，则可以闻见自性，分别自性矣。"[3]宋·晁迥《法藏碎金录》卷七："予以年臻大耋之期，日修无上之道，静中宴坐，非怠非速，屏气似不息，反闻自性，和顺积而安以乐，英华发而声成文，斯可聊以自娱，何必鼓缶而歌也。"这也是渐悟说。另外，也有近于大乘空宗的用法，如宋·郭祥正《秋夕旅馆谈禅用元韵呈林夫》："自性本空观水月，外尘相染喻风铃。"[4]

但大部分文人使用"自性"一词，并无较深内涵，只是在一般意义上使用。如唐·白居易《马上作》："刿予东山人，自性

---

[1] 王维著、赵殿成笺注：《王右丞集笺注》卷二十。
[2] 李华：《李遐叔文集》卷四。
[3] 苏辙：《栾城集》第三集卷九。
[4] 郭祥正：《青山续集》卷六。

朴且疏。"[1]宋·黄庭坚《古风二首上苏子瞻》:"自性得久要,为人制颓龄。"[2]宋·赵鼎臣《波流一首》:"波流非自性,绿竹盖其姿。"[3]宋·朱熹《寿母生朝又三首》:"久悟客尘无自性,故应福禄未渠央。"[4]宋·林景熙《白拒霜(木芙蓉之别名)》:"岂无嫣红闹别浦,自性淡伫羞迎逢。"[5]清·胡煦《周易函书约注》卷六:"火无自性,虚乃生明。"皆为例证。

"自性"与理学中所讲的"性",有时也被当作同义词使用,如宋·谢良佐《上蔡语录》卷二:"问:孟子云知天事,天如何别?曰:今人莫不知有君,能事其君者,少存心养性,便是事天处。曰:心、性何别?曰:心是发用处,性是自性。"而理学所谓"性",也确有与"自性"相通处,如宋·朱熹《孟子精义》卷十一:"自性而行,皆善也。圣人因其善也,则为仁义礼智信以别之。"这种相通性使得"自性"一词在一部分人手中沾染了儒学气味,如清·胡煦《周易函书约注》卷六:"水之为性,消息盈虚,均无迹可求,无自性也。故分一为万而无分迹,合万为一而无合迹。达人观之,可以悟性。此心学之的旨,天人合一之真机。子在川上,自当别有妙会。"《乾坤凿度》卷上:"天性情,地曲巧,未尽大道,各不知其自性。乾坤既行,太极大成。"

当然,"性"与"自性"是有分际的,如黄宗羲《孟子师说》卷上:"宋沈作喆曰,圆觉,自性也,而性非圆觉也。圆觉,性

---

[1] 白居易:《白氏长庆集》卷八。
[2] 黄庭坚:《山谷集》卷二。与此相关有元·方回《读陶集爱其致意于菊者八因作八首·三曰菊为制颓龄》:"自性不随黄落去,始能为尔制颓龄。涪翁具眼曾拈出,我为重吟换鬼听。"(《桐江续集》卷十三)
[3] 赵鼎臣:《竹隐畸士集》卷四。
[4] 朱熹:《晦庵集》卷二。
[5] 林景熙:《齐山文集》卷一。

所有也。谓圆觉为性则可，谓性为圆觉则执一而废百矣。性无所不在也。孟子道性善，善自性也，而性非善也。善，性所有也。圆觉与善，岂足以尽性哉？"但是，即使是黄宗羲本人，也将"自性"与儒学绞合了，如他说："若见得自性，明白时气，即是性。性即是气，原无性气之可分也。"[1] 又说："此心从无始中来，原是止的，虽千思百虑，只是天机自然，万感万应。原来本体常寂，只为吾人自有知识，便功利嗜好，技能闻见，一切意必固我，自作知见，自作憧扰，失却至善本体，始不得。止须将此等习心一切放下，如信得本来自性，原是如此。"[2]

上述情形在晚清语境中基本上得以继续存留。不过，章太炎和鲁迅对"自性"概念的意义理解，使得"自性"的内涵呈现出更为复杂的状况。

二 在晚清语境中的意义

晚清知识分子越来越无可奈何地认为无法借助外部力量（器物、技术、政法制度）来从失败中站起来，认为必须从文化的根底上寻找问题和力量，只有依靠内在的精神，才有可能由内（个人自觉、民族自觉）而外（器物发展、技术进步、政法制度建立）走向成功。这是急迫的时代危机迫使晚清知识分子得出的一个激进的、非理性主义的思路。因此，沉寂二百多年的陆、王心学和佛学在晚清知识分子手中复活。[3] 在一个只有依靠内在精神的时代，发生对佛学的诉求是容易理解的，而那些激进的知识分子，倾全力于人的内在性的发掘，建构一个与此相关的思想传

---

[1] 黄宗羲：《明儒学案》卷十。
[2] 黄宗羲：《明儒学案》卷十一。
[3] 参见贺麟：《五十年来的中国哲学》，第18页，北京：商务印书馆，2002年。

统,也可以说是顺理成章的,包括章太炎和鲁迅在内的晚清知识分子在融会中西方思想资源时所表现出的鲁莽灭裂,也就难以避免。这是个重要的契机,正是在此情形下,章太炎、鲁迅他们才借助"自性"概念,起而进行有关思想的建构。

但是,尽管佛学对晚清知识界有一种巨大的吸引力,使当时的知识分子纷纷向佛学寻求理论支持[1],且有法相唯识学复兴的现象存在,"自性"一词在晚清思想界中并未被广泛使用。而在不多的"自性"概念使用者中,却惟有章太炎和鲁迅赋予其思想核心或关键词的重要位置,具有了新的内涵。

晚清知识界使用"自性"一词的情形,大致可分为四类。

第一类为偏于儒学意味的使用。如康有为,他通过孟子的言论来发挥自己的思想时,就使用过"自性"一词。在解释孟子说的"万物皆备于我矣。反身而诚,乐莫大焉;强恕而行,来仁莫近焉"时,他认为:"人之灵明,包含万有,山河大地,全显现于法身,世界微尘,皆生灭于性海,广大无量,圆融无碍,作圣作神,生天生地。但常人不识自性,不能自信自证自得,舍却自家无尽藏,沿门托钵效贫儿耳。如信得自性,毫无疑惑,则一念证圣,不假修行,自在受用,活泼泼地。"[2]这大致是援禅入儒。他又说:"性者,人之灵明,禀受于天,有所自来,有所自去。"[3]其

---

[1] 关于这一点,可以参看陈立忠、胡维革《论中国近代资产阶级思想家的佛学经世思想》(见《东北师范大学学报》1995年第3期)以及杨际开《晚清变法思想中的汉学与佛学思想(上)(下)》(见《二十一世纪(网络版)》第32、33期)等文章。张灏《危机中的中国知识分子》(高力克、王跃译,北京:新星出版社,2006年)及《梁启超与中国思想的过渡(1890—1907)》(崔志海、葛夫平译,北京:新星出版社,2006年)有相关论述,亦可参考。

[2] 明夷:《孟子微(续十三号)》,《新民丛报》第十七号,第54页,光绪二十八年九月一日。

[3] 明夷:《孟子微(续十三号)》,《新民丛报》第十七号,第55页。

"性即灵明"之说与鲁迅"掊物质,张灵明"的提法之间似有某种联系,对我们理解"自性"与"灵明"之间的关系不无帮助。不过,康有为所使用的"自性"概念内涵并未超出儒学范畴,而鲁迅所使用的"自性"一词,则主要为基于佛学概念的对西学的某种格义式应用。康有为对"性"的理解还与董仲舒密切相关,如他曾照引董仲舒的观点来讨论心性问题:"善如米,性如禾,禾虽出米,而未可谓米也。性虽出善,而性未可谓善也。"[1]

第二类为近于禅宗渐悟说的使用。如刘师培,他对"自性"一词的把握与神秀所谓"身是菩提树,心如明镜台,时时勤拂拭,莫使有尘埃"相一致。他曾经说:"嗟彼凡夫既落常见,自性无染必不可期。欲解尘缚,首在离染。垢染既除,斯能具净。譬如净日,蔽于纤云,纤云既除,日光复显。又如明镜,蔽于尘埃。尘埃既拭,镜体复明。凡夫染染,亦复如是。惟离染之法,在于观心。观心既明,即能破相。破相之要,一曰无我,二曰破除利害。"[2]

第三类延续的是唯识学的脉络。如谭嗣同,他与章太炎等人一样,曾就学于晚清复兴唯识学的领军人物杨文会的门下,并受其影响。因此他说:"或难曰:'草木金石,至冥也,而寒热之性异;鸟兽鱼鳖,至愚也,而水陆之性异。谓人无性,毋乃不可乎?'曰:就其本原言之,固然其无性,明矣。彼动植之异性,为自性尔乎,抑质点之位置与分剂有不同耳。"[3]其中"自性"一词具有在广义唯识学中的基本内涵。但他只是偶一用之。他用以

---

[1] 明夷:《孟子微(续十七号)》,《新民丛报》第十九号,第51页,光绪二十八年十月一日。另见董仲舒:《春秋繁露》卷十《实性第三十六》。
[2] 韦裔:《利害平等论》,《民报》第13号,1907年5月5日。
[3] 谭嗣同:《仁学》,第26页,沈阳:辽宁人民出版社,1994年。

建构其仁学体系的是"法界由是生,虚空由是立,众生由是生"的"以太"。[1]虽然禅宗所讲的"自性"与"以太"的内涵几乎是一致的,但他还是用了"以太"。

第四类为翻译中的应用。如严复,他在翻译《天演论》时曾使用"自性"一词,如:"恒河沙界,惟我独尊,则不知造物之有宰;本性圆融,周遍法界,则不信人身之有魂;超度四流,大患永灭,则长生久视之蕲,不仅大愚,且为罪业。祷颂无所用也,祭祀匪所歆也,舍自性自度而外,无它术焉。"[2]

这段话的英文原文如次:

> A system which knows no God in the western sense; which denies a soul to man; which counts the belief in immortality a blunder and the hope of it a sin; which refuses any efficacy to prayer and sacrifice; which bids men look nothing but their efforts for salvation…[3]

比较可知,"舍自性自度而外,无它术焉"一句是对 which bids men look nothing but their efforts for salvation(它要求人类只能依靠他们的努力而得到救赎)的翻译。以佛教词语"自度"译基督教词语 salvation,不"信",因前者强调超度在己,后者

---

[1] 参见谭嗣同:《仁学》,第 10—12 页。
[2] 严复译著、冯君豪注解:《天演论·卷下论十七篇佛法第十》,第 353 页,郑州:中州古籍出版社,1998 年。
[3] T. H. Huxley and Julian Huxley, *Evolution and Ethics: 1893—1943*, London: The Pilot Press Ltd., 1947, p.74. 现代译文如次:"佛教是这样一种体系,不信西方人所说的上帝,否认人有灵魂;认为信仰永生不灭是大错,而想望永生不灭是罪孽;祈祷无用,祭祠也无用;教人只依靠自身努力超度;由于自身的纯洁,不知什么叫矢忠,厌恶宗教上的不宽容,不求助于世俗力量……"(赫胥黎:《进化论与伦理学》,第 48 页,北京:科学出版社,1971 年。)

强调超度在于上帝；以佛教词语"自性"译 their efforts，更不"信"，因前者强调自己，且内涵甚深，而后者并无强调自己意思的词语 own，且为英语中之一般词汇。从严复译文的上下文来看，其所用"自性"的意义近于禅宗。他把原文从外部对佛教进行评述的意思转化成了一种以佛学解佛教的自我阐明，这在客观上改变了原文的内涵。此种情形，通常宜归因于翻译的不透明性，而非译者有意。——即使是现在，在现代汉语中，也无法找到完全同义的词汇，能够无须任何相关文化语境知识即能理解语义。但考虑到严复对"雅"的追求，这样译又似意味着他用古汉语表达对西方思想的自信，则视其为译者自觉亦未尝不可。

又，黄宗羲《明儒学案》卷十七："知微知彰之学，乃其自性自度，非不肖有所裨益也。"严复的用法承此而来。

康有为与严复、谭嗣同两人不同，关于"自性"或"性"的认识在其思想中具有极其重要的建构作用，而后者仅仅是偶一用之。不过，严复的用法使得"自性"一词具有了晚清时期中西思想交通之枢纽的意味。

另外，周作人也曾使用过"自性"一词，其《论文章之意义暨其使命因及中国近时论文之失》中说："文章犹心灵之学，其责在表示意志、心思、良知、自性，以供研究，又务写人世悲欢罪苦得失荣辱之故，而于善恶莫不推之至极。"[1]此处"自性"的含义相当模糊。不过这也提示，周作人使用的意志、心思、良知与自性等词，内涵肯定存在交集。这一点与鲁迅的使用是相似的；甚至毋宁说，是鲁迅影响了周作人的用词。

---

[1] 周作人：《论文章之意义暨其使命因及中国近时论文之失》，见钟叔河编《周作人文类编·本色》，第18页，长沙：湖南文艺出版社，1998年。

综上所述，从总体上来看，在晚清思想界，"自性"一词并无新内涵。当然，章太炎赋予了"自性"一词以更丰富的内涵，而鲁迅则借它来直接表达西方现代思想。

第二节 "自性"与章太炎主笔《民报》时期的思想

章太炎既没有脱离开唯识学来理解"自性"，又赋予了"自性"一词更丰富的内涵。其《国家论》有言："凡云自性，惟不可分析、绝无变异之物有之；众相组合，即各各有其自性，非于此组合上别有自性。"[1] 从此观点出发，可生发出"自性"的两个向度，即相对性与绝对性。从物与物所组成之物的关系来推断，可以得出任何一物相对于其所组成之物来说都有"自性"，而相对于其所由组成之物都无"自性"的结论，这是"自性"的相对性。而如果将"自性"严格地限定为不可分析、绝无变异之物才有的性质，那么，按照物量无穷的逻辑来推断，则"自性"只在概念上有其意义，有"自性"的物是绝对不存在的；这是"自性"的绝对性。章太炎如此理解的"自性"与佛教哲学中任何一派所讲的"自性"都是有差别的，他可以进退裕如地使用"自性"这一概念建构其思想体系，并将唯识学中所讲的"三性"融合进去。

在论证人无我时，章太炎说："我者即自性之别名。"[2] 他所理解的"自性"，与意指事物之"真实"属性的"真如"[3] 不同，

---

[1] 太炎：《国家论》，《民报》第17号，1907年10月25日。
[2] 太炎：《人无我论》，《民报》第11号，1907年1月25日。
[3] "真如"，梵文 Tathatā 的意译，指事物的"真实"属性，唯识学派把唯识实性称为真如。

他明确说:"真如无自性。"[1]真如只是佛学为方便说法而假立的。真正有"自性"的,"追寻原始,唯一真心"[2]。他认为大乘佛教发挥的道理,不过"万法唯心"四个字。[3]但在另一处,他又认为"心亦念念生灭,初无自性"[4]。章太炎的这些论点皆可在其赋予"自性"的含义中求得贯通。他认为:"对于个体所集成者,则个体且得说为实有,其集成者说为假有。"[5]心相对于世界、宇宙来说,就取得了"自性",世界、宇宙就成了幻有,而且是以心证心的障碍。

不过,在有些场合,他又遵循佛教哲学中的一些惯例,对概念的使用并无绝对严格的区分。如他认为:"一切众生,同此真如,同此阿赖耶识。"[6]真如、阿赖耶识和心,皆为本体,与"自性"同义。

同时,章太炎还应用唯识学的"三性",认为遍计所执自性"惟由意识周遍计度刻画而成","其名虽有,其义绝无",依他起自性"由第八阿赖耶识、第七末那识,与眼、耳、鼻、舌、身等五识虚妄分别而成",圆成实自性"由实相、真如、法而(犹云自然)而成,亦由阿赖耶识还灭而成","在遍计所执之名言中,即无自性;离遍计所执之名言外,实有自性"[7]。他利用三性说来分析唯物论,认为"尽容他的唯物论说到穷尽,不能不归入唯

---

[1] 太炎:《无神论》,《民报》第8号,1906年10月8日。
[2] 章太炎:《论佛法与宗教、哲学以及现实之关系》,《章太炎集·杨度集》,第10页,北京:中国社会科学出版社,1995年。
[3] 章太炎:《论佛法与宗教、哲学以及现实之关系》,《章太炎集·杨度集》,第7页。
[4] 太炎:《四惑论》,《民报》第22号,1908年7月10日。
[5] 太炎:《国家论》,《民报》第17号。
[6] 太炎:《建立宗教论》,《民报》第9号,1906年11月15日。
[7] 太炎:《建立宗教论》,《民报》第9号。

心"[1]。

　　章太炎所谓"自性"有绝对性和相对性两个向度，未直接呈现在鲁迅的思想中。但鲁迅所谓"自性"虽然只有绝对性一个向度，却具有向内在的层面和外在的层面同时发掘的功能。具有"自性"的个人，必须是内在性的，同时在外在层面又是反抗性的。这不能不说是章太炎思想的曲折反映。

　　"自性"是章太炎主编《民报》时期思想的基点，他的哲学思想体系完全以"自性"为中心，政治、法律、社会甚至文学思想也与"自性"密切相关。其时他思想上创获最多，皆以否定为特征，以唯识学为基础，涵容东西方文明中的种种经验，形成了极为复杂的思想体系。从"自性"的绝对性出发，他一方面提出"五无"的理想，将整个世界（既是观念意义上的，也是实在意义上的）都颠覆了，一切有为皆不应为，灭度成了他的梦中华国；另一方面提出了针对个人的道德理想，即"依自不依他"这样一个具有对人的本质进行伦理规定的范畴。从"自性"的相对性出发，他一方面建立了个人相对于国家、社会、宗教、政法制度和物质、科学等观念世界与实在世界的"自性"，即主体性，个人是反抗的，而非裁制的；另一方面建立了民族相对于民族的"自性"，并且通过推己赤心以救同病的逻辑与个人的"自性"联

---

[1] 章太炎：《论佛法与宗教、哲学以及现实之关系》，《章太炎集·杨度集》，第11页。关于章太炎的佛学思想，可以参看郭朋、廖自力、张新鹰合著的《中国近代佛教思想史稿》（成都：巴蜀书社，1989年）第十四章。至于本文所要讨论的章太炎对"自性"概念的意义理解问题，胡建《中国近代"个性"价值的奠基者——析章太炎价值观中的近代意蕴》（《浙江社会科学》2004年第5期）以及洪九来《"真如"哲学：一种新的价值体系的追求——读读章太炎的〈建立宗教论〉》（《湖北大学学报》1999年第5期）等文章也有相关讨论，可供参考。另外，贺麟先生激赏章太炎关于唯物论与唯心论之对立统一的思想，认为是其思想中最有趣的部分。分别参见章太炎《四惑论》及贺麟《五十年来的中国哲学》第5页。

系在一起，形成民族自立、平等与互助的思想。其时他经学和小学创获也甚多，在对以康有为为首的经今文学派的批判中，完成其"六经皆史"的经学体系及以声韵依转为主的小学体系。之前，其思想未完全脱尽改良色彩，之后，其思想循入以佛释庄、以不平为平的境地，皆不如此时期之充满独特性。而此期他对鲁迅的影响也最多、最深刻。

至于他何以如此理解"自性"，建构思想，无疑要从他应对晚清历史情境的选择出发。他晚年总结自己所走过的路时，说："余……遭世衰微，不忘经国，寻求政术，历览前史，独于荀卿、韩非所说，谓不可易。自余闳眇之旨，未暇深察。继阅佛藏，涉猎《华严》《法华》《涅槃》诸经，义解渐深，卒未窥其究竟。及因系上海，三岁不觌，专修慈氏世亲之书。此一术也，以分析名相始，以排遣名相终，从入之途，与平生朴学相似，易于契机，解此以还，乃达大乘深趣。"[1]这表明他并非一开始就理解了心性之学，是遭逢衰世及因系上海的独特经历使得他从入名相之学、以"自性"为基点建构其思想体系，并以为救危难、度时艰之根本。当然，走出以康、梁为代表的时代阴影，并激烈反抗之，是他建构以否定为特征的"自性"思想体系的重要触发因素。[2]

---

[1] 章太炎：《菿汉三言》，第60页，沈阳：辽宁教育出版社，2000年。
[2] 对于章太炎此时的思想，侯外庐从其"拆散"旧社会的奋斗意义上予以了肯定，并对其与鲁迅留日时期思想之关系做了极为简略的抽绎（侯外庐：《论鲁迅三题》《中国近代启蒙思想史》，第403—404页，北京：人民出版社，1993年），冯友兰则苛评其俱分进化论为"中国封建社会中历史退化论的翻版"，其整个思想"只能倒向主观唯心主义，堕入虚无主义的幻想"（冯友兰：《章太炎在〈民报〉时期的哲学思想》，《三松堂全集》第12卷，第617—623页，郑州：河南人民出版社，2000年），李泽厚将其思想全貌概括为"在反满反帝的民族主义、经济平均主义、政治专制主义、道德纯洁主义之旁，再加上绝对个人主义和极端虚无主义"（第373页），并认为"主张以精神、道德、宗教而不是以物质、科学、（转下页）

那么,"自性"究竟在章太炎主笔《民报》时期的思想中如何作用,其思想如何影响鲁迅留日时期的思想建构,时代因素又如何渗入进去发生影响呢?

一 "自性"与个人

在章太炎看来,一切问题皆始于个人之是否识得"自性",也必将终于个人之是否识得"自性"。他首先从两个向度规定"自性",即相对性与绝对性,并由此确定个人的本质(做伦理的规定,并进而讨论个人的私德)以及相对于非个人的一切的主体地位,从而引申出从"人→国家"的向度来讨论个人与国家关系以及从"自性"出发来讨论民族主义等论题。这意味着他是从伦理上对人的本质进行规定,进一步关心的是人的感情与私德问题。这些内容在鲁迅那里也有相应的表述。

从"自性"的相对性出发,个人既是有"自性"的,也是无"自性"的。此命题实际上讨论的是个人与非个人的一切(即个人所组成之物及所创造之物、个人与个人之间和个人所由组成之物)之间的关系,是外在性的。章太炎这样论述个人与国家的关系:

> 国家既为人民所组合,故各各人民,暂得说为实有,而国家则无实有之可言。非直国家,凡彼一村一落,一集一会,亦惟各人为实有自性,而村落集会,则非实有自性。要之,个体为真,团体为

(接上页)进化,来作为革命的推动力量和改革武器,来作为首要的宣传任务和工作课题。章太炎这种思想与鲁迅原来重视国民性的改造,有相通和接近之处"(第406—407页)(李泽厚:《中国近代思想史论》,天津:天津社会科学院出版社,2003年)。

幻，一切皆然，其例不可以偻指数也。

因为国家、村落等一切团体由个人组成，故相对而言，个人有"自性"。针对"国家自有制度法律，人民虽时时代谢，制度法律，则不随之以代谢。即此是实，故名主体"的论调，他驳斥说"制度法律，自有变更，非必遵循旧则。纵令无变，亦前人所贻之'无表色'耳"，而"无表色，其功能仍出于人"。制度法律由个人创造，故相对而言，个人有"自性"。他进一步辩驳说，国家只是人为了保护自己而设立的，是"非理本然，实随感觉翳蒙而有"的"外延之用"，进一步肯定个人相对国家而有的"自性"。他又说"凡诸事业，必由一人造成，乃得称为出类拔萃"，而国家事业刚好与此相反，这样一来，靠国家荣誉之类的话来压制个人，也失去了其合法性。[1] 在其他文章中，他还有过"国家者，如机关木人，有作用而无自性"[2]和"法律只足以制其行事，然人心尊崇之念，虽严刑莫能遮"[3]等说法。因此，在章太炎看来，国家以及国家机构与制度，都不能要求个人，或者说不能从"国家→人"的向度来理解个人问题。这对鲁迅的有关思考起了重要的作用，鲁迅同样肯定个人之于国家具有绝对的意义。

秉持相同的逻辑，章太炎对时人以为神圣不可干者的四种理论，即公理、进化、惟物和自然，大加挥斥。尤其因为其中"有如其实而强施者，有非其实而谬托者"，一个"强施"，一个"谬托"，使得章太炎认为四者"皆眩惑失情，不由诚谛"，而进行强烈的抨击。他说：

---

[1] 太炎：《国家论》，《民报》第17号，1907年10月25日。
[2] 太炎：《五无论》，《民报》第16号，1907年9月25日。
[3] 同上。

> 骤言公理，若无害矣。然宋世言天理，其极至于锢情灭性，悉民常业，几一切废之。而今之言公理者，于男女饮食之事，放任无遮，独此所以为异。若其以世界为本根，以陵藉个人之自主，其束缚人亦与言天理者相若。彼其言曰：不与社会相扶助者，是违公理；隐遁者，是违公理；自裁者，是违公理。其所谓公，非以众所同认为公，而以己之学说所趋为公。然则天理之束缚人，甚于法律，而公理之束缚人，又几甚于天理矣。

个人在此有了绝对意义。他进一步主张：

> 盖人者，委蜕遗形，倏然裸胸而出，要为生气所流，机械所制；非为世界而生，非为社会而生，非为国家而生，非互为他人而生。故人之对于世界、社会、国家，与其对于他人，本无责任。

个人的绝对意义被章太炎强调到了极端的地步。当然，他的目的是反对"强者抑制弱者"，"张大社会以抑制个人"，并非从根本上否认现实生活中的人与非人的关系。他认为"法律本浮栖之物，无可索其本根"，最后说不与社会相扶助、隐遁和自裁是违背公理的人不过是"以己意律人，非人类所公认"，认为"人类所公认者，不可以个人故，陵轹社会；不可以社会故，陵轹个人"，认为"公理之惨刻少恩，尤有过于天理"，其意旨与前相同。如此，相对于公理以及与其相关的世界、社会、国家、他人等非个人的一切而言，个人有"自性"。不过，结论只是题中应有之义，并非最重要者。此中最足称警句的是"人类所公认者，不可以个人故，陵轹社会；不可以社会故，陵轹个人"，由此可有两个重要的推论，即：一，不可因个人而陵轹社会，意味着个人不具有裁制社会的权利,故个人是消极的,不是裁制性的;不可因社会而陵轹个人,则意味着个人可反抗社会之陵轹,故个人是反抗性的。二,稍作引申,则一国一民族不可借某种名义陵轹国际社会,陵轹他国他民族,为人类所公认者。这两点也对鲁迅建构思想起了相当重要的作用。

对于"进化",章太炎则继续其《俱分进化论》的思路,进一步否定"进化"的存在,他认为"进化之说"只是"就客观言之":

> 若以进化为主义者,事非强制,即无以使人必行。彼既标举自由,而又豫期进化,于是构造一说以诬人曰:"劳动者人之天性。"若是者,正可名进化教耳。本与人性相戾,而强制为训令以笼愚者曰:"尔之天性然。"若是而主持强权者,亦可为训令以笼人曰:"服从强权者,尔之天性然。"此与神教之说,相去几何?[1]

他认为:"世人之矜言物质物质文明者,皆以科学揭橥,而妄托其名于惟物,何其远哉!"既然物质不可知,科学自然也就不可谈论,"真惟物论,乃即真惟心论之一部",那么,"以物质文明求幸福者,不自量度,而妄尸惟物之名,斯亦颜厚之甚也"!因此,"人之借资于外物者,诚不可乏。过此以往,则安必沾沾物质之务哉"?他说"人而执鞭为隶"已经是"至可羞"了,如果"执鞭为隶于物,以斯求福",那就更是"猥贱"了!至于"自然"之说,他同样指出其"谬托"的本质:

---

[1] 关于他的进化论思想,可参看王煜:《章太炎进化观评析》,见章念驰编《章太炎生平与学术》,第232—299页,北京:生活·读书·新知三联书店,1988年。

> 自然者，物有自性，所谓求那；由自性而成作用，所谓羯磨。故合言之自然。知物自性之说，则自然之说破。

又说：

> 言自然规则者，胶于自性，不知万物皆展转缘生，即此展转缘生之法，亦由心量展转缘生。

他认为就算真有自然规则，有人"恣意妄抗"它，"非笑之者，惟得斥为顽愚，不得指为过恶"。因为进化也是自然规则，所以责人以不求进化和责人不安天命的，就一样地令人莫名其妙，流于宿命论。[1]这些皆为"个人是反抗性的"命题的自然延伸。

在《五无论》中，他认为人类的真正出路在于灭度，这一边固然是在表达他对人类的深切的悲悯，一边却也是在提示，作为人类的人不可以无政府主义中道画止，作为个人的人亦不可因之放弃个人承担。在《箴新党论》和《代议然否论》两文中，他同样表达了对个人被压制的忧虑，而反对西方的代议制民主。[2]他认为：

> 代议政体者，封建之变相。……代议政体必不如专制为善，满洲行之非，汉人行之亦非，君主行之非，民主行之亦非，上天下

---

[1] 太炎：《四惑论》，《民报》第22号。
[2] 关于章太炎这些思想的进一步论述，可参看汪晖：《章太炎：个体、自性及其对"公"的世界观的批判（1906—1910年间的思想）——个体概念为什么是临时性的和没有内在深度的？》，《汪晖自选集》，第43—117页，桂林：广西师范大学出版社，1997年。

地，日月所临，遗此尘芥腐朽之政，以毒黎庶，使鱼乱于水，兽乱于泽，惴耎之虫、肖翘之物，莫不失职姓。……君主之国有代议则贵贱不相齿，民主之国有代议则贫富不相齿，横于无阶级中增之阶级，使中国清风素气，因以摧伤，虽得宰制全球，犹弗为也。……大抵建国设官，惟卫民之故，期于使民平夷安隐，不期于代议。[1]

这种民粹主义式的观点虽然未必合理，但其背后以个人为主体的逻辑却不能不说是有着极为重要的意义的。

不过，章太炎的逻辑并非无懈可击。就个人与国家的关系而言，按照他的逻辑，个人相对于国家是有"自性"的，国家相对于个人则是虚幻不实、没有"自性"的。这就意味着，国家所以为国家，在于国家由个人组成。这当然是一个误会。国家所以为国家，并不在于国家由**个人**组成，而在于国家由个人**组成**，即关键并不在于个人，而在于个人与个人相联结而能成为国家的组成方式。此组成方式并非绝对虚幻不实的，它具有与其所由组成之物不同的性质，而且不管组成方式如何，一旦组成，所组成物对所由组成之物就具有一定的权力或力量，且不管承认还是否认，都必会发生作用。这就是说，国家固然由个人组成，但却并非个人所能完全决定的。这是实在的，对个人而言，毫无疑问也是有意义的，既可能裁制个人，也可能帮助个人。当然，个人的意义并不一定在于对实在的服从或者顺从，甚至就在于反抗。因此，章太炎的逻辑中这样一个误会更加表明了两点：一、章太炎对个人的自觉感受到了无比的困难和意义，因此不能不强调个人的自性，强调反抗；二、个人面对其所组成之物所可能做的既然如此

---

[1] 太炎：《代议然否论》，《民报》第24号，1908年10月10日。

受到限制,表明个人是多么卑微无助的个体,因此更不得不向内心寻求力量。这里,无论是第一点,还是第二点,对鲁迅那种向个人内心进行神秘探寻的意向都是充满前导性和启示性的。

从"自性"的相对性出发,章太炎使个人从个人与非个人的一切的关系中取得了自由。但这只是其外在层面的问题的解决,个人的问题还需要进一步于内在层面——本质及与此相关的私德层面——展开讨论。章太炎依然是以"自性"为思考的出发点,却是从"自性"的绝对性这样一个向度来论证的;个人的道德问题居于其讨论的中心。

二 "自性"与私德

章太炎认为,就"自性"的绝对意义而言,个人只是由众相组合而成的幻相,个人无"自性"。或者说,"无自性"即为个人的"自性"。从"自性"的相对性上推论,虽也能得出个人无"自性"的论断,但这却是一个外在性的命题,与他从"自性"的绝对性推导出来的结论不同。这"个人无'自性'"的结论,有利于章太炎对人的本质进行伦理方面的规定,并由此呼应梁启超所提倡的公德说,通向对个人私德问题的思考。

章太炎所以将问题的重点推向私德,一方面固然因为其本身有极深的道德忧虑,另一方面不能不说与晚清知识界普遍热衷讨论道德问题的时风有关。当时,相对于国民道德重建的话题,梁启超主张从公德问题措手,认为"吾中国道德之发达,不可谓不早。虽然,偏于私德,而公德殆阙如"。[1] 邹容则批判国民的奴

---

[1] 中国之新民:《新民说三·第五节论公德》,《新民丛报》第3号,第1页,光绪二十八年二月一日。

隶性：

> 柔顺也，安分也，韬晦也，服从也，做官也，发财也，中国人造奴隶之教科书也。举一国之人，无一不为奴隶，举一国之人，无一不为奴隶之奴隶，二千年以前皆奴隶，二千年以后亦必为奴隶。……革命必先去奴隶之根性。非然者，天演如是，物竞如是，有国民之国，群起染指于我中土，我同胞其将由今日之奴隶，以进为数重奴隶，由数重奴隶而猿猴，而野豕，而蚌介，而荒荒大陆，绝无人烟之沙漠也。[1]

其他类似论述尚多。可以说，在晚清知识分子的视野里，个人道德问题是挽救、复兴或再造中华文明极为关键的部分。

毫无疑问，章太炎扮演了一个相当特殊的道德家的角色。他不但将道德问题提到攸关民族兴亡的高度，认为"道德衰亡诚亡国灭种之根极也"[2]，而且主张以佛法来挽救既有道德的衰颓。他对同时代人的道德有着极为严厉的批判，如他批评康有为眷恋禄位，并非诚心立宪和保皇[3]；反对梁启超分所谓的公德、私德，认为戊戌变法失败是因为多数党人"萦情利禄"，不能"赤心变法无他志"，认为"庚子之变，庚子党人之不道德致之也"[4]；认为"新党者，政府之桀奴；学生者，当途之顺仆。学生用而新党

---

[1] 邹容：《革命军》，见张枬、王忍之编《辛亥革命前十年间时论选集》第一卷下册，第673页，北京：生活·读书·新知三联书店，1960年。
[2] 太炎：《革命之道德》，《民报》第8号。
[3] 章太炎：《驳康有为论革命书》，《章太炎全集（四）》，第183—184页，上海：上海人民出版社，1985年。
[4] 太炎：《革命之道德》，《民报》第8号。

废者，非独时势适然，亦其品格愈卑，易于策使之故"[1]；著文揭露吴敬恒献策的卑怯、无耻，斥其为"洋奴"；[2] 等等。这种苛酷的批评之中自然有因为站在革命派的立场而不得不猛烈抨击立宪派的政治因素，但也不能不说是他对晚清一代人的道德评判。例如他说："诈伪无耻，一也；缩朒畏死，二也；贪叨罔利，三也；偷堕废学，四也；浮华相竞，五也；猜疑相贼，六也。是六者皆印度所无，而吾国之所独有。"[3] 因此，除了一般人，他针对革命派，尤其提出"知耻、重厚、耿介、必信"四项标准来挽救道德，特别强调"必信"以斥"伪巧"。他又认为"农人于道德为最高，其人劳身苦形，终岁勤动，田园场圃之所入，足以自养，故不必为盗贼，亦不知天下有营求扎幻事也"[4]，可见在他眼中，当时个人道德的最大问题是虚伪。根据许寿裳先生回忆，鲁迅当时一些看法和章太炎非常相似，"当时我们觉得我们民族最缺乏的东西是诚和爱，——换句话说：便是深中了诈伪无耻和猜疑相贼的毛病"。[5] 这可能也与章太炎的影响有关。

但与梁启超基于建立民族国家的需要来追求国民的新道德不同，章太炎思考这个问题时虽然尚未从根本上舍弃国家，但却是从人的本质角度来进行道德重建的思考的。套用梁的区分来说，梁注重公德，而章则打破公私之分，实则更注重私德的建设。

那么，在章太炎看来，晚清国民道德出现问题的根源何在

---

[1] 太炎：《箴新党论》，《民报》第10号。
[2] 参见太炎：《覆吴敬恒书》，《民报》第19号，1908年2月25日；《再覆吴敬恒书》，《民报》第22号。
[3] 太炎：《印度中兴之望》，《民报》第17号。
[4] 太炎：《革命之道德》，《民报》第8号。
[5] 鲁迅博物馆、鲁迅研究室、《鲁迅研究月刊》选编：《鲁迅回忆录（专著）》上册，第487页，北京：北京出版社，1997年。

呢？其《人无我论》认为，"末俗之沉沦""民德之堕废"，"皆以我见缠缚，致斯劣果"，[1]这"我见缠缚"其实就直接指向"自性"等关涉人的本质的问题。这里的"我"是"自性"的别名，"我见"即人人以为有"我"的意识。"我见缠缚"导致末俗沉沦、民德堕废，故要振末俗，救民德，就要破"我见"。而破"我见"则意味着人须无"自性"，这就使他又回到"自性"的绝对性这个层面上来。章太炎希望"斫雕为朴，代文以忠"[2]，通过建立经他重新诠释的佛教来增进国民道德。他选择佛教的理由是，"若以道德言，则善亦进化，恶亦进化"[3]，而且"自微生以至人类，进化惟在知识，而道德乃日见其反。张进化愈甚，好胜之心愈甚，而杀亦愈甚。纵另进化至千百世后，知识慧了，或倍蓰于今人，而杀心方日见其炽"[4]，只有强调无我的佛教才能从根本上摧破人所熏染的习性，破"我见"，信证个人无"自性"。因此，他强烈地申言：

> 今之世，非周、秦、汉、魏之世也，彼时纯朴未分，则虽以孔、老常言，亦足化民成俗。今则不然，六道轮回、地狱变相之说，犹不足以取济。非说无生，则不能去畏死心；非破我所，则不能去拜金心；非谈平等，则不能去奴隶心；非示众生皆佛，则不能去退屈心；非举三轮清净，则不能去德色心。[5]

---

[1] 太炎：《人无我论》，《民报》第11号。
[2] 太炎：《印度中兴之望》，《民报》第17号。
[3] 太炎：《俱分进化论》，《民报》第7号，1906年9月5日。
[4] 太炎：《五无论》，《民报》第16号。
[5] 太炎：《建立宗教论》，《民报》第9号。

又进一步说:

> 至所以提倡佛学者,则自有说。民德衰颓,于今为甚,姬、孔遗言,无复挽回之力,即理学亦不足以持世。且学说日新,智慧增长,而主张竞争者,流入害为正法论;主张功利者,流入顺世外道论。恶慧既深,道德日败。矫弊者,乃憬然于宗教之不可泯绝。而崇拜天神,既近卑鄙;皈依净土,亦非丈夫干志之事。至欲步趋东土,使比丘纳妇食肉,戒行既亡,尚何足为轨范乎?自非法相之理,华严之行,必不能制恶见而清污俗。若夫《春秋》遗训,颜、戴绪言,于社会制裁则有力,以言道德,则才足以相辅。使无大乘以为维纲,则《春秋》亦《摩奴法典》,颜、戴亦顺世外道也。拳拳之心,独在此耳![1]

章太炎希望人人能够"不执已为我,而以众生为我","人人自证有我",[2] 甚至希望人类灭度,免得"留斯蠹以自祸祸他也"[3]。因此,他提出了"依自不依他"说。他认为:

> 支那德教,虽各殊途,而根原所在,悉归于一,曰"依自不依他"耳。

通过概述历史上一些因为"自尊无畏"而建立功业、维持道德的事情,章太炎认定:

---

[1] 太炎:《人无我论》,《民报》第11号。
[2] 太炎:《建立宗教论》,《民报》第9号。
[3] 太炎:《五无论》,《民报》第16号。

> 所以维持道德者，纯在依自，不在依他，则已奉然可见。

即使"不免偏于我见"的王学，他也认为"所谓我见者，是自信，而非利己，犹有厚自尊贵之风，尼采所谓超人，庶几相近"。他说："排除生死，旁若无人，布衣麻鞋，径行独往，上无政党狠贱之操，下作懦夫奋矜之气，以此楬櫫，庶于中国前途有益。"最后谈到自己所以要建立宗教：

> 但欲姬、汉遗民，趣于自觉，非高树宗教为旌旗，以相陵夺。[1]

他希望宗教信仰是自觉的，而非强制的，其目的为人，而非压制人。但要人人皆信证个人无"自性"，以达涅槃境界，显然比直接说个人有"自性"，然后提出何种"自性"才能趣人于自觉，才是好的善的，要更困难些。章太炎以佛教改进道德的思想虽为鲁迅了解，却并未见采用。

到此为止，章太炎在理论上圆满解决了个人的"自性"问题。但这种个人的"自性"尽管在理论上可以成立，实际上却不能脱离晚清的历史情境而被抽象地讨论。这是因为，首先，他并未从根本上摆脱进化论的影响，其论证个人无"自性"的过程处处表现出对人的精神努力的重视，与其早年论文《菌说》中所谓"有以思致其力而自造者焉，有不假于力而专以思自造者焉"[2]，即生物通过精神努力而得以进化的结论相比，无疑草灰蛇线，有迹可循。其次，他无从离开民族的问题来提出个人的问题。在中

---

[1] 太炎：《答铁铮》，《民报》第14号，1907年6月8日。
[2] 章太炎著、汤志钧编：《章太炎政论选集（上册）》，第132页，北京：中华书局，1977年。

国近代，民族的真正独立自强固然有赖于个人的觉醒，但同时，个人问题的讨论却也难以摆脱民族问题的制约。

三 "自性"与民族主义

在章太炎看来，个人之间的关系与民族之间的关系是同构的，个人存在的意义在于个人自觉，民族存在的意义在于民族自觉。他说："人无自觉，即为他人陵轹，无以自生；民族无自觉，即为他民族陵轹，无以自存。"[1] 这似可推论出，民族之于民族亦有"自性"存在。联系其"人类所公认者，不可以个人故，陵轹社会；不可以社会故，陵轹个人"的认识，并将其位移至民族国家关系上去处理，则可得出一国一民族不可借任何名义陵轹国际社会，陵轹他国他民族的结论。应该尊重各民族国家的"自性"，这是其民族主义的一个相当重要的方面。

上述结论自然也可以从"自性"的绝对性中推导出来。但问题是章太炎为什么要讨论民族问题，把"自性"命题扩展至民族国家领域去思考呢？这显然绝不是"自性"自身的逻辑运动，而是与他对中华民族在国际国内所处的危机深重的地位的思考密切相关的。"排满"革命是他思考民族问题的开始，但因非其终结，且学界多有论及，故略而不论。[2] 本文关心的是，章太炎如何直面当时国际关系中的殖民主义行径和社会达尔文主义思路的问题。他曾在不少文章中批评欧美国家的侵略行径。早在1902年，他在《中夏亡国二百四十二年纪念会书》中就曾说："觉悟思之，

---

[1] 章太炎：《印度人之论国粹》，《章太炎全集（四）》，第366页。
[2] 关于章太炎排满问题，可参看汪荣祖：《章炳麟与中华民国》，见章念驰编《章太炎生平与学术》，第56—101页。文中认为："章氏的民族主义非常博大，绝非种族中心主义所能概括。排满思想在他的民族思想中仅是一种过渡。"

毁我室者，宁待欧、美？"[1] 1907年所作《中华民国解》又进一步表示："俄固日日欲攫蒙回之地以入其囊中也。今见中国各族分离，而蒙回之程度又不足以自立一国，岂有不入蒙回之地以占领乎？俄既入蒙回，英必入藏，法必入滇粤，而汉人之土地亦将不保，直以内部瓜分之原因，而得外部瓜分之结果矣。"[2] 对于列强环伺的情形，他有极清醒的认识。他因此强烈地指斥：

> 今世欧、美诸邦以通商为名号，直钞盗边塞而处吾土耳。今也以宾旅入，而昔也以暴客入；今也以契约入，而昔也以戎马入。如是，则固侵其刍牧，夺其田畴也，有扞御之而已。[3]

> 今法人之于越南，生则有税，死则有税，乞食有税，清厕有税；毁谤者杀，越境者杀，集会者杀，其酷虐为旷古所未有。是曰食人之国，虽蒙古、回部曾未逮其豪毛。[4]

对这种"法人之待越南人也如牛马，而英人之待印度人也如乞丐"的"文明愈进者，其蹂践人道亦愈甚"[5]的民族压迫，章太炎进行了超越性的思考，提出中印两国将来应

> 扶将而起，在使百姓得职，无以蹂躏他国、相杀毁伤为事，使帝国主义之群盗，厚自惭悔，亦宽假其属地赤黑诸族，一切以等夷

---

[1] 章太炎：《中夏亡国二百四十二年纪念会书》，《章太炎全集（四）》，第188页。
[2] 太炎：《中华民国解》，《民报》第15号，1907年7月5日。
[3] 太炎：《〈社会通诠〉商兑》，《民报》第12号，1907年3月6日。
[4] 太炎：《五无论》，《民报》第16号。
[5] 参见太炎：《记印度西婆耆王纪念会事》，《民报》第13号。

相视。[1]

他以为使被压迫、被殖民的弱小国家独立，使欧美人不得占领亚洲，使亚洲各国各复其故国，乃是自己在《民报》应该关注、从事的重要课题，而起而提倡民族自觉和民族平等互助，就是其民族主义的题中应有之义了。

因此，针对这一课题，章太炎在理论上暂时放弃了他通过"自性"的绝对性而推演出的"五无"理想，转而从"自性"的相对性出发，开始思考民族关系中的"自性"问题。他认识到：

> 今之人不敢为逋天之民，随顺有边，则不得不有国家，亦不得不有政府。国家与政府，其界域固狭隘，故推其原以得民族主义，其界域亦狭隘。[2]

从"自性"的相对性来说，国家与政府之有"自性"也是相对的。相应地，民族主义也只能是暂时性的，没有绝对意义的。但是，既然"今之人不敢为逋天之民，随顺有边"是客观现实，他也只好认真面对民族独立和自觉的问题。他认为其民族主义虽是因时势所迫而发，却也涵容着极为高尚的文明理想，即所谓

> 吾曹所执，非封于汉族而已。其他之弱民族，有被征服于他之强民族，而盗窃其政柄，奴虏其人民者，苟有余力，必当一匡而恢复之。

---

[1] 太炎：《送印度钵逻汉、保什二君序》，《民报》第13号。
[2] 太炎：《五无论》，《民报》第16号。

因此，章太炎强烈谴责英法等列强的侵略行径，认为：

> 欲圆满民族主义者，则当推我赤心救彼同病，令得处于完全独立之地。有效巨憨麦坚尼之术，假为援手，藉以开疆者，著之法律，有诸无赦。[1]

这就意味着，他把"自性"作为民族自觉和民族独立的资源，使其民族主义具有了思想的支援，具有了可遍及于世界的普遍意义。他以为：

> 民族主义非专为汉族而已，越南、印度、缅甸、马来之属，亦当推己及之。……夫吾言民族主义始自汉种，至于群伦，又远推之及于禽雀牲兽，无不以自护其族为当然，名则狭隘其心乃广大矣。[2]

讲究"推我赤心救彼同病"的"大心"使章太炎的民族主义超越了侵略与被侵略、奴役与被奴役的思维框架。他把有关"自性"的课题推及于现实政治领域，而提出的主张亦沿"自性"的相对性之路行进。他批判侵略弱国的强国为"兽心国"，揭发强国的所谓文明、野蛮之区分，正是其用以侵略他国、掩盖其兽心的借口。他说：

> 一般舆论，不论东洋西洋，没有一个不把文明野蛮的见横在心

---

[1] 太炎：《五无论》，《民报》第16号。
[2] 太炎：《定复仇之是非》，《民报》第16号。

里。学者著书,还要增长这种意见,以至怀着兽心的强国,有意要并吞弱国,不说贪他的土地,利他的物产,反说那国本来野蛮,我今灭了那国,正是使那国的人民获享文明幸福。……不晓得文明野蛮的话,本来从心上幻想现来。只就事实上看,什么唤做文明,什么唤做野蛮,也没有一定的界限,而且彼此所见,还有相反之处。[1]

这种超越性的思想还被章太炎用以思考辛亥革命的实践。武昌起义胜利即日,他致书惶惶不可终日的留日满族学生,谓:

> 所谓民族革命者,本欲复我主权,勿令他人攘夺耳,非欲屠夷满族,使无孑遗,效昔日扬州十日之为也;亦非欲奴视满人不与齐民齿叙也。[2]

这种将"自性"相互化的思想,在章太炎的民族主义中是极为重要的,正因此他才能将个人问题与民族问题并置起来讨论。而从"自性"的角度切入,为其"个人"思想与民族主义建立了有力的联系。这个内容也深刻地影响到鲁迅《破恶声论》中的思想建构。当时吴稚晖正在巴黎以《新世纪》为喉舌鼓吹无政府主义,主张"世界人"说和取消民族(国家),章太炎则坚守民族主义,猛烈批判取消民族(国家)的主张。鲁迅视吴稚晖的主张为"恶声",在批判的深处其实不时闪烁着章太炎的思想面影。这个问题下文还将详细讨论。

---

[1] 章太炎:《论佛法与宗教、哲学以及现实之关系》,《章太炎集·杨度集》,第16页。
[2] 章太炎:《致留日满洲学生书》,《章太炎政论选集(上册)》,第519页。

那么，民族如何才能自觉，或者说，其民族主义如何才能圆满呢？章太炎的有关思考依然循强调内在性的维度走来，他认为：

> 民族主义如稼穑然，要以史籍所载人物制度、地理风俗之类，为之灌溉，则蔚然以兴矣。不然，徒知主义之可贵，而不知民族之可爱，吾恐其渐就萎黄也。[1]

这表明在他看来，尽管民族的"自性"可从外部民族关系中确立，但它却是外在的，民族要自觉，要长久不败地自立于民族国家之林，还得依靠本民族文明的内在力量的"蔚然以兴"。也正基于此，他重视历史对民族（国家）存亡的教训意义，认为："国之有史久远，则灭亡之难。……故令国性不堕，民自知贵于戎狄，非《春秋》孰维纲是？"[2]

据此，理解章太炎下面的一段话就通畅无阻了——

> 至于今日办事的办法，一切政治、法律、战术等项，这都是诸君已经研究的，不必提起。依兄弟看，第一要在感情，没有感情，凭你有百千万亿的拿破仑、华盛顿，总是人各一心，不能团结。当初柏拉图说："人的感情，原是一种醉病"，这仍是归于神经的了。要成就这感情，有两件事是最要的：第一，是用宗教发起信心，增进国民的道德；第二，是用国粹激动种性，增进爱国的热肠。[3]

---

[1] 太炎：《答铁铮》，《民报》第14号。
[2] 章太炎：《国故论衡》，第63页，上海：上海古籍出版社，2003年。
[3] 太炎：《演说》，《民报》第6号，1906年7月25日。

这"用宗教发起信心"和"用国粹激动种性",正是章太炎主笔《民报》时期革命思想的集中体现,而其以"排满"建国为中心的民族主义,亦可视为其"自性"课题当然的政治走向。

那么,章太炎有关"自性"概念的建构到底是如何影响鲁迅的?或者说,它对鲁迅留日时期的思想建构到底发生了怎样的作用呢?

第三节 "自性"与鲁迅留日时期的思想建构

"自性"一词,在章太炎那里乃是一个明确的唯识学用语,虽然具有更为丰富的内涵,但并非一种格义式的使用。而鲁迅是在引述施蒂纳的学说时使用"自性"一词的,因此情况比章太炎那里要复杂一些:虽然仍保有其佛学内涵,但却是用来表达西方现代思想的,不能不说是一种格义。

鲁迅《文化偏至论》这样转述介绍施蒂纳的学说:

> 德人斯契纳尔(M. Stirner)乃先以极端之个人主义现于世。谓真之进步,在于己之足下。人必发挥自性,而脱观念世界之执持。惟此自性,即造物主。惟有此我,本属自由;既本有矣,而更外求也,是曰矛盾。自由之得以力,而力即在乎个人,亦即资财,亦即权利。故苟有外力来被,则无间出于寡人,或出于众庶,皆专制也。国家谓吾当与国民合其意志,亦一专制也。众意表现为法律,吾即受其束缚,虽曰为我之舆台,顾同是舆台耳。去之奈何?曰:在绝义务。义务废绝,而法律与偕亡矣。意盖谓凡一个人,其思想行为,必以己为中枢,亦以己为终极:即立我性为

绝对之自由者也。[1]

为了更好地了解鲁迅赋予"自性"一词的意义,不妨把这段话的大意与施蒂纳《唯一者及其所有物》的现代汉语译文作一对照。

如"人必发挥自性,而脱观念世界之执持"一句,意思大致相当于——

> 个人……只欲图发展自己,而不是发展人类观念、神的计划、天意、自由等等。他不把自己看作是观念的工具或神的容器,他不承认任何使命。他并不幻想自己是人类进步的当事人并必须为此而竭尽绵薄之力,而是安享人生且不管其间人类的发展是好还是坏。[2]

"惟此自性,即造物主"一句,意思大致相当于——

> 我为我自己选择了我所向往的什么,而且在选择中我向我自己表明了随心所欲。……我对客体所作的每一判断,都是我的意志的创造物。……我并没有在创造物上、判断上丧失自己,而是我保持为不断进行创造的创造者、判断者。各种对象的一切谓语均是我的陈述、我的判断、我的创造物。[3]

---

[1] 鲁迅:《坟·文化偏至论》,《鲁迅全集》第1卷,第52页。
[2] 麦克斯·施蒂纳:《唯一者及其所有物》,第407页,金海民译,北京:商务印书馆,1989年。
[3] 麦克斯·施蒂纳:《唯一者及其所有物》,第373—374页。

"惟有此我，本属自由；既本有矣，而更外求也，是曰矛盾。自由之得以力，而力即在乎个人，亦即资财，亦即权利"一段，意思大致相当于——

> 具有独自性的人是天生的自由人，向来如此的自由人[1]，只有在我的自由即是我的权力的情况下，我的自由方会变得完全。由于这种权力我就不再仅仅是一个自由者，而变成了一个所有者。……一切自由的本质是自我解放，亦即我通过我的独自性为我创造多少，我就能有多少自由。[2]

上述引文的"个人""创造者""我"以及"具有独自性的人"，都意指"唯一者"。

比勘鲁迅的引述和原文，可以认为"自性"是德文"独自性"一词的翻译。在佛教语境中，"自性"一词本具普遍、永恒之意味，与施蒂纳的意思不无参差。其"唯一者"既然是"易逝的、难免一死的创造者"[3]，是"消逝的自我"[4]，那么，用它来规定"独自性"一词的内涵，却不仅没有了普遍、永恒之意味，更强调了其个别、偶然的意味，南辕北辙了。

鲁迅的这种格义式的误用，或许与他接受施蒂纳的日本渠道有关。《民报》第8号（日本明治三十九年七月二十五日）有渊实《无政府主义之二派》一文，有助于说明上述猜测，谨节录如次：

---

[1] 麦克斯·施蒂纳：《唯一者及其所有物》，第176页。
[2] 麦克斯·施蒂纳：《唯一者及其所有物》，第179页。
[3] 麦克斯·施蒂纳：《唯一者及其所有物》，第408页。
[4] 麦克斯·施蒂纳：《唯一者及其所有物》，第195页。

此篇为日本人久津见蕨村所著《欧美无政府主义》中之一节。……斯体奈 Stirrner、威希提 Wehiday、尼得且 Netche 三人所说，因不同一。甲非基督主义，乙基督主义，丙进化主义，各有特殊之点。虽然，以个人之发现进步，而期无政府主义之实现，其目的固无不同也。布隆东 Prondhon、巴枯宁 Bakunin、乐波轻 Kroptokine 三人，其所言亦不同。甲集体主义，乙破坏主义，丙共产主义。亦各有独到之处。虽然，以社会经济之改革而期无政府主义之实现，亦无不同也。前者三人，后者三人，两两对照，一则以个人为主，一则以社会为主，一则谈吾人内部之修养，一则谋吾人外部之改革，一则注重于心意品性之发达，一则尽力于境遇事情之变更，两者分道而驰，均能自完其说，遂成个人的与社会的两无政府主义之流派，而为其代表者。……夫个人的者，惟关于人心而已；社会的者，乃冲突社会之制度组织。故其一则曰：今非其时，不当暴动，必也讲学说法，使人人明心见性，共臻上度。其一则曰：社会制度组织之不平，密如鱼网，使人束薪茧足，不可终日。若不援求腕力，实行改革，一扫习惯性永惰力，则必不能齐此黎庶，共证乐国。[1]

鲁迅不仅格义式地使用"自性"一词，在对西方现代思想的转述中，他还使用过一些如"我性""自心""内曜""神思""白心""灵明"等与"自性"内涵一致或相近的词。其中，"我性"

---

[1]《民报》第4号、第7号和第9号上都有相关的介绍无政府主义的文字，但都不如此篇接近鲁迅的思想，故不具录。另外，梁启超1902年曾经说过："重视人民者，谓国家不过人民之结集体，国家之主权即在个人（谓一个人也）。其说之极端，使人民之权无限，其弊也陷于无政府党，率国民而复归于野蛮。"（中国之新民：《论政府与人民之权限》，《新民丛报》第3号，第25页。）他的思想刚好可以与章太炎、鲁迅对照着来看。

与可译为"自我本质""独自性"的"自性"意思同出一辙，而其他几个概念如"自心""内曜""神思""白心""灵明"等同样居于鲁迅个人思想表达的核心，可视为对"自性"内涵的进一步说明和丰富。[1]"惟此自性，即造物主"，意味着"自性"拥有绝对自由，与"我性为绝对之自由者"同义，因此，"自性""我性"二者内涵几近一致。个人必发挥"自性"，张扬"我性"，才是真正的个人。此外，《破恶声论》中鲁迅将"发国人之内曜"与"人各有己，不随风波，而中国亦以立"[2]的目标相联系，表明"内曜"乃是人极为内在的部分，与"自性"的内涵有着亲缘性，也更近于禅宗所谓"自性"。另外，鲁迅像章太炎一样，将具有"自性"的个人与非个人的一切对立起来思考，接上了章太炎对"自性"概念的理解脉络。不过，尽管鲁迅转述施蒂纳的思想时有意以既有"自性"一词表达西方概念，但他似并未赋予"自性"一词以新内涵的自觉，"自性"及其他几个居于其个人思想表达核心的关键词，并非他有意建立，倒更可能只是为了表达的自然和方便而已。[3]

前面曾提到，就鲁迅留日时期的思想建构而言，"自性"这

---

[1] 五四期间，鲁迅曾经以"独异"表达与"自性"近似的内涵，如他说："'个人的自大'，就是独异，是对庸众宣战。"(《热风·三十八》，《鲁迅全集》第1卷，第327页。)另外，他晚年还曾经使用过自性一词，即："寄《妇女杂志》的文章由我转去也可以，但我恐怕不能改窜，因为若一改窜，便失了原作者的自性，很不相宜。"(《书信·210905致宫竹心》，《鲁迅全集》第11卷，第418—419页。)
[2] 鲁迅：《集外集拾遗补编·破恶声论》，《鲁迅全集》第8卷，第27页。
[3] 关于施蒂纳与鲁迅此期思想之关系，汪晖先生认为鲁迅因认同个人的无治主义而利用施蒂纳哲学批判现代资本主义国家及其公认的价值，因认同人道主义而舍弃其资产阶级自我中心主义和极端个人主义。参见汪晖：《施蒂纳与鲁迅前期思想》，见中国鲁迅研究学会、《鲁迅研究》编辑部《鲁迅研究》第12辑，第190—215页，北京，中国社会科学出版社，1988年。

一概念具有关键的重要性,它与其主要思想命题——人如何才能有"己",如何才能自"立",精神如何才能张扬,"恃意力开辟世界","立人"的资源如何连接"群之大觉"和"人国既建"的目标,"人国既建"之后该展现怎样的新的世界图景,等等,都有着内在的联系。他强调个人内在的精神,以深邃庄严为二十世纪文明特征,反对一切灭裂个性的制度、力量和言说,抨击虚伪、兽性和奴性;希望从"人→国家"而非"国家→人"的向度来建立现代民族国家。凡此种种,都与章太炎主笔《民报》期间对"自性"的思想开发有着千丝万缕的联系。

那么,其具体内容如何呢?

一 "自性"与"立人"

鲁迅留日时期思想的核心是"立人",而"立人"的深层则是个人如何具有"自性"的问题。鲁迅将"自性"视为获得的过程。他以为:"盖惟声发自心,朕归于我,而人始自有己。"[1]又说:"世之言何言,人之事何事乎。心声也,内曜也,不可见也。"[2]鲁迅认为个人并不必然有己,即个人之有"自性"是有条件的,个人倘无心声、内曜,即无"自性"。个人的"自性"需要去获得。这一认识表明"自性"问题在鲁迅那里有着复杂的动态和内在深度,虽然与章太炎的思想密切相关,但与他直接在相互关系中确立个人的"自性"不太一样。既然个人的"自性"有一个获得的过程,那么,如何使这个过程发生呢?也就是说,假如"立人"是一个"自性"获得的过程,那么在这个过程中需要

---

[1] 鲁迅:《集外集拾遗补编·破恶声论》,《鲁迅全集》第8卷,第26页。
[2] 鲁迅:《集外集拾遗补编·破恶声论》,《鲁迅全集》第8卷,第27页。

反抗哪些外力呢？个人"自性"获得的过程同时也应该是一个反抗的过程。

鲁迅说："吾未绝大冀于方来，则思聆知者之心声而相观其内曜。内曜者，破黮暗者也；心声者，离伪诈者也。人群有是，乃如雷霆发于孟春，而百卉为之萌动，曙色东作，深夜逝矣。"[1]可见，在他看来，发人之"内曜"与"心声"的过程，不仅与个人"自性"获得的过程密切联系着，而且还与社会（"人群"）进步的过程相联系。在这里，他将"自性"获得的过程和"群（社会）之大觉"之间的进程进行了一次同构。这不同于章太炎的思想，在有关"个人"的认识上，章太炎认为个人与社会是关系不大的。由此可见，鲁迅比章太炎更深地纠缠在个人与社会、国家等非个人的关系中。

那么，个人获得"自性"的过程能否自动发生呢？对此问题，鲁迅并未直接回答。一方面，他认为存在先天具有"自性"的个人。他说"烛幽暗以天光，发国人之内曜"，"所贵所望，在有不和众嚣，独具我见之士"。[2]这似乎是说，有的个人可以先天地获得"自性"。另一方面，更多人则需要"不和众嚣，独具我见之士"的引导。但问题是，那些引导者获得"自性"的途径较具神秘性，这迫使鲁迅倾心于所谓"精神界之战士"、大士天才或者超人，这些先天特具"自性"的英雄人物因此进入了鲁迅的思想结构之中。后获得"自性"的个人，他们需要有所凭依，才能坚持精神上向上的努力。对于那些先天具有"自性"的个人，鲁迅只做"如此"的描述，而未做"所以如此"的说明。这

---

[1] 鲁迅：《集外集拾遗补编·破恶声论》，《鲁迅全集》第8卷，第25页。
[2] 鲁迅：《集外集拾遗补编·破恶声论》，《鲁迅全集》第8卷，第27页。

种无须说明或避免说明的方式，使得宗教信仰极容易进入其思想结构中。鲁迅肯定宗教的意义，认为"人心必有所凭依，非信无以立，宗教之作，不可已矣"，肯定"宗教由来，本向上之民所自建，纵对象有多一虚实之别，而足充人心向上之需要则同然"，认为"普崇万物"的"乡曲小民"是"向上之民"；"劳作终岁"的农民是"朴素之民，厥心纯白"；创造出"中国古然之神龙"的"古民"则"神思美富，益可自扬"。[1]这就隐现着日本学者伊藤虎丸所谓的先觉善斗之士与愚民才是文明得以重萌生机和复兴的"二极结构"。[2]在这里，鲁迅关于宗教和农民的认识与章太炎"用宗教发起信心"的主张及"农人于道德为最高"的看法类似。把农民看成"朴素之民，厥心纯白"，虽或许与他个人的体验有关[3]，但也似受到章太炎高扬农人道德的影响。

但问题在于，鲁迅的思想具有浓重的尼采式的超人思想意味，与章太炎强调的"依自不依他"有区别。章太炎对尼采的超人思想是有保留的，反对其中的贵族气。[4]这对鲁迅得自尼采的牺牲"庸众"的观念有纠偏作用，使其不至于极端。这个问题下文还要讨论。

在个人"自性"获得的过程中，"自性"的内容也获得了某

---

[1] 鲁迅：《集外集拾遗补编·破恶声论》，《鲁迅全集》第8卷，第29—33页。
[2] 伊藤虎丸：《鲁迅早期的尼采观与明治文学》，《鲁迅、创造社与日本文学：中日近现代比较文学初探》，第73—76页，孙猛等译，北京：北京大学出版社，1995年。亦可参考伊藤虎丸：《鲁迅与日本人：亚洲的近代与"个"的思想》，第37—38页，李冬木译，石家庄：河北教育出版社，2000年。
[3] 参见鲁迅：《集外集拾遗·英译本〈短篇小说选集〉自序》，《鲁迅全集》第7卷，第411—412页。
[4] 章太炎说："所谓我见者，是自信，而非利己，(宋儒皆同，不独王学。)犹有厚自尊贵之风，尼采所谓超人，庶几相近。(但不可取尼采贵族之说。)"(太炎：《答铁铮》，《民报》第14号。)

种规定性。我以为在某种意义上,个人的"自性"指的是"内曜",即人的内部精神。相对于物质来说,"自性"表征为"灵明"、精神(掊物质而张灵明);相对于理性来说,它表征为"情意"(于情意一端,处现实之世);相对于持人性情的志来说,它表征为"神思""白心""心声"和"自觉之声"(自觉之声发,每响必中于人心,清晰昭明,不同凡响。非然者,口舌一结,众语俱沦,沉默之来,倍于此前)。这实际说明,鲁迅把"自性"看作一个自在的本体,不需要任何规定性。这也就意味着,"自性"获得的过程其实是针对个人本有"自性"的发现而言,是内在的,而非外在的。因此他以"自有之主观世界为至高之标准",认为"自性"是造物主,"确信在是,满足亦在是"。

不过,他的结论并非抽象地得出,而是在批判考察文明发展的偏至情状后历史地达到的。他认为:

> 人丁转轮之时,处现实之世,使不若是,每至舍己从人,沉溺逝波,莫知所届,文明真髓,顷刻荡然;惟有刚毅不挠,虽遇外物而弗为移,始足作社会桢干。排斥万难,黾勉上征,人类尊严,于此攸赖,则具有绝大意力之士贵耳。虽然,此又特其一端而已。试察其他,乃亦以见末叶人民之弱点,盖往之文明流弊,浸灌性灵,众庶率纤弱颓靡,日益以甚,渐乃反观诸己,为之欿然,于是刻意求意力之人,冀倚为将来之柱石。此正犹洪水横流,自将灭顶,乃神驰彼岸,出全力以呼善没者尔,悲夫![1]

他认可"自性"的绝对性只是出于扶救时弊之需,并非认为"自

---

[1] 鲁迅:《坟·文化偏至论》,《鲁迅全集》第1卷,第56页。

性"有绝对价值。不过，由于他已经得出这样的结论，因此其结论也就不免带有某种"绝对"意味了。他已经寄全部希望于"意力秩众……能于情意一端，处现实之世"的"勇猛奋斗之才"，而放弃了"知感两性，圆满无间"的"全人"[1]。这与章太炎同而不同。同，是指两人皆有对有"自性"的个人的诉求；不同，则是指章太炎用"自性"消解了个人，瞩望灭度，鲁迅却是用个人肯定了"自性"，瞩望"自性"的发挥。

但鲁迅所希望的"勇猛奋斗之才"（亦即精神界之战士、大士天才、摩罗诗人，甚至超人），其精神显然来自对资本主义世俗化进程的反抗。他认为，要立人，首先必须反对"物质""众数"等资本主义文明对个人"自性"的压制。即使是居于物质文明高端的科技，也隐含着因其所带实益而使全社会有"惟知识之崇，人生必大归于枯寂，如是既久，则美上之感情漓，明敏之思想失，所谓科学，亦同趣于无有"[2]的危险。为什么？他着眼于物质对人精神生活的销蚀作用：

> 人惟客观之物质世界是趋，而主观之内面精神，乃舍置不之一省。重其外，放其内，取其质，遗其神，林林众生，物欲来蔽，社会憔悴，进步以停，于是一切诈伪罪恶，蔑弗乘之而萌，使性灵之光，愈益就于黯淡。[3]

在他看来，精神和物质的对决是现代文明长久的课题，不是物质扼杀精神，就是精神战胜物质，虽然物质和精神的发展也会互利

---

[1] 鲁迅：《坟·文化偏至论》，《鲁迅全集》第1卷，第55页。
[2] 鲁迅：《坟·科学史教篇》，《鲁迅全集》第1卷，第35页。
[3] 鲁迅：《坟·文化偏至论》，《鲁迅全集》第1卷，第54页。

地展开，但在文明发展的偏至轨道上，二者的对立却是更为根本的。

鲁迅以为，中国本来就"尚物质而疾天才"，现在欧风东渐，又"惟客观之物质世界是趋"，那"个人之性"就只有被"剥夺无余"了[1]。这为他"掊物质而张灵明"的思想意向找到了更为现实的理由。但是，有必要指出的是，中国本来"疾天才"容或有之，"尚物质"则未免过甚其辞了。中国文明不是典型的心性文明吗？[2]

章太炎认为惟物论是惟心论的一部分，鲁迅上述观点与此相通。章太炎的思想对曾经信仰过科（医）学救国的鲁迅来说，于其思想转变宜有影响。但不可否认，鲁迅的思想建构是一个主动求索救国救民方法的过程，无论尼采等西方思想家，还是章太炎，其影响不可能是覆盖性的，或许探讨一下对它们的抵抗倒可能是更有趣的题目。章太炎的思想是从唯识学的"依他起自性"这一观点出发的。因为对个人的内在深度的探测不同，二人选择救弊的途径也不一样，鲁迅选择西方的"新神思宗"[3]，章太炎则选择将物质遮拨为无。

在个人与社会、国家的关系中，鲁迅对压制个人的种种社会机制抱有强烈的戒心，他认为专制不仅见于独裁体制：

> 苟有外力来被，则无间出于寡人，或出于众庶，皆专制也。国家谓吾当与国民合其意志，亦一专制也。众意表现为法律，吾即受

---

[1] 鲁迅：《坟·文化偏至论》，《鲁迅全集》第1卷，第58页。
[2] 参见徐复观：《心的文化》，《中国思想史论集》，第210—217页，上海，上海书店出版社，2004年。
[3] 鲁迅：《坟·文化偏至论》，《鲁迅全集》第1卷，第54—55页。

其束缚,虽曰为我之舆台,顾同是舆台耳。去之奈何? 曰:在绝义务。义务废绝,而法律与偕亡矣。[1]

认为法国大革命式的民主,"夷隆实陷",使全社会"荡无高卑",于理想虽美满,实则灭"个人殊特之性"。[2]最后,他得出结论:"以独制众者古,而众或反离,以众虐独者今,而不许其抵拒,众昌言自由,而自由之蕉萃孤虚实莫甚焉。"[3]这与章太炎认为个人非为国家、社会、政府和他人而生以及反对代议制的观点是一致的。而且鲁迅的"去义务"说是受章太炎的"无责任"说启发而提出来的。(当然,关于这个问题,施蒂纳也有类似的表述。前引鲁迅"苟有外力来被"那段话本来就是转述施蒂纳的观点。)鲁迅还强烈抨击"汝其为国民"和"汝其为世界人"的说法,"前者慑以不如是则亡中国,后者慑以不如是则畔文明"。"慑"是让鲁迅不满的,而结果"寻其立意"虽然都"无条贯主的","而皆灭人之自我,使之混然不敢自别异,泯于大群,如掩诸色以晦黑,假不随驸,乃即以大群为鞭筜,攻击迫拶,俾之靡骋"。[4]这和章太炎在《四惑论》一文中不满主张者的"强施"和"谬托"如出一辙。鲁迅的这些主张显然是受到章太炎影响的,而且总的来说,他们两人都是从"人→国家"的向度来思考问题的。

与章太炎和鲁迅两人截然相反的是梁启超。梁启超的《新民说》表面上似乎是从"新民→国家"的向度来规定"新民",但

---

[1] 鲁迅:《坟·文化偏至论》,《鲁迅全集》第1卷,第52页。
[2] 鲁迅:《坟·文化偏至论》,《鲁迅全集》第1卷,第51页。
[3] 鲁迅:《集外集拾遗补编·破恶声论》,《鲁迅全集》第8卷,第28页。
[4] 鲁迅:《集外集拾遗补编·破恶声论》,《鲁迅全集》第8卷,第28页。

实则恰恰是从"国家→新民"的向度来做出规定。比如他说：

> 至今岿然不死者，我也；历千百年乃至千百劫而终不死者，我也。何以故？我有群体故。我之家不死，故我不死；我之国不死，故我不死；我之群不死，故我不死；我之世界不死。故我不死；乃至我之大圆性海不死，故我不死。[1]

这种由外而内地规定"我"（其义近于"自性"）的内涵的方式，一方面固然必压制"我"，与章太炎、鲁迅相对立；另一方面却正可以补充章、鲁的不足，因为无论如何，人确定其"我"，首先必借助于非"我"。

尽管鲁迅、章太炎皆从"人→国家"的向度而非从"国家→人"的向度来讨论问题，但他们都不能不考虑国家问题。章太炎认为政府是必需之恶[2]，认为印度所以亡国，是因为只有宗教，没有什么政治法律，"从来没有政治法律的国，任用何教，总是亡国"。[3] 面临"中国在今，内密既发，四邻竞集而迫拶，情状自不能无所变迁"的现状，鲁迅也是将他的立人与国家、民族（表现为人国理想）紧密绞合在一起的。[4] 严酷的现实逼使他们不能不将人和国家联系起来思考问题。不过，鲁迅的国家思想是无政府主义式的，或者说是汪晖先生所谓"人+人+人+等等"那样的自由人联盟思想[5]；鲁迅从未正面肯定政府、政治和法律的

---

[1] 梁启超：《余之生死观》，《梁启超集》，第11—12页，北京：中国社会科学出版社，1995年。
[2] 太炎：《官制索隐》，《民报》第14号。
[3] 太炎：《演说》，《民报》第6号。
[4] 鲁迅：《坟·文化偏至论》，《鲁迅全集》第1卷，第57页。
[5] 汪晖：《反抗绝望——鲁迅及其文学世界》，第14—15页。

意义。而章太炎是密切关注国家的性质、政府的组成、政治的运作和法律的建设的。章太炎虽然以"五无"为最高理想,但当下认同的却是经他一手改良过的资产阶级共和国。不过,无论章太炎,还是鲁迅,都永远不可能与施蒂纳一样地洒脱,认为:"就我自己而言,我却是而且继续是高于国家、教会、神之类的,因而也是永远高于联盟的。"[1]

当然,施蒂纳说:"共和国与专制王朝毫无二致:因为把国王叫做君主还是人民,反正都一样,因为两者都是'至尊'。恰恰是立宪政体表明了,没有人可以仅仅是工具。大臣们支配他们的主人——君主;议员们则支配他们的主子——人民。在这里至少党派是自由的,就是说官僚党派(所谓民众党派)。君主不得不适应大臣们的意志,而人民则任凭议会摆布。比起共和政体来立宪制度前进了一步,因为它是处于消融过程之中的国家。"[2]这种思想与章太炎和鲁迅两人对资本主义的反思或反抗有异曲同工之妙。因为在章太炎和鲁迅还在日本期间,日本思想界就介绍过施蒂纳的思想,《民报》上还转述过,因此产生一个疑点,即无论章太炎还是鲁迅,他们反思或反抗资本主义,是否可能都受到施蒂纳思想的影响呢?

二 "自性"与"摩罗诗力"

以逻辑言之,如何解决使人获得"自性"的问题已可终止。但鲁迅的思考并未就此止步,因为他绝不仅仅是一个思想者或文明批评者,更多的是一个文学者甚至文学家。这双重的身份使得

---

[1] 麦克斯·施蒂纳:《唯一者及其所有物》,第340页。
[2] 麦克斯·施蒂纳:《唯一者及其所有物》,第247页。

他不仅在其思想中表露出文学者的诗性气质，而且在其文学中也表露出思想者的厚重。这样，使人获得"自性"的问题，也在其文学中占据了一个重要位置。他认为最容易改变人精神的是文学，文学因此在他那里获得了本质属性，同时也成为使人获得"自性"的手段。

在鲁迅的构想里，只要有了有"自性"的个人，就可以破除人界的荒凉，就可以有雄厉无前的"人国"。那么，作为文学者的鲁迅，他将以何种文学培育人的"自性"或者使人发挥"自性"呢？他选择了摩罗诗力，在他看来，摩罗诗力就是人的内在的精神力量，争天拒俗并为人所共有。他认为：

> 诗人者，撄人心者也。凡人之心，无不有诗，如诗人作诗，诗不为诗人独有，凡一读其诗，心即会解者，即无不自有诗人之诗。无之何以能解？惟有而未能言，诗人为之语，则握拨一弹，心弦立应，其声澈于灵府，令有情皆举其首，如睹晓日，益为之美伟强力高尚发扬，而污浊之平和，以之将破。平和之破，人道蒸也。[1]

而"人文之留遗后世者，最有力莫如心声"，[2] 因此他选择了介绍"力足以振人，且语之较有深趣"[3] 的摩罗诗派。也就是说，鲁迅选择了以摩罗诗力培育个人"自性"、促使民族自觉的道路。[4] 他需要来自个人内部精神的力量，需要能激发这种力量的摩罗诗

---

[1] 鲁迅：《坟·摩罗诗力说》，《鲁迅全集》第1卷，第70页。
[2] 鲁迅：《坟·摩罗诗力说》，《鲁迅全集》第1卷，第65页。
[3] 鲁迅：《坟·摩罗诗力说》，《鲁迅全集》第1卷，第68页。
[4] 至于鲁迅为什么选择用文学救治民族，鲁迅自己在不同地方做过基本相同的说明，周作人、许寿裳等人也在不同地方说过相同的话。兹不具引。

力。但他并没有要求摩罗诗力直接服务于人生或国家,在他看来,摩罗诗力发生作用与发挥个人的"自性"是共生的,并不存在主从关系。他甚至认为:"涵养人之神思,即文章之职与用也。"[1]可见,即使只是一般意义上的文学,而非具有摩罗诗力的文学,也是与人的"自性"直接相关的。而且,通过与"自性"相关的一个范畴——心声,他将文学与国家(民族)也直接建立了关系。如他认为但丁之声的存在意味着意大利的统一[2],德国不亡是因为"国民皆诗,亦皆诗人之具"[3]。经过"自性"这个通道,文学、个人与国家(民族)三者在鲁迅那里形成了一个同构的关系。[4]这在周作人那里有相同的说法,如:"夫文章者,国民精神之所寄也。"[5]不过,鲁迅依然认定,有诗人,有需要诗人引导的非诗人。这与其认为有先天具有"自性"的个人、有后天获得"自性"的个人的思想是一致的。而且,从鲁迅也扮演道德家的角色来看,可以推定他的思想结构中还有一种人,即不能获得"自性"的人,不具有"诗心"从而不为诗人所激的人。这种思想包含着危险的消息。

尽管鲁迅建立文学、个人与国家(民族)的同构关系,但还是反对从"国家(民族)→文学"的向度来规定文学。在《月界旅行·辨言》中,他也说过"导中国人群以进行,必自科学小说

---

[1] 鲁迅:《坟·摩罗诗力说》,《鲁迅全集》第1卷,第74页。
[2] 鲁迅:《坟·摩罗诗力说》,《鲁迅全集》第1卷,第66页。
[3] 鲁迅:《坟·摩罗诗力说》,《鲁迅全集》第1卷,第73页。
[4] 郜元宝认为其时鲁迅的"文学"就是"心学"(郜元宝:《为天地立心——鲁迅著作所见"心"字通诠》,《鲁迅研究月刊》,2000年第7期),这对于沟通鲁迅思想与传统心性之学的关系来说,无疑是极为有效的。但鲁迅此"心",从概念上来说可以认为来自传统的心性之学,但其内涵可疑,落实其本土性似不必。
[5] 周作人:《论文章之意义暨其使命因及中国近时论文之失》,见钟叔河编《周作人文类编·本色》,第29页。

始",[1]则可探知科学和文学都能救国曾经是他审视科学和文学的联结点,意味着文学因国家(民族)而重要。但这是他认识到个人的"自性"之前的观点。在认识到个人的"自性"之后,他就认为文学相对于国家(民族)有更重要的意义。例如他批判"据群学见地以观诗者"的文学因反映普遍道德或者"观念之诚"而永存的观点时,反诘道:"然诗有反道德而竟存者奈何?则曰,暂耳。无邪之说,实与此契。"[2]个中关键就在于"据群学见地以观诗",即由非文学要求文学,而不是由文学要求文学、非文学。

进一步推究,则又与他关于个人的"自性"的思想纠缠在一起了。他认为"凡人之心,无不有诗",且认为"摩罗诗力"可以"破平和、蒸人道"。"人道"可解释为以爱护人的生命、关怀人的幸福、维护人的尊严、保障人的自由等为原则的人事或为人之道,也可解释为中国古代哲学中与"天道"相对的概念,指人事、为人之道或社会规范。两种解释皆隐含极深的道德意味。可见,鲁迅所谓文学不仅具有普遍性,而且也与道德密切相关。他还极力赞颂:"奥古斯丁也,托尔斯泰也,约翰卢骚也,伟哉其自忏之书,心声之洋溢者也。"[3]可见他也是主张"观念之诚"的。但他为什么要反对"据群学见地以观诗者"的逻辑呢?问题就在于"诚"是谁之诚。如果"诚"不直接与个人相关,而且会造成对个人的压制,则反对;而如果直接与个人相关,是个人"心声""内曜"的发抒,则提倡。由此理解他在东京创办《新生》以及翻译东欧弱小民族国家的小说等行为,显然是有意义的。

---

[1] 鲁迅:《译文序跋集·〈月界旅行〉辨言》,《鲁迅全集》第10卷,第164页。
[2] 鲁迅:《坟·摩罗诗力说》,《鲁迅全集》第1卷,第75页。
[3] 鲁迅:《集外集拾遗补编·破恶声论》,《鲁迅全集》第8卷,第29页。

鲁迅这个思想在章太炎"修辞立其诚"[1]的观念那里可以找到一些呼应。但无法确认，章太炎是否影响并在多大程度上影响了鲁迅。章太炎说："修辞立其诚也，自诸辞赋以外，华而近组则灭质，辩而妄断则失情。"[2]所谓"失情"，即不诚实，不是个人"心声"的发抒。

鲁迅主张以摩罗诗力"蒸人道"，拒天道，另外还有两个渊源：一，他发现，人之历史证明人之为人，在"人类之能，超乎群动"[3]，人本有拒天道之"能"；二，他作为道德家，认为当时的"人道"已经出现极大问题，需要"蒸"而救之。兹仅就第二点展开讨论。

鲁迅认为当时个人道德最大的问题是虚伪，故亟言"伪士当去，迷信可存，今日之急也"[4]。这与章太炎对时人道德的批评是一致的。例如，他批评当时"竞言武事"的"轻才小慧之徒"不过以所学"干禄"[5]，主张"制造商估"者不过为"博志士之誉"，而非真心爱国[6]，大部分主张"立宪国会"者不过借言立宪来"遂其私欲"[7]，所有这些人都

---

[1] 关于章太炎"修辞立其诚"的观念或者说关于章太炎的文学思想，参看吴文祺：《论章太炎的文学思想》，见章念驰编《章太炎生平与学术》，第370—398页。至于章太炎的文学思想与鲁迅之间的关系，或可参考日本学者木山英雄《"文学复古"与"文学革命"》一文。
[2] 章太炎：《与人论文书》，《章太炎全集（四）》，第167页。
[3] 鲁迅：《坟·人之历史》，《鲁迅全集》第1卷，第8页。
[4] 鲁迅：《集外集拾遗补编·破恶声论》，《鲁迅全集》第8卷，第30页。关于"伪士"与"迷信"的问题，日本学者伊藤虎丸先生做了极为细致和深刻的论述，参见其《早期鲁迅的宗教观——"迷信"与"科学"之关系》一文（《鲁迅、创造社与日本文学：中日近现代比较文学初探》，第103—128页）。
[5] 鲁迅：《坟·文化偏至论》，《鲁迅全集》第1卷，第45—46页。
[6] 鲁迅：《坟·文化偏至论》，《鲁迅全集》第1卷，第46页。
[7] 鲁迅：《坟·文化偏至论》，《鲁迅全集》第1卷，第46—47页。

> 势利之念昌狂于中，则是非之辨为之昧，措置张主，辄失其宜，况乎志行污下，将借新文明之名，以大遂其私欲者乎？是故今所谓识时之彦，为按其实，则多数常为盲子，宝赤菽以为玄珠，少数乃为巨奸，垂微饵以冀鲸鲵。[1]

他还批评当时一些昌言西方文明的人"时势既迁，活身之术随变，人虑冻馁，则竞趋于异途，掣维新之衣，用蔽其自私之体"[2]。又批评一些人"时为饮啖计，不得不假此面具以钓名声于天下耶"[3]。批评主张"破迷信"的人"自惟为稻粱折腰；则执己律人，以他人有信仰为大怪，举丧师辱国之罪，悉以归之，造作蜚言，必尽颠其隐依乃快"[4]。批评一些所学甚浅的年轻学生"自命中国桢干，未治一事，而兀傲过于开国元老；顾志操特卑下，所希仅在科名，赖以立将来之中国，岌岌哉！"。[5]

既然个人的道德问题已经如此严重，而鲁迅对此又极为敏感与忧虑，故必寻求解救之术。当章太炎以其精密的逻辑论证佛教对挽救人心的作用时，鲁迅立即表现出了认同。他说："夫佛教崇高，凡有识者所同可，何怨于震旦，而汲汲灭其法。若谓无功于民，则当先自省民德之堕落；欲与挽救，方昌大之不暇，胡毁裂也。"[6]这是他认同章太炎宗教思想的最明显的证据。另外，他还认为"宴安逾法，则矫之以教宗"是可能的[7]，"无间教宗学术

---

[1] 鲁迅：《坟·文化偏至论》，《鲁迅全集》第1卷，第47页。
[2] 鲁迅：《集外集拾遗补编·破恶声论》，《鲁迅全集》第8卷，第27页。
[3] 鲁迅：《集外集拾遗补编·破恶声论》，《鲁迅全集》第8卷，第29页。
[4] 鲁迅：《集外集拾遗补编·破恶声论》，《鲁迅全集》第8卷，第30页。
[5] 鲁迅：《集外集拾遗补编·破恶声论》，《鲁迅全集》第8卷，第31页。
[6] 鲁迅：《集外集拾遗补编·破恶声论》，《鲁迅全集》第8卷，第31页。
[7] 鲁迅：《坟·文化偏至论》，《鲁迅全集》第1卷，第49页。

美艺文章,均人间曼衍之要旨,定其孰要,今兹未能"[1],这些可做旁证。不过,正如许寿裳先生后来在回忆中谈到的那样,章太炎和鲁迅师弟"对于佛教的思想,归结是不同的;先生主张以佛法救中国,鲁迅则以战斗精神的新文艺救中国"[2],并没有完全接受章太炎的思想。他不可能认为道德亡则国亡,他对道德问题的关心,实际上源于对人的本质的思考。

无论是章太炎还是鲁迅,他们都认为须以某种手段来促使个人发挥"自性"的过程得以发生和进行。但是,由于他们对人的本质问题的思考各有所侧重,章太炎所谓人的本质是一个伦理规定问题,故侧重个人私德,而鲁迅所谓人的本质问题是规避道德化的,因此,他们的思考虽有所交叉,甚至有趋同之处,但根本上并不一致。章太炎将挽救人心的希望几乎完全寄托在佛教上,而鲁迅则试图通过摩罗诗力来使个人获得"自性"。尽管这两种选择都充满浪漫色彩,但前者的根底是悲凉的,而后者是虽然也摆脱不了悲凉的底色,但至少表象是乐观的。

问题到这里似乎可以结束了。但在晚清那样一个历史语境下,高蹈于文学不用之用的虚空显得毫无生气。鲁迅作为章太炎革命阵营里的一员,不能不将其文学的价值与国家(民族)纠缠在一起,提倡摩罗诗力。对鲁迅来说,这既是被迫的,也是自觉的。他期望摩罗诗力能使人获得"自性"的最终目的是为了建立"人国",那么,理想中的"人国"世界的国际关系应当如何呢?理想的民族与"自性"是否有关系?它应当怎样处理民族与民族之间的关系?鲁迅又是如何认知民族关系的现状的呢?

---

[1] 鲁迅:《坟·科学史教篇》,《鲁迅全集》第1卷,第29页。
[2] 鲁迅博物馆、鲁迅研究室、《鲁迅研究月刊》选编:《鲁迅回忆录(专著)》上册,第246页。

三 "自性"与"人国"间关系

前文提到，受尼采"牺牲庸众"的观念影响，鲁迅认为："是非不可公于众，公之则果不诚；政事不可公于众，公之则治不郅。"[1]但他并未完全认同尼采的观点。例如他介绍尼采时说：

> 若如尼佉，斯个人主义之至雄桀者矣，希望所寄，惟在大士天才；而以愚民为本位，则恶之不殊蛇蝎。意盖谓治任多数，则社会元气，一旦可隳，不若用庸众为牺牲，以冀一二天才之出世，递天才出而社会之活动亦以萌，即所谓超人之说，尝震惊欧洲之思想界者也。[2]

如果可以"用庸众为牺牲"，即意味着可以说，一族或一国侵略夷灭他族或他国，也是"用庸族（国）为牺牲"。但鲁迅却激烈地反对"喋喋誉白人肉攫之心"[3]，反对中国人在军歌中"痛斥印度波阑之奴性"[4]，借丹麦批评家勃兰兑斯之口，指斥普希金美颂俄国侵略波兰的武功是"惟武力之恃而狼藉人之自由，虽云爱国，顾为兽爱"，不满时人"日日言爱国"而"坠于兽爱"，[5]极力赞扬拜伦襄助希腊独立之精神，认为拜伦：

> 所遇常抗，所向必动，贵力而尚强，尊己而好战，其战复不如

---

[1] 鲁迅：《坟·文化偏至论》，《鲁迅全集》第1卷，第53页。
[2] 鲁迅：《坟·文化偏至论》，《鲁迅全集》第1卷，第53页。
[3] 鲁迅：《坟·文化偏至论》，《鲁迅全集》第1卷，第46页。
[4] 鲁迅：《坟·摩罗诗力说》，《鲁迅全集》第1卷，第67页。
[5] 鲁迅：《坟·摩罗诗力说》，《鲁迅全集》第1卷，第91页。

野兽,为独立自由人道也。[1]

可见,鲁迅并不认为世界上有"庸族(国)",可以用为牺牲,借用章太炎的表述,民族是有"自性"的。这是他思想中极为重要的部分,并进一步发展为对当时的"崇侵略"思潮的全面批判,认为:

> 崇侵略者类有机,兽性其上也,最有奴子性。[2]

他批评"崇侵略"的"佳兵之士,自屈于强暴久,因渐成奴子之性,忘本来而崇侵略者最下;人云亦云,不持自见者上也。间亦有不隶二类,而偶反其未为人类前之性者,吾尝一二见于诗歌,其大旨在援德皇威廉二世黄祸之说以自豪,厉声而嘷,欲毁伦敦而覆罗马;巴黎一地,则以供淫游焉。倡黄祸者,虽拟黄人以兽,顾其烈则未至于此矣"[3]。

鲁迅思想的这种发展显然已经超出了尼采等西方思想家的影响范围。[4] 其中自然有他在《摩罗诗力说》中所介绍的诗人的思

---

[1] 鲁迅:《坟·摩罗诗力说》,《鲁迅全集》第1卷,第84页。
[2] 鲁迅:《集外集拾遗补编·破恶声论》,《鲁迅全集》第8卷,第33页。关于鲁迅批判"崇侵略"的意图和意义,高远东先生在《鲁迅的可能性——也从〈破恶声论〉寻找支援》一文中做了极深刻的分析。另,王得后先生在《鲁迅留日时期"立人"的思想》(见汪晖、钱理群等著《鲁迅研究的历史批判——论鲁迅(二)》,第187—196页,石家庄:河北教育出版社,2001年)一文中亦有所分析,可参考。
[3] 鲁迅:《集外集拾遗补编·破恶声论》,《鲁迅全集》第8卷,第36页。
[4] 关于鲁迅早期所受尼采等西方思想家影响的问题,可参看闵抗生:《鲁迅的创作与尼采的箴言》,西安:陕西人民教育出版社,1996年;魏韶华:《论鲁迅的"思想原点"及其克尔凯郭尔之影响》,《鲁迅研究月刊》,2004年第7期。

想的影响以及为介绍这些诗人而运用的材料的影响[1],但如没有章太炎的思想因素在其中起作用,鲁迅彻底反对"崇侵略"的思想是不可能最后成立的。他达成上述思想的例证和论证,例如他认为"艺文思理"才是人类荣华,中国"凡所自诩,乃在文明之光华美大,而不借暴力以凌四夷,宝爱和平,天下鲜有";对于"举世滔滔,颂美侵略,暴俄强德,向往之如慕乐园,至受厄无告如印度波兰之民,则以冰寒之言嘲其陨落"的情形深致不满,认为:

> 波兰印度,乃华土同病之邦矣,波兰虽素不相往来,顾其民多情愫,爱自繇,凡人之有情愫宝自繇者,胥爱其国为二事征象,盖人不乐为皂隶,则孰能不眷慕悲悼之。印度则交通自古,贻我大祥,思想信仰道德艺文,无不蒙贶,虽兄弟眷属,何以加之。使二国而危者,吾当为之抑郁,二国而陨,吾当为之号咷,无祸则上祷于天,俾与吾华土同其无极。今志士奈何独不念之,谓自取其殃而加之谤,岂其屡蒙兵火,久匍伏于强暴者足下,则旧性失,同情漓,灵台之中,满以势利,因迷谬亡识而为此与。[2]

这些都是与章太炎密切相关的。鲁迅要求像"英吉利诗人裴伦之助希腊"那样:

> 为自繇张其元气,颠仆压制,去诸两间,凡有危邦,咸与扶掖,先起友国,次及其他,令人间世,自繇具足,眈眈皙种,失其

---

[1] 关于文章所使用的材料问题,日本的北冈正子先生在其著作《摩罗诗力说材源考》(何乃英译,北京:北京师范大学出版社,1983年)中做了极为细致的分梳。
[2] 鲁迅:《集外集拾遗补编·破恶声论》,《鲁迅全集》第8卷,第35—36页。

臣奴。[1]

此中所表露的感情也是与章太炎密切相关的。章太炎认为：

> 凡诸事业，必由一人造成，乃得称为出类拔萃。其集合众力以成者，功虽煊赫，分之当在各各人中，不得以元首居其名誉，亦不得以团体居其名誉。惟诸学术文艺技巧之属，高之至于杜多苦行，皆由自力造成，非他能豫。若是，斯足以副作者天民之号。若学术无心得，惟侈博闻；文艺无特长，惟随他律；技巧无新法，惟率成规；虽尽天下之能事，得尽有之，犹是他人所有，非无所独有也。[2]

这就意味着"艺文思理"才是人类荣华。

而且，正如前文所提到的，章太炎认为侵略国是兽心国，对被侵略国应该推己赤心以援救之，这和鲁迅所说的"兽性爱国者"以及要秉"人不乐为皂隶"之心、"反诸己"[3]以救同病的思考，简直如出一辙。无论是在章太炎那里，还是在鲁迅那里，民族的"自性"都是相互的，即互不压制，各自独立。[4]

当然，这里也有区别。章太炎的结论仅仅具有政治内涵，是

---

[1] 鲁迅：《集外集拾遗补编·破恶声论》，《鲁迅全集》第8卷，第36页。
[2] 太炎：《国家论》，《民报》第17号。
[3] 鲁迅：《集外集拾遗补编·破恶声论》，《鲁迅全集》第8卷，第35页。
[4] 同时代的周作人亦有类似意见，如他说："虚无主义纯为求诚之学，根于唯物论宗，为哲学之一支，去伪振敝，其效至溥。近来吾国人心，虚伪凉薄极矣，自非进以灵明诚厚，乌能有济？而诸君子独喜妄言，至斥求诚之士子为蠢物，中国流行军歌，又有詈印度波阑马牛奴隶性者，国人若犹可为，不应有此现象。"（周作人：《论俄国革命与虚无主义之别》，见钟叔河编《周作人文类编·中国气味》，第48页。）这当然是章太炎和鲁迅的影响之论。

从他的关于"自性"的相对性的观念中推导出来的，而鲁迅则将问题引向对人的本质的探寻，将崇侵略的性质定为兽性和奴子性，这就不是推论，而是直接联系在一起了。

另外，他们都拒绝取消民族的"自性"，即反对世界主义。清末各种思潮风起，以吴稚晖和刘师培为代表的无政府主义是其中较为重要的一支，他们的喉舌分别是《新世纪》和《天义报》，《民报》上也不时有关于无政府主义的宣传，影响仅次于梁启超、孙中山、章太炎等人的思想。鲁迅早年亦曾受到影响，如他曾用无政府主义来证明自己的个人主义：

> 嗟夫，彼持无政府主义者，其颠覆满盈，铲除阶级，亦已至矣，而建说创业诸雄，大都以导师自命。夫一导众从，智愚之别即在斯。[1]

1932年12月，他在《祝中俄文字之交》一文中谈到清末对俄国的了解时说："那时较为革命的青年，谁不知道俄国青年是革命的，暗杀的好手？尤其忘不掉的是苏菲亚，虽然大半也因为她是一位漂亮的姑娘。现在的国货的作品中，还常有'苏菲'一类的名字，那渊源就在此。"[2] 他当时自然是"较为革命的青年"。此可见他所受影响之一斑。但在1908年作的《破恶声论》一文中，他将"汝其为世界人"作为"恶声"来破，认为它所主张的"同文字也，弃祖国也，尚齐一也，非然者将不足生存于二十世纪"，立意无条贯主的，"灭人之自我，使之混然不敢自别异，泯于大

---

[1] 鲁迅：《坟·文化偏至论》，《鲁迅全集》第1卷，第54页。
[2] 鲁迅：《南腔北调集·祝中俄文字之交》，《鲁迅全集》第4卷，第472页。

群","至所持为坚盾以自卫者，则有科学，有适用之事，有进化，有文明"，但"于科学何物，适用何事，进化之状奈何，文明之谊何解"，则不但未说清楚，且自相矛盾，实在只是随波逐流、沽名钓誉的"莫能自主"之见。[1]这几乎将吴稚晖他们所主张的无政府主义的所有内容都消解掉了。这种变化是章太炎的影响在起作用。

章太炎固然也曾受到无政府主义的影响，认为无政府主义者是"倜傥愍世之材"，希望实现无政府主义，但他最终的理想是"无世界"，故认为"以无政府主义中道自画，而不精勤以求其破碎净尽者，此亦乏远见者也"。可是"今日欲飞跃以至五无（无政府、无聚落、无人类、无众生、无世界），为可得也"，只好"随顺有边"为"跛驴之行"，以"共和伪政，及其所属四制（均配土田、官立工场、限制相续、公散议员）"为基础，"期以百年，然后递见五无之制"。[2]既然如此，当时谈无政府主义就显得不切情理，因此，他说：

> 人有恒言曰，玉卮无当，虽宝非用。凡哲学之深密者类之矣。无政府主义者，与中国情状不相应，是亦无当者也。其持论浅衰不周，复不可比于哲学。盖非玉卮又适为牛角杯也。转而向上言公理者，与墨子天志相类。以理缚人，其去庄生之齐物不逮尚远；言幸福者，复与黄金时代之说同其迷罔，其去婆薮槃头舍福之说又愈远矣。诚欲普度众生，令一切得平等自由者，言无政府主义不如言无生主义也。转而向下为中国应急之方，言无政府主义不如言民族主

---

[1] 鲁迅：《集外集拾遗补编·破恶声论》，《鲁迅全集》第8卷，第28—29页。
[2] 太炎：《五无论》，《民报》第16号。

义也。[1]

他驳斥巴黎无政府主义者的"同文字"说及改良汉语说，强调汉字决不可废弃之义，并提出纽文三十六、韵文二十二等五十八音，以便蒙学。[2] 这引起了《新世纪》的反诘，他乃发表《规新世纪》一文，进行辩驳。另外，在《民报》第22号（1908年7月10日）上，还有他作的《台湾人与新世纪记者》一文，抓住巴黎无政府主义者称呼中国为"贵国"的把柄，认为既"自呼其国曰贵国，则必有所谓'敝国'者"，诘以主张无政府主义则不能承认国家，则"敝国"何来，斥责他们是"阳言无政府者，犹槟榔屿少女，聚歌沙丘，以求新牡"，比立宪党人还要顽钝无耻。鲁迅上述观点与此极为相近，而当时除章太炎外，在鲁迅之前别无他人如此苛责无政府主义者，可知鲁迅只能从他这里接受影响。[3]

上述问题还有周作人在1922年的一段回忆为旁证。他回忆当年章太炎反对吴稚晖提倡废去汉字改用万国新语（即现在所谓世界语的Esperanto）的情形时说："当时我们对于章先生的言论完全信服，觉得改变国语非但不可能，实在是不应当的。"[4]

由此可见，在章太炎思想的影响下，鲁迅从"人皆有不乐为皂隶之心"的观点出发，即个人是反抗的，而非裁制的，否定侵略，期待雄厉无前的"人国"出现在世界上，国际关系是各自独

---

[1] 太炎：《排满平议》，《民报》第21号，1908年6月10日。
[2] 太炎：《驳中国用万国新语说》，《民报》第21号。
[3] 关于鲁迅与无政府主义的关系，白浩《鲁迅与无政府主义》（见《鲁迅研究月刊》2004年第12期）一文做了比较细致的梳理，可供参考。
[4] 周作人：《艺术与生活·国语改造的意见》，第52页，石家庄：河北教育出版社，2002年。

立,互不压制。

结　语

　　经过上文的论证,鲁迅留日时期的思想是如何建构并如何受到章太炎主笔《民报》时期的思想的影响等问题,似乎已然解决。但有必要认为,这依然是有待于解决的。从鲁迅思想本身的独特性来看,即使鲁迅受到章太炎若干影响,也是他主动选择的结果,鲁迅的思想建构实际是一个主动求索、不断"拿来"的过程,鲁迅借他与时代的关系形成了他自己。当然,晚清留日的学习语境在近代中国毕竟是过渡性的,这从鲁迅思想表达的文体——借传统儒佛道学的概念来转述西方现代思想中也可窥见一斑。[1]

　　无论章太炎还是鲁迅,他们在那个时代以思想交通方式进行的独唱寡和,其实并无当今人们想象的热闹。鲁迅的思想和精神在留日时期初步形成了,但随之而来的却是回国后九年的沉默期。一方面是如火如荼的近代革命和社会巨变,一方面是思想文化方面的迟滞和等待,鲁迅这个中国之子,注定还得再次咀嚼自己的失败,默默经受历史的锤炼,如同静静运行的地火,酝酿着日后的爆发。

---

[1] 郜元宝在《为天地立心——鲁迅著作所见"心"字通诠》一文中曾讨论过鲁迅用传统心性之学的词汇来翻译新神思宗思想的问题,可参考。

论鲁迅思想及其文学与"相互主体性"意识

——从高远东《现代如何"拿来"——鲁迅的思想与文学论集》谈起

高远东《现代如何"拿来"——鲁迅的思想与文学论集》(下称《现代》)出版于2009年,收文分三辑,即"《故事新编》研究"3篇,"鲁迅与中国现代性问题"7篇,"鲁迅的小说及其他"13篇,共23篇,另有前言和后记。书面世后,学界有极高的评价,如孙郁认为高远东发现的"互为主体"的概念,是继"立人""中间物"意识之后的一个重要的精神隐喻。[1] 高远东本人对"互为主体"的问题极为看重,除在前言中强调,最近著文《鲁迅"相互主体性"意识的当代意义》,又做了一番自我梳理,再三致意。[2] 这如果能够沉淀为理解鲁迅的一种基本知识,就很有可能成为高远东对鲁迅研究最重要的贡献。有鉴于此,我的讨论就从"相互主体性"意识开始。

---

[1] 中国文学年鉴社编:《中国文学年鉴2010》,第521—522页,中国文学年鉴出版社,2010年。
[2] 高远东:《鲁迅"相互主体性"意识的当代意义》,《探索与争鸣》,2016年第7期。

一

《现代》主要通过对鲁迅早期文言论文《破恶声论》批判"崇侵略"时提出的"反诸己"的分析和建构,着力发掘并阐发了鲁迅的"相互主体性"意识,认为鲁迅"把'立人'的主体化建构发展到相互关系领域,从而克制'兽性'/'奴子之性'、确立'相互主体性'(intersubjectivity)的可能性"[1]。书中针对学界已有研究的薄弱之处强调,"就鲁迅由'立人'而'立国'的思路而言,其对'崇侵略'思想的批判无疑居于要津之点"[2]。在这里,鲁迅的"立人"延伸到人、社会、国家两两组合的相互关系当中。如果说注重"主观""自觉""出客观梦幻之世界"的"立人"还带有某种神秘性甚至自我封闭倾向,隐含着某种危险的消息(例如其思想资源中的尼采超人思想,即有贵族气),在建构个体的"主体性"时难免牺牲社会、国家的"主体性",进入到人、社会、国家两两组合的相互关系当中的"立人",当其建立"反诸己"的"自觉"及勾连"人各有己"与"群之大觉"的机制时,危险的痕迹就被鲁迅擦除了。《现代》因此认为,鲁迅思想在此生发了"相互主体性"意识,为克制和消灭"兽性""奴子之性"提供了方法论,为消除各个相互关系领域中的主从关系提供了可能。"通过执着彼此的相互性,鲁迅实际上已经触及其早期思想中某些语焉不详的命题的展开渠道,比如'立人'和'立国'的关系问题——如何把个人觉醒的'自觉'发展为社会觉醒的'群之大觉',如何由'群之大觉'而至于建立现代民族

---

[1] 高远东:《现代如何"拿来"——鲁迅的思想与文学论集》,第63页,上海:复旦大学出版社,2009年。
[2] 高远东:《现代如何"拿来"——鲁迅的思想与文学论集》,第67页。

国家——'人国',等等,就可循此而找到路径。"[1]这不仅意味着对鲁迅早期思想研究的某种突破性进展,将关于鲁迅早期思想的认识由"立人"具体化到了"立人"是确立"相互主体性"这样一个层面,而且意味着鲁迅的可能性与当代社会再次碰撞,鲁迅思想依然能够为中国、东亚甚至世界的现代性提供强有力的方法论支持。书中甚至认为上述对鲁迅思想的演绎,"或许隐藏着解决问题的答案"[2]。我们不妨对现在的问题存有不同理解,用或不用"现代性""后现代性""全球化""保守化""民族主义回潮""物化""异化"之类符号也并无实际关碍,但恐怕都无法逃避的现实是,人与人之间、人与社会之间、人与国家之间、大大小小的群体与群体之间,隔膜、推诿、压制、侵吞已无微不至地存在着,相互之间缺乏必要的尊重和理解,"兽性"和"奴子之性"蔓延,恰恰缺乏鲁迅思想中的"相互主体性"意识。我对现状的描述也许过于悲观,然而考虑到城乡差别日益扩大形成的鸿沟,国际差别日益扩大形成的隔阂,"民工"成为贬义词,"入侵"成为"民主","现代性"某种程度上被视为一切灾祸的根源,等等,也许不得不认为:时间的流驶,仿佛独与鲁迅无关似的,其思想依然超拔于前,积蓄着力量,提供着方法,指引着方向。

当然,我无意于勾勒一个孤独的、超拔于中外思想资源并因此与之隔绝的鲁迅思想的轮廓。事实上,超拔于前固然是鲁迅思想的特质,并因此构成其在当代社会的可能性,但鲁迅思想的建构,正如众多研究已经注意甚至给出结论的那样,是在吸纳、批

---

[1] 高远东:《现代如何"拿来"——鲁迅的思想与文学论集》,第71页。
[2] 高远东:《现代如何"拿来"——鲁迅的思想与文学论集》,第75页。

判、提炼和熔合中外思想的基础上完成的。《现代》就提及鲁迅的"相互主体性"意识是在对中国传统和西方资本主义文明的双重批判的基础上生成的,其中有章太炎先生的影响。查考章太炎先生的文章,的确可以发现许多与鲁迅"相互主体性"意识极为相近的表达。例如,章太炎先生曾经指出:"一般舆论,不论东洋西洋,没有一个不把文明野蛮的见横在心里。学者著书,还要增长这种意见,以至怀着兽心的强国,有意要并吞弱国,不说贪他的土地,利他的物产,反说那国本来野蛮,我今灭了那国,正是使那国的人民获享文明幸福。……不晓得文明野蛮的话,本来从心上幻想现来。只就事实上看,什么唤做文明,什么唤做野蛮,也没有一定的界限,而且彼此所见,还有相反之处。"[1]这种以文明野蛮为"心上幻想"的见解,显然不仅揭示了文明野蛮之见本身的"兽心"、野蛮性,而且突出了国与国之间各自具有主体性且互不压制,即具有"相互主体性"的特点。这与鲁迅思想的相关性不言而喻,"相互主体性"作为一个问题,对于章、鲁思想关系,也许是非常重要的一个联结点。这意味着鲁迅对于不同主体间相互关系的深刻结论,不仅基于自我思想逻辑的内在发展,而且基于前人的思考及自身对所处社会的深刻体察。

《现代》认为,鲁迅所诉求的"中国现代性",是以"相互主体性"意识为基础的,因此,无论是其启蒙立场还是其"自由"观,都有着迄今为止不可磨灭的价值。"新国学"运动和"后现代"言论质疑鲁迅,质疑五四启蒙精神,质疑"中国现代性",虽然有的放矢,但却"挣不脱自身学术利益与知识逻辑的局限",受制于"卷土重来的世界范围的文化保守主义思潮、福

---

[1] 章太炎:《论佛法与宗教、哲学以及现实之关系》,《章太炎集·杨度集》,第16页。

柯的知识—权力的解构政治学、詹姆逊的'后马克思主义'、方兴未艾的后殖民主义文化批评等驳杂的当代西方理论"。[1]《现代》对"新国学"运动和"后现代"言论的批判，不仅令人联系起1908年鲁迅对"汝其为国民""汝其为世界人"的批判。这固然是《现代》有意模仿鲁迅，追随其精神旨趣，本质上则是因为历史与现实间强大的相关性，某种历史重演的恶谑。当年的革命派（汪兆铭）和无政府主义者（吴稚晖）难免"本根剥丧、神气旁皇"之消，对本土理解不够，对外来文化、思想批判不够，现在提倡"新国学"和鼓吹"后现代"的人士，也难免鹦鹉学舌、人云亦云之讥。质言之，历史和现实中的这些人士，都可能是鲁迅笔下的"伪士"，缺乏主体意识，更勿论"相互主体性"意识。以此，则不仅《现代》对其所处历史语境的批判性反思是有着充分价值的，而且《现代》为进行批判所建构出来的鲁迅的"相互主体性"意识作为鲁迅的一种可能性也是有着特殊意义的。尽管如《现代》所意识到的那样，鲁迅自己也许没有赋予"相互主体性"清晰的、成熟的理论形态，经由《现代》论证成熟的"相互主体性"意识还是在或一层面上揭示了鲁迅思想的超越性。因此，"鲁迅的可能性是一种文明的可能性，它不仅是现代的，也是批判现代的，因而也就可能是超现代的——即使在21世纪，对于中国乃至亚洲、全世界，仍然存在足资发掘、借鉴、再出发的宝贵资源"。[2]在这个意义上，鲁迅不但永无可能如其所望般"速朽"，而且将成为一个世界性、人类性的不朽。

鲁迅不朽，当然并非幸事，意味着中国甚至世界在同样的历

---

[1] 高远东：《现代如何"拿来"——鲁迅的思想与文学论集》，第77页。
[2] 高远东：《现代如何"拿来"——鲁迅的思想与文学论集》"前言"，第4页。

史轨道上一次又一次地重复运动,依然面临的是鲁迅提出的问题。但应当注意的是,《现代》并非在重复鲁迅的意义上论证了鲁迅不朽。《现代》不仅将鲁迅提出的问题("古性""兽性""奴子性")和方法("反诸己")投射和变异至当代语境,勾连鲁迅与儒家修治传统等古今中外资源的关系,而且将鲁迅提出的问题和方法集中在"相互主体性"意识上,从而建构出一个能够直接与当下对话的鲁迅,丰富了启蒙思想家鲁迅的内涵。也就是说,不是鲁迅本身诉求着不朽,也并非重复鲁迅就能诉求不朽,而是作为建构主体的研究者发现了鲁迅不朽,正如德国和法国的浪漫派发现了莎士比亚不朽一样。是研究者,是我们,需要鲁迅不朽。

在建构鲁迅的"相互主体性"意识时,《现代》延续汪晖的有关研究,主要联系了"新神思宗"及章太炎的有关"个体""自性"的思想,并进而强调了鲁迅把"立人"的主体化建构发展到相互关系领域以确立"相互主体性"的独特贡献。[1]这一思路既厘清了鲁迅思想的来龙去脉,也突出了鲁迅的主体性。但如果结合起《现代》一书中针对《故事新编》所提出的鲁迅与道家的复杂关系,也许将有一些别有兴味的发现。《现代》认为:"鲁迅体内不仅有老庄为血肉,更有孔墨做骨骼;虽然他的生命的痛感、虚无情绪会通于庄老,但他的人生目标及实际却与孔墨相连。"[2]作为血肉的庄老,其于鲁迅之影响,恐怕不止于生命的痛感、虚无情绪的相通。老子描绘小国寡民,主张绝圣弃智,认为佳兵不祥,也许都在或一层面上进入了鲁迅关于"立

---

[1] 高远东:《现代如何"拿来"——鲁迅的思想与文学论集》,第62—63页。
[2] 高远东:《现代如何"拿来"——鲁迅的思想与文学论集》,第54页。

人""人国"的思考，影响着其"相互主体性"意识的生成。老子认为佳兵不祥，因为"胜而不美，而美之者，是乐杀人"。这与鲁迅认为"兽爱"是作"肉攫之鸣"相通，显然都是反对战争带来的人性的浇漓，冀望于人性的"恬淡"，相互尊重。老子认为"智慧出，有大伪"，与鲁迅提出的"伪士当去，迷信可存""轾才小慧之徒"相通。"伪士"和"轾才小慧之徒"凭借"知识的石块"（尼采语）威慑小民，就产生了主奴关系，故"伪士当去"。只有绝圣弃智（绝"大伪"弃"小慧"），才能"闻其白心"，恢复人本来的主体性。老子认为："小国寡民，使有什伯之器而不用，使民重死而不远徙，虽有舟舆无所乘之，虽有甲兵无所陈之，使民复结绳而用之。甘其食，美其服，安其居，乐其俗。邻国相望，鸡犬之声相闻。民至老死不相往来。"这表明老子对物质进步、居住空间变化及人际交往侵扰有难以掩饰的恐惧和担忧。的确，正如章太炎在《俱分进化论》中所论证的那样："若以道德言，则善亦进化，恶亦进化；若以生计言，则乐亦进化，苦亦进化。双方并进，如影之随形，如罔两之逐影，非有他也。知识愈高，虽欲举一废一而不可得。"[1] 个人要维持自己的主体性，始终处于如何处理与物质进步及人际交往的关系的困境中。按照老子的理解，只有"退化"，拒绝物质进步，拒绝人际交往，拒绝空间移动，才能保证无是非纷扰。有了物质进步，则必有高下之比较及人为物役之结局；有了空间移动，则必有因差异而成人我优劣之论争及压迫关系之建立；有了人际交往，则必有人我之互相绞缠及主奴之等级。申而言之，则老子期望的是一个无人为物役、优劣压迫、主奴分等的"小国"，每个个体都保

---

[1] 章太炎：《章太炎全集》第4卷，第386页，上海：复旦大学出版社，2009年。

有自己的主体性，且尊重他人的主体性。这与鲁迅的"人国"理想及"相互主体性"意识确有几分相通。当然，必须指出的是，老子思想中的上述因素，并非老子自身或《老子》一书中的明确内涵，乃是笔者所做的阐发和引申，用意在于试图论证鲁迅思想血肉中的老庄对鲁迅的影响，也许比《现代》所论证的更为复杂、深刻。

二

思想上难以抵制的因袭，也许是需要更多笔墨去分剖的。《现代》在通过《故事新编》展开鲁迅对于儒家的批判与承担时曾在注释中提到："鲁迅的'立人'思想与儒家类似主题的渊源关系一直未得到学界重视。事实上，'立人'一词即出自《论语》，是典型的儒家词语。"[1]不知作者对 2010 年人民文学出版社出版的王得后《鲁迅与孔子》一书如何看待，以其对王得后的服膺，当有同情。在我看来，与"相互主体性"这一源自哈贝马斯的交往理性的概念密切相关，但却并不若合符节的"反诸己"一说，可能也是儒家"立人"思想的重要的方法论。"反诸己"的字面最早可能源自《吕氏春秋》：

> 主道约，君守近。太上求诸己，其次求诸人。其索诸弥远者，其推之弥疏。其求之弥疆者，失之弥远。何谓反诸己也？适耳目，节嗜欲，释智谋，去巧故，而游意乎无穷之次，事心乎自然之途，若此则无以害其天矣。[2]

---

[1] 高远东:《现代如何"拿来"——鲁迅的思想与文学论集》，第 5 页。
[2] 许维遹:《吕氏春秋集释·季春纪》卷三"论人"，北京：中国书店，1985 年。

这段儒道夹杂的表达与鲁迅留日时期的"立人"思想,在逻辑上是非常接近的,鲁迅强调通过"反诸己"而离伪诈,去"兽性""奴子性",返回"白心",而《吕氏春秋》则认为"反诸己"就是离伪诈等以保证"无以害其天",游意无穷,事心自然。所谓游意无穷,与鲁迅所说的"心声""内曜"也不无交通。而《吕氏春秋》这些表达的思想资源,虽然道家的痕迹更为明显,但很难说没有来自《论语》和《中庸》的成分。《论语》里说:"君子求诸己,小人求诸人。"朱熹辑录的两条解释如下:

> 谢氏曰,君子无不反求诸己,小人反是,此君子小人所以分也。
> 杨氏曰,君子虽不病人之不己知,然亦疾没世而名不称也。虽疾没世而名不称,然所以求者,亦反诸己而已。小人求诸人,故违道干誉,无所不至。[1]

不难看出,后世儒者对于"求诸己"的理解往往就是"反诸己",而鲁迅对于"伪士当去"的理解也与朱熹辑录的第二条解释是非常一致的。鲁迅在《破恶声论》中揸击的"伪士"大体上就是儒家所说的"违道干誉,无所不至"的小人。《中庸》里说:"射有似乎君子,失诸正鹄,反求诸其身。"朱熹认为这是子思用来总结上文"在上位不陵下,在下位不援上,正己而不求于人则无怨,上不怨天,下不尤人"等说法的。[2] 由此可见,"反诸己"与破除主从关系的理解,早在《中庸》里就有一定的说法,鲁迅也许仅仅是将这人与人之间关系的理解扩展到了更广阔的领域而

---

[1] 朱熹:《论语集注》,第160页,济南:齐鲁书社,1992年。
[2] 朱熹:《四书章句集注·大学中庸》,第10页,上海:商务印书馆,1935年。

已。因此，虽然很难说是有意还是无意，但作为曾经的孔子之徒，鲁迅其实是以常见的儒门心法进入了《现代》所谓"相互主体性"意识所构建的宏阔世界。在这个意义上，虽然鲁迅自言中了"庄周韩非的毒"[1]，但其未曾明言的或许是中毒更深的所在，的确值得类似王得后《鲁迅与孔子》那样的专门讨论。当然，正如《现代》在坦承鲁迅与中国传统文化之关系难治时所言："所谓传统文化者，乃中国古代思想、语言、文物、典章、制度等一切的总和，学者既难穷一生之力尽其皮毛，也难在此基础上建立科学的概念、范畴和运用确切的方法分析评价之，以其昏昏，殊难使人昭昭，故难免知者不为之讥。"[2]根据已有研究去建构一些小修小补式的鲁迅与中国传统文化的关系容易，要真正建构一种具有包揽全局的结构性的分析框架去理解鲁迅与中国传统文化的关系，简直是没有可能的。因此，当《现代》借力马克斯·韦伯的宗教社会学理论建构起从道德与事功、信念与责任、思想与行动等连动实践层面讨论鲁迅与中国传统思想儒、墨、道的"文明批评"大厦时，其雄心、魄力与细致考索的精神，都已化为令人赞佩的意识形态工作。《现代》在处理鲁迅研究史中的一些重要话题和现象时，提出了鲁迅研究传统中的"意识形态性和科学性"问题，并或弘扬或批判了王瑶、丸山昇、竹内好、詹姆逊等人的鲁迅研究。书中说："我把一部分鲁迅研究工作说成建立某种意识形态，并不像人们通常所认为的含有贬义。这不仅由于鲁迅的思想和作品本身能够给予支持，而且正由于它，鲁迅研究

---

[1] 关于这一点，日本学者木山英雄曾有相关论述。见木山英雄：《庄周韩非的读》，《文学复古与文学革命——木山英雄中国现代文学思想论集》，第97—112页，北京：北京大学出版社，2004年。
[2] 高远东：《现代如何"拿来"——鲁迅的思想与文学论集》，第21页。

才成为鲁迅事业的组成部分,才成为一种有成有败的实践。"[1]从这个意义上来看,《现代》关于鲁迅可能性的部分建构,尤其是关于鲁迅的"相互主体性"意识的建构,无疑是"意识形态性"的,是"鲁迅事业的组成部分"。而它或弘扬或批判的王瑶、丸山昇、竹内好、詹姆逊等人的鲁迅研究,也不妨视为鲁迅事业的或一组成部分;至少王瑶和丸山昇的鲁迅研究,在《现代》看来,是鲁迅事业的延伸。《现代》肯定王瑶先生的鲁迅研究是"以鲁迅精神治鲁迅"[2],肯定丸山先生所想的与鲁迅所想的"一定会有不少相互交通的地方"[3]。《现代》对鲁迅的研究似亦可得到这样的考语,是"以鲁迅精神治鲁迅",其所思所想,是与鲁迅思想相互交通的。而"反诸己"作为一个重要的儒学词语和儒家行为,也许将与我们日常所说的"将心比心"及章太炎的思考一起,暗示鲁迅思考与一般中国思想的同质性,甚至暗示鲁迅思想的通俗和简单。但是,谁敢说通俗、简单的意识中没有包含深刻的道理?不过,不是人人都能体察其中三昧吧?

当然,我存有疑问的是,《现代》在《故事新编》中发现的原儒、原墨、原道的鲁迅形象,也许不尽于鲁迅将"立人"的思索推移到了接榫中国传统的新纬度,为"立人"找到了"一个正面的、更加切实的答案"[4]。这样的鲁迅形象至少与中国传统中热心于原儒、原道或言必称孔老(先秦)的各类知识分子有着毋庸讳言的家族相似性,甚至与欧美世界的言必称希腊(苏格拉底)也异曲同工。当然,有意思的是,历来重"效"(儒效、道

---

[1] 高远东:《现代如何"拿来"——鲁迅的思想与文学论集》,第232页。
[2] 高远东:《现代如何"拿来"——鲁迅的思想与文学论集》,第237页。
[3] 高远东:《现代如何"拿来"——鲁迅的思想与文学论集》,第244页。
[4] 高远东:《现代如何"拿来"——鲁迅的思想与文学论集》,第35页。

教、新文化之末流等）的鲁迅原儒、原墨、原道的取径与前贤后生皆有大出入。如果在韩愈（《原道》）、黄宗羲（《原儒》）、章太炎（《尊荀》）、尼采（《悲剧的诞生》）等中西先贤的著作中看到的是严肃的、正襟危坐的论文，是"大说"，在鲁迅《故事新编》中则只有"油滑"的"小说"。面对如此重大的课题，鲁迅早年也曾在《文化偏至论》《破恶声论》等论文中"大说"之，晚年却以《故事新编》"小说"之，不能不说是别有意味的。当然，其意味到底何在？也许是为了区别处理西方"本根"（《文化偏至论》《破恶声论》）与东方"本根"（《故事新编》）？也许是为了避重就轻地进入原儒、原墨、原道的语境，不与儒、墨、道漫长的"效"史对话？也许是一种鲁迅式的"随便"？也许与鲁迅对"小说"功能的理解有关？也许与鲁迅借原儒、墨、道以清理自我有关？笔者尚不能决断，谨以此就教于方家。

从《现代》所掘发的作为思想资源的"相互主体性"意识出发，我以为正如有的学者已经展示过的那样[1]，是能够厘定鲁迅文学的一些具体特点的。在《现代》一书中，作者通过对鲁迅《故事新编》的研究，首先呈现出来的是一个清理儒、墨、道思想人物并借以清理自身的鲁迅。作者以此得出一种可能性："鲁迅清理它们，既是清理中国的历史、文化，也是清理曾负担着这一传统之一切黑暗和光亮的自我，同时也为我们奠定了现代中国人和中国文化再出发的新基点。"[2] 在《故事新编》中，的确能够通过鲁迅的手眼发现不同于经史典籍中的孔子、老子、墨子、庄子、伯夷、叔齐、周武王、姜尚、禹等中国文化、历史和现实中

---

[1] 代田智明：《全球化·鲁迅·相互主体性》，李明军译，《内蒙古民族大学学报》，2008年第1期。
[2] 高远东：《现代如何"拿来"——鲁迅的思想与文学论集》，第55—56页。

都有举足轻重的地位的人物及思想,甚至还能发现古典世界与现代世界斑驳陆离的交错拼贴关系,从而重新打量它们。《现代》提到:"诸如'好杜有图''古貌林''OK''咕噜几里'之类言谈分明是在强调殖民主义的外来文化价值与本土文化事实的差异和隔膜。"[1]这虽然不过是只言片语,但考虑到鲁迅从一开始进入五四文化场域,就有着既批判传统又批判现代的双重性,不妨认为《故事新编》以此为那些历史上的卡里斯马型的人物描绘了一个立体的价值场景,强调短兵相接时固有文化复苏的必要和可能。看起来,这些历史中的卡里斯马型的人物通过鲁迅的笔复活之后,既未丧失主体性,又未侵占作者及其所处时代的意义和价值空间,彼此是互为主体的。这也正符合鲁迅自己的说法:

> 因为自己的对于古人,不及对于今人的诚敬,所以仍不免时有油滑之处。过了十三年,依然并无长进,看起来真也是"无非《不周山》之流";不过并没有将古人写得更死,却也许暂时还有存在的余地的罢。[2]

所谓对古人不及对今人诚敬,即是不屈己从人,而未将古人写得更死,即是不屈人从己,这正是一种"相互主体性"意识。假如要谈论复调的问题,我以为这便是鲁迅文学呈现出某种复调面貌的思想根底。而且,从这种"相互主体性"意识构成的思想根底出发,我以为也可以更好地理解《现代》对小说家鲁迅的看法,即小说家鲁迅"不仅为中国现代小说贡献了规范的'经典',而

---

[1] 高远东:《现代如何"拿来"——鲁迅的思想与文学论集》,第34页。
[2] 鲁迅:《故事新编·序言》,《鲁迅全集》第2卷,第354页。

且贡献了反规范的'经典'"[1]。这是一种典型的既反映时代又引领时代更超越时代的形象。《现代》对于鲁迅作为中国现代性答案的理解在这一形象中的投射是清晰可辨的。《现代》在建构鲁迅的可能性时,固然注意到鲁迅与现代世界并行的关系,更加重视的是鲁迅对现代世界的批判和超越;同样地,在描绘小说家鲁迅时,《现代》固然注意到"中国现代小说在鲁迅手中开始,在鲁迅手中成熟"(严家炎语),也许更加重视的则是鲁迅对中国现代小说的超越。这样的思路不仅有助于全面把握鲁迅小说创作的全貌,而且有助于理解鲁迅由创作《呐喊》《彷徨》而创作《故事新编》的内在动因。"作为一个时代的文学代表,作为一个时代的文学想象力和创造力的结晶,鲁迅似乎早就预见到他的作品会有怎样的命运,明白人类的惰性会把其创造的结晶尊为典范、沿为'成规',又特地以《故事新编》给出警示。"[2]鲁迅创作《故事新编》的内在动因似乎恰好在于自我批判,即"旧我"与"新我"之间的"相互主体性"意识,批判当时即已成经典的《呐喊》《彷徨》,批判经由自己一手打造的中国现代小说传统,建立、建设新的小说美学。以此,《现代》打开了理解《故事新编》的广阔视野:"我们说《故事新编》是自由的,不仅指作品的主题精神,而且指其中的体制和方法;我们说《故事新编》是一种解放,不仅相对于旧文学,而且主要相对于新文学;我们说《故事新编》体现了鲁迅的历史哲学,不仅看到它与《呐喊》《彷徨》的区别,而且看到它与《野草》的区别。"[3]如果从这些层面入手解读《故事新编》,确实有可能得出许多胜义纷披的结

---

[1] 高远东:《现代如何"拿来"——鲁迅的思想与文学论集》,第158页。
[2] 高远东:《现代如何"拿来"——鲁迅的思想与文学论集》,第160页。
[3] 高远东:《现代如何"拿来"——鲁迅的思想与文学论集》,第156—157页。

论,如《现代》已经做到的那样。当然,必须强调的是,如果没有对《故事新编》审美意义的充分信任,是很难对其进行与鲁迅的"立人"思想联系起来的相关性分析的;至少,分析的结果将难以令人信服。

三

那么,鲁迅是谁呢?我的疑问与《现代》大概有些交叉。在《鲁迅小说的典范意义》一文中,作者劈面问道:"鲁迅是谁?"这一问题的提出可能多少与文章的性质是课堂讲稿有关[1],但更多地却源于对鲁迅形象史的反思及对当下语境的焦虑。从这篇文章所署的时间"1999年9月"来看,我以为提问面对当下语境的焦虑似乎是更关键的。20世纪90年代以来,鲁迅及鲁迅研究所受到的质疑、挑战和改写,是非同小可的,不仅作家批评鲁迅和鲁迅研究,读者冷漠对待鲁迅,而且大学校园里也有学者和学生将鲁迅漫画化,[2]"鲁迅是谁"成了一个迫在眉睫的问题。作者作为一个鲁迅及其思想、文学的爱好者(参看前言),意识到这一问题的存在并给出答案,乃是自然而然的。而作为一个从事鲁迅研究多年的专家,清理和反思鲁迅形象史虽是题中之义,但心口之间,容有距离,心中或有"鲁迅是谁"之念,口中或无"鲁迅是谁"之语。因此,对当下语境的焦虑应该是作者提问更关键的因素。然而,从作者尝试做出的回答来看,上述因素都只是其提问的表面,深层因素应该是作者所理解的鲁迅的复杂程度。

---

[1] 高远东:《现代如何"拿来"——鲁迅的思想与文学论集》,第144页。
[2] 关于20世纪90年代以来鲁迅及鲁迅研究所遭遇的困境,或可参看秦弓《近来贬低鲁迅现象的原因与危害》一文,见《广播电视大学学报》,2001年第1期。

紧接着提问，作者说道："套用'一百个读者就有一百个哈姆雷特'来理解鲁迅研究的主观性似乎有点离题太远，太一般化。鲁迅像尼采一样有一种反庸常、反市侩气、超拔人的精神而直奔崇高的气质，基于一些常识性的学理去认识他，总感到有点难以到位。"[1]由此可见，鲁迅对于作者而言，是一个难以理解的、巨大的存在。作者更进一步认为："作为植根于中国现代性运动的一种立场和方法，鲁迅长期以来意味着问题的答案：它既是由人数众多的先进知识分子克服痛苦和怀疑，经由不断的提问、辩驳、斗争、证实而构成的一条追求真理、探寻人类灵魂奥秘之路，也是立足现实、放眼世界、融汇古今中外的文化创造实践；在文化政治层面上，它当然更是折射中国人存在意志的意识形态战场，不断回荡着中国之矛与中国之盾的斫击、杀伐之声。"[2]这里涉及的问题之多之大，不仅作者的《现代》一书无从完全解决，而且穷鲁迅研究全史，恐亦无完全令人满意的答案。作者所理解的鲁迅，其丰富性、复杂性实在非同小可，因此其所以提问"鲁迅是谁"，也就显得意味深长。如果一定要勾勒出作者关于"鲁迅是谁"的答案，也许不妨参详《现代》之《未完成的现代性——论启蒙的当代意义并纪念"五四"》一文，造一个简洁、笼统的句子，即：鲁迅是中国现代性的答案。这个去除了许多杂质的句子，也许能够抓住作者理解鲁迅的核心。这个句子的逻辑似乎与日本汉学界流传的"竹内鲁迅""丸山鲁迅""丸尾鲁迅"……有些相似，即都倾向于从鲁迅那里寻找当下问题的答案。[3]当然，

---

[1] 高远东：《现代如何"拿来"——鲁迅的思想与文学论集》，第143页。
[2] 高远东：《现代如何"拿来"——鲁迅的思想与文学论集》，第143页。
[3] 曾有书评表示高远东鲁迅研究的对话对象，有一段时间就是丸山昇等人。参见李明晖、靳丛林：《思想的足迹——高远东〈现代如何"拿来"——鲁迅的思想与文学论集〉》，《上海鲁迅研究》2009年第3期。

我并不想去仿造一个类似的词"某某鲁迅",而是想通过一些蛛丝马迹的寻觅,理解《现代》建构鲁迅的崇高形象的理路和资源,并以"相互主体性"意识为方法,寻找平等对话的可能。也就是说,我并不希望对"鲁迅是谁"的回答走向一种对当下问题的解决,而是试图接纳鲁迅介入类似《故事新编》曾经描摹过的"好杜有图"的当下时空,共同面对问题。那么,鲁迅是谁?并不是答案和导师,只是朋友。

  面对后现代思潮的冲击,作者认为:"鲁迅研究唯有贴近自己历史的、道德的、问题的基础,依靠严谨、坚实、富于创造性的科学思考,才能进行高质量的学术建设,推动学术研究的发展。"[1]《现代》一书可以说是作者对自己主张的严肃践行,其中关于鲁迅小说的研究提供了坚实的学术成果,而另外一些文章,如《鲁迅的可能性——也从〈破恶声论〉寻找支援》《未完成的现代性——论启蒙的当代意义并纪念"五四"》《经典的意义——鲁迅及其小说兼及弗·詹姆逊对鲁迅的理解》等,则在直接的、针锋相对的论争中捍卫了鲁迅及鲁迅研究的真谛。这一事实表明,鲁迅研究与鲁迅本人,都是无法脱离谬托知己、是非蜂起的尴尬的。然而,正如作者所坚信的:"真理即使始终埋没,依然会在自然和人类社会发挥其决定性的作用和影响。"[2]尔曹身与名俱灭,不废江河万古流。当世俗和历史的尘埃落定,鲁迅、鲁迅的事业及其组成部分,将始终是巨大的存在,"一种文明的可能性"。作者的意见很清楚:"说到底,谈论鲁迅毕竟是我们自己的建构工作,是我们自己的思想史、学术史甚至政治史的一部

---

[1] 高远东:《现代如何"拿来"——鲁迅的思想与文学论集》,第235页。
[2] 高远东:《现代如何"拿来"——鲁迅的思想与文学论集》,第283页。

分,建构的成败并非取决于鲁迅,而是取决于建构主体的我们而已。"[1] 的确,鲁迅及其思想、文学作为已完成的历史存在,本身是敞开的、不证自明的。而自从被谈论的第一天起,一个游走于甚至远离历史存在周边的鲁迅,作为始终未完成的历史存在,便"取决于建构主体的我们"而生长变化着。在这生长变化的过程中,有些建构凝固成形,积淀为新的建构起点,另有一些则烟消云散,化为漫漶的历史背景。

---

[1] 高远东:《现代如何"拿来"——鲁迅的思想与文学论集》,第59页。

第 二 编

主体建构的自我问题及历史哲学

《野草》：梦与忆之诗

鲁迅《野草》书写梦境之频繁，梦幻色彩之浓烈，创伤性回忆之痛楚，我以为是显而易见的，然而其内涵如何，则如幽暗之深渊，令人难以索解。鲁迅本人对于《野草》之珍视，《野草》对于理解文学者鲁迅及思想者鲁迅之重要，则使诠解《野草》者，代不乏人。其中固有强作解人者，如坐实《野草》大部分篇什为鲁迅情感生活中之"难以直说的苦衷"，但从总体上考察的话，我以为不妨得出结论：从《野草》发表的20世纪20年代以来，几代中外学人数十年来的《野草》研究已经从思想、文学、政治、生活等诸层面照亮了《野草》的诸多幽暗之处，一部分研究成果甚至已积淀为读者进入《野草》的前理解了。举其荦荦大者，则孙玉石先生的1982年出版的著作《〈野草〉研究》[1]和日本学者木山英雄先生1963年发表的日文论文《〈野草〉的诗与

---

[1] 孙玉石先生长期从事《野草》研究，相关著述主要有《〈野草〉研究》（北京：中国社会科学出版社，1982年）和《现实的与哲学的——鲁迅〈野草〉重释》（上海：上海书店出版社，2001年）。

"哲学"》[1]，我以为是无法绕开的学术成果。前者对《野草》所进行的全方位的考察和分析，后者对《野草》主体建构过程的精微呈现，无疑都是卓有成效的。

孙先生在《〈野草〉研究》一书中指出："《野草》在吸取异域的营养、培植自己的新花这一方面，给我们提供了许多宝贵的经验。其中重要的一条就是：要博采众家的长处，进行独立的创造。"并具体论证了《野草》与波特莱尔、屠格涅夫的散文诗在思想境界、艺术方法和抒情风格上的关系，尤其提到了屠格涅夫有些散文诗篇也是用"我梦见自己……"开头的。[2] 这一思路给我极大的启发，以为在此基础上进行更为广泛和深入的分析之后，或能更为全面和深切地把握梦、忆纠缠的《野草》与古今中外文学资源的关系，从而寻找到一条通向鲁迅文学和思想深处的路径。我以为《野草》不仅博采异域众家之长，而且与中国固有诗文传统有难以割舍的血脉联系。鲁迅正是以古今中外的文学资源为营养，才完成其以梦与忆为羽裳、表"难以直说"之苦衷的杰作《野草》的。

一　一种可能的原型结构

在诗学的层面上，中国古典文学是如何处理梦（忆）的，也许是一个饶有趣味的话题。[3] 我以为其中可能存在某种原型性质

---

[1] 木山英雄先生的论文《〈野草〉的诗与"哲学"》由赵京华先生译出，分"上""中""下"三篇分别发表于《鲁迅研究月刊》1999年第9、10、11期。
[2] 参见孙玉石：《〈野草〉研究》，第206—221页，北京：北京大学出版社，2007年。
[3] 关于这一话题，已然有一些比较成熟的研究。其中邹强《中国经典文本中梦意象的美学研究》（济南：齐鲁书社，2007年）一书详细讨论了在中国历史上，自然之梦向文本之梦的发展，并重点研究了从先秦至清代中国经典文本中（转下页）

的结构，从而形成梦（忆）的诗学。其结构呈现出明显的圆环状态，即："当下——诱引——梦（忆）——诱引——当下"。这在唐以前的作品中，似乎并无清晰的痕迹，只是个别现象。《楚辞》中未见符合其例的作品，《诗经》中亦仅见一篇《小宛》大体吻合。此诗如下：

> 宛彼鸣鸠，翰飞戾天。我心忧伤，念昔先人。明发不寐，有怀二人。人之齐圣，饮酒温克。彼昏不知，壹醉日富。各敬尔仪，天命不又。中原有菽，庶民采之。螟蛉有子，蜾蠃负之。教诲尔子，式穀似之。题彼脊令，载飞载鸣。我日斯迈，而月斯征。夙兴夜寐，毋忝尔所生。交交桑扈，率场啄粟。哀我填寡，宜岸宜狱。握粟出卜，自何能穀？温温恭人，如集于木。惴惴小心，如临于谷。战战兢兢，如履薄冰。[1]

其结构大致可析为"当下（鸠飞）——诱引（见鸠飞而心伤）——梦（忆）（忆述先人圣迹）"，缺少关于回忆停止和当下如何的明确文字，是一个未完成的圆环。

但自从唐以来，这个圆环就由众多文人墨客一起画得完整、饱满且流丽了。个中原因也许与人类对梦（忆）的认识和理解程度有密切关系。简言之，无法明确分辨梦（忆）与当下的关系时，自然不能对梦（忆）进行别有意味的叙述和描写，以梦为

（接上页）梦意象的政治、社会内涵和审美价值，认为唐代诗人李白《梦游天姥吟留别》一诗标志不是注重梦的内容，而是赋予梦以形式的审美之梦成立，而明清文本如汤显祖《牡丹亭》、曹雪芹《红楼梦》则是成熟和高峰的体现。该书认为，从某种意义而言，中国文学史就是一部梦文学史，在主题、审美等意义上沉淀下丰富的集体无意识遗产。

[1] 参见程俊英、蒋见元：《诗经注析》，第594—599页，北京：中华书局，1991年。

休咎之征兆时，则无疑满怀敬慎或畏惧，更不用谈何叙述和描写了。本文并非要探讨这一知识学和人类学的问题，仅欲勾勒一种可能的原型的大致图景。这一图景，我以为首先是由唐朝最重要的诗人之一李白，在其重要的诗作之一《梦游天姥吟留别》中，进行了出色的描摹的。其诗写道：

> 海客谈瀛洲，烟涛微茫信难求。越人语天姥，云霓明灭或可睹。天姥连天向天横，势拔五岳掩赤城。天台四万八千丈，对此欲倒东南倾。我欲因之梦吴越，一夜飞渡镜湖月。湖月照我影，送我至剡溪。谢公宿处今尚在，渌水荡漾清猿啼。脚著谢公屐，身登青云梯。半壁见海日，空中闻天鸡。千岩万壑路不定，迷花倚石忽已暝。熊咆龙吟殷岩泉，栗深林兮惊层巅。云青青兮欲雨，水澹澹兮生烟。列缺霹雳，丘峦崩摧。洞天石扉，訇然中开。青冥浩荡不见底，日月照耀金银台。霓为衣兮风为马，云之君兮纷纷而来下。虎鼓瑟兮鸾回车，仙之人兮列如麻。忽魂悸以魄动，恍惊起而长嗟。惟觉时之枕席，失向来之烟霞。……[1]

其中不仅可以观察到极为清晰的圆环结构，即"当下（客谈人语）——诱引（越人语天姥）——梦（忆）（游天姥）——诱引（惊起）——当下（觉时之枕席）"，而且诗题中的"梦游"二字明确表示诗作叙述的是梦境。李白和《梦游天姥吟留别》作为中国古典文学史最重要的诗人和诗歌之一，给中国文学奠定的基础和造成的影响，应该说是难以估量的。即使不进行量化的统计和分析（当然，所谓量化的统计和分析，也未必具有可操作性），

---

[1] 参见李白：《李太白全集》中册，第705—708页，（清）王琦注，北京：中华书局，2010年。

也不妨猜测，一种可能的原型由此开始形成。

同样的事情也许在杜甫的《梦李白二首之一》发生。杜甫在诗中写道：

> 死别已吞声，生别常恻恻。江南瘴疠地，逐客无消息。故人入我梦，明我长相忆。君今在罗网，何以有羽翼？恐非平生魂，路远不可测。魂来枫林青，魂返关塞黑。落月满屋梁，犹疑照颜色。水深波浪阔，无使蛟龙得。[1]

诗题标明了"梦"，结构亦循"当下（逐客无消息）——诱引（吞声、恻恻的怀念之情）——梦（忆）（故人入梦）——诱引（魂返关塞）——当下（落月满屋梁）"而来。我以为实在不难想象，杜甫后来者也要表达自己梦见故人的情怀时，会"夫子步亦步，夫子趋一趋"。杜诗对于加强前述圆环结构沉淀为原型的可能性，其分量应该是值得充分信任的。且不说有宋一代的江西诗派和晚清的同光诗人不会拒绝杜甫留下的丰沛遗产，即使是普通中国文人，恐怕也是难以拒绝的。

相对而言，李商隐的影响肯定小于李白、杜甫二人，但其《锦瑟》所可能达成的历史势能也还是未可低估的。李商隐写道："锦瑟无端五十弦，一弦一柱思华年。庄生晓梦迷蝴蝶，望帝春心托杜鹃。沧海月明珠有泪，蓝田日暖玉生烟。此情可待成追忆，只是当时已惘然。"[2] 其结构即"当下（追忆）——诱引

---

[1] 参见倪其心、吴鸥译注：《杜甫诗选译》，第116—118页，黄永年审阅，南京：凤凰出版社，2017年。

[2] 参见李商隐：《李商隐选集》，第1—6页，周振甫选注，上海：上海古籍出版社，1986年。

（锦瑟）——梦（忆）（华年情事）——诱引——当下（追忆）"。这一首引起纷纭讼事的诗是否直接继承前述李白、杜甫诗作的风骨以及对后来者到底形成了多大的影响，也许都难以论证，但无疑有助于增强上述原型结构的可能性。尤其是该诗以庄生梦蝶为典，极大地扩充了该诗的内涵，使该诗所述内容处于梦、忆绞缠的境地，诗中的时间因此呈现出多个向度：当然指向难以释怀的过去，却也未免不是一种憧憬中的未来，一种无从分辨的现在，一种无可奈何的虚构。如果说在李白和杜甫诗中可以觉察到现在和过去、现实和梦想直接对话的内容，那么在李商隐的诗中也许可以觉察到更多，时间缠绕的程度要更复杂，诗歌的意旨也要更加复杂，因而也就更其晦涩难解。

而宋人晏几道的《蝶恋花》："梦入江南烟水路，行尽江南，不与离人遇。睡里消魂无说处，觉来惆怅消魂误。　欲尽此情书尺素。浮雁沉鱼，终了无凭据。却倚缓弦歌别绪，断肠移破秦筝柱。"[1]其叙事结构"当下（入睡）——诱引——梦（忆）（行尽江南，睡里销魂）——诱引（觉）——当下（倚弦而歌）"亦同属一种原型，而情绪则与二李相通。太白诗中遗憾"失向来之烟霞"，义山诗中喟叹旧情惘然，小山词中感慨梦醒惆怅，都是一种往日（梦）不可重现的伤感。另外，苏轼《江城子》："十年生死两茫茫，不思量，自难忘。千里孤坟，无处话凄凉。纵使相逢应不识，尘满面，鬓如霜。夜来幽梦忽还乡，小轩窗，正梳妆。相顾无言，惟有泪千行。料得年年肠断处，明月夜，短松冈。"[2]其结构显然也可离析为上述原型。此词对于中国文人创作悼亡妇

---

[1] 参见李明娜：《小山词校笺注》，第20—21页，台北：文津出版社，1981年。
[2] 苏轼：《东坡乐府》，第65页，上海：上海古籍出版社，1979年。

的诗文而言，应该是绕不开的吧。那么，其对于圆环结构沉淀为一种可能的原型，无疑是有特殊贡献的。

同样，在唐传奇中，也可以观察到类似的叙事结构，如沈既济《枕中记》，其结构可分析为"当下（吕翁欲度卢生）——诱引（青瓷枕）——梦（忆）（卢生梦尽一世繁华）——诱引（悟）——当下（吕翁点化卢生）"。《枕中记》通过否定卢生的俗世繁华之念来肯定吕翁的修道成仙，千年之后，根据蒲松龄《崂山道士》改编的木偶剧《崂山道士》（虞哲光导演，上海美术电影制片厂1981年出品）以相同的叙事结构讲述了一个几乎完全背道而驰的故事，形成了极富意味的梦与梦之间的对话。该故事结构可析为"当下（王七读书）——诱引（《神仙传》）——梦（忆）（王七崂山学得穿墙术归，向妻子炫耀）——诱引（梦中头撞墙起包，疼醒）——当下（妻子斥责王七整天看《神仙传》）"。在这梦与梦的对话之间，也许不妨设想一些更深层次的问题，即前述圆环结构不仅作为文人个体的叙事结构原型存在于中国文学中，而且作为一种集体无意识的叙事结构原型存在于中国文学和中国人的叙事性格中，因此成为一种具有结构主义意味的原型结构。当然，这一设想究竟能否成立，尚有待于大量的文本证据，甚至需要某种数值分析，才能论证圆环结构作为原型的准确性、重要性及其美学价值。本文只能停留于一种设想和可能，并在此基础上论证鲁迅《野草》的叙事结构和诗学特征。

这一可能的原型结构也许可以与刘勰所讨论的"神与物游"建立一定联系，但无论其关系如何，都不妨碍鲁迅在创作《野草》时，以其为中国文学固有的血脉和营养，替《野草》寻找到精巧的圆环结构和连环套结构。当然，必须指出的是，鲁迅作为后来者，技高一筹；其时间意识与思想意识也另有超卓之处。李白可以"人生在世不称意，明朝散发弄扁舟"[1]，李商隐可以"嗟余听鼓应官去，走马兰台类转蓬"[2]，鲁迅则无此托庇之所，只找到一个终点——"坟"。也许，在普鲁斯特身上可以发现更多的共同点，毕竟都是现代人。在《追寻逝去的时光》中，不仅可以找到与鲁迅《野草》相同的叙事结构，而且还可能找到一样的时间意识。

二　鲁迅的时间意识与《野草》的叙事结构

从上述可能的原型结构过渡到鲁迅的《野草》，当然不是直接的和表面的。鲁迅固然是在中国古典文学影响甚至制约下所形成的某种河床上进行《野草》创作的，但二者之间要建立真正的血肉联系，还需要一些更为切身的因素；而这恐怕是难以证实的。本文也无意寻找直接的证据，仅将上述可能的原型结构在《野草》中的出现，理解为一种集体无意识的暗涌。而这一暗涌，我以为恰好与鲁迅创作《野草》时的时间意识、精神状态和思想面貌达成冥契。

《野草》是鲁迅精心结构的有通盘考虑的作品，对其中所涉及的诸层面的问题，即后来研究者所论及的哲学、政治、家庭、婚恋、文化问题，鲁迅都有相当清醒的意识。因此，《野草》所采用的特殊的叙事结构，必然有极为重要的思想原因。本文主要考察鲁迅的时间意识所可能造成的书写上的需要。

在《坟》的后记中，鲁迅写道："一切事物，在转变中，是

---

[1] 李白：《李太白全集》，第861页。
[2] 李商隐：《李商隐选集》，第94页。

总有多少中间物的。动植之间，无脊椎和脊椎动物之间，都有中间物；或者简直可以说，在进化的链子上，一切都是中间物。"[1] 我以为"进化"就是以动植物的变化来记录时间的一种时间意识。因此，既然"在进化的链子上，一切都是中间物"，那么"过去"作为时间意识是"中间物"，"现在"作为时间意识是"中间物"，"将来"作为时间意识也是"中间物"，都是处于变换状态中的、没有永恒意义的、流动的时间。"过去"固然不值得特别珍惜，"现在"和"将来"也无必要特别尊敬，人以及人所拥有的时间（过去、现在、将来）都不存在绝对意义。在此状态下，鲁迅需要做出一种选择，即将意义赋予过去还是现在，抑或是将来？选择似乎是唯一重要的。在不同场合下，出于不同的目的，鲁迅曾经将意义谨慎地分别放置在过去、现在和将来。例如在"听取将令"[2]的"呐喊"时期，他曾经在《狂人日记》中呼吁"救救孩子"[3]，在《我们现在怎样做父亲》中曾经承诺"自己背着因袭的重担，肩住了黑暗的闸门，放他们到宽阔光明的地方去；此后幸福的度日，合理的做人"[4]，似乎认为将来是意义的栖息之所。然而，他给《我们现在怎样做父亲》一文署的笔名唐俟——空等待[5]，与《狂人日记》的文言小序一起暗示了他的焦灼心理，他对未来是并无确信的。其后，当鲁迅"荷戟独彷徨"[6]时，则借《影的告别》中的影之口否认将来了。《头发的故

---

[1] 鲁迅：《坟·写在〈坟〉后面》，《鲁迅全集》第1卷，第301—302页。
[2] 鲁迅：《呐喊·自序》，《鲁迅全集》第1卷，第441页。
[3] 鲁迅：《呐喊·狂人日记》，《鲁迅全集》第1卷，第455页。
[4] 鲁迅：《坟·我们现在怎样做父亲》，《鲁迅全集》第1卷，第145页。
[5] 参见知堂：《关于鲁迅》，《宇宙风》第29期，1936年11月16日。
[6] 鲁迅：《集外集·题〈彷徨〉》，《鲁迅全集》第7卷，第156页。

事》中N先生对预约"黄金时代的出现"的不满[1]，也可视为鲁迅否认将来的曲折表达。然将来为现在之积累，否认将来即可谓否认现在。因此，鲁迅在《过客》中只是让那个三四十岁的汉子不停地走，既不认同老翁和女孩（过去和未来，或未来和过去）的意见，也无法解释自己走的意义，只是走罢了。面对选择，鲁迅是矛盾的、犹疑不安的。最后，他只好自我宽解地如《坟》的后记所写的那样承认："我只很确切地知道一个终点，就是：坟。"[2]

然而，坟的意义正如他在《坟》的《题记》中所进行的自我譬解那样，"一面是埋藏，一面也是留恋"[3]。"留恋"则意味着一定程度上的肯定，对过去不能完全抛弃，对未来（终点是坟）不能完全否定，对现在不能完全摆脱。那么，考虑到同样是在《坟》的《题记》中鲁迅对杂辑旧作的解释，"在我自己，还有一点小意义，就是这总算是生活的一部分的痕迹"[4]，就不妨认为，至少在面对个体时，或者时间仅仅是指向个体的生命冲动时，他赋予过去的意义是远远大于现在和将来的。这也就是他为什么要在《朝花夕拾·小引》当中感慨"我有一时，曾经屡次忆起儿时在故乡所吃的蔬果：菱角、罗汉豆、茭白、香瓜。凡这些，都是极其鲜美可口的；都曾是使我思乡的蛊惑。后来，我在久别之后尝到了，也不过如此；惟独在记忆上，还有旧来的意味存留。他们也许要哄骗我一生，使我时时反顾"[5]的原因。当过去化为记

---

[1] 鲁迅：《呐喊·头发的故事》，《鲁迅全集》第1卷，第488页。
[2] 鲁迅：《坟·写在〈坟〉后面》，《鲁迅全集》第1卷，第300页。
[3] 鲁迅：《坟·题记》，《鲁迅全集》第1卷，第4页。
[4] 鲁迅：《坟·题记》，《鲁迅全集》第1卷，第4页。
[5] 鲁迅：《朝花夕拾·小引》，《鲁迅全集》第2卷，第236页。

忆,不管真相如何,只要"还有旧来的意味存留",他就会"时时反顾",不惜被哄骗一生。

由此可以清晰地看到,当鲁迅处理个体的时间意识之时,其意义的天平倾向了过去,倾向了记忆。这可以说是一种非理性的处理时间的方式,与理性的处理方式相比,在鲁迅那里,是有着极大分歧的。当鲁迅理性地处理时间时,他是一个清醒的现实主义者,其意义的天平倾向现在,如在《华盖集·杂感》中,他认为:"现在的地上,应该是执着现在,执着地上的人们居住的。"[1]鲁迅创作《野草》时,不可能完全处于非理性状态,即只听从个体的生命冲动,但亦绝不可能舍弃非理性状态下对个体、对人、对社会所获得的独特体验,因此需要用一种既可承载过去(梦与忆)又可承载现在的叙事结构,至少可以满足作者下列要求:(一)始终表现作者清醒地意识着自己处在当下;(二)却绝不妨碍作者"时时反顾",无论是回到过去,还是进入梦境;(三)从而可以轻松地释放个体"难以直说的苦衷"。原型结构"当下——诱引——梦(忆)——诱引——当下"基本是可以满足这一要求的,鲁迅只需要加以适当的改变。

当然,在进入《野草》文本内部之前,我以为两点还是有必要稍作梳理。其一是前文近于默认鲁迅之于上述可能的原型结构,是浸润其中、必受影响的。这固然难于完全落实,鲁迅先生有三首旧体诗还是有一定程度的实证价值的:

> 扶桑正是秋光好,枫叶如丹照嫩寒。却折垂杨送归客,心随东棹忆华年。(1931年)[2]

---

[1] 鲁迅:《华盖集·杂感》,《鲁迅全集》第3卷,第52页。
[2] 鲁迅:《集外集拾遗·送增田涉君归国》,《鲁迅全集》第7卷,第454页。

华灯照宴敞豪门,娇女严妆侍玉樽。忽忆情亲焦土下,佯看罗袜掩啼痕。(1932年)[1]

皓齿吴娃唱柳枝,酒阑人静暮春时。无端旧梦驱残醉,独对灯阴忆子规。(1932年)[2]

这三首七绝显然都与可能的原型结构"当下——诱引——梦(忆)——诱引——当下"有毋庸置疑的相似性。在20世纪30年代创作旧体诗时,鲁迅能浸馈其中,那么改换文体,在20世纪20年代创作散文诗《野草》,动用同样的资源,应非难事。其二,据吴晓东先生研究,中国现代作家通过写"梦"来进行艺术探索,本有执迷,鲁迅创作《野草》也不过其中一例罢了。[3]在一种特殊的时代氛围下,既然有着"难以直说的苦衷",又有着艺术上的写"梦"之执迷,鲁迅为表达其独特的时间感受,似乎也只有在《野草》中选择"当下——诱引——梦(忆)——诱引——当下"式的叙事结构了。

的确,鲁迅《野草》内部各文本基本上都存在着一个明显的圆环结构,在时序及事序上均有整饬的表现,其结构均为"当下——诱引——梦(忆)——诱引——当下"。《野草》共有24篇,除《题辞》及《我的失恋》外,剩下22篇基本符合上述结构,详情见下表:

---

[1] 鲁迅:《集外集拾遗·所闻》,《鲁迅全集》第7卷,第461页。
[2] 鲁迅:《集外集拾遗·无题二首其二》,《鲁迅全集》第7卷,第462页。
[3] 参见吴晓东:《"梦"与中国现代作家的艺术探索》,《文艺理论研究》,1996年第1期。该文除论及中国现代作家写"梦"与象征主义、厨川白村的文艺理论关系外(以废名和曹葆华为主个案,涉及何其芳和鲁迅),亦曾论及与沈既济、李商隐等中国古代文人创作的关系,与本文的论题可以相互发明。

篇名	当下	诱引	梦（忆）一	梦（忆）二	诱引	当下
秋夜	游园	枣树	后园世界的梦幻秩序	小青虫的英雄形象	笑声	抽烟
影的告别	睡觉		影与"你"的对话			
求乞者			"我"遇到求乞者			
复仇			"无血的大戮"			
复仇（其二）			耶稣被钉杀			评论
希望	寂寞	白发	曾经的青春	身外的青春	平安	夜
雪		雨	江南雪景、堆雪人	北方雪景		
风筝	冬天	风筝	"精神的虐杀"	"无怨的恕"		冬天
好的故事	夜读	《初学记》	记忆中"好的故事"	梦中"好的故事"	惊觉	昏夜
过客			过客与老翁、女孩			
死火	夜梦		发现死火			
狗的驳诘	夜梦		狗与"我"对辩		挽留	床上
失掉的好地狱	夜梦		魔鬼回忆"地狱"			
墓碣文	夜梦		"我"读墓碣文阳面	读墓碣文阴面	尸语	
颓败线的颤动	夜梦	梦魇	"神女"故事一	"神女"故事二		梦醒
立论	夜梦		老师教立论			
死后	夜梦		死后的流言及是非	死后的思想	火花	起来
这样的战士			战士奋战无物之阵			
聪明人和傻子和奴才			奴才诉苦	奴才立功		
腊叶	夜读	腊叶	深秋拾病叶			
淡淡的血痕中		屠杀	造物主是怯弱者	呼唤叛逆的猛士		
一觉	编校	空袭	"青年的魂灵"			编校

上表表明《野草》不是所有各篇皆符合"当下——诱引——梦（忆）——诱引——当下"这一结构；实际上，包含所有结构要素的篇目只有《秋夜》《希望》和《好的故事》。但这并不意味着"当下——诱引——梦（忆）——诱引——当下"结构的失效，考虑到结构要素不全的诸篇强烈的梦的特色或鲜明的忆的色彩，我以为那些缺失的要素在虚拟的意义上是完全存在的，仅仅是在具体的文本中呈现为缺失状态而已。这种缺失可能是因为文体造成的，如《过客》，作为短剧，不宜有过多的说明；也可能是作者鲁迅有意的省略，因为并不影响意义的传达，如以"我梦见"开头的诸篇。也许，从文体角度切入，还可以解释为何《题辞》及《我的失恋》与《野草》整体的文本结构不同。

因此，顺着《野草》内部各文本的次序阅读下来，就能明确地观察到《野草》整体上的时序和事序是"当下——诱引——梦（忆）——诱引——当下——诱引——梦（忆）——诱引——当下……"各个圆环首尾相连的连环套结构。而且，《野草》各篇的梦（忆）色彩从头至尾呈"淡——浓——淡"的态势，亦可谓圆环结构。在这一线索上观察《野草》最后一篇《一觉》最后一段话，就会觉得它特别意味深长了：

> 在编校中夕阳居然西下，灯火给我接续的光。各样的青春在眼前一一驰去了，身外但有昏黄环绕。我疲劳着，捏着纸烟，在无名的思想中静静地合了眼睛，看见很长的梦。忽而惊觉，身外也还是环绕着昏黄；烟篆在不动的空气中上升，如几片小小夏云，徐徐幻出难以指名的形象。[1]

---

[1] 鲁迅：《野草·一觉》，《鲁迅全集》第2卷，第229—230页。

以叙事结构而言，这段话比《题辞》更具有总括《野草》的意味，因为它：

（一）包含着《野草》本文最基本的结构"当下（我疲劳着，捏着纸烟）——诱引（无名的思想）——梦（忆）（很长的梦）——诱引（惊觉）——当下（身外也还是环绕着昏黄）"；

（二）向读者提示了作者的自我意识，即作者可能意识到自己不但在阅读青年们"各样的青春"（也就是梦或忆），而且也刚刚编校完自己的一个一个"很长的梦"；

（三）与《题辞》形成紧张的对话关系。"惊觉"不仅意味着"梦"醒，重回现实（"昏黄"），而且意味着"梦"不长久，只能由它们"去罢"。因此，《题辞》的结尾"去罢，野草，连着我的题辞"，既可视为鲁迅渴望"速朽"的表露，亦可视为无奈心态的隐藏。

事实上，不仅在创作《野草》时鲁迅因其独特的时间意识而选择了圆环结构和连环套结构，其他文本亦有类似表现，不过特征不如《野草》明显。我认为《社戏》《祝福》《在酒楼上》《孤独者》等小说中的"归乡——隔阂——离乡"结构就是近似的，再加上鲁迅在《呐喊·自序》中所诉说的小说之作因不舍旧梦[1]，更让我感觉到，典型的鲁迅式的叙事结构就是圆环结构和连环套结构。鲁迅的叙事之流就像他的小说《在酒楼上》中的"蜂子或蝇子"一样，"飞了一个小圈子，便又回来停在原地点"。[2] 当然，这是非常有意义的"一个小圈"。

---

[1] 鲁迅：《呐喊·自序》，《鲁迅全集》第1卷，第437页。
[2] 鲁迅：《彷徨·在酒楼上》，《鲁迅全集》第2卷，第27页。

三 梦与忆

鲁迅利用圆环结构和连环套结构不仅方便地处理了自己的时间意识在理性和非理性两个层面上的纠结，而且为处理自己的思想意识在梦与忆之间的纠结提供了合适的场所。因此，如果说"当下——诱引——梦（忆）——诱引——当下"作为一种可能的原型结构是存在的话，鲁迅则丰富了其美学内涵。

在《好的故事》中，作者叙述了两个"好的故事"，一个是留在记忆中的"好的故事"，一个夜梦中见到的正在发生的"好的故事"。下面是这两个"好的故事"：

> 我在蒙胧中，看见一个好的故事。
>
> 这故事很美丽，幽雅，有趣。许多美的人和美的事，错综起来象一天云锦，而且万颗奔星似的飞动着，同时又展开去，以至于无穷。
>
> 我仿佛记得曾坐小船经过山阴道，两岸边的乌桕，新禾，野花，鸡，狗，丛树和枯树，茅屋，塔，伽蓝，农夫和村妇，村女，晒着的衣裳，和尚，蓑笠，天，云，竹，……都倒影在澄碧的小河中，随着每一打桨，各各夹带了闪烁的日光，并水里的萍藻游鱼，一同荡漾。诸影诸物，无不解散，而且摇动，扩大，互相融和；刚一融和，却又退缩，复近于原形。边缘都参差如夏云头，镶着日光，发出水银色焰。凡是我所经过的河，都是如此。
>
> 现在我所见的故事也如此。水中的青天的底子，一切事物统在上面交错，织成一篇，永是生动，永是展开，我看不见这一篇的结束。
>
> 河边枯柳树下的几株瘦削的一丈红，该是村女种的罢。大红花

和斑红花,都在水里面浮动,忽而碎散,拉长了,缕缕的胭脂水,然而没有晕。茅屋,狗,塔,村女,云,……也都浮动着。大红花一朵朵全被拉长了,这时是泼刺奔进的红锦带。带织入狗中,狗织入白云中,白云织入村女中……在一瞬间,他们又将退缩了。但斑红花影也已碎散,伸长,就要织进塔,村女,狗,茅屋,云里去了。

现在我所见的故事清楚起来了,美丽,幽雅,有趣,而且分明。青天上面,有无数美的人和美的事,我一一看见,一一知道。[1]

"现在我所见的故事也如此",这意味着两个"好的故事"存在同构关系;事实上这两个故事也确实描写了相同的水乡的风物、景致和人,且第二个故事比第一个故事要来得"清楚""分明"。但这两个故事又是存在根本差异的,不仅一个故事是记忆本身,一个故事是于梦中苏醒的记忆,而且一者主要描写的是实景,一者主要描写的是水中倒影,两两形成一一映射的对话关系。

从同构关系出发,忆如梦,梦即忆,那么,回忆所由生长的过去与梦境所由生长的经验(也即过去)也形成同构关系,可见过去不是以一种实在的状态存在的,而是以一种梦境的状态存在的,是一种"诗的真"。因此,过去随回忆或梦境生发出诗意,任回忆的主体随意装扮。

从一一映射的对话关系出发,梦不过是忆的倒影,那么,忆是对所由生长的过去的贴近,而梦是对所由生长的经验(也即过去)的疏离,可见忆背后的过去比梦背后的经验更加接近真实。如果说,忆可以与过去和现在形成对话,梦则不仅可以与过去和

---

[1] 鲁迅:《野草·好的故事》,《鲁迅全集》第2卷,第190—191页。

现在对话，而且也可以与忆形成对话。但这并不等于说忆的真实性强于梦的真实性；相反，因为距离真实更远，梦倒能有更强的真实性。因此，与其以忆的方式诉说往事，不如以梦的方式诉说"苦衷"，既已明显说出，又可轻易掩藏。

由此就可以理解为何梦中的"好的故事"要比记忆中的"好的故事"更"清楚""分明"。而且，在倒影中，我觉察到鲁迅热爱故乡山阴的情绪如梦中故事一样"清楚""分明"，不像回忆中的故事，只是"仿佛记得"。鲁迅在梦中透露出的自己对故乡的原初热情，并非如其小说和散文所提供的故乡情结及其在《呐喊·自序》中所声言的"走异路，逃异地，去寻求别样的人们"[1]那样，并不钟情。然而，我差一点被鲁迅所言的"现在我所见的故事也如此"蒙骗，忘记去分辨鲁迅在梦中故事里透露出来的更热烈而明确的乡思。

循上述思路可知，梦与忆相较，更投合鲁迅进行思想表达的需要——既已明显说出，又可轻易掩藏。因此，在《秋夜》《我的失恋》《希望》《雪》《风筝》《这样的战士》《腊叶》《淡淡的血痕中》和《一觉》诸篇以忆的笔调创作的或即对现实的直接反馈的文章中，作者更多地表现出清朗的理性和明澈的见解，虽然不乏痛苦与哀思，但依然是理性的，大部分篇目的词句也比较容易理解。而在《影的告别》《求乞者》《复仇》《复仇（其二）》《好的故事》《过客》《死火》《狗的驳诘》《失掉的好地狱》《墓碣文》《颓败线的颤动》《立论》和《聪明人和奴才和傻子》等诸篇以梦的笔调创作的文章中，其中人物则几乎完全纠缠在非此即彼而彼此皆非所愿又皆不可逃脱的境地，如寻找无地的影子，不知走为

---

[1] 鲁迅：《呐喊·自序》，《鲁迅全集》第1卷，第437页。

何而一直走的过客,自啮其身的长蛇,口唇间漏出无词的言语的垂老女人;作者内心深处的虚无、彷徨、黑暗、阴冷的情绪统统得以呈现,理性已经完全被非理性的激情击溃;大部分篇目的词句也变得艰深晦涩,其中尤以《墓碣文》和《颓败线的颤动》为甚。当然,《好的故事》例外,然其意旨艰深又是相似的。

在《墓碣文》中,作者叙述了梦见自己读墓碣文阳面和阴面两件事情。阳面和阴面残存的文字皆以"离开!"结束,且分别提到"不以啮人,自啮其身"和"抉心自食,欲知本味",形成对话关系。这是生与死的对话。游魂化为长蛇自啮,希望找到答案,然而"终以殒颠",死后"抉心自食,欲知本味",结果还是失败。[1]这意味着无论生前还是死后,反省自身以期发现都是不可能的。这意味着在作者看来,古典的问题"了解你自己"是必以无可索解而告终的,存在是虚无的、荒谬的。但不管结果如何,在这里,一切还是可以言说的。而在《颓败线的颤动》中,作者表达了存在的不可言说。如果以色彩为喻,从《墓碣文》的灰暗走向了《颓败线的颤动》的黑暗。《颓败线的颤动》叙述了梦和残梦,它们是连续的、有着对话关系的。梦中的青年妇女为养育女儿而卖淫,残梦中的垂老女人就是曾经的青年妇女,现在受到女儿夫妇及孙子孙女的"冷骂和毒笑",却无从辩驳,"她于是举两手尽量向天,口唇间漏出人与兽的、非人间所有,所以无词的言语"。[2]故事主角与中国电影默片时代的经典《神女》的主角是类似的,但鲁迅所要借以表达的思想却远非电影所表达出来的人道主义能望其项背的。在最粗浅的层面上,也即梦中,而

---

[1] 鲁迅:《野草·墓碣文》,《鲁迅全集》第2卷,第207—208页。
[2] 鲁迅:《野草·颓败线的颤动》,《鲁迅全集》第2卷,第211页。

非残梦中，鲁迅也表达人道主义式的伟大，但其深层意思显然是要表达存在的不可言说。鲁迅不但质疑存在，而且质疑"质疑存在"本身，那么，人将何为？如此简单的诠解已然让人深感鲁迅的思想太黑暗了，似乎要取消人的存在。这样的思想也许接近真实，但鲁迅在同时期写给许广平的信中自承"我终于不能证实：惟黑暗与虚无乃是实有"[1]，因此必须选择一种可以隐藏其思想及情绪的叙事结构，于是圆环结构和连环套结构包围着梦（忆）的方式就呈现在读者眼前了。

鲁迅叙述的梦（忆）因此呈现出一种诗学内涵，不仅是美的，充满象征意味的，而且梦与忆在对话，梦（忆）与过去、现在和将来也在对话。鲁迅借忆，尤其是借梦表露并隐藏自己，同时在圆环结构和连环套结构的连接处（现在，也即"昏黄"）隐藏自己非理性的激情，坚守清醒的现实主义。通过如此曲折的方式，他表达着对存在的体验。

四　梦（忆）的诗学

鲁迅《野草》所呈现出来的梦（忆）的诗学内涵，尽管是美的、充满象征意味的，但其独特性似乎并不如鲁迅之时间意识及思想意识，至少：（一）展示了与一些佛经寓言的亲缘关系。而鲁迅在创作《野草》之前是饱读佛经的。（二）展示了与一些中国古典诗词文章的血脉关系，如李白《梦游天姥吟留别》。鲁迅读过相关的诗词无须怀疑。这是传统文学之血流动在现代文人身上的一个重要表征。（三）展示了与普鲁斯特《追寻逝去的时光》

---

[1] 鲁迅：《书信·250318 致许广平》，《鲁迅全集》第 11 卷，第 467 页。

极其一致的叙事结构。当然，鲁迅生平并未提及普鲁斯特，两人之间似不存在影响关系，但前者曾通过厨川白村[1]接近过伯格森，后者则相当服膺伯格森。关于第二点，本文已经做了比较详细的说明。下面就第一点和第三点再进行一些简要的论证。

在鲁迅的师承、日记、藏书及友辈的回忆当中，都可以找到大量鲁迅与佛教哲学、文章关系密切的证据，尤其在周作人的回忆中，鲁迅更是因为六朝佛经的文章才读其时之经藏。[2]因此，考察《野草》与佛教哲学、文章的关系是顺理成章的。思想层面的关系，如《野草》中出现"大欢喜""火宅""火聚""伽蓝"等词及相应的思想，本文存而不论。本文认为在叙事方式上，《野草》与佛经寓言有一定的亲缘关系。前引《好的故事》中对水中倒影的瑰奇描绘，与佛经中描写幻境的方式极为相似，都描写天地自然之景，都极尽夸饰之能事，如《长阿含经》"佛说长阿含第四分世记经郁单曰品第二"中的一段描写：

> 佛告比丘："郁单曰天下多有诸山，其彼山侧有诸园观浴池，生众杂花，树木清凉，花果丰茂，无数众鸟相和而鸣。又其山中多众流水，其水洋顺，无有卒暴，众花覆上，泛泛徐流，挟岸两边多众树木，枝条柔弱，花果繁炽。地生濡草，槃萦右旋，色如孔翠，

---

[1] 日本学者片山智行先生曾约略论及，厨川白村主张"文艺是纯然的生命之表现"，"生命力受到压抑时产生的苦闷、懊恼，是文艺的根柢"，这"暗示和刺激"了鲁迅《野草》的创作，使《野草》以"梦的形式"来盛装"思想内容"成为可能。这一思路显然很有启发意义。参见片山智行：《鲁迅〈野草〉全释》，第139—146页，李冬木译，长春：吉林大学出版社，1993年。

[2] 哈迎飞女士曾有系列论文分析鲁迅与佛教文化之关系，如《鲁迅、尼采与佛教——鲁迅与佛教文化关系论之一》《以一身来担人间苦——鲁迅与佛教文化关系论之二》及《谈鬼物正像人间——鲁迅与佛教文化关系论之三》，分别见于《鲁迅研究月刊》，2001年第1、2、3期，不妨参考。

香如婆师,濡若天衣。其地柔濡,以足踏地,地凹四寸,举足还复,地平如掌,无有高下。"[1]

具体说来,这一段佛经中所描写的流水、鲜花、树木、果实、鸟,与《好的故事》中出现的大红花、茅屋、狗、塔、村女……是有亲缘关系的,即显然都暗示着前工业文明社会的某种理想状态,寄托着叙事者的某种相通的愿望。[2]

在《追寻逝去的时光》中,普鲁斯特的回忆起因于品出相同的点心滋味:

> 一旦我认出了姑妈给我在椴花茶里浸过的玛德莱娜的味道(虽说当时我还不明白,直到后来才了解这一记忆何以会让我变得那么高兴),她的房间所在的那幢临街的灰墙旧宅,马上就显现在我的眼前,犹如跟后面小楼相配套的一幕舞台背景,那座面朝花园的小楼,原先是为我父母造在旧宅后部的(在这以前,我在回想中看到的仅仅是这一截场景)。随着这座宅子,又显现出这座小城不论晴雨从清晨到夜晚的景象,还有午餐前常让我去玩的那个广场,我常去买东西的那些街道,以及晴朗的日子我们常去散步的那些小路。这很像日本人玩的一个游戏,他们把一些折好的小纸片,浸在盛满清水的瓷碗里,这些形状差不多的小纸片,在往下沉的当口,纷纷伸展开来,显出轮廓,展示色彩,变幻不定,或为花,或为房屋,

---

[1] 佛陀耶舍:《长阿含经》,第560页,竺佛念译,北京:华文出版社,2013年。
[2] 不过,很遗憾的是,此处所使用的例证并不能完全证明我想建立的鲁迅《野草》与佛经寓言之间的关系。这一失败,部分是因为我选择《好的故事》作为讨论的核心文本,未免张皇失措。如果选择《失掉的好地狱》作为讨论的核心文本,要建立其与佛经寓言的关系,应该容易得多。

或为人物，而神态各异，惟妙惟肖，现在也是这样，我们的花园和斯万先生的苗圃里的所有花卉，还有维沃纳河里的睡莲，乡间本分的村民和他们的小屋，教堂，整个贡布雷和它周围的景色，一切的一切，形态缤纷，具体而微，大街小巷和花园，全都从我的茶杯里浮现了出来。[1]

这一段话应该可以视为《追寻逝去的时光》具体而微的叙事结构，其结构与前文所述圆环结构是类似的，略分析如次："当下（品点心）——诱引（点心的味道）——梦（忆）（一切的一切，形态缤纷，具体而微，大街小巷和花园，全都从我的茶杯里浮现了出来）——诱引——当下。"当然，其形式上的结构并不完整，但不妨设想那缺失的不过是被省略的部分罢了。

而在鲁迅《好的故事》中，据日本学者片山智行先生的意见[2]，作者的梦和忆大概起因于《初学记》第八卷中的下列记载：

《舆地志》：山阴南湖，萦带郊郭，白水翠岩，相互映发，若镜若图。故王逸少云，山阴路上行，如在镜中游。[3]

由此可知，触发鲁迅和普鲁斯特发生梦（忆）的诱引是一样的，都是连类触发。而其背后的时间意识也是一致的，甚至描写

---

[1] 马塞尔·普鲁斯特：《追寻逝去的时光（第一卷） 去斯万家那边》，第52页，周克希译，上海：上海译文出版社，2004年。
[2] 日本学者片山智行先生认为鲁迅写作《好的故事》受《初学记》"镜水"意象的触发。参见片山智行：《鲁迅〈野草〉全释》，第61—63页。孙玉石先生在《现实的与哲学的——鲁迅〈野草〉重释》一书中也表达了几乎完全一样的意见，可供参考。
[3] 徐坚等：《初学记》上，第188页，北京：中华书局，1962年。

的内容和形式都有异曲同工之妙。从理性上来说，鲁迅是以进化论的立场来对待时间的，因此对过去、现在和将来有严格的区分，为了将来，他执着于现在，摒弃过去；从非理性上来说，过去的时间以记忆的形式在其身上留下"一部分的痕迹"，过去的时间成为一种心理时间，一种生命的冲动，鲁迅对此留恋不已，视为生命本身，其小说和散文（诗）几乎都可以说记忆的外化。而按照周克希的意见，普鲁斯特追寻逝去的时光的方法就是将过去的时间转化为心理时间，然后通过不由自主的回忆呈现过去。[1] 这与鲁迅在梦中呈现过去（或将过去呈现为梦）是一致的。

但是，尽管普鲁斯特在鲁迅开始创作小说与散文（诗）之前就已经写下了鸿篇巨制《追寻逝去的时光》，但因鲁迅生平并未提及其人，二者并不存在影响关系。鲁迅在创作《野草》之前翻译了厨川白村《苦闷的象征》，并作为大学授课教材，其中对伯格森的时间哲学是比较推崇的，鲁迅应该受到一定程度的影响。普鲁斯特则完全服膺伯格森的时间哲学，并以为指导其小说创作的理论。二者在时间意识上表现出来的惊人一致或可由此得到说明。然而，伯格森认为：

> 当我们的自我让自己活下去的时候，当自我不肯把现有状态跟以往状态隔开的时候，我们意识状态的陆续出现就具有纯绵延的形式。为了这个目的，自我不需要在经过眼前的感觉或观念上十分聚精会神；因为若这样做，自我就不能再持续下去。自我也不需要忘却以往的状态。只要自我在回忆这些状态时不把它们放在现有状态旁边，好像把一点放在另外一点旁边一样，而把已往状态与现有状

---

[1] 周克希：译序，见《追寻逝去的时光（第一卷） 去斯万家那边》，第2—4页。

态这两种东西构成一个有机整体，那就够了；当我们回忆一个调子的各声音而这些声音（好比说）彼此溶化在一起时，就发生了这种有机整体的构成。我们说，即使这些声音是一个一个陆续出现的，我们却还觉得它们互相渗透着；这些声音的总和可比作这样一个生物：生物的各部分虽然彼此分开，却正由于它们紧密相联，所以互相渗透。[1]

哲学到底是哲学，而文学终归只是文学，无论是鲁迅，还是普鲁斯特，都将时间分割开来了，在纯绵延中投入了空间因素。对于伯格森而言，具有纯绵延形式的意识状态是不但不区分"以往的状态"和"现有状态"，而且是有意识地将两者"溶化在一起"，以形成一个"有机整体"的。这就意味着，伯格森取消了所谓"过去""现在"和"将来"的划分，取消了"新"和"旧"，取消了现代人用以形成历史观念、历史叙述和历史冲动的"时间"。"时间"一旦取消，也就无所谓回忆、梦幻和现实的纠结，一切都只不过是生命的本真状态，一种自由意志，"一个生物：生物的各部分虽然彼此分开，却正由于它们紧密相联，所以互相渗透"。因此，当鲁迅不能摆脱自己在过去、现在与未来以及现实与梦幻之间的纠结，不能放弃其清醒的现实主义，却也不能摆脱其"思乡的蛊惑"，当普鲁斯特不能忘记用点心的滋味来标记时间的段落，他们就始终不能真正进入伯格森所谓"意识状态的陆续出现"中。而且，按照伯格森的理解，"时间"如果是一种纯绵延的话，那么，"时间"之被识别就不是由于某一空间的存在，而是由于生命本身。鲁迅和普鲁斯特识别"时间"，显

---

[1] 伯格森：《时间与自由意志》，第67页，吴士栋译，北京：商务印书馆，1958年。

然不是由于生命本身，而是由于某一具体空间（事物）的存在。鲁迅凭借《初学记》中的文字识别了过去，普鲁斯特凭借点心的味道识别了过去。他们还更进一步，凭借自己所描述的空间世界确定了"时间"（过去）的存在。

"我"的内在秩序与外部关联

——也论鲁迅《野草》的主体构建问题

　　作为一个学术课题,早在1963年,木山英雄即曾以长文讨论鲁迅《野草》主体构建的逻辑及相应的方法。后学面对这一课题时,也多从木山氏的研究得到启发。彭小燕坦承了来自木山氏的压力和启发[1],而张洁宇和汪卫东最近的讨论,无论是以《野草》为鲁迅的自画像[2],还是追索《野草》与佛教四圣谛的关系[3],也多少内在地承续了木山氏的研究。当然,这不是在否认木山氏之外的学者在这一课题上的贡献。相反,我的目的倒是要在这一课题上开掘出一些新的讨论空间来。先从木山氏给出的结论性意见谈起,他认为鲁迅在《野草》中得到的最终认识是:

---

[1] 彭小燕:《存在主义视野下的〈野草〉:鲁迅穿越生存虚无、回归"战士"真我的决战》,《新国学研究》第10辑,第117页,北京:中国书店,2013年。
[2] 张洁宇:《独醒者与他的灯:鲁迅〈野草〉细读与研究》,第1—18页,北京:北京大学出版社,2013年。
[3] 汪卫东:《探寻"诗心":〈野草〉整体研究》,第130—154页,北京:北京大学出版社,2014年。

> 人到底没有终极的自我，即或有之竟不能活生生地抓住它（死更不在话下），而最确凿的自我，至多是"友和仇""爱者和不爱者"等他者之数学里所谓函数那样一回事，也就是只有作为那种关系之总和而存在的东西。[1]

相对于沉陷在自我的内在秩序的分析而言，木山氏的见解无疑是极具启发性的。在我看来，这至少意味着《野草》主体构建的逻辑里存在着一个强大的外部，而且这一外部强烈地牵制着鲁迅对于自我的理解和构建。不过，木山氏的结论性意见似乎给人一种受《野草·题辞》限制之感，而"人到底没有终极的自我"这样的判断，似乎也不完全贴合《野草》。我的意思是说，在"终极的自我"与"作为那种关系之总和而存在的东西"之间，未必是舍此取彼的关系。

一 "内部之生活"

早在1981年，孙玉石研究《野草》时曾表示："《野草》和鲁迅一样，是时代和历史的产物。就像要用历史来说明鲁迅而不能用鲁迅来判断历史一样，我们应该把《野草》的产生放在当时的历史条件下去认识和考察。"[2]孙玉石的两部《野草》研究专著，都是在历史中说明《野草》的产生、思想、艺术特点及历史位置，在马克思主义的文学社会学的意义上，严肃地梳理了《野

---

[1] 木山英雄：《〈野草〉的诗与"哲学"》（下），赵京华译，《鲁迅研究月刊》，1999年第11期。
[2] 孙玉石：《〈野草〉研究》，第1页，北京：北京大学出版社，2010年。

草》的外部关联。[1]在这一路径上,后人的研究也有所进展,往往在细节上有所辨正和发现。而我试图有所调适,以为在历史中说明《野草》,应当包括对鲁迅个人思想史的梳理,需要在鲁迅自己的思想脉络中说明《野草》。

从鲁迅自己的思想脉络来看,特别值得注意的是他在《文化偏至论》中提出的"内部之生活"的说法:

> 文化常进于幽深,人心不安于固定,二十世纪之文明,当必沉邃庄严,至与十九世纪之文明异趣。新生一作,虚伪道消,内部之生活,其将愈深且强欤?精神生活之光耀,将愈兴起而发扬欤?成然以觉,出客观梦幻之世界,而主观与自觉之生活,将由是而益张欤?内部之生活强,则人生之意义亦愈邃,个人尊严之旨趣亦愈明,二十世纪之新精神,殆将立狂风怒浪之间,恃意力以辟生路者也。[2]

"内部之生活"与"精神生活""主观与自觉之生活"密切相关,三者在逻辑上各有各自的关联,在意义上则几乎是等值的。这意味着"内部之生活"的外部是由"物质""客观"等概念所构建的。鲁迅在同一文章中批判十九世纪文明的"唯物之倾向"时说:"递夫十九世纪后叶,而其弊果益昭,诸凡事物,无不质化,灵明日以亏蚀,旨趣流于平庸,人惟客观之物质世界是趋,而主观之内面精神,乃舍置不之一省。"[3]这便道出了"内部之生

---

[1] 孙玉石:《〈野草〉研究》;孙玉石:《现实的与哲学的——鲁迅〈野草〉重释》,北京:北京大学出版社,2010年。
[2] 鲁迅:《坟·文化偏至论》,《鲁迅全集》第1卷,第56—57页。
[3] 鲁迅:《坟·文化偏至论》,《鲁迅全集》第1卷,第54页。

活"与"客观之物质世界"的紧张关系。事物的"质化",灵明的亏蚀,旨趣的平庸,指向的都是"客观之物质世界"对"内部之生活"的挤压和侵吞。而在鲁迅看来,新神思宗所以要求强化"内部之生活",正是为了抵抗"客观之物质世界"的挤压和侵吞,并且个人将从抵抗中获得自觉,产生主体意识,建构主体性。鲁迅在同一文章中评价克尔凯郭尔的个人主义思想的影响时,又说:

> 其说出世,和者日多,于是思潮为之更张,鹜外者渐转而趣内,渊思冥想之风作,自省抒情之意苏,去现实物质与自然之樊,以就其本有心灵之域;知精神现象实人类生活之极颠,非发挥其辉光,于人生为无当;而张大个人之人格,又人生之第一义也。[1]

所谓"本有心灵之域",即是"内部之生活"展开的领域,是相对于"现实物质与自然之樊"而言的具有本体论意义的存在。这也就是说,鲁迅提出的"内部之生活",在外延上不仅与"客观之物质世界"对峙,而且与"自然"对峙,是一种典型的"内面之发现"。有意思的是,在同一文章中,鲁迅是这样介绍德国的青年黑格尔派思想家施蒂纳的个人主义思想的:

> (施蒂纳)谓真之进步,在于己之足下。人必发挥自性,而脱观念世界之执持。惟此自性,即造物主。惟有此我,本属自由;既本有矣,而更外求也,是曰矛盾。自由之得以力,而力即在乎个人,亦即资财,亦即权利。故苟有外力来被,则无间出于寡人,或

---

[1] 鲁迅:《坟·文化偏至论》,《鲁迅全集》第1卷,第55页。

出于众庶,皆专制也。[1]

这意味着,至少在施蒂纳看来,"观念世界"是一个更直接、更需要抵抗的外部。而以"寡人""众庶"之治为外力,为专制,则说明"观念世界"的内涵指向的是政治体制和意识形态。[2]"观念世界"作为一个意义项,与"客观梦幻之世界"大约是等值的,即都是类似于"寡人""众庶"这些君主制、民主制的堕落形态的政治体制的上层建筑或意识形态。鲁迅当然不会完全同意施蒂纳的看法,但以《文化偏至论》全文从观念到观念的论证逻辑来看,他关于"内部之生活"的理解,理应包含着一个从"观念世界"的层面展开的进路。这也就是说,鲁迅对于十九世纪文明的批判,并不是批判工业革命带来的物质财富,而是批判物质财富改善人类生活之后所形成的"文明"话语。[3]将鲁迅对十九世纪文明的批判视为一种观念批判或意识形态批判,显然具有重要意义。鲁迅所建构的"内部之生活"的外部,因此需要在"客观之物质世界""自然"之外增加重要的一环,即"观念世界"。"内部之生活"的提倡,不仅为了抵抗"客观之物质世界"和"自然",而且为了抵抗"观念世界"。

另外,值得特别注意的是,鲁迅认为二十世纪文明的本质

---

[1] 鲁迅:《坟·文化偏至论》,《鲁迅全集》第1卷,第52页。
[2] 相关论述可参考李国华:《章太炎的"自性"与鲁迅留日时期的思想建构》,《中国现代文学研究丛刊》,2009年第1期;汪卫东:《鲁迅前期文本中"个人"观念》,北京:人民文学出版社,2006年。
[3] 关于"文明"话语问题,可参考董炳月:《鲁迅留日时期的文明观——以〈文化偏至论〉为中心》,《鲁迅研究月刊》,2012年第9期。

"即以矫十九世纪文明而起者耳"[1],这种带有扬弃论色彩的意见[2]在展现鲁迅辩证思维的同时,也展现了鲁迅对本质论意义上的文明论的警惕。这也就是说,鲁迅对二十世纪文明应当进入"沉邃庄严"的"内部之生活"的判断和思考,即使于鲁迅自身而言,也不过是特定的历史条件下做出的救弊式的文明论。因此,所谓"内部之生活",无论就其内涵还是外延而言,鲁迅都必然在动态的历史框架下给出随时变化的理解和建构。当然,所谓的随时变化,并非是指鲁迅对"内部之生活"的理解和建构前后面貌大异,更不是指前后割裂,绝无关系。事实上,在鲁迅此后的《域外小说集》中,在《狂人日记》以降的系列小说中,在《野草》中,在《朝花夕拾》中,在纷繁复杂的杂文中,都有"内部之生活"的理解和建构,且都不乏偏至发展之迹与一脉相承之处。在此意义上,我以为又一次回应了伊藤虎丸关于"原鲁迅"的建构。[3] 不过,我想侧重强调和论述的是,那种类乎"原鲁迅"的内容在具体的历史条件下所发生的变异过程和变异结果;而且,变异的结果恐怕也是需要重新认定的。就"内部之生活"这一说法所构成的论题而言,我更加看重的乃是《野草》如何在解决《文化偏至论》的缺欠的同时展开了新的维度。

二 内在秩序的建构

从缺欠的方面来说,《文化偏至论》对"内部之生活"的理

---

[1] 鲁迅:《坟·文化偏至论》,《鲁迅全集》第1卷,第50页。
[2] 参见朱康:《"二十世纪文明"对"十九世纪文明"的扬弃——论早期鲁迅的文明观与现代观》,《杭州师范大学学报》,2011年第5期。
[3] 伊藤虎丸:《鲁迅与日本人:亚洲的近代与"个"的思想》,第59—85页。

解和建构更多是从外部进行的,"客观之物质世界""自然""观念世界"云云,都是"内部之生活"抵抗并借以形成边界的外部关联,"内部之生活"的内在秩序则是描述性的,几乎没有什么具体的内容。与"内部之生活"同位的几个概念,如"精神生活""主观与自觉之生活",虽然在一定程度上打开了"内部之生活"的内在秩序,但与其说是一种内在秩序的展开,不如说是一种展开的可能性被初步触碰到了。进一步描述了这种可能性的是"渊思冥想""自省抒情"等词语,但仍然停留在概念上,缺乏具体内容。虽然如此,其时鲁迅仍然相信"内部之生活"存在"本有心灵之域",并提出了"自心之天地""渐自省其内曜"[1]等说法。当然,何谓"本有心灵之域""自心之天地",也仍然是不清晰的。关于"内曜",鲁迅在《破恶声论》中,倒做了一点有限的说明:

> 吾未绝大冀于方来,则思聆知者之心声而相观其内曜。内曜者,破黮暗者也;心声者,离伪诈者也。[2]

不过,与对于"内部之生活"的说明一样,鲁迅对于"内曜"的说明也是从反面来进行的。"内曜"的内容从正面展开会是什么呢?从鲁迅留日时期的论文中是很难找到答案。当然,将《文化偏至论》和《摩罗诗力说》中介绍的新神思宗的观点和摩罗诗人的写作视为从正面展开的内容也未尝不可,只是到底与逻辑上的正面推进相隔一间罢了。

---

[1] 鲁迅:《坟·文化偏至论》,《鲁迅全集》第1卷,第55页。
[2] 鲁迅:《破恶声论》,《鲁迅全集》第8卷,第25页。

而从逻辑上进行正面推进的是《野草》关于主体构建的逻辑和方法。如同木山英雄的分析思路所展示的那样，鲁迅的正面推进并非跳跃式地突然从《野草》开始，而是早就从诸如《狂人日记》《我们现在怎样做父亲》《阿Q正传》等各类写作开始了的。在木山氏看来：

> 鲁迅的论说得以彻底的一个条件，存在于他不得不把自己归属于黑暗与过去一边的自我意识中，因此，同样发出"一切还是无"的呼唤，却在意识上与确信自我内部有着理想化身的易卜生，面向着完全相反的方向。[1]

如果说"绝对的黑暗"与"绝对的光明"在逻辑上是处于相等的位置的话，即都是不可分析或有待于分析的对象，那么，我以为也不妨说，鲁迅"与确信自我内部有着理想化身的易卜生"，实际上面向着完全相同的方向，即都努力将不可分析或有待于分析的对象变现为可分析的、可描述的对象。为了尽快进入《野草》的讨论，我将有意略过《狂人日记》等文本的分析，并先提出《野草》在建构"我"的内在秩序时的一些基本方面以供展开：首先，鲁迅在《野草》中与在留日时期思考"内部之生活"时一样，都是在"客观之物质世界""自然""观念世界"等外部关联中构建主体的边界。其次，《野草》作为一种被反复打开的典型的"内部之生活"，其所构建的"我"的内在秩序内部其实是有一个外部存在的。第三，《野草》不仅呈现主体构建的逻辑及方

---

[1] 木山英雄：《〈野草〉的诗与"哲学"》（上），赵京华译，《鲁迅研究月刊》，1999年第9期。

法，而且借助身体，尤其是心与身的关系，呈现了一种主体构建的语言。最后，也是最重要的，鲁迅借助《野草》的写作建立了自己对现代主义知识机制的边界和历史位置的认识。

我以为很清楚的是，关于《野草》中"我"的外部关联的讨论，并不是在讨论《野草》产生的历史语境。因此，尽管相关的研究极其精彩（如孙玉石之研究），对我本人也颇多启发和警示，我还是倾向于认为《野草》是通过"不知道时候的时候""我梦见"等表达来构建外部关联的。所谓"不知道时候的时候"，其关联的外部即是一个"知道时候的时候"。而"知道时候的时候"，就是在人的观念上已经固定下来的"时候"，也就是一个已经定型的"观念世界"。那么，当《影的告别》开头写：

> 人睡到不知道时候的时候，就会有影来告别，说出那些话——[1]

就意味着，要进入通过"影"打开的内在秩序，首先必须进入"不知道时候的时候"，也即"脱观念世界之执持"。否则，"影"就只是没有质料的影，没有主体性，不可能来告别，更不可能开口说话。类似的进入内在秩序的逻辑在《野草》大部分篇目中都有所体现，兹不赘述。随着"影"开口说话，一个复杂的"内部之生活"得以敞开，其中不乏对于"明""暗""天堂""地狱""黄金世界"等各种"观念世界"的拒绝，更有"彷徨于无地"的仿佛可以触摸的痛苦，但"影"最后的誓词是：

---

[1] 鲁迅：《野草·影的告别》，《鲁迅全集》第2卷，第169页。

> 我愿意这样,朋友——
> 我独自远行,不但没有你,并且再没有别的影在黑暗里。只有我被黑暗沉没,那世界全属于我自己。[1]

在经历了一系列两难式的困境之后,"影"做出了抉择。这一抉择很容易被视为是"反抗绝望"的,但我以为或许可以在相反的方向进行理解。"黑暗"与"光明"之辩证关系不再说了,沉没在黑暗中的"影"如果得以与"你"隔断关系,就意味着告别形影之间的主奴关系,而"没有别的影在黑暗里",则意味着影可以真正意义上回到自我的内部,再无挂碍,一种绝对的自我的主体性在黑暗这样一种不可分析或有待于分析的领域中得以真正构建。因此,与其说"影"在表达对于绝望的反抗,不如说是在表达攫取希望的可能性。类似的誓词也出现在《墓碣文》的结尾:

> 我就要离开。而死尸已在坟中坐起,口唇不动,然而说——
> "待我成尘时,你将见我的微笑!"
> 我疾走,不敢反顾,生怕看见他的追随。[2]

对于这一难以索解的结尾,学界历来分歧颇大。在孙玉石看来,"这死尸的思想太虚无了",故而"我疾走,不敢反顾,生怕看见他的追随"表达了鲁迅力图摆脱、驱除而非眷恋虚无的内心。[3]而所谓"思想太虚无",至少在钱理群看来,则是改革或革命精

---

[1] 鲁迅:《野草·影的告别》,《鲁迅全集》第 2 卷,第 170 页。
[2] 鲁迅:《野草·墓碣文》,《鲁迅全集》第 2 卷,第 207—208 页。
[3] 孙玉石:《现实的与哲学的——鲁迅〈野草〉重释》,第 201 页。

神的表征。[1]我以为虚无与革命之间的确存在值得讨论的辩证关系,彼此分歧的意见之间倒存有共同的知识平台。不过,我想讨论的是死尸突然开口说话及说出来的话,不仅意味着此前逻辑死结被解开的可能性,而且意味着解开死结后的态度和立场。"待我成尘时,你将见我的微笑!"令人联想到拈花微笑的佛典,大概不能算很意外吧。那么,"我疾走,不敢反顾,生怕看见他的追随"可能就不是要摆脱、驱除虚无,而是震惊于希望的突然降临,无法理解"成尘"之"我"即无我之我所带来的将内在秩序彻底从"观念世界"中脱身的可能性吧。这也就是说,"希望"曾以各种面目显身,但鲁迅却并未就此停下追索的努力。相对于木山氏的意见,我更愿意认为,鲁迅虽然见到了终极自我的某种存在形态,但还是因为一些考虑而选择了舍弃。

三 内在于内部的外部

鲁迅选择舍弃的因素,在较为常见的文学社会学解释中,是很难回避瞿秋白所概括的"清醒的现实主义精神"的;"清醒的现实主义精神"的确也应该是鲁迅与存在主义式的思考始终存有分野的条件之一。而我以为从《野草》文本本身来进行考察,也大概能管中窥豹,略见一二。假如把《野草》每一篇文本都当作一个内在秩序的具体展开,那么,别有意味的是,在这些内在秩序的内部,总是存在着像异物或冗余物一样的外部事物或事件,提示着内在秩序的非自足性或虚假性。如《野草》第一篇《秋夜》,开头一段是这样的:

---

[1] 钱理群:《心灵的探寻》,第3—15页,北京:生活·读书·新知三联书店,2014年。

>在我的后园,可以看见墙外有两株树,一株是枣树,还有一株也是枣树。[1]

在没有任何前理解的情况下,如果又不结合全文,读者大概都会认为这就是单纯的外部环境描写,而且认为写得很拙劣,如李长之曾经说过的那样。[2]但是,一旦结合全文来看,就要共鸣于竹内好的意见了。《秋夜》对于整个后园的描写无疑是充满象征性的,竹内好说鲁迅"不会写生的方法","既不会看着写,也不想看着写",擅长的是再现"记忆中的或者是幻觉中的事物",因而是具有"反自然主义的文学观"的"象征派",[3]可谓相当深刻。从象征派的诗学立场来看,《秋夜》开头的写法是大有深意的,而且经由象征派的诗学机制,乍看像是单纯的外部环境描写的内容变成内在秩序本身的一个有机组成部分,外部由此成为内在于内部的外部。而我之所以要说是"内在于内部的外部",而不直接说成是内部,甚至说成柄谷行人式的所谓"风景之发现",乃是因为"两株树"并未借由象征派的诗学机制进入内部后,就丧失其外部性,尤其是无法丧失其留在读者第一印象中的外部描写性质。因此,柄谷氏借助解构主义的颠倒装置从风景描写中发现的被掩盖的"起源"[4],恐怕未必存在于鲁迅《野草》的诗学生产机制里。退一步来说,采用一种比附性的策略来表达,《秋夜》开头的"两株树"恰恰将风景生产的"起源"坦露在读者眼前,表现出一种

---

[1] 鲁迅:《野草·秋夜》,《鲁迅全集》第2卷,第166页。
[2] 李长之:《鲁迅批判》,第136页,上海:北新书局,1935年。
[3] 竹内好:《鲁迅入门》(之七),靳丛林、于桂玲译,《上海鲁迅研究》2008年春季卷。
[4] 柄谷行人:《日本现代文学的起源》,第1—34页,赵京华译,北京:生活·读书·新知三联书店,2003年。

随机性或偶然性。这种随机性或偶然性，我以为恰恰是迷人的文学之物，它们难以归类和分析，却又总在蛊惑读者产生解读和解释的冲动。类似的并不整饬的内在于内部的外部，在《野草》各篇中多有表现，如《影的告别》中影要告别的"你"，《求乞者》中的"另外有几个人"，《复仇》中的"路人"，《复仇（其二）》中的"上帝"，《希望》中的"青年们"……试再枚举两篇略做分析。

例如《希望》中的"青年们"，假使相信鲁迅的自述，即所谓《希望》是因为惊异于青年的消沉而作，[1]当然能够找到很多历史事实去证明鲁迅所言不谬，[2]并由此确认"青年们"作为"我"的外部而存在。不过，"青年们"在《希望》的表达逻辑中，像是一个生硬的附加项，被编织成内在于内部的外部，即"青年们"作为隐喻，是"我"为了一掷"身中的迟暮"而寻找的"身外的青春"，构成了"我"的内在秩序的一部分，但在一些关键的段落，《希望》却是这样表达的：

> 倘使我还得偷生在不明不暗的这"虚妄"中，我就还要寻求那逝去的悲凉飘渺的青春，但不妨在我的身外。因为身外的青春倘一消灭，我身中的迟暮也即凋零了。
>
> 然而现在没有星和月光，没有僵坠的胡蝶以至笑的渺茫，爱的翔舞。然而青年们很平安。[3]

从一般的逻辑上来说，"因为身外的青春倘一消灭"带来的应该是"我身中的迟暮也即滞重了"，而这里接的却是"我身中的迟暮也

---

[1] 鲁迅：《二心集·〈野草〉英文译本序》，《鲁迅全集》第4卷，第365页。
[2] 孙玉石：《现实的与哲学的——鲁迅〈野草〉重释》，第80—92页。
[3] 鲁迅：《野草·希望》，《鲁迅全集》第2卷，第182页。

即凋零了",实在费解。是因为迟暮之感的存在能从反面的意义上产生对于青春的意识,所以才强调迟暮凋零是青春消灭的结果?如果是这样的话,那么"青年们很平安"则恰好作为青春消灭的症状而从反面提示着迟暮,进而提示着对于青春的意识,青年们不平安倒是成问题的了。因此,铆定"青年们"在《希望》的意义锁链中的位置,显得颇为困难。抛开"青年们"作为外部而存在的事实来看待"青年们"作为"我"的迟暮之感的内在构成,也就是说,将"青年们"视为"我"的迟暮之感的外化的客观对应物,可能会理解一些。但是,"然而青年们很平安",这一表达意味着"青年们"是作为"我"的对立面,至少是参照面而存在的,彼此发生关联的中介是"现在没有星和月光,没有僵坠的胡蝶以至笑的渺茫,爱的翔舞"的现实。于是,"青年们"成了一个生硬的附加项,在作为"我"的迟暮之感的客观对应物的同时,顽固地保留着外部性,是难以理解的、无法风景化的存在。

而《死火》中的大石车则是更为令人震惊的存在:

> 他忽而跃起,如红彗星,并我都出冰谷口外。有大石车突然驰来,我终于碾死在车轮底下,但我还来得及看见那车就坠入冰谷中。
>
> "哈哈!你们是再也遇不着死火了!"我得意地笑着说,仿佛就愿意这样似的。[1]

"大石车"来得突然,可谓神鬼莫测,俨然是来自外部的"机械降神"。"机械降神"这一说法来自希腊古典戏剧,指意料外的、

---

[1] 鲁迅:《野草·死火》,《鲁迅全集》第2卷,第201页。

突然的、牵强的解围角色、手段或事件,在虚构作品内,突然引入来为紧张情节或场面解围。尼采批评欧里庇德斯使用"机械降神"的方式处理戏剧冲突,将悲剧因素制造成乐观的类型,从而"取代形而上的慰藉"。[1]换言之,在有论者认为鲁迅最可贵和特殊的地方,表现了一种"没有胜利者的胜利"的地方,[2]被强加了一个可能引起尼采诟病的外部。如果"大石车"突然而来被当作"机械降神"来理解的话,《死火》的悲剧性就被结尾突然而来的"大石车"打破,成了喜剧。于是,"大石车"就变成一个难以融解在《死火》的意义结构内部的大他者。丸尾常喜的理解可能就是将"大石车"描述成了一个大他者。在他看来,"大石车"的形象也可能由《法华经》"譬喻品"的"火宅之喻"转化而来,象征性地喻指"四千年""旧习惯"的社会制裁。[3]当然,这种理解并不太令人信服。在"火宅之喻"中,老人所描述的牛车、羊车、鹿车隐喻的是佛理对于尘世中的拯救,"大石车"如果从"火宅之喻"而来,恐怕就不应全是惩罚之喻;虽然拯救与惩罚之间,可能也存在某种互易关系。我以为将"大石车"看作某种只能强行理解的外部,倒不失为便宜之计。但是,令人觉得不可思议的是,欧里庇德斯的悲剧也许的确在内在秩序上通往某种"形而上的慰藉",《死火》内部矛盾、紧张的不稳定性则是通往"大石车"这种偶然之物的。《死火》整个文本都是在传达一种本雅明意义上的震惊体验:

---

[1] 尼采:《悲剧的诞生》,第75页,周国平译,北京:生活·读书·新知三联书店,1986年。
[2] 张洁宇:《独醒者与他的灯:鲁迅〈野草〉细读与研究》,第190—191页,北京:北京大学出版社,2013年。
[3] 丸尾常喜:《耻辱与恢复——〈呐喊〉与〈野草〉》,第253—254页,秦弓、孙丽华编译,北京:北京大学出版社,2009年。

> 当我幼小的时候，本就爱看快舰激起的浪花，洪炉喷出的烈焰。不但爱看，还想看清。可惜他们都息息变幻，永无定形。虽然凝视又凝视，总不留下怎样一定的迹象。[1]

在逻辑上来说，无法在"凝视"中获得"定形"的存在，虽然可能如同"死火"一样在辩证关系中获得可描述的存在形态，但却预约了充分的神秘和意外，看似突然起来的偶然之物，其实是内在于逻辑关系之中的。因此，"大石车"作为来自坑外的偶然之物，仍然是内在于内部的外部。

举证这些所谓的内在于内部的外部，我以为足以说明，鲁迅在《野草》中构建主体的内在秩序时，已经在相当程度上意识到完整、自足的内在秩序是不可能的或虚幻的。但鲁迅并不打算借助类似于象征派的诗学机制将这一状况消弭于无形；相反，他尽可能地保留了那种外部性。至于鲁迅这么做的意图，或者说，至少在阅读的层面上来看，鲁迅这么做的效果是什么，虽然众说纷纭，多少还是可以落脚到鲁迅文学中的"身""心"问题的吧。提到"身""心"问题，我的分析当然不是指向所谓现代转型之痛苦"肉身"[2]，而是指向鲁迅构建主体时与康德、黑格尔的绝对理念不同的对于此岸世界的关怀。也就是说，内在秩序的非自足性或虚假性，在鲁迅那里，也许是应该归因于放逐了彼岸的形而上学，保留了此岸的杂多性质。不过，所谓"身""心"的问题，还有文中引而未发的问题，我想都暂且放下，留待另文吧。

---

[1] 鲁迅：《野草·死火》，《鲁迅全集》第2卷，第200页。
[2] 参见汪卫东：《现代转型之痛苦"肉身"：鲁迅思想与文学新论》，北京：北京大学出版社，2013年。

现代心灵及身体与言及文之关系
——鲁迅《野草》的一个剖面

鲁迅留日时期对于二十世纪文明的根本性理解都与"内部之生活"有关,其所谓"内部之生活"发生在"本有心灵之域",通过"客观之物质世界""自然""观念世界"等外部关联的参照确立边界。[1] 鲁迅以此提出了现代心灵的问题,并试图通过文艺工作叩问和解决它,从而写作《摩罗诗力说》和翻译域外小说。彼时鲁迅主要是以思想者和翻译者的面目示人,并没有准备以文学创作,尤其是白话文学创作来叩问和解决他所思考和感知到的现代心灵问题。虽然通过域外小说的翻译,鲁迅已经来到文言写作的临界点,有可能产生源自文学复古的文学革命之思,[2] 但实际上还没有进行白话文学创作,文学家鲁迅尚未现身。这也就意味着,彼时鲁迅并未明确意识到现代心灵的问题以何种语体及文

---

[1] 李国华:《"我"的内在秩序与外部关联——也论鲁迅〈野草〉主体构建的问题》,《文艺争鸣》,2018年第5期。
[2] 木山英雄:《"文学复古"与"文学革命"》,《文学复古与文学革命——木山英雄中国现代文学思想论集》,第209—238页;王风:《周氏兄弟早期著译与汉语现代书写语言(上)》,《鲁迅研究月刊》,2009年第12期。

体进行表达是一个革命性的命题。而且,彼时鲁迅论述现代心灵的问题时,也并未意识到心灵与身体之间存在着论述空间。他在《摩罗诗力说》中认为"诗人者,撄人心者也"[1],即是越过了身体的层面,直接在"言为心声"的意义上讨论现代心灵与文学表达的关系。而所谓"越过了身体的层面",可以理解为鲁迅彼时将身体和心灵视为一体,言心即言身,也可以理解为鲁迅彼时并未将身体问题作为一个突出的现代问题来思考,这两种理解显然都是有理可循的。不过,由于鲁迅后来叙述自己何以竟成了作家时有意对举心灵和身体,在《呐喊·自序》中强调,愚弱的国民无论身体如何健全、茁壮,也只能做毫无意义的示众的材料和看客,重要的是"改变他们的精神",[2]因此更容易产生后一种理解,认为鲁迅彼时并未将身体问题作为一个突出的现代问题来思考。但是,如果对鲁迅的自叙不是过度怀疑的话,其实不妨认为,虽然鲁迅留日时期已充分意识到身体和心灵分离、分裂的问题,但由于缺乏合适的表达语体及文体,不得不呈现出一副尚未将身体问题作为一个突出的现代问题来思考的面貌。实际上,即使是看起来已经被反复论述的现代心灵问题,鲁迅留日时期的文言论文也并未就"内部之生活"及"本有心灵之域"展开多么丰富的层次;"心灵的探寻"的工作也不得不主要依赖《野草》来进行。[3]因此,可以设想的是,现代心灵和身体的问题即使已经同时出场,鲁迅对它们的思考,尤其是表达,还是有待于《新青年》主导的文学革命带来的白话文学,才能充分而有效地展开。

---

[1] 鲁迅:《坟·摩罗诗力说》,《鲁迅全集》第1卷,第70页。
[2] 鲁迅:《呐喊·自序》,《鲁迅全集》第1卷,第438—439页。
[3] 钱理群:《心灵的探寻》,上海:上海文艺出版社,1988年;王乾坤:《鲁迅的生命哲学》,北京:人民文学出版社,1999年。

一 何以"自言自语"?

无论从鲁迅的自叙来看,还是从一些基本的历史事实来看,鲁迅对胡适、陈独秀主导的文学革命都不是充分信任的。[1]甚至可以说,鲁迅对白话文也不是那么信任的,虽然他曾经表示要寻找黑咒文诅咒一切反对、妨害白话文者[2],但他1917年以后始终是在文白之间写作。在他的白话文处女作《狂人日记》中,除了有文言小序和白话日记之间的文、白对照关系,还有相对隐而不彰的白话日记内部的文、白对照关系。借助新式标点的使用,鲁迅写出了下列句子:

> 今天全没月光,我知道不妙。早上小心出门,赵贵翁的眼色便怪:似乎怕我,似乎想害我。还有七八个人,交头接耳的议论我,又怕我看见。一路上的人,都是如此。其中最凶的一个人,张着嘴,对我笑了一笑;我便从头直冷到脚跟,晓得他们布置,都已妥当了。[3]

这些句子在表达上的有趣在于:其一,虽然预设是日记文字,但写作者的拟想读者却不是写作者自己,自言自语的性质不强。其二,新式标点的作用近似于旧式句读,在分割语义段落的同时,有明显的理顺文气的作用。如"还有七八个人,交头接耳的议论我"和"晓得他们布置,都已妥当了"两句中间的逗号,在语

---

[1] 王风:《文学革命的胡适叙事与周氏兄弟路线——兼及"新文学""现代文学"的概念问题》,《中国现代文学研究丛刊》,2006年第1期。
[2] 鲁迅:《朝花夕拾·〈二十四孝图〉》,《鲁迅全集》第2卷,第258页。
[3] 鲁迅:《呐喊·狂人日记》,《鲁迅全集》第1卷,第445页。

义段落的分割上,并非必要,尤其是"晓得他们布置"后的逗号,更是强行逗开。强行逗开的好处是句子短了,便于诵读,即适口;如果只是为了眼睛看的意义上阅读,而非口中读的意义上阅读,"晓得他们布置都已妥当了"一句完全没有必要中间逗开。事实上,追求适口适耳的表达效果贯穿于整个白话日记。这既有悖于日记体预约的自言自语性质和书面语性质,又与文言小序频繁以新式标点逗开、使得句子变短的表达形式同构,使人疑心白话日记的表达一方面是在践行胡适"话怎么说,就怎么写"的文学革命主张[1],另一方面又尚未从文言表达的文气中脱胎换骨,有些地方像是文言的翻译。因此,是写口中所有的话,还是写口中所无的文,鲁迅并未做出非常清晰的抉择,白话日记本质上乃是一种文白之间的表达,与胡适想象中的白话文颇有距离。但是,由于鲁迅此后一发不可收拾地继续白话文写作,就只能做出下述推论,即鲁迅不但没有因为无法离析文白而退回到文言写作里,而且从中发现了这种在文白之间表达的独特张力,一发不可收拾。

如此一来,问题就更有意思了。《狂人日记》及后续白话小说的写作既然有其独特的张力,"随感录"式的写作也能有效地表达写作者的主体意识[2],鲁迅何以要几乎与此同时展开"自言自语"系列文章的写作?"自言自语"的写作和发表是在1919年8、9月间,其时是五四事件之后的文学革命极盛期。这一系列文章共完成七篇,第一篇是《序》,最后一篇《我的兄弟》发表时标注"未完",可见鲁迅写作时有全盘的构思,只是此后何

---

[1] 王风:《文学革命与国语运动之关系》,《中国现代文学研究丛刊》,2001年第3期。
[2] 王风:《从"自由书"到"随感录"——晚清报刊评论与五四议论性文学散文》,《现代中国》第4辑,武汉:湖北教育出版社,2004年。

以中断，原因不详。学界从一开始就注意到的是，这一系列文章与《野草》和《朝花夕拾》都有莫大关联，[1]但最近有学者讨论鲁迅何以在那样一个时间点写"自言自语"系列文章，无疑更有启发性。鲁迅很有可能确实是修辞性地使用"过去"，在五四新文化运动高潮期表达对该运动的反思和批判，[2]因而有意强调自己是在进行不合时宜的"自言自语"。而除了这种不合时宜的反思和批判性质，还有值得充分注意的面相是，鲁迅试图在现代白话文所展开的公共空间之外开辟私人空间，从"解剖我自己"[3]的意义上开拓现代白话文的表达空间。他甚至有可能因为《狂人日记》所展现的表达"内部之生活"的效能，产生了实践现代白话文有效表达"本有心灵之域"的想法。在"自言自语"的第一篇《序》中，鲁迅说：

> 只有陶老头子，天天独自坐着。因为他一世没有进过城，见识有限，无天可谈。而且眼花耳聋，问七答八，说三话四，很有点讨厌，所以没人理他。
>
> 他却时常闭着眼，自己说些什么。仔细听去，虽然昏话多，偶然之间，却也有几句略有意思的段落的。[4]

陶老头子与人的交谈是"问七答八，说三话四"，本来是似乎没

---

[1] 孙玉石、方锡德：《介绍新发现的鲁迅十一篇佚文》，《鲁迅研究》第1辑，上海：上海文艺出版社，1980年。
[2] 寇志明：《"温故知新"：透过〈自言自语〉及"过去"的视角重读鲁迅的〈野草〉——献给亡友冯铁教授》，《鲁迅研究月刊》，2018年第8期。
[3] 张洁宇：《审视，并被审视——作为鲁迅"自画像"的〈野草〉》，《文艺研究》，2011年第12期。
[4] 鲁迅：《集外集拾遗补编·自言自语》，《鲁迅全集》第8卷，第114页。

有什么公共性和对话性的独语,但经"我""仔细听去"并采择之后,就成为"有意思的段落",获得了公共性和对话性。鲁迅以此表明,看起来不合时宜的表达,其实有着切实有效的针对性,而"仔细听去"也就是他留日时期曾经说过的"聆知者之心声而相观其内曜"[1]的办法。从思想方法上来说,鲁迅以"自言自语"的方式获得聆听心声、观察内曜的路径,而从文学表达上来说,鲁迅是在探索和实践一种表达现代心灵的语体和文体,即白话独语体的散文(诗),期以展开"内曜"的具体内容或"声发自心,朕归于我,而人始自有己;人各有己,而群之大觉近矣"[2]的具体方式。鲁迅通过"自言自语"系列文章的写作为自己对于现代心灵问题的理解探索性地穿上了文学的衣裳,并将文学革命的启蒙视野从启他人之蒙转换为启自我之蒙,丰富了文学革命的思想褶皱和表达褶皱。

如果说在文学革命的高潮期,鲁迅都能通过"自言自语"的方式进行反思和批判,拓进"本有心灵之域",当落潮期来临,文学革命作为一个巨大的事件,其面貌因水落石出而更加容易被描摹之时,鲁迅继续以"自言自语"的方式进行反思和批判,拓进"本有心灵之域",应当说是合乎逻辑的。"自言自语"系列文章的内容包含三个方面:一是充满渊思冥想质地的形而上学式的表达,第二篇《火的冰》对"火的冰"及"火的冰的人"的想象,第四篇《螃蟹》对于被"同种"所吃的恐惧,第五篇《波儿》对蔷薇花与种子关系的戏拟,这些篇目的内容都具有某种潜意识的特征。二是充满自我牺牲和责任意识的自我表达,第三

---

[1] 鲁迅:《集外集拾遗补编·破恶声论》,《鲁迅全集》第8卷,第25页。
[2] 鲁迅:《集外集拾遗补编·破恶声论》,《鲁迅全集》第8卷,第26页。

篇《古城》中的"古城"讽喻某种固有的或既有的文化机制，而《少年》则是类似于《现在我们怎样做父亲》一文中肩住黑暗的闸门的勇士，是一种以历史的中间物自居的自我牺牲意识的肉身形象。三是通过重塑记忆和往事以认知自我的表达，第六篇《我的父亲》和第七篇《我的兄弟》，都表达了某种追悔不及的情绪，而自我意识即在此追悔不及的情绪中获得表达和重塑。其中除了第二个方面比较明显地指向自我意识的外部关联，其他两个方面都可谓是"本有心灵之域"的"内部之生活"的直接展现。而这两个方面的内容分别由《野草》和《朝花夕拾》两个集子的写作承袭，从事实上证明鲁迅在文学革命退潮期确乎选择了继续以"自言自语"的方式进行反思和批判，拓进"本有心灵之域"。而且，鲁迅改变了在"自言自语"系列文章的写作中熔三方面于一炉的写作策略，分别以杂文写作、回忆录写作和"心灵模进"写作，以更为细腻、深刻、纯粹的写作策略，表达了三个方面的内容。从语体和文体上来说，《野草》作为一种"心灵模进"写作，更好地承袭和发扬了"自言自语"系列文章写作的特点，在渊思冥想的形而上学表达上，尤擅胜场。而另外一些写作事实，即落潮期《呐喊·自序》《伤逝》《在酒楼上》《孤独者》等的写作，由于其内容都表现出对于文学革命的反思和批判，甚至在《伤逝》中将作为文学革命之子的涓生和子君分别送回原点和送上绝路，足可证明鲁迅对文学革命确实另有态度。而这种态度本身，恐怕也是鲁迅"难以直说的苦衷"[1]之一种。鲁迅作为在文学革命中听了将令的呐喊者，要他不惜以今日之我战昨日之我，

---

[1] 李天明：《难以直说的苦衷——鲁迅〈野草〉探秘》，北京：人民文学出版社，2000年。

直接否定文学革命,肯定做不到,而要他面对"有的高升,有的退隐,有的前进"[1]的局面,仍然义无反顾地坚持文学革命,也断乎不可。在看起来是个非此即彼的局面中,鲁迅感觉的是两难之境,于是就有了"难以直说的苦衷",实在不容易清楚明白地说出来,只好以"自言自语"的方式进行表达。一切皆已和盘托出,却又并未直说,掩藏甚深。[2]

那么,是文学革命这一巨大事件的什么问题促使鲁迅以"自言自语"的方式进行反思和批判呢?从"自言自语"系列文章和《野草》的具体内容及各自的表达方式来看,鲁迅最为关注的是文学革命可能在自省意识方面有明显的欠缺。例如吴虞对于《狂人日记》的解读,重心完全放在礼教吃人上,[3]而不管其中自省也曾吃人的意涵,就大大地简化了小说的意义。但吴虞的解读却是最有文学革命特色的,将自身设想为洁白无辜的立法者,问题全在他者身上。而一时蔚为风气的郁达夫的"零余者"自叙,作者的伤怜自恨也构成了一种青年人自我认知的情结,把自我的问题过于直接地迁移于他人、时代和国族。鲁迅在具有反思和批判文学革命意味的小说《孤独者》中就曾以讽刺的方式写道:

> 只要和连殳一熟识,是很可以谈谈的。他议论非常多,而且往往颇奇警,使人不耐的倒是他的有些来客,大抵是读过《沉沦》的罢,时常自命为"不幸的青年"或是"零余者",螃蟹一般懒散而

---

[1] 鲁迅:《南腔北调集·〈自选集〉自序》,《鲁迅全集》第4卷,第469页。
[2] 李国华:《〈野草〉:梦与忆之诗》,《鲁迅研究月刊》,2011年第5期。
[3] 吴虞:《吃人与礼教》,《新青年》第6卷第6号,1919年11月。

骄傲地堆在大椅子上，一面唉声叹气，一面皱着眉头吸烟。[1]

　　对于好友郁达夫，鲁迅大概没有什么不敬的意思，但对于郁达夫写作中存在的问题及其带来的影响，鲁迅毫不客气地采取了一种讽刺的态度，指出"来客"之"时常自命"乃是一种缺乏自我意识、徒知抱怨的时代弃儿，他们像"螃蟹一般懒散而骄傲"，充满攻击性，但自身空虚，没有什么内容。如果说郁达夫的"零余者"自叙确有值得辩护的道德内容[2]，"来客"在鲁迅眼中，就没有什么值得辩护和同情的内容了。他们是一种文化运动的后果，首先需要的是检讨，即为什么会出现如此缺乏自我意识的后果？作为准备醉虾宴席的帮凶[3]，鲁迅采取的方式是自省，解剖自己。客观地说，吴虞和郁达夫的方式在一定的历史语境中确实是有效的，也有其正当性。不过，鲁迅却认为自身因为遗传、集体无意识、历史无意识等的影响，并非无罪，从而认为解剖他人固然重要，解剖自己则更为重要，也即启他人之蒙固然重要，启自己之蒙更加重要。正因为如此，在"自言自语"系列文章和《野草》中，鲁迅主要以自叙的、第一人称的方式展开对于记忆和"内部之生活"的书写，反复表达的是自我的罪愆和问题，从而在形而上学的意义上抵达一种"罪的自觉"或"回心"[4]。而且，鲁迅认为这种"罪的自觉"不是能够轻易实现的，也不是能够一次性达成的，故而既有《伤逝》中涓生那种悔恨与自我辩护交缠的自

---

〔1〕 鲁迅：《彷徨·孤独者》，《鲁迅全集》第2卷，第93页。
〔2〕 周作人：《〈沉沦〉》，《晨报副镌》，1922年3月26日。
〔3〕 鲁迅：《而已集·答有恒先生》，《鲁迅全集》第3卷，第474页，北京：人民文学出版社，2005年。
〔4〕 竹内好：《鲁迅》，第46—71页，李心峰译，杭州：浙江文艺出版社，1986年。

叙,也有《野草》中从不同角度重复打开和演绎的心灵模进,似乎是在反复探求中获得虚无。

二 现代心灵问题的模进

与"自言自语"系列文章基本上只呈现叙述者单一的声音不同,《野草》虽然多以"我"为视角进行叙述,却充满对话性[1],甚至可以说是一系列内爆场景的组接。这不是通常所说的要在鲁迅同时期写作的杂文、小说和书信的对照中解读《野草》[2],而是说《野草》的叙述本身充满挣扎的特点[3],在表达上具有平衡与对称[4]、重复与模进、二元与多元、停滞与流动……的效果,鲁迅展开的不仅仅是现代心灵的独白,更是现代心灵的激辩。需要提前做出分剖的是,独白尽管也有可能蕴含着内部分歧,在面貌上呈现出激辩的特征,但却具有相当的稳定性,不会发生内爆,而激辩则呈现出各抒己见、终而无法统一以至于内爆的面貌;独白往往寻求内部自洽,而激辩却总是关联着一些外部因素。

模进是《野草》推进主题的表达时最常使用的手法,严格模进、自由模进和连续模进兼有。其中《题辞》中重复出现的"但我坦然,欣然。我将大笑,我将歌唱"[5],《求乞者》中重复出现

---

[1] 薛毅:《反抗者的文学——论鲁迅的杂文写作》,《视界》第4辑,第6—9页,石家庄:河北教育出版社,2001年。
[2] 许杰:《〈野草〉诠释》,天津:百花文艺出版社,1981年;孙玉石:《现实的与哲学的——鲁迅〈野草〉重释》。
[3] 冷霜:《表达即挣扎——论〈野草〉》,《鲁迅研究月刊》,2001年第1期。
[4] 李欧梵:《铁屋中的呐喊》,第82—104页,尹慧珉译,石家庄:河北教育出版社,2000年。
[5] 鲁迅:《野草·题辞》,《鲁迅全集》第2卷,第163页。

的"另外有几个人各自走路"[1],《希望》中重复出现的"绝望之为虚妄,正与希望相同"[2],等等,都属于严格模进,即将完全一致的表达植入不同的上下文中,从而强化或提升主题。而《秋夜》中出现的从"我忽而听到夜半的笑声"到"我又听到夜半的笑声"的重复中的变化[3],《影的告别》中出现的从"我不如彷徨于无地"到"我不如在黑暗里沉没",再到"我将向黑暗里彷徨于无地"的重复中的变化[4],《我的失恋》中出现的"我的所爱"和"不知何故兮"的重复中的变化[5],等等,则都是自由模进,即随着上下文的发展,将一种固定的、程式化的表达略作调整,从而铺陈或延展主题。实际上,《野草》各篇的表达,大都使用了两次以上的严格模进或自由模进,故而是在连续模进中凸显具体的主题。在《野草》丰富的模进现象中发现一些平衡和对称的问题,可谓自有所见,但更有价值的也许是分析其模进手法背后的现代心灵问题。在这一意义上,模进中的心灵独白是首先值得注意的。《秋夜》作为《野草》的开篇之作,历来被赋予特别的意义,[6]但它也许只是从"自言自语"系列文章到《野草》的过渡性表达,因此保留了明显的独白性质,枣树和小青虫作为写作者心灵的具象呈现,也明显表现出笃定、自信、义无反顾的精神气质,一切变化或对立面的存在,都未能构成挑战,松动其选择。这种状况在《希望》《死后》《这样的战士》等篇中也可以发现,可见"反抗绝望"是鲁迅精神肖像的重要特征。但是,模

---

[1] 鲁迅:《野草·求乞者》,《鲁迅全集》第2卷,第171—172页。
[2] 鲁迅:《野草·希望》,《鲁迅全集》第2卷,第182页。
[3] 鲁迅:《野草·秋夜》,《鲁迅全集》第2卷,第167页。
[4] 鲁迅:《野草·影的告别》,《鲁迅全集》第2卷,第169—170页。
[5] 鲁迅:《野草·我的失恋》,《鲁迅全集》第2卷,第173—174页。
[6] 汪卫东:《〈秋夜〉:〈野草〉的"序"》,《中国文学研究》,2006年第4期。

进中的心灵独白既非《野草》中的唯一状况，更非主要状况，那么，在强调鲁迅"反抗绝望"的精神结构的同时，更应该做出相应的调适。

从《野草》诸文本的实际情况来看，模进中的心灵激辩更为常见，是《野草》的主要状况，举凡《影的告别》《求乞者》《我的失恋》《过客》《死火》《狗的驳诘》《失掉的好地狱》《墓碣文》《颓败线的颤动》《立论》《聪明人和傻子和奴才》诸篇，都出现了或二元对立，或多元并峙，且终篇或有所抉择，或只能存疑的情形。而且，如果将模进现象的考察从单个文本内部推向《野草》各篇之间，可以观察到的现象是，《野草》各篇的开头和结尾存在着明显的复奏，即多以入梦始，以梦醒终，[1]每一个文本都是拓进"本有心灵之域"的一次尝试，而每一次尝试各有其独立的内容，相互之间却形成了连续模进的关系，从而构成心灵激辩跌宕起伏的过程。从逻辑上来说，这种跌宕起伏的过程，就像《野草》各篇结尾反复出现的表达"由她去罢"[2]"我一径逃走，尽力地走，直到逃出梦境，躺在自己的床上"[3]"我疾走，不敢反顾，生怕看见他的追随"[4]……一样，是无法合乎逻辑地结束的，只能以逃避或意外的方式，强行中断。这也就是说，虽然鲁迅最终选择了在一种关系结构中构建主体，[5]但其选择并非心灵激辩的逻辑结果。因此，在这种繁复无尽的心灵激辩过程中，与其说鲁迅在"反抗绝望"，不如说鲁迅在"硬唱凯歌"，强行割弃了与

---

[1] 李国华：《〈野草〉：梦与忆之诗》，《鲁迅研究月刊》，2011年第5期。
[2] 鲁迅：《野草·我的失恋》，《鲁迅全集》第2卷，第174页。
[3] 鲁迅：《野草·狗的驳诘》，《鲁迅全集》第2卷，第203页。
[4] 鲁迅：《野草·墓碣文》，《鲁迅全集》第2卷，第208页。
[5] 木山英雄：《〈野草〉的诗与"哲学"》（下），赵京华译，《鲁迅研究月刊》，1999年第11期。

"绝望"的关联。在答复许广平讨论"苦闷"的信中,鲁迅写道:

> 总结起来,我自己对于苦闷的办法,是专与袭来的苦痛捣乱,将无聊手段当做胜利,硬唱凯歌,算是乐趣,这或者就是糖罢。但临末也还是归结到"没有法子",这真是没有法子![1]

鲁迅的态度当然也有反抗的意味,但与其阐发其中的反抗意味,不如分析其逃避性质,鲁迅其实没有从正面回应和出击,而是把问题悬置起来了。对于作为他者而存在的国民的劣根性问题,鲁迅也许渴望明正典刑,[2]表现出清醒的现实主义精神,在解剖自我的"内部之生活"时,则不乏"将无聊手段当做胜利,硬唱凯歌"的逃避意味。这说明鲁迅的确认为绝望并不虚妄,绝望乃是实有,而且并不打算反抗,只是悬置在那里,"由她去罢"。那么,写给许广平的信中的不能证实"惟'黑暗与虚无'乃是'实有'"却偏要反抗[3]的表达背后,也许潜藏着一种鲁迅式的自得之乐,即所谓的"算是乐趣",一种不算乐趣的乐趣,悬置的乐趣。如此一来,鲁迅在心灵激辩中设置了一个别有意味的旁观场景,彻底打破了《野草》的独白性质。

在《求乞者》中,心灵激辩源于"我"和孩子之间的关系,"各自走路"的另外几个人是旁观者。很难说这另外的几个人与这场心灵激辩有什么关系,但却被安置在现场。这一方面也许说明鲁迅认为心灵激辩的现场总是会有一些无关紧要的偶然因素,

---

[1] 鲁迅:《两地书》,《鲁迅全集》第11卷,第16页。
[2] 王德威:《从"头"谈起——鲁迅、沈从文与砍头》,《想象中国的方法:历史·小说·叙事》,第135—146页,天津:百花文艺出版社,2016年。
[3] 鲁迅:《两地书》,《鲁迅全集》第11卷,第21页。

另一方面则可能意味着在四面灰土的混沌现场中，"我"的心灵激辩反而是偶然事件，并非必然发生的。尤其值得注意的是，这另外的几个人是在模进中反复出现的常项，在"我"与孩子的相遇、"我"拒绝向孩子布施、"我"内心产生自我质疑等关键瞬间都出现了，具有对整个过程中的各个意义发生点都起相对化作用的效果。一种常见的思路是将这另外的几个人视为鲁迅笔下的看客，批判其漠不关心和麻木不仁。这是很有道理的，但除了这种道德审判的指向，鲁迅应当还表达了其他的意思。作为一个对于自己的所思所想具有严格的解剖精神的思想者和文学家，鲁迅内置旁观者的意图不可能不包含提醒自己的意思。一场心灵激辩的发生对于自己而言，也许是必然的，但如果放置到更大的语境中，则仍有可能是偶然的；不可因必然而武断，也不可因偶然而无断，须在武断和无断之间平衡、取舍。按照这样的理解，《秋夜》中突然出现的夜游的恶鸟，《死火》中莫名而来的大石车，《死后》中不可理喻的书铺小伙计……都是一些看似无关紧要，但也许大有深意的偶然因素，内置在心灵激辩的现场，起到平衡心灵激辩的作用。不过，这到底是不是作者鲁迅本人大有深意，不太好确定。至少在有意识的层面，鲁迅在繁复的心灵激辩中是做出了一些选择的，他并未在平衡中张皇失措。

如果将《过客》这一完全剧本化的写作视为鲁迅对心灵激辩中的旁观因素的充分重视，那么，也许不妨说，鲁迅在二元对立中做出选择之后，保留了作为冗余存在的第三选择，这就是小女孩的意见。女孩、老翁和过客的关系有多种组合，但不管怎么组合和解释，不能否认的是，直接的、真正的交锋只发生在老翁和过客之间。过客听见的声音，老翁年轻时也曾听见过，但他拒绝了声音的召唤，并以自己的经验为据，建议过客停下脚步，甚至一再建议过客"回转去"[1]。但过客不接受老翁的意见，选择了继续前行。在二者刀兵相接的间隙，小女孩的意见非常清晰，她所说的"许许多多的野百合，野蔷薇"既得到了过客的承认，也得到了老翁的承认，她赠送给过客的布，过客最终没有当面拒绝，也没有如老翁所说的"随时抛在坟地里面"，最大可能是"挂在野百合野蔷薇上"了。[2]这就意味着，无论是老翁的经验，还是过客的决绝，都无法取消小女孩的存在，她虽然不能阻挡过客前进的脚步，但却构成了过客和老翁各自的选择之外的第三选择。这第三选择是冗余的，也是重要的。从《过客》表达的形式来说，如果不是为了不掩盖小女孩的意见，大概没有必要使用话剧剧本的形式。话剧剧本作为一种表现形式，比《野草》中的其他篇目所采用的形式更为直观地呈现了过客和老翁选择的独立性以及他们之间交锋的尖锐性，也更为直观地呈现了小女孩的独立性。而且，鲁迅对于文体的选择，是其思想上重视冗余的第三选择的表现，这在与《野草》写作同时期的文章《灯下漫笔》中可以找到重要证据。鲁迅根据经验推断中国历史存在的是"想做奴隶而不得的时代"和"暂时做稳了奴隶的时代"的循环，但他希望青年能创造"中国历史上未曾有过的第三样时代"。[3]这便意味着，在鲁迅看来，历史是由经验和空白构成的，故而经验不足以限定未来，自己凭借经验得出的历史判断更不能说一定预见了未来。《过客》的思想剧的性质由此得以凸显，小女孩的存在作为冗余的第三选择，其重要性也由此得以凸显。

而由于小女孩的存在不是来自丰富的历史经验，而是来自

---

[1] 鲁迅：《野草·过客》，《鲁迅全集》第2卷，第195—196页。
[2] 鲁迅：《野草·过客》，《鲁迅全集》第2卷，第197—198页。
[3] 鲁迅：《坟·灯下漫笔》，《鲁迅全集》第1卷，第225页。

经验未到的空白之处，也即来自现在和未来的不确定性，鲁迅无法在《野草》中以模进的手法打开小女孩存在的具体内容，从而使得整个《野草》出现一种模进之后的虚无之感。这种虚无之感缠绕着《野草》的写作者，也缠绕着《野草》的读者，如何面对它，是一个具有根本性的问题。鲁迅是不是在面对这一虚无之感时产生了杂文的自觉，固然值得讨论，[1]但就《野草》的内在结构本身来说，他已经选择了对《野草》式写作的扬弃。《野草》诸篇随着写作时间的递进，先是越来越深入地拓进"内部之生活"，后是越来越远离"内部之生活"，转而叙述社会关系中的"我"，最后写作的《题辞》更明确发出告别的声音，鲁迅显然通过现代心灵问题的模进在很大程度上摆脱了"内部之生活"的捆缚，进而在虚无之后建立了新的现实感。而在新的现实感的映衬下，《野草》对于现代心灵问题的模进就有了停滞中的流动的特点。所谓停滞中的流动，是指《野草》诸篇所呈现的"内部之生活"一旦被新的现实感尘封，就如同《墓碣文》中的死尸和《死后》中的尸体一样，只能以死尸和尸体的表象停滞在观者的视野里；但这停滞的表象之下有暗潮涌动，只要贴得足够近，就能以模进的手法呈现丰富的内容。而且，这停滞中的流动，也就是流动中的停滞，如同"死火"一样，既是死的，也是活的，处于一种不稳定的临界状态。鲁迅捕捉临界的瞬间，将永是生动的形象做了有意的定型，却又期待这有意的定型从速毁灭。

---

[1] 彭小燕：《存在主义视野下的鲁迅》，第330—336页，北京：北京大学出版社，2007年；刘春勇：《留白与虚妄：鲁迅杂文的发生》，《中国现代文学研究丛刊》，2014年第1期。

三　身心分裂与言文分离

在对现代心灵问题进行模进的过程中，鲁迅遭遇到了新的身心问题。如果说《呐喊》集中的多篇小说都是鲁迅所谓身体茁壮抵不过心灵病弱的观念的文本誊写，《野草》第一篇文章《秋夜》的写作就打开了相反的内容：

> 我忽而听到夜半的笑声，吃吃地，似乎不愿意惊动睡着的人，然而四围的空气都应和着笑。夜半，没有别的人，我即刻听出这声音就在我嘴里，我也即刻被这笑声所驱逐，回进自己的房。灯火的带子也即刻被我旋高了。[1]

"我"神游后园，沉迷无已，想象高亢、冷峻，在在都是心灵强大的表征。但这强大的心灵最终却被"我"嘴里发出的笑声所打断，"我也即刻被这笑声所驱逐，回进自己的房"，心灵回到身体的疆域，《秋夜》文本提供的内容也从幽深冷峻的冥思回到平和日常的困倦之感；如果不能说身体划定了心灵问题模进的界限，至少也应当强调，身体与心灵二者间呈现割据争衡之局。在这个意义上，鲁迅《野草》的写作从一开始就是在心灵和身体之间进行的，并不存在一个"言语道断，身体出场"[2]的问题。言为心声，强大的心灵由作者誊写为具体的言语时，身体即刻出场，需要由作者誊写下来。由于二者并存而争衡，鲁迅不得不放弃《呐喊》中以心灵统理身体的誊写方式，从而在《野草》中写出了身

---

[1] 鲁迅：《野草·秋夜》，《鲁迅全集》第2卷，第167页。
[2] 郜元宝：《鲁迅作品的身体言说》，《反抗被"描写"——郜元宝鲁迅研究自选集》，第35页，桂林：漓江出版社，2014年。

体和心灵分裂的状况，在表达上也相应地出现言文分离的状况。一旦身心分裂与言文分离的状况出现，鲁迅《野草》的写作就将文学革命所主张的言文一致的合法性和正当性拉伸到了极致。在《墓碣文》这篇被人视为《野草》的核心的文章中，鲁迅写了一个能从坟中坐起、口唇不动却会说话的死尸。从字面上的身体与言语关系上来说，死尸是已经死去的身体，是丧失了身体之为身体的性质的。而尸体所说出来的话"待我成尘时，你将见我的微笑"[1]，虽曰说话，却非口语，乃是文白夹杂的书面语，给人以言不尽意、必须借助于文之感。事实上，墓碣上的文句，因为叙述者刻意强调其残存性质，更强化了这种言不尽意之感：

……抉心自食，欲知本味。创痛酷烈，本味何能知？……
……痛定之后，徐徐食之。然其心已陈旧，本味又何由知？……
……答我。否则，离开！……[2]

叙述者强调了墓碣上所刻的不是言，而是文，但是，有意思的是，上述文句一方面基本上是文言，即文，另一方面却夹杂了说话的口气，即夹杂了言。其中"又"与"复"相比，要口语化一些，"否则"一词已被口语沿用，而"离开"则完全是口语，这三个词夹杂在文言表达中，未免有些怪异。如果说是因为言不足为心声，叙述者乃刻意强调墓碣的文的性质，以文来摹写心声，墓碣上的文句就不宜出现文白夹杂的状况；如果说是因为言

---

[1] 鲁迅：《野草·墓碣文》，《鲁迅全集》第2卷，第208页。
[2] 鲁迅：《野草·墓碣文》，《鲁迅全集》第2卷，第207页。

足为心声，叙述者刻意以文摹写心声是为了暴露文的不足，那死尸所说的话就不应该出现文白夹杂的状况。这种文白夹杂面貌的出现，对于鲁迅而言，应该是一个现代心灵的问题无法脱离身体而独立存在、无法单纯在言文一致的逻辑上得以叩问和解决的问题。而且，从更为激进的立场出发时，鲁迅根本上是否定汉语的言文一致的："我的臆测，是以为中国的言文，一向是并不一致的，大原因便是字难写，只好节省些。"[1]因此，死尸是否说"话"或者说得"明白如话"，对于鲁迅而言，有可能不是一个需要去践行，反而是一个需要去批判甚或反对的问题。由于是用汉语写作，即使是在言文一致运动中，鲁迅所面对的仍然是言文分离之局。在这个意义上，鲁迅所创造出来的墓碣上的文白夹杂的文句，既是言文一致运动的症候性表现，也是言文始终分离，却又始终追求一致的过程性状况。墓碣文上的另一些文句，因此是非常具有讽喻意义的：

> ……有一游魂，化为长蛇，口有毒牙。不以啮人，自啮其身，终以殒颠。……[2]

"有一游魂"作为现代心灵的喻体，必须"化为长蛇"，即自己创造自己的身体。但创造出来之后，并没有痛快地发声，而是"自啮其身"，又自我毁灭了，不仅毁去了新造的肉身，而且令人怀疑并游魂也"终以殒颠"了。"殒颠"是鲁迅生造的，原词是"颠殒"，意指覆灭，出《邓析子·转辞》："今之为君，无尧

---

[1] 鲁迅：《且介亭杂文·门外文谈》，《鲁迅全集》第6卷，第93页。
[2] 鲁迅：《野草·墓碣文》，《鲁迅全集》第2卷，第207页。

舜之才，而慕尧舜之治，故终颠殒乎混冥之中，而事不觉於昭明之术。"[1] 无论是颠殒，还是殒颠，都有形神俱灭之意。这就意味着，"游魂"通过"化为长蛇"获得肉身，不是为了重生，而是为了第二次死亡，即真正的死亡。换言之，现代心灵是反噬肉身的，但又不得不通过肉身来自我确证，完成第二次死亡。在这个意义上，死尸所说的"成尘"，即是第二次死亡，即尘归尘，土归土，从一切名相中解脱，而死尸所说的"微笑"，即是觉而后生，真正的生。那么，叙述者最终写"我疾走，不敢反顾，生怕看见他的追随"，所表达的恐惧即是一种不敢相信"于无所希望中得救"[2]的恐惧，希望降临，欢喜而怖畏。作为一种模进式的表达，鲁迅在《题辞》里说"过去的生命已经死亡。我对于这死亡有大欢喜，因为我借此知道它曾经存活"[3]，其所追踪的也正是第二次死亡以及觉而后生。所谓"借此知道它曾经存活"，即是在形而上学的意义上得到了对于觉而后生的理解，从而也就获得了真正的生。这都是现代心灵的第二次死亡和真正的生，需要付出的是"殒颠"，是形神俱灭，尤其是身体的朽腐。对应于这种严肃的身心分裂，鲁迅的表达也在文白之间愈显挣扎。《题辞》之希望野草的"死亡与朽腐"速来，希望"我的题辞"也"去罢"，[4] 也蕴含着创造一种现代汉语表达的同时又毁弃、超越它的意思，其间自有相应的第二次死亡和真正的生的问题。

最为极端而复杂难解的身心分裂与言文分离状况出现在《颓败线的颤动》和《死后》两篇中。《颓败线的颤动》篇名即费解，

---

[1] 王恺銮：《邓析子校正》，第16页，上海：商务印书馆，1935年。
[2] 鲁迅：《野草·墓碣文》，《鲁迅全集》第2卷，第207页。
[3] 鲁迅：《野草·题辞》，《鲁迅全集》第2卷，第163页。
[4] 鲁迅：《野草·题辞》，《鲁迅全集》第2卷，第164页。

对应的内文是:

> 当她说出无词的言语时,她那伟大如石像,然而已经荒废的,颓败的身躯全面都颤动了。这颤动点点如鱼鳞,每一鳞都起伏如沸水在烈火上;空中也即刻一同振颤,仿佛暴风雨中的荒海的波涛。
>
> 她于是抬起眼睛向着天空,并无词的言语也沉默尽绝,惟有颤动,辐射若太阳光,使空中的波涛立刻回旋,如遭飓风,汹涌奔腾于无边的荒野。[1]

这些都让人不能不循着形而上学的路径去思考语言和存在的关系,去思考"无词的言语"的问题。的确,"无词的言语"是一个重要的命题,结合《颓败线的颤动》所写的母女代际矛盾来说,母亲陷入了不知该说什么以表达自我的困境,自己的牺牲未能获得后代的理解,已经降临的未来也不是预期的样子。但是,"无词的言语"既经说出,就是言语,只不过在既有的表达中,尚未获得词的肉身或形象,因而是"无词的"。现代汉语无法捕捉这"无词的言语",乃通过描绘"无词的言语"的生产主体的身体形象,以期围猎。这就是说,虽然在言的意义上,"无词的言语"只有"无词的言语"这一抽象的能指存留,但在文的意义上,"无词的言语"被鲜明地围猎了,它以身体颤动的形象,联动整个天空和"无边的荒野"。那"无词的言语"虽然"说出",但无法听到,只能以文的形式被感知到。无言而有文,是鲁迅在表达现代心灵问题时的创制,而且简直是独此一家。更为有意思的是,言为心声这一命题被鲁迅悬置了,他强调"并无词的言语

---

[1] 鲁迅:《野草·颓败线的颤动》,《鲁迅全集》第2卷,第211页。

也沉默尽绝，惟有颤动"，似乎现代心灵的问题只有通过身体这一基本的存在才能崭露出来；而且也只有悬置言，才能在文的层面将现代心灵的问题表达出来。如此一来，言文一致的命题就被彻底悬置了。那么，所谓"颓败线的颤动"，到底是什么在"颤动"，并且形成了"线"呢？从字面上来看，颓败线当然指的是"荒废的、颓败的身躯"所构成的线。但身体既然已经荒废、颓败，其"线"也就不是仅仅形成于身体本身，而跟致使身体荒废、颓败的力量攸关。结合母亲不被理解的内容来看，致使母亲身体荒废、颓败的力量应当来自心灵的创伤。那么，所谓的颓败线，表面上是身体的，实际上是心灵的，"颓败线的颤动"就是心灵和身体发生关联后的颤动。只不过这里的关联，恐怕更多的是一种分裂，身体既呈现，又禁锢心灵的颤动，心灵既要突破身体的禁锢，又只能通过身体来获得具体的形象，因此二者缠绕在一起，又分裂为完全不同的内容。身体是一种石像式的奠仪，而心灵则是一种无有形象的、狂躁奔竞的力量，二者被鲁迅尖锐地突破言文一致的现代汉语表达黏合在一起。但是，如同"化为长蛇"的"游魂"能够自造身体，"辐射若太阳光"的心灵颤动是不是也能毁弃颓败的身体，创造自己的身体呢？似乎是没有什么疑问的，又似乎是不便进行类比的，因为很难想象，从《墓碣文》到《颓败线的颤动》，鲁迅没有推进自己试图表达的主题。

《死后》一文的篇名没有什么不好理解，指的是运动神经已废灭而知觉仍在的状态，[1] 难解的是其中所谓"知觉"，是身体性的，还是心灵性的？最方便的办法莫过于认为知觉既是身体性的，也是心灵性的。但鲁迅在《死后》中誊写的仍然是心灵的文

---

[1] 鲁迅：《野草·死后》，《鲁迅全集》第2卷，第214页。

本，只不过借重了身体的感知，使人误以为鲁迅是在身心一致的意义上进行的表达。文中最精彩的细节莫过于此：

> 但是，可恶，收敛的小子们！我背后的小衫的一角皱起来了，他们并不给我拉平，现在抵得我很难受。你们以为死人无知，做事就这么地草率么？哈哈！[1]

这是一个极其精彩的写实主义细节，但又充满超现实的色彩，既精细地写出了身体压在皱起的衣角上可能发生的感受，又将死后身体的感受写得极为敏感，像是安徒生笔下的公主。而且，叙述者的口吻显得非常放旷、幽默，将"死生亦大矣"的问题看得极重，皱起的衣角也不放过，同时又看得极轻，一切以"哈哈"了之。死人的确是无知的，因为不会、不能表达，这是身体层面的问题。但鲁迅突破了这种身体层面的限制，借助死后知觉仍在的观念之桥，突入心灵世界进行自由联想。在这一意义上，死后的身体不是构成了现代心灵问题的限制，而是构成了现代心灵问题自由驰骋的疆场，身体似无若有的存在，大大解放了心灵。鲁迅留日时期展开对"内部之生活"的理解时，曾以"客观之物质世界""自然"和"观念世界"为参照，这种理解方式转换到《野草》的写作，尤其是《死后》的写作，可以看到，**身体**正是"客观之物质世界""自然"和"观念世界"共同的场所。身体作为肉体，乃是"客观之物质世界"的一种，而关于身体的种种观念，如死后即是尸体的观念，既构成一种"自然"，也构成一种"观念世界"的承载物，在此意义上，要对现代心灵问题有所理

---

[1] 鲁迅:《野草·死后》,《鲁迅全集》第2卷,第216—217页。

解，就必须将心灵从身体中剥离出来。而且，这一剥离必须既是观念的，比如借助死后知觉仍在的观念，又是实践的，如具体誊写知觉仍在的身体世界，才能实现身心分裂。而誊写的过程，在切割了言与心的关系之后，通过建构身体与文的关系，在新的维度上恢复了言为心声的可能性。在这个意义上，将整个《野草》的主题设想为"恢复",[1]是非常值得注意的。

因此，非常有意思的是，鲁迅《野草》展开的不仅是心灵探寻的过程，而且是身体探寻的过程。只不过在同一过程中发生的身心问题，不但不是身心一致，反而是身心分裂，不但不是言文一致，反而是言文分离。更有意思的是，鲁迅探寻的脚步并没有停下来。一个在《野草》视景的内部一直走下去的过客，其实是一个停滞的形象，因为他的经验和老翁一样，只知道前面有坟，不知道坟究竟是不是终点，更不知道坟之后有什么。鲁迅作为过客的创造者，在进行创造的那一刻也许和过客并行，甚至就是过客本身，但过客也许停在了坟前，鲁迅则走到了坟后。而由于鲁迅走到了坟后，"内部之生活"的表达也就在鲁迅自己手中出现了边界和限度。

四 "内部之生活"的表达边界和限度

"内部之生活"的表达边界和限度，作为一个具有思想价值的命题，其实是蕴藏在《野草》写作的内部的。而且，也许正是因为这一命题蕴藏在《野草》写作的内部，作者自己是第一个表明该命题存在的人。早在1927年10月发表的《怎么写》一文中，

---

[1] 丸尾常喜：《耻辱与恢复——〈呐喊〉与〈野草〉》。

鲁迅即表示《野草》式的"世界苦恼"虚无缥缈,不容易抓住,不如写社会生活的琐杂来得真切,[1]在1931年介绍《野草》的写作背景时说"日在变化的时代,已不许这样的文章,甚而至于这样的感想存在。我想,这也许倒是好的罢",[2]而在1932年解释自己不同类型的写作时说"有了小感触,就写些短文,夸大点说,就是散文诗,以后印成一本,谓之《野草》。得到较整齐的材料,则还是做短篇小说",[3]这些说法至少可以引申出三个有意思的论题:

一、鲁迅是一个文体家,善于为思想穿上不同的文体衣裳;而在写作《野草》时,将自己更为重要的思想穿上了短篇小说的衣裳。

二、鲁迅认为特定的文体形式总是与特定的时代相联系,不是写作为时代赋形,而是时代为写作赋形。也许作品会有其超时间性,写作本身是无法超越时间的。

三、鲁迅不愿意因为拓进了"内部之生活"而创造一种真实的幻觉,他更愿意在"内部之生活"之外体验真实感,从而真正地打开"怎么写"的问题。

这是三个存在一定交叉性质的论题,很好地远离了学界曾经广泛讨论过的"充实"与"空虚"那样的语言即存在的论域。在语言即存在的论域中,《野草》被强势解读为形而上学的文本,[4]但就《野草》的文本实际情况来看,其中确有形而上学的篇什,

---

[1] 鲁迅:《三闲集·怎么写》,《鲁迅全集》第4卷,第18—19页。
[2] 鲁迅:《南腔北调集·〈野草〉英文译本序》,《鲁迅全集》第4卷,第365—366页。
[3] 鲁迅:《南腔北调集·〈自选集〉自序》,《鲁迅全集》第4卷,第469页。
[4] 李敏:《鲁迅的语言思想及其实践》,第105—124页,华中科技大学博士学位论文,2009年。

如被广泛征引的《影的告别》《死火》《墓碣文》等,更有鲁迅自己解释过的有具体现实指向的《我的失恋》《复仇》《希望》《这样的战士》《腊叶》《淡淡的血痕中》《一觉》《失掉的好地狱》等篇什,[1]以形而上学式的讨论笼罩全部并不合适;即使试图超越现实和哲学的二分法,以符号诗学的方式解读《野草》,[2]也难免有减缩文本的复杂性之感。不过,大概没有任何一种研究是能将研究对象完全包裹的,总是要有所取舍。当分析"内部之生活"的表达边界和限度成为论题时,也难免丢失《野草》的某些特质和价值。但是,如果将《野草》与基本上同一时期写作的《彷徨》合观,就不能不同意鲁迅的自叙,即他在进行《野草》式的写作时,更加重视的乃是《彷徨》中的短篇小说写作。举凡《野草》中出现的反抗绝望、复仇、孤独……主题,《彷徨》都有更为复杂、立体的表达;相比较之下,《野草》显得零碎,而《彷徨》显得具有整体性,具有充分的形式感。而《彷徨》既然有更为复杂、立体的表达,就意味着《彷徨》所牵涉的个体心灵和社会生活的深广度,乃是鲁迅更加重视的,《野草》的重要性不能超越《彷徨》,鲁迅对于《野草》所模进的"内部之生活",是有所保留的。

而正是鲁迅的有所保留,使得他警惕"内部之生活"所创造的真实幻觉,他在一步步深入"内部之生活"的表达后,又一步步从"内部之生活"走向外部,重拾现实。一旦有了新的现实感,鲁迅即意识到《野草》是内置于时代的,是时代的难以直说

---

[1] 鲁迅:《南腔北调集·〈野草〉英文译本序》,《鲁迅全集》第4卷,第365—366页。
[2] 张闳:《黑暗中的声音——鲁迅〈野草〉的诗学与精神密码》,第2—12页,上海:上海文艺出版社,2007年。

的苦闷通过鲁迅之手，以《野草》的写作显形。如此描述，有一种反映论的色彩，但不能不说《野草》与时代之间，并非不存在反映论式的关系。而所有这些状况都是内在于《野草》写作本身的，并且从字面上是可以读出来的。举例来说，类似"无地""不知道时候的时候"这样的语词，就显示了《野草》创造真实幻觉的努力和限度：

篇名	词例
影的告别	不知道时候的时候；无地
求乞者	无所为
复仇	无血的大戮
希望	不明不暗的这"虚妄"
风筝	无怨的恕
死火	死火；死的火焰
失掉的好地狱	好的地狱；好地狱
颓败线的颤动	无词的言语
这样的战士	无物；无物之物

这些语词的特点在于，它们并无现实的对应物，造词方式是通过在逻辑上延伸词的含义而生成与事实不符却于理可通的新词。这就意味着，这些词不是表达一般意义上的真实，而是表达心理意义上的真实，也就相当于创造一种真实。创造真实当然也是语词的功能之一，自有其意义。鲁迅所造生词的特点在于，这些词基本上是以相同的逻辑方式，即"不存在的存在"，造出来的。这些词是鲁迅用以拓进"内部之生活"的关键性词语，说明鲁迅想象"内部之生活"的方式比较单一，难以像他在其他文类中描摹非"内部之生活"那样，调动丰富多样的、有层次感的表达方

式。那么,与其强调和肯定鲁迅在《野草》写作中取得的语言和诗学强度,不如做一些让步,承认鲁迅的表达是有限度的,常常是不得不停止在既有语词系统的内部,无法自拔。事实上,正如鲁迅总是以模进的手法描摹现代心灵的问题一样,在《野草》的每一个具体文本中,他也总是以不断重复某一个或几个句式的方式在进行写作,其表达的强度不是来自不断地变化,而是来自不断地重复。不断地重复当然带来强度,但更带来限度。充分重视《野草》表达"内部之生活"的限度是非常必要的。以《影的告别》为例,鲁迅复沓的就是下列四个句式:

> 有我所不乐意的……,我不愿……
> 我不愿……,我不如……
> 我终于……,我将……
> 我愿意……,决不……[1]

句式的复沓使人强烈地感受到了作者所要表达的情绪和倾向性,其中挣扎和反抗的意味,是任谁也无法忽视的。但从逻辑上来说,鲁迅表达的边界很清晰,乐意不乐意什么,愿意不愿意什么,都是能够指出来的,令人费解或着迷的是清晰的表达背后焦灼的情绪。因此,所谓的"难以直说的苦衷",鲁迅表达得更多的是"苦衷",而不是"难以直说"。如果说存在一个语言本体意义上的"难以直说"的问题,鲁迅所做的努力也不是那么明显可见的。他说"世界苦恼"虚无缥缈不易抓住,在怎么写的意义上,也是他体验到了他手中的现代汉语的表达限度的甘苦谈吧。

---

[1] 鲁迅:《野草·影的告别》,《鲁迅全集》第2卷,第169—190页。

而回到鲁迅留日时期对于二十世纪文明的想象,他认为:

> 文化常进于幽深,人心不安于固定,二十世纪之文明,当必沉邃庄严,至与十九世纪之文明异趣。新生一作,虚伪道消,内部之生活,其将愈深且强欤?精神生活之光耀,将愈兴起而发扬欤?成然以觉,出客观梦幻之世界,而主观与自觉之生活,将由是而益张欤?[1]

这些内容在鲁迅自身的生活和写作实践中,应当都是得到了印证的。尤其是《野草》的写作,鲁迅的确是在生产一种"沉邃庄严"的文明产品,深入自我的"内部之生活"而描绘"精神生活之光耀";当鲁迅在写作《野草》时,其生活也的确是一种"主观与自觉之生活"。但问题在于,"愈深且强""愈兴起而发扬""由是而益张"的状况并未如所期待的那样出现。从《野草》这一被誉为最有深度的写作来看,鲁迅所感受到的固然有一些捕获了"世界苦恼"的大欢喜,但更多的恐怕是无法捕获的新的苦恼。这是现代汉语表达能力的问题?是鲁迅个人的能力问题?还是鲁迅对于二十世纪文明的想象本身的问题?从逻辑上来说,如果后来的历史发展出现了与之前历史预言者所预言的不一样的情况,就应当指出,是预言出了问题,而不是历史发展出了问题。二十世纪之文明,无论是中国的,还是非中国的,固然都有"沉邃庄严"的一面,但也都沿袭着十九世纪文明重物质、任众数的特点;后者甚至是更重要的一面。因此,即使不讨论现代汉语的表达能力问题和鲁迅的个人能力问题,也应当意识到,鲁迅提出

---

[1] 鲁迅:《坟·文化偏至论》,《鲁迅全集》第1卷,第56—57页。

的二十世纪文明的命题，在被历史的发展部分印证的同时，更多地是被质疑了。那么，所谓"内部之生活"的表达边界和限度的问题，就不仅仅是一个言、文层面的边界和限度的问题，更是"内部之生活"作为十九世纪文明发展的偏至想象本身就有边界和限度的问题，它不但不足以概括二十世纪文明，甚至不一定是二十世纪文明的主要内容。作为一名善于解剖自己的启蒙主义者，鲁迅所以质疑"世界苦恼"，就是因为随着时代的变化，对自我产生了新的理解和判断，从而试图摆脱"内部之生活"的束缚，进入新的写作实践领域。只不过他告别旧领域、进入新领域的过程，几乎从来都不是鲜明锐利的，他挣扎着往前走，以至于有时无法看出他前进的痕迹。

如此突出地强调时代对于鲁迅的修改，说明时代对于鲁迅的语体和文体的影响，将时间性戳在《野草》上，也是符合鲁迅对文章的理解路径的。1927年鲁迅在演讲《魏晋风度及文章与药及酒之关系》中，就着重分析清峻、通脱、华丽、壮大的文章风格与政治政令、作者的政治身份和处境的关系，特别强调文学自觉的时代性。[1] 彼时，鲁迅刚写完《野草》不久，对于《野草》的时代性应该还记忆犹新，种种社会政治的恐怖、个人出处的困难、情感的炎症、内在的虚无等，都还历历在目。那么，相应的，对于其中的边界和限度，鲁迅也是了然于心的。因此，在同样是1927年写作的《怎么写》一文中，鲁迅将时代看起来芜杂、琐碎的面貌作为更重要的描摹对象，告别了《野草》式的语词复沓，不再肉搏虚空和暗夜，改为肉搏嘈杂、喧嚣的现代社会生活

---

[1] 鲁迅：《而已集·魏晋风度及文章与药及酒之关系》，《鲁迅全集》第3卷，第523—539页。

了。当然，应该补充说明的是，虚空和暗夜，与嘈杂、喧嚣的现代社生活并非两不相干，只不过对于肉搏者来说，区别也很明显罢了。

而且，更进一步来说，分析和讨论"内部之生活"表达的边界和限度，除了厘清《野草》的时代性，也是为了说明，在种种约束之下，鲁迅耆写现代心灵及身体的工作，其所耆写出来的文本就具有了时代的诗学和美学的面相。如果能够欣赏和分析这种时代的诗学和美学面相，就能够更好地把握《野草》的精神密码，更好地领略《野草》的文学意味。也是在这一意义上，鲁迅在文白之间进行的表达，有着老舍、王朔式的俗白所不具备的现代汉语魅力，有言文一致运动所不能企及的可能性。

鲁迅《故事新编》主体构建的
逻辑及其方法

《故事新编》在鲁迅自编的集子中比较特殊，写作时间长达十三年，且不按年编集，自破惯例。在此，时间成为必须考虑的因素。木山英雄强调，"时光流逝的过程本身同样具有相当重要的意义"，[1]伊藤虎丸更进一步，将《故事新编》中八篇作品离析为三个时期和四个主题，试图将《故事新编》纳入鲁迅所处的历史时空及鲁迅思想自身变迁的脉络中。[2]这些思考彰显了鲁迅写作的时间性（或曰历史性）。但这只是一个方面，另一个也必须考虑的方面是，既然鲁迅打破按年编辑的习惯，就意味着他是按照某种超时间的线索编辑《故事新编》的。这里所谓的超时间线索，并非指《故事新编》各篇内容所对应的历史时代完全脱序，而是指鲁迅已使各篇意旨构成整体，修葺为文明再造的方案。简

---

[1] 木山英雄：《〈故事新编〉译后解说》，《文学复古与文学革命——木山英雄中国现代文学思想论集》，第368页。
[2] 参见伊藤虎丸：《〈〈故事新编〉之哲学〉序》，庄玮译，《鲁迅研究月刊》，1993年第5期。

言之,即从青年时期对于超人的浪漫想象到中年时期的呐喊、彷徨,鲁迅复经过诗与哲学时代的炙烤和历练,终于通过《故事新编》,进入晚年行动的时代,完成了对于"行动如何可能"的形式意义上的探讨。因此,所谓"行动如何可能",是观察鲁迅《故事新编》主体构建的逻辑及其方法的或一路径,意含行动发生、起效与持续的构成性条件。

一

强调时光流逝的意义是必要的,因为即使认可"原鲁迅"的说法合理,也不能不注意到鲁迅一生思想、行迹,是在与历史和现实的博弈中,呈螺旋上升之势的。那么,所谓超时间的线索,就必须从时光流逝的过程中打捞。

留日时期,鲁迅主张"立意在反抗,指归在动作"[1],然而应者寥寥,未见行动之可能;而且他本人也忌惮参与实际的革命军事行动,不能师事拜伦。嗣后归国参与民国教育的实际建设,但见新漆剥落,旧相败露,鲁迅乃不再轻言"动作",进入沉默。当然,这样的判断主要依据鲁迅本人在《呐喊·自序》中感伤的叙述,与竹内好所谓"回心"一样,还需要一些辩驳。鲁迅自己说,"沉默呵,沉默呵! 不在沉默中爆发,就在沉默中灭亡",[2]他既然并没有灭亡在沉默中,反应钱玄同之邀而作《狂人日记》(1918年),且"一发不可收拾"写下不少小说和随感,则不管其是否"并非一个切迫而不能已于言的人"了,其内心欲

---

[1] 鲁迅:《坟·摩罗诗力说》,《鲁迅全集》第1卷,第68页。
[2] 鲁迅:《华盖集续编·记念刘和珍君》,《鲁迅全集》第3卷,第292页。

言欲行的欲望，也是始终存在的。[1]的确不便说此时之鲁迅如其《呐喊·自序》中描述般清醒而颓唐，但也不可否认，鲁迅恐怕确为《呐喊·自序》中所描述的精神状态所困扰，从而对于陈、胡、周等人的主张并无确信。否则，鲁迅接下来的彷徨及"抉心自食"[2]就难以理解。要之，五四时期的鲁迅在外部因素的刺激之下连带地回忆起自己不能忘却的年轻时的"梦"[3]，的确在未知行动如何可能的情形下，始终行动着。只是五四退潮期的过早到来，加上"城头变幻大王旗"[4]，鲁迅内心深处根深蒂固的怀疑情绪再次发生作用，从而"彷徨"。但是，"彷徨"终究是一种过度颓唐的姿态，以鲁迅之决绝，即使前方只有一个莫名其妙的声音，终点只是一个坟，也必然通过"抉心自食"的方式重新寻找主体与客观现实再次相互作用的可能，从而形成新的行动。木山英雄在释读鲁迅《野草》时稍微有些出人意料地将行动具体地指向了鲁迅对许广平的"我可以爱"[5]，这或许是因为"我可以爱"是唯一可以坐实的实际行动吧。从比较抽象的意义上来说，鲁迅1927年以后在上海文坛的十年"横站"[6]，理应可以解释为"抉心自食"后的韧性行动。尤其是《故事新编》的写作和结集，充分表明了鲁迅发现行动已然可能时试图从正面立论的决心和努力。

上述过程在《故事新编》文本内部有所反映。该集第一篇作品《补天》，原题《不周山》，作于1922年11月。改名《补天》

---

[1] 鲁迅：《呐喊·自序》，《鲁迅全集》第1卷，第441页。
[2] 鲁迅：《野草·墓碣文》，《鲁迅全集》第2卷，第207页。
[3] 鲁迅：《呐喊·自序》，《鲁迅全集》第1卷，第437页。
[4] 鲁迅：《南腔北调集·为了忘却的记念》，《鲁迅全集》第4卷，第501页。
[5] 木山英雄：《〈野草〉主体构建的逻辑及其方法——鲁迅的诗与哲学的时代》，《文学复古与文学革命——木山英雄中国现代文学思想论集》，第67—69页。
[6] 鲁迅：《341218致杨霁云》，《鲁迅全集》第13卷，第301页。

后就与接下来的七篇作品达成了一致性，即都是两个字做标题，且标题都分别是每篇作品中关键性的动作。这意味着改名本身就是值得阐释的。关于《补天》的写作，鲁迅曾不止一次表示自己因不满胡梦华而从"认真"走向了"油滑"。[1]这透露出1922年的他易为外界侵扰的一面。不妨设想，鲁迅是在五四积极的氛围中才能利用弗洛伊德学说塑造一个在本能上即充满创造力的女娲形象，一旦这种积极的氛围稍有不谐之处，他即受到感染，溢出油滑的笔墨。创作于1926年10月的《铸剑》(原题《眉间尺》)和12月的《奔月》开始渗进越来越多的时事内容和个人生活。从作品题目的改变当中，也许可以意识到，创作《铸剑》时的鲁迅还坚持着创作《不周山》的初衷；的确，从作品面貌来看，《补天》和《铸剑》是较为相近的，与其余六篇都不太一样，较少油滑的笔墨。《铸剑》所塑造的黑色人宴之敖者是一个无所不能的超人形象，在整个《故事新编》的人物系统中，最接近女娲式的女神形象。其后自《奔月》始，主人公愈趋凡俗。从作品处理的历史时段和《故事新编》诸篇排列的顺序来看，黑色人宴之敖者无疑比羿、禹、夷齐离女娲更远，但精神气质却离女娲最近，可见鲁迅在创作《铸剑》时未曾蜕尽对于超人的浪漫想象，希望借此促成行动的可能。不过，从《奔月》开始，一切有了较为明显的改变。

在《奔月》中，羿是耽于回忆的迟暮英雄。他在现实中无法满足妻子嫦娥基本的生活需求，弟子逢蒙背叛他，老太婆甚至不识其为英雄。羿对妻子说，"我呢，倒不要紧，只要将那道士送给我的金丹吃下去，就会飞升"[2]，妻子因此趁其出猎时独自吃药

---

[1] 鲁迅：《故事新编·序言》，《鲁迅全集》第2卷，第353页。
[2] 鲁迅：《故事新编·奔月》，《鲁迅全集》第2卷，第373页。

奔月了。羿归，发现妻子已然奔月而去，立即用射日弓射月，却无功而返，只好伤悔乌鸦炸酱面留不住妻子，决心找道士要金丹，吃了好奔月去。最后的奔月打算意味着羿决心告别自己昔日的辉煌和现时的无奈，走向新生。这几乎是《伤逝》的神话传说版本。创作于1925年10月的《伤逝》，鲁迅并未公开发表就直接编入了次年8月出版的集子《彷徨》，与《奔月》创作时间极为接近。《伤逝》中的涓生也为一个辉煌的梦想和一个无奈的现实所烦恼，安置不了自己与子君的日常生活，打算独自脱身而去深山大泽所代表的广阔天地。子君察知其不再爱自己了，就回到娘家，孤独死去。《伤逝》文本中叙事者涓生伤悔无尽的叙述也意味着涓生要告别过去的自己，走向新生。因此，《奔月》和《伤逝》就像两条并行的铁轨，虽然分别处理的是古代神话传说和现代情爱生活（何尝不是一种神话传说？），但却有着共同的方向，即告别和埋葬的同时，是走向新生。在这两个文本中，行动具有可能的恰恰不是有着辉煌梦想（羿沉浸在过去，涓生奢望着未来）和便给言辞的羿和涓生，而是腹语者嫦娥和子君。[1]嫦娥一声不响奔月去了，子君默默地回娘家去了，无论是飞天还是入地，都是为了一种新的可能而采取的行动。因此，在或一程度上，羿和涓生一样，都是鲁迅试图扬弃的灰色人物形象。只有完成了对他们的扬弃，行动才有可能。

这种扬弃的出现恰好与《野草》完成的时间重合。《野草》第一篇《秋夜》作于1924年9月，最后一篇《一觉》作于1926年4月，《题辞》作于1927年4月。《题辞》当中所出现的那种告别一切过去的明朗心情，木山英雄在他的研究中已经做了非常

---

[1] 参见李国华：《腹语者的诗学：论鲁迅〈伤逝〉》，《现代中文学刊》，2011年第3期。

出色的分剖。[1]但是，这种源于"抉心自食"之完成的明朗心情所遭遇上的却正好是1934年的风云突变，鲁迅其时要进行的内心情感与社会现实之间的博弈无疑是极为深痛的。他虽然不再有"运交华盖欲何求"[2]时的个人嗟叹，但不能不发出"我于是只有'而已'而已"[3]的社会愤懑。在这样的情形下，鲁迅又遭遇上以钱杏邨为代表的新一代左翼知识分子的批判，势不能不延缓构建《奔月》和《伤逝》中所暗示出来的行动的可能。鲁迅在自我求变的同时，既遭遇时代的挫折，又遭遇自己在知识结构、社会认知和价值评判上的挑战，以其多疑之个性及善于融会贯通之能力，在有所中断之后必重续前缘，完成行动如何可能的构建。当然，这样的判断近似于历史的后见之明，当时的鲁迅何去何从，并不斩截利落。从其1927年以来杂文中对于文艺与政治歧途的分辨[4]，对于"革命，革革命，革革革命，革革……"[5]的忧虑，对于"左"转"右"转结果撞到一起的警惕[6]，对于"横站"的悲哀……来看，鲁迅依然是相当犹疑不安的。大概终其一生，鲁迅都很难有简单明快的时候。

然而，不管多么艰难，不管曾经怎样缠绕在九曲回肠般的由过去、现在和未来所构成的时间迷宫中[7]，鲁迅到底在1934年8月创作的《非攻》中正面塑造了中国历史上为民请命的墨子形

---

[1] 木山英雄：《〈野草〉主体构建的逻辑及其方法——鲁迅的诗与哲学的时代》，《文学复古与文学革命——木山英雄中国现代文学思想论集》，第1—69页。
[2] 鲁迅：《集外集·自嘲》，《鲁迅全集》第7卷，第151页。
[3] 鲁迅：《而已集·题辞》，《鲁迅全集》第3卷，第425页。
[4] 鲁迅：《集外集·文艺与政治的歧途》，《鲁迅全集》第7卷，第115—122页。
[5] 鲁迅：《而已集·小杂感》，《鲁迅全集》第3卷，第556页。
[6] 鲁迅：《二心集·对于左翼作家联盟的意见》，《鲁迅全集》第4卷，第238页。
[7] 参见李国华：《〈野草〉：梦与忆之诗》，《鲁迅研究月刊》，2011年第5期。

象。其中的墨子形象，正如高远东所论，是一个"仁、智、勇、信的哲人形象""其注重动机与效果、道德与事功、思想和行动之统一的行为价值取向，较之儒家的割裂道德与事功，道家的割裂思想与行动，显然，更能为鲁迅的文化选择提供支持和启示"。[1]《非攻》某种意义上成为鲁迅衡定其他人物禹、夷齐、老子、孔子、庄子等的坐标，一旦墨子的形象确立，这些人物及其思想的是非得失也就比较地清晰可辨。这也就意味着，当写完《补天》(《不周山》)时，鲁迅拟暂时放弃从古代神话传说中采择材料进行写作的努力，而当写作《铸剑》(《眉间尺》)时，他试图重拾四年前的旧梦，却发现难以为继，因此出现从《奔月》开始的转变，而这一转变在《非攻》的创作中得以完成，乃有此后的一发不可收拾，短时间内连写四篇作品。当然，这并非要否认巴金关于《故事新编》创作过程的传记因素说明[2]，仅试图从主体构建的意义上发现《故事新编》诸篇所以能构成一个新的故事系统的起承转合之处。

以上是从时光流逝的过程中打捞出来的第一个超时间线索，即鲁迅对于行动如何可能的持续思考及最终在《故事新编》中的正面突破。另一个超时间线索是鲁迅对于"苏古掇新"[3]的再三思考，最终以推元复始的方式在《故事新编》中全盘展现。

鲁迅留日时期在《文化偏至论》中提出了一个也许可以涵盖其一生工作之路径的命题，即"取今复古，别立新宗"[4]；这一

---

[1] 高远东：《论鲁迅与墨子的思想联系》，《中国现代文学研究丛刊》1999年第2期。
[2] 巴金：《〈随想录〉选·七十二怀念鲁迅先生》，《巴金选集》第9卷，第687页，成都：四川人民出版社，1996年。
[3] 鲁迅：《集外集拾遗补编·破恶声论》，《鲁迅全集》第8卷，第26页。
[4] 鲁迅：《坟·文化偏至论》，《鲁迅全集》第1卷，第57页。

命题在《破恶声论》中表述为"苏古掇新"。他将其"苏古掇新"的工作建立在对"驾凌东亚"的19世纪新神思宗的理解和认同之上，同时担心"往者为本体自发之偏枯，今则获以交通传来之新疫，二患交伐，而中国之沉沦遂以益速矣"。[1]这种"掇新"以"苏古"的思路表明，在他看来，无论何意义上之"新"，如不能"苏古"，不能与"固有之血脉"[2]相互触发，则不能在中国生根发芽，成为真正的历史动力。木山英雄在连通周氏兄弟"文学革命"与章太炎"文学复古"的结构关系时，认为鲁迅的"复古"是同时共鸣于尼采和章太炎的"自觉形态",[3]可谓确见。因此，鲁迅式的"苏古掇新"为的是再造一个新的文明；而这个再造的新文明必须是中国的新文明。从这一层面言之，"苏古掇新"可谓鲁迅文明再造的造血机制。

不过，在将"苏古掇新"抽离具体的历史语境而上升为抽象的再造文明的造血机制的同时，不能忽视其与以"驱除鞑虏，恢复中华"为职志的辛亥革命的历史关联。纵观鲁迅一生对于中国史上异族统治的清理和批判，对于中华民国革掉辫子的珍视，不能不说，恢复异族统治发生以前的中华气象、精神是鲁迅"苏古掇新"的特殊内容。在最初发表于《语丝》周刊第16期（1925年3月2日）的《看镜有感》一文中，鲁迅正面表达了对中国古代文化中汉唐文化之"闳放"的赞叹和向往，用白话文重述了其文明再造的造血机制：

---

[1] 鲁迅：《坟·文化偏至论》，《鲁迅全集》第1卷，第58页。
[2] 鲁迅：《坟·文化偏至论》，《鲁迅全集》第1卷，第57页。
[3] 木山英雄：《"文学复古"与"文学革命"》，《文学复古与文学革命——木山英雄中国现代文学思想论集》，第209—238页。

> 要进步或不退步,总须时时自出新裁,至少也必取材异域,倘若各种顾忌,各种小心,各种唠叨,这么做即违了祖宗,那么做又象了夷狄,终生惴惴如在薄冰上,发抖尚且来不及,怎么会做出好东西来。[1]

相对于《文化偏至论》中对"二患交伐"的警惕,鲁迅此时着重批判的是其时国人表现出来的唯旧是趋的保守倾向,着重强调的是"自出新裁"、不拘夷夏的"闳放"精神。而在更深的层面上,由于鲁迅文章中认为汉最"闳放",唐犹堪追慕,宋以后则一蟹不如一蟹,也许不妨承认鲁迅根底上的汉族认同和文化自信,使得鲁迅式的"苏古"不仅有了明确的精神内容("闳放"),而且有具体的追慕对象(汉唐文学)。这种特殊内容似乎有些狭隘的汉族主义的气息,但因鲁迅所追慕之汉唐以"闳放"为特征,不拘夷夏,故应为一种本真意义上的民族自信,即我本华族我即因华族而自信式的自信。也就是说,鲁迅持有的是一种朴素的立场和感情,民族自信绝不指向他民族的轻侮和蔑视,而是民族间的相互理解和尊重。

鲁迅根底上的汉族认同和文化自信到了20世纪30年代有了一个全新的发展,这明确表现在发表于《太白》半月刊第1卷第3期(1934年10月20日)的《中国人失掉自信力了吗》一文上。如果说在《看镜有感》中,鲁迅所表达的还是对某种气象、精神的向往,在《中国人失掉自信力了吗》一文中则以雄辩的语气描述了极为具体的精神气质及其人群属性:

---

[1] 鲁迅:《坟·看镜有感》,《鲁迅全集》第1卷,第210—211页。

我们从古以来,就有埋头苦干的人,有拼命硬干的人,有为民请命的人,有舍身求法的人,……虽是等于为帝王将相作家谱的所谓"正史",也往往掩不住他们的光耀,这就是中国的脊梁。

这一类的人们,就是现在也何尝少呢?他们有确信,不自欺;他们在前仆后继的战斗,不过一面总在被摧残,被抹杀,消灭于黑暗中,不能为大家所知道罢了。说中国人失掉了自信力,用以指一部分人则可,倘若加于全体,那简直是诬蔑。

要论中国人,必须不被搽在表面的自欺欺人的脂粉所诓骗,却看看他的筋骨和脊梁。自信力的有无,状元宰相的文章是不足为据的,要自己去看地底下。[1]

在这段几乎妇孺皆知的文字中,鲁迅对于中国人、中国史的正面判断第一次纵贯全史式地以阶级论的面目出现了。鲁迅认为自己发现了"中国的脊梁",而他们就是从古以来就有的"埋头苦干的人""拼命硬干的人""为民请命的人""舍身求法的人"……"这一类的人们"现在也不少,就在"地底下",只不过"总在被摧残,被抹杀,消灭于黑暗中,不能为大家所知道罢了"。这样的认识,与其强调和《看镜有感》中表露出来的汉族认同和文化自信的延续性,不如强调1927年以后鲁迅思想发生变化所造成的断裂性。鲁迅在这里所发现的"中国的脊梁",如果脱离开阶级论的视野,显然是并不存在的。"中国的脊梁"是作为事实存在着的,"摧残""抹杀""消灭"作为事实也是一直存在着的,但要明确意识到这双重事实的存在,则有待于阶级论所提供的视野。

---

[1] 鲁迅:《且介亭杂文·中国人失掉自信力了吗》,《鲁迅全集》第6卷,第122页。

鲁迅推元复始，终于在1934年为"苏古掇新"发现了"中国的脊梁"。《故事新编》中禹、墨子、宴之敖者等人物形象作为《故事新编》价值系统中的正面体现者，与"中国的脊梁"有着极大的重合度，绝非偶然。《故事新编》结集于1935年12月，集子八篇作品有四篇创作于《中国人失掉自信力了吗》之后，即《理水》《采薇》《出关》《起死》，另有一篇《非攻》创作于1934年8月，与《中国人失掉自信力了吗》一文时间相当。这都说明鲁迅在为"中国的脊梁"文学造像。因此，从"中国的脊梁"这个点上瞭望，《故事新编》不仅有了表面上的整体性，即《故事新编》是对中国文明的总体批判，而且有了内在的统一性，即为"地底下"的"中国的脊梁"们寻找历史的根据和支持，使行动历史地成为可能。

二

《故事新编》八篇作品的篇名分别如次：《补天》《奔月》《理水》《采薇》《铸剑》《出关》《非攻》《起死》，篇名都隐括了各篇作品中一个关键性的行动。女娲补天是《补天》中一系列行动的终结；嫦娥奔月和羿的可能奔月是《奔月》中一系列行动的顶点；理水是《理水》所有行动的核心；伯夷、叔齐采薇是《采薇》中最具有象征含义的行动；《铸剑》中所有行动的开始都源于眉间尺父亲为王铸剑；《出关》中老子不能抵挡孔子势力的侵扰，出关是必由之路；墨子胼手胝足奔走于宋楚之间，一切都是为了非攻，构成了《非攻》中的核心行动；庄子起死则是《起死》中所有行动展开的起源。因此，从篇名的选择即可猜测，"行动如何可能"是鲁迅写作《故事新编》时关心的核心议题。

按诸《故事新编》文本实际,可知其中至少涉及行动的动力源泉、行动的名与实、行动的遗忘与消解、行动的效验与位置等诸多问题。

就行动的动力源泉而言,《故事新编》大约处理了四种类型:第一种行动源于本能,第二种行动源于对知识或理论的信仰,第三种源于人我关系的变动,第四种源于切身实践得到的认识。其中女娲造人、补天和宴之敖者善于复仇属于第一种。女娲是在一种自我意识相当模糊的情况下创造出第一个人的,然后在极度的兴奋中创造出一群人,并在极度疲倦中睡去。当她在天崩地裂中醒来时,她看见自己所创造的人所繁衍的后代,感觉到极其陌生。接着,她就在丝毫不明白为何天崩地裂的情况下,凭着直觉决定补天。可惜最后天并未补出完好如初的效果。女娲带着无力回天的遗憾,倒在大地上,沉沉睡去了。由此可见,本能式的行动固然有极其伟大的创造力,能够创造出开天辟地般的史诗图景,但并不能控制其行动的结果,故在《故事新编》主体构建的逻辑中,是必然被扬弃的。宴之敖者作为《故事新编》人物系统中最接近女娲的形象,其善于复仇也是一种近乎本能的幽暗记忆,因为他是这样解释他的善于复仇的:"你还不知道么,我怎么地善于报仇。你的就是我的;他也就是我。我的魂灵上是有这么多的,人我所加的伤,我已经憎恶了我自己!"[1]既然"你的就是我的;他也就是我",则人我甚至敌我的区分并不是截然的,而所谓复仇,指向他人也就是指向自己,也就意味着,复仇即不复仇,不复仇即复仇,复仇成为某种本能性的行动。宴之敖者善于复仇的结果是自己的头颅与眉间尺、王的头颅混在一起,无从

---

[1] 鲁迅:《故事新编·铸剑》,《鲁迅全集》第2卷,第441页。

分辨，最后合葬在一起，称为"三王墓"，完全混淆了敌我，消解了复仇的价值。固然，从宴之敖者的立场来看，无所谓混淆敌我和消解价值，但其结果始终隐含着某种暗讽。因此，近乎本能式的行动主体，也是被扬弃的对象。

  伯夷、叔齐、墨子、庄子的行动属于第二种。伯夷、叔齐因为笃守儒家伦理中的兄友弟悌而放弃王位继承人的责任，逃出孤竹国，进入西伯周文王的养老堂，因为笃守君君臣臣之义而扣马谏阻武王伐纣，因为笃守不事二君而耻食周粟，逃进首阳山采薇维生，结果却在阿金姐大义凛然的"普天之下，莫非王土"讨伐中[1]，饿死首阳山。伯夷、叔齐抱持着僵化的信仰，无从应对变化的现实，最终无所逃于天壤之间，充分证明其消极退避的行动是如何地不可能。与伯夷、叔齐相比较，庄子对于自己的知识信仰显得极为灵活，他强调："要知道活就是死，死就是活呀，奴才也就是主人公。我是达性命之源的，可不受你们小鬼的运动。"[2]然而，面对被起死的汉子向他索要衣物的要求，他却只能凭借世俗权力的结构关系压制对方，最后仓皇逃去。由此可见，就算庄子的理论并不僵化，当他固守着自己的知识信仰行动时，也难免碰壁的尴尬。如果说伯夷、叔齐、庄子代表着行动源于信仰的消极方面的话，墨子则在积极的一面走到了很远的地方。墨子信仰自己提出的"兼爱""非攻"，为了救宋国于危难之间，他做了精细的准备，教会众弟子怎么守城后即面斥楚王，言辞便给，终究达成目的。然而当他去宋国时，宋国百姓似乎并不认识他，不领情，他立即遭受了两次搜身、包袱被募去、不准在城门

---

[1] 鲁迅：《故事新编·采薇》，《鲁迅全集》第2卷，第424页。
[2] 鲁迅：《故事新编·起死》，《鲁迅全集》第2卷，第486页。

下躲雨等待遇，而且"淋得一身湿，从此鼻子塞了十多天"。[1]那么，即使积极奔走如墨子，如其知识或理论的信仰仅仅单向性地指向对象或自身，也只有被扬弃。

羿和老子属于第三种。羿在妻子嫦娥突然奔月而去时，悔悟天天吃乌鸦炸酱面的日子慢待了美丽的妻子，因此在射月无功后决定也奔月。羿悔悟时只是觉得嫦娥无法忍受天天乌鸦炸酱面的日常生活，丝毫没有想到也许是他表面上替妻子设想，实际上自私的言辞，才真正激发嫦娥奔月。他说："我呢，倒不要紧，只要将那道士送给我的金丹吃下去，就会飞升。但是我第一先得替你打算，……所以我决计明天再走得远一点……"[2]为自己留好了后路却说"第一先得替你打算"，嫦娥实在不用太费心思就能勘破丈夫的自私，因此第二天就趁羿出去打猎而吃药奔月了。羿的悔悟只是在他人身上寻找原因，绝不指向自己，则尽管他可能真的奔月了，恐亦难与嫦娥团圆。在人我关系变动中产生的行动，如果像羿一样没有反诸己的省思，则难免被扬弃。相比较而言，老子的情况要复杂一些，因为老子既是在孔老相争之局的变化中决定出关，也是由于笃信其所谓强弱相依、知雄守雌的理论才选择对孔子退避三舍，最终不得不出关。在孔老相争的关系中，老子面对孔子日甚一日的强势，并不改换知雄守雌的信仰，不能不说是一种无法把握变动的现实、重新认识人我关系的表现，因此其出关的行动更多的是一种无奈，而非知雄守雌。在知识信仰和实际情势互相无法勾连的情况下，老子又无法做到像孔子了解自己那样了解对方，并有所准备，有所防范，其思

---

[1] 鲁迅：《故事新编·非攻》，《鲁迅全集》第2卷，第479页。
[2] 鲁迅：《故事新编·奔月》，《鲁迅全集》第2卷，第373页。

考无法在人我之间多次运动,只是单向性地指向孔子的日渐强大,自然难免败绩的命运。因此,无论是羿还是老子,如果在人我关系变动中发生的行动,缺乏反诸己的省思和往复性的思考,被扬弃是必然。

第四种类型的代表人物是禹。禹既不盲从既有的认识"湮",也不屈从于诸人对他不孝的指责,领着一干同事踏遍山川,总结出理水的道路只有一条,就是"导"。禹因此是一个实践中的行动主体,其行动源于实践又回到实践,理水于是成功了。而且,禹不仅是在与他人的对抗中获得了正确的认识,而且是在实践中与人亲密无间地合作,终于得到真确的见解。这就意味着,无论是在人我关系的变动中,还是现实情势的变化中,禹都充分把握了准确的方向。但是,行动的可能并不是一旦获得就可以一劳永逸的,当功成名就接受舜的禅让之后,禹"态度也改变一点了:吃喝不考究,但做起祭祀和法事来,是阔绰的;衣服很随便,但上朝和拜客时候的穿著,是要漂亮的",商人也就发现"禹爷的行为真该学",[1]那么,此前作为行动主体的禹,自然也就消隐了。在这样的情形下,禹也只有被扬弃了。

四类行动主体都被扬弃了,这不同的扬弃背后指向一种共同的匮乏,即相互主体性意识的(间歇性)缺失。相互主体性意识是鲁迅思维逻辑中具有根本性的存在。最早提出这一命题的是高远东,他在从鲁迅《破恶声论》中寻找资源时做出如下观察:"鲁迅所强调的'自省'并非儒家式的'内省''自修',而是在相互关系中的精神'再自觉';其触角不仅指向自我,而且指向社会、国家,指向一切相互关系。也正因如此,它才可以克服单

---

[1] 鲁迅:《故事新编·理水》,《鲁迅全集》第2卷,第400页。

向主体化方案的弊端,通过执着相互性而给人以消灭主从关系的希望。"[1]"相互性"显然未能成为上述四类行动主体执着的东西,因此,不管各自在合理性上存在多大区别和多大的可能,在《故事新编》主体构建的逻辑中,都无一例外地被扬弃了。这也意味着,相互主体性意识是鲁迅构建《故事新编》主体最为重要的方法。代田智明较早发现《故事新编》表露了鲁迅的相互主体性意识,他在分析《起死》时认为:"这篇作品嘲笑并同时出色地描写出了超越的主观性如何能够成立,在关系性中主体如何能够生成的问题。总之,主体是作为由复数的多样的他者创造的网络系统的网目的交点而持续生成的。因此应该说,主体是由他者创造出来的,可以把这种主体的理解领会方法称之为主观间性或相互主体性。"[2]

当然,相互主体性意识并非鲁迅构建《故事新编》主体的唯一方法,他还在行动的名与实、行动的遗忘与消解、行动的效验与位置等诸多层面审视着"行动如何可能"的问题。行动所可能触及的诸层面的因素,都进入鲁迅构建《故事新编》主体的视野;而且,诸层面的因素相互纠缠在一起,在《故事新编》文本内部很难说有什么区别。

名者,实之宾也。然而对于伯夷、叔齐、墨子、庄子而言,也许恰恰相反。他们笃守着各自对于知识或理论的信仰,所有行动证明着的恰是:实者,名之宾也。针对整个《故事新编》人物系统而言,行动的名实之辨显得更为几危。例如在《采薇》中,

---

[1] 高远东:《鲁迅的可能性——也从〈破恶声论〉寻找支援》,《鲁迅研究月刊》,2003年第7期。
[2] 代田智明:《全球化·鲁迅·相互主体性》,李明军译,《内蒙古民族大学学报》,2008年第1期。

同样都是凭借王道的名义行动，伯夷、叔齐一生奔逃，却无所逃于天壤之间，最终还是被王道所杀；周武王和姜太公则借王道的名义进行杀伐和改朝换代；在华山大王小穷奇、小丙君和阿金姐那里，王道则成了闹剧式的黑色幽默。同样的理论和认识，能够形成截然不同的多种行动。这一点在《出关》中表现尤为奇异，孔子之学出于老子，因同尚柔，然而一者柔以进取，一者柔以退守，终成两虎相争、孔胜老败之局。这种名实不符所造成的对于行动的戕害，与鲁迅在《野草》中所描述的"无物之阵"[1]不乏相通之处。无物之阵的存在使得战士无所用力，因此行动难以可能。那么，这就是宴之敖者听到眉间尺称呼他为"义士"时愤愤不平的原因吧。宴之敖者说："阿，你不要用这称呼来冤枉我。"[2]而在墨子对曹公子"民气论"的鄙夷中，也有类似对于名实不符的憎恶；墨子对儒者的批判更表明了这一点："唉唉，你们儒者，说话称着尧舜，做事却要学猪狗，可怜，可怜！"[3]行不顾名，名不顾行，都可能造成行动无效。

在这里，墨子的行动显得很复杂。一方面他明确意识到儒者的阳奉阴违，道德与事功分裂；另一方面他自己又似乎被安置在了鲁迅所塑造的独异个人或孤独者形象的延长线上。从墨子与宋国百姓之间的结构关系来看，很难不联系起夏瑜对阿义的"可怜"以及民众对夏瑜的漠视[4]，也很难不联系起魏连殳转变前后与房东老太太的结构关系；甚至于庄子与被起死的汉子之间的结构关系，也可以与前三者并置在一个问题域中进行讨论。名与实

---

[1] 鲁迅：《野草·这样的战士》，《鲁迅全集》第2卷，第219页。
[2] 鲁迅：《故事新编·铸剑》，《鲁迅全集》第2卷，第440页。
[3] 鲁迅：《故事新编·非攻》，《鲁迅全集》第2卷，第468页。
[4] 鲁迅：《呐喊·药》，《鲁迅全集》第1卷，第469页。

应当怎样地相互发生关系,从而使行动可能,墨子似乎亦并未获得足够的自觉。当然,其中之关键绝非名实之辨那么简单,当与墨子是否执着"相互性"有关。这也正好说明,当一个行动主体比较简单时,仅就名实之辨即可确认其行动是否可能,而当一个行动主体比较复杂时,则需整合更多层面的因素进行立体的观照。

通过立体的观照来分辨行动如何可能,这一点在禹、宴之敖者、老子等人的行动如何被遗忘与消解上,有极为生动的展现。宴之敖者以极为诡丽的方式帮助眉间尺复仇之后,被王的臣民将其与眉间尺、王合葬在一起,墓名为"三王墓"。在宴之敖者,也许可以有一种"身后是非谁管得"式的通达,然而在王的臣民,这无疑是在抹平差别、消解仇恨,将历史通过命名的方式涂改为二花脸。或者说,谁在命名,谁就在记忆,消解行动的可能。宴之敖者无从决定或影响其身后的历史书写,失去了命名权,因此也就注定了被遗忘的命运。而一旦他被人遗忘,则其所谓友与仇、人与我、爱与不爱……也就消隐在历史的尘埃深处,所谓行动的可能也就被消解殆尽了。当然,通过鲁迅《铸剑》对于整个传说的重述,行动的遗忘与消解的秘密也被重新敞开,如何命名以及怎样进行历史书写,谁来负责,也就明确成为战斗的场所。这样的情况也许更为复杂地呈现在《理水》"文化山"上的学者对于有没有"禹"这个人的论争上。虽然"文化山"上的学者群像是鲁迅植入古代传说中的现代情节,但是,正如代田智明所认为的那样,在《故事新编》中,"过去的故事的真实感既对现在开放着,现在的感觉也对过去的理解开放着。但这并不是循环史观。在其逻辑构造中,现在和过去常常是激烈地进行着往复运动的,而且《故事新编》就是夺回包含了过去和现在的整个历史的真实感的尝试"[1]。因此，不妨直截地认同《理水》将禹和"文化山"上的学者并置在一个历史时空中的文本事实，而去思考行动中的禹何以无法对自己的行动进行历史书写，甚至连自己的身份（是人还是虫）都遭到质疑。从文本提供的描述来看，禹所以遭到默杀，有两大原因：其一是禹顾行不顾言，只有身教，没有言教，导致命名和书写的权力旁落学者之手。其二是禹回京接位之后迁就俗流，使得商人认为禹爷可学。既然可学，也就可改，禹的身份因此模糊不清了，学者们不仅大权在握，而且有隙可乘。这两大原因都与禹自身的选择有关，由此可见，禹之被默杀，在于其未曾理会得，如何命名以及怎样进行历史书写，谁来负责，实在是战斗的场所。而放弃战斗，即意味着行动及身而绝，此后即被遗忘和消解。老子之被关尹喜的账房奚落，亦正由于类似的原因。鲁迅在杂文中所提出的"横站""暗暗的死"[2]等议题，在此取得了小说文本上的支撑。

那么，如何使行动之可能不至于及身而绝呢？鲁迅乃特别关心行动的效验和位置。伯夷、叔齐、老子、庄子所以在《故事新编》的人物系统中成为尴尬的灰色人物，即指其虽非完全的丑角，如文化山上的学者、小丙君、阿金姐等，但亦不足以引人付出全部的同情，关键在于如高远东在前引关于《故事新编》研究的诸篇文章中认为的那样，他们割裂了道德与事功、思想与行动之间的有机联系，从而使其行动失去了有效性。这其实也就是在说，伯夷、叔齐、老子、庄子诸人缺乏从效验的角度考量自己行动的纬度，从而导致各自的行动虽然合乎各自的道德或思想，但

---

[1] 代田智明：《全球化·鲁迅·相互主体性》。
[2] 鲁迅：《且介亭杂文末编·写于深夜里》，《鲁迅全集》第6卷，第519页。

却毫无行动的可能。那么，是否可以说，这些人产生行动时缺乏合理的位置感呢？伯夷、叔齐的不知世变，识其小不识其大，姑且勿论，在《采薇》中，他们本来就处于一个边缘地带，即可有可无的养老堂，在历史时空的变换中，丧失位置的感受，宜属正常。老子在《出关》中、庄子在《起死》中，都被塑造为洞知一切的智者，然而老子似乎因洞知一切而放弃了任何位置，只是一味退守，庄子则因洞知一切而高高在上，命鬼神而用之，结果都堕入甚为尴尬的境遇。老子身上暗含着代际转换时父被子代的悲剧意味，因此难免引人同情，并联想到鲁迅自身的形象上去，[1]庄子则完全成为一个漫画化的人物了。

不过，由于《起死》采用的是一个独幕剧的形式，有必要更细致地辨析鲁迅漫画化庄子的缘由。高远东在前引《论鲁迅对道家的拒绝》一文中曾结合鲁迅在《汉文学史纲要》等文献中对庄子的描述来探讨《起死》，木山英雄亦曾据鲁迅自谓中了"庄周韩非的毒"而讨论其与庄子之关系[2]，这二者对于《起死》文本的理解都是颇有助益的。这里出于对庄子行动的位置感的分析，将从完全不同的角度来进入。在庄子与被他起死的汉子的结构关系中，二者首先有500年的时间差距，然后才是知识、身份、地位上的差距；同时，二者又有着根本上的一致性，即生存和发展的本能。但是，在庄子的理论和认识中，这一切都被取消了。他既未意识到自己预约一个500年后的世界给乡下汉子是多么地不可理喻，也没有意识到即使抹平时间的差距，乡下汉子与他因知

---

[1] 邱韵铎认为《出关》中的老子形象一定程度上是鲁迅的自画像。鲁迅对此有所辩驳。参见鲁迅：《〈出关〉的"关"》，《鲁迅全集》第6卷，第538—540页。
[2] 木山英雄：《庄周韩非的毒》，《文学复古与文学革命——木山英雄中国现代文学思想论集》，第97—112页。

识、身份、地位上的不同而完全无法理解其高妙的"死活"论和"梦蝶"论，因此，当两个人本能上的一致性出现利益冲突时，庄子就只能利用世俗权力的结构关系压制汉子，自己趁机仓皇逃跑。同样地，这些问题在乡下汉子的认识中，也完全被屏蔽掉了。他既完全意识不到自己已经来到500年后的世界，只是执着于自己的衣物和拜访亲友，也并不理会庄子是不是伤害自己的凶手。总之，时间对他来说是停滞的，是非对他来说也是模糊的；他只管索要他失去的东西，却不管能否要得回。因此，如果说庄子的行动是缺乏相互主体性意识的，因此难免失败，乡下汉子的行动就是盲目的，同样缺乏相互主体性意识，同样难免失败。二者都在时空交错中失去了自己行动的位置，只剩下本能的较量。这么说似乎《起死》是一个与鬼魂、司命、巡警、楚王无关的文本。当然并不如此，《起死》作为一个文本的开始、发展和结束，都需要这些角色的参与；但他们确实并未在庄子和汉子之间的结构关系上起到实质性的作用。因此，虽然在分析的过程中也提到世俗权力的结构关系，但本质性的问题与此无关，只是讨论两个行动主体在时空交错中失去行动位置后必然发生两败俱伤的后果。

话虽如此，《起死》中被漫画化的终究是庄子而非汉子，那么，鲁迅作为作者何以如此处理，也就是一个必须讨论的问题了。或者说，在并置两个同样不可能的行动时，鲁迅作为作者，他将自己的位置放在了哪里，何以厚此薄彼？关键原因或许在于，庄子的"死活"论、"梦蝶"论以其高华粉饰了楚王所代表的世俗权力之恶劣面，如巡警只抓汉子，不抓庄子；而且通过世俗权力的结构关系妨害了自己与汉子之间的本能较量。因此，即使在"行动如何可能"这一点上庄子和汉子同样是被扬弃的对象,在《故事新编》主体构建的逻辑里,庄子面临更为严肃和严格的批判。正是在这样的层面上,鲁迅作为一个小资产阶级,表现出其思想上的无产阶级位置感,阶级论成为鲁迅构建《故事新编》主体的重要方法。事实上,禹、宴之敖者和墨子所以能够成为《故事新编》人物系统中的正面形象,也无不与鲁迅的阶级论意识有关联。

三

然而,无论是相互主体性意识、阶级论意识,还是名实之辨、命名与历史书写、效验与位置的考量,它们虽然构建了思考"行动如何可能"的一系列重要范畴,却似与鲁迅思想的核心尚有一段距离。丘东平1936年读《故事新编》时发现:

> 鲁迅的作品创造了这样的文体:它不企图以单一的主题说明,凡有说明,往往是在每一字,每一句,——更长些是在每段落中。这文体,从他的《故事新编》可以取得最高的典型。
> 他利用着复杂的故事,构成嶙峋交错的诸种形象,在这些形象的每一面,每一边缘,每一角,每一端末处给以一切的反应。从这反应,可以窥见出鲁迅的泼辣而又勇敢的生命!
> 仔细看下去,我觉得这些故事几乎有一大半是死的,所谓"死",就是,如前所说,他并不急急于从这故事——或者从这故事所能提示给我们的单一的事件,如《伊索寓言》那样——中去说明一个主题,但所可贵者并不在这故事的本身,而在由于这故事所唤起的——亦即在这故事里面装饰着的物品,如死的圣诞树上点燃着

火一样，但这火却一朵朵都是活的，明亮的。[1]

  这种发现的别有意味之处在于，它不仅触摸到了鲁迅《故事新编》文体上的特点，而且触摸到了鲁迅借文学表达思想时的形式特点。从文体上说，鲁迅以《故事新编》和杂文的创作超越了现代文体的纵深感和崇高感，文体的显现从严守矩范走向从心所欲，随意飘洒出各类枝节，"如死的圣诞树上点燃着火一样，但这火却一朵朵都是活的，明亮的"。而这同时也就是鲁迅思想表达的形式特点，即并不只在故事的深层或文体的深层表达最重要的思想议题，还在字句段落、边缘端末之处，表达一些极为重要的意见。这些意见虽然浮现在故事的表层，但可能通往的却是鲁迅思想的核心。因此，谈所谓相互主体性意识、阶级论意识等诸问题时，执着于《故事新编》故事结构的深层，虽然不是没有抓住鲁迅思想的一些宗脉，但或许错过了故事表层所可能蕴含的更为核心的思想议题。举例言之，《奔月》故事的深层是迟暮英雄走向新生时与他者的结构关系，表层是羿每天都在艰难地谋食，却留不住妻子。又如《采薇》，深层无疑是儒家的王道问题，表层则是伯夷、叔齐在养老堂里担心烙饼越来越小，面越来越粗，在首阳山上采薇糊口等事关温饱的基本生存问题。这里的故事深层和表层，其实关乎鲁迅思想的核心与外壳。鲁迅曾经说过："倘若一定要问我青年应当向怎样的目标，那么，我只可以说出我为别人设计的话，就是：一要生存，二要温饱，三要发展。有敢来阻碍这三件事者，无论是谁，我们都反抗他，扑灭他！"[2]

---

[1] 东平：《故事新编读后感》，《小说家》第 1 卷第 2 期，1936 年 12 月 1 日。
[2] 鲁迅：《华盖集·北京通信》，《鲁迅全集》第 3 卷，第 54 页。

王得后认为这意见"具有一般的品格,普遍的,长久的意义","鲁迅的全部思想和作为都是为此而发的"。[1]虽然从语境来分析,鲁迅的意见带有明显的策略性,不完全是其真实思想的体现,但这种策略性的意见的确"具有一般的品格"。因此,鲁迅的全部思想和作为是否都是为此而发的,固然尚有疑义,但它还是构成了鲁迅思想较为核心的部分。这也就意味着,关于相互主体性意识、阶级论意识等在《故事新编》主体构建中的意义,有必要考虑鲁迅提出的生存、温饱、发展等问题。后者其实构成了《故事新编》主体构建的基本底色,前者相对而言则是潜伏在故事深层的鲁迅思想的外壳。外壳的重要性固然是不言而喻的,但其真正的意义则在乎与鲁迅思想核心之间的相辅相成或相反相成的关系中。亦即,只有意识到鲁迅对于生存、温饱、发展问题的极端重视,才能更准确地理解伯夷、叔齐与周王朝的结构关系。一方生存困难,温饱不得,每日切身感受和经验的是以烙饼计时、想法做各种薇菜,却依然有兼济天下的宏愿;一方穷兵黩武,致人生存、温饱维艰,以成一姓之私,却窥伺名器,号称王道。伯夷、叔齐之道固然无补于生存、温饱、发展,周道如砥,则源于对生存、温饱、发展的牺牲,所谓的主体的问题,乃成为虚幻不实的存在。孙歌认为,竹内好鲁迅论最基本的问题是,鲁迅不在他的作品里,他与自己作品的关系像人和脱掉的衣裳一样存在着一个距离。孙歌进一步论证竹内好的鲁迅观:"他指出,鲁迅意识到文学不能换算为炮弹,但是文学以它对自身这一无力性的自觉而获得了政治性;作为一种'行动',文学的政治性就在于它撕掉

---

[1] 王得后:《从鲁迅出发,回到人类生存、温饱和发展的抗争——为93'"鲁迅研究的新路向"研讨会而作》,《鲁迅研究月刊》,1994年第2期。

那些'正确'说教的面纱，建立开放的社会性关怀。在鲁迅强调'一要生存，二要温饱，三要发展'，'血的应用，正如金钱一般，吝啬固然是不行的，浪费也大大的失算'的时候，他体现了成熟的政治智慧。"[1]就《故事新编》主体构建的逻辑及其方法而言，相互主体性意识、阶级论意识等只是鲁迅脱去的衣裳，鲁迅思想的核心并不在这些范畴之中；或者说，鲁迅只是在这些范畴中投撒了一部分自己思想的影子。因此，鲁迅《故事新编》主体构建的逻辑及其方法，在相互主体性意识、阶级论意识等之外，尚有更为根本性的一环，即关于生存、温饱、发展的思考；只有这一切相互组合起来，才能形成重大、成熟的文学政治，显示出真正的方向性和意义。

就文本面貌而言，正如高桂惠注意到的那样："鲁迅《故事新编》把中国传统学术的显学或五四时期的新显学的代表人物孔子、墨子、庄子由公共空间推向私领域倾斜，以'食（色）'的特殊感受来关切'人'的问题，那么，'知识'的抽象讨论就被推到存在的第二性。这是理学家早就提出的'吃饭穿衣'与'人伦大事'的等同观。鲁迅《故事新编》的人物经常被放置在日常生活很具代表性的'厨房'，以此为出发点，主人翁出发前如何准备食物，隐含着一种将'食色'基本需求置前，而将家国大事借由延宕产生价值异位的叙事效果。"[2]这是一个很明显的事实，《故事新编》的特殊性，泰半即源于此。其中尤为关键的是，鲁迅何以置"知识"的抽象讨论于存在的第二性，而前置对"食

---

[1] 孙歌：《鲁迅脱掉的衣裳》，《主体弥散的空间：亚洲论述之两难》，第198—199页，南昌：江西教育出版社，2002年。
[2] 高桂惠：《追踪蹑迹：中国小说的文化阐释》，第246—247页，台北：大安出版社，2005年。

色"的基本需求？这绝不止于是一个叙事问题，即使对此叙事问题的思考如黄子平那么复杂。黄子平认为《故事新编》是"关于在写作中消耗生命以反抗死亡的故事，关于寻求时代错乱的叙述策略的故事，关于讲故事者与他的故事相搏斗的故事，关于用叙述来征服过去、现在和未来的故事，一个处于'未完成状态'、仍将讲述下去的故事"[1]，这也许穷尽了叙事学意义上的所有可能，但仍难免取衣裳而弃鲁迅的意思。鲁迅显然是为了其他的什么而进行叙事或讲故事，并非为了叙事或讲故事而拼贴其他的什么，例如他并非为了"新编故事"而拼贴"食色"内容，而倒有可能是为了"食色"内容而"新编故事"。那么，"食色"之前于"知识"，就是鲁迅政治智慧成熟的一般体现。在一个关于"行动如何可能"的构建中，鲁迅始终以生存、温饱、发展为全部思想和行为的出发点和目的地。唯有如此，所谓"知识"才是具体的生存问题的一个部分；唯其如此，在与理学家一致的伦理观当中，鲁迅才没有陷入"饿死事小，失节事大"的极端逻辑，而是从"吃饭穿衣"走向"人伦大事"，又回到了"吃饭穿衣"。这种逻辑上的回旋，在《起死》一篇最有深彻表现。庄子起死了500年前的汉子，汉子张口就是"吃饭穿衣"，惹出庄子满嘴"知识"。但庄子敌不过汉子的索求，终于为了自己的"吃饭穿衣"问题，仓皇逃跑。

不过，需要强调的是，丘东平所谓"死"的部分并非可有可无的存在，圣诞树的形象在于树与点燃的火之间的分工合作。同样地，所谓"知识"的抽象讨论，相互主体性意识，阶级论意识等，也并不因为处于第二性的位置，就缺乏构建主体的意义。

---

[1] 黄子平：《革命·历史·小说》，第130页，香港：牛津大学出版社，1996年。

《故事新编》主体构建的逻辑恰在于生存、温饱、发展的问题向其他一切问题开放，同时又收束其他一切问题的讨论范围，从而在互相作用的结构关系中，紧张地生成。这也就是说，鲁迅为《故事新编》构建的主体生成逻辑是，在普遍的生存、温饱、发展问题语境下，行动因为相互主体性意识、阶级论意识的存在及名实之辨、命名与历史书写、效验与位置的考量等方面的思虑，而变得可能。

当然，这种可能不是一劳永逸的，它需要持续辩证的运动过程。而且，在某些极端的意义上，鲁迅似乎始终不能忘怀的是，纸上得来终觉浅，绝知此事要躬行。行动如何可能，是行动之后的问题，并非行动之前的思量。但是，鲁迅只能借《故事新编》展开纸上烟云。

鲁迅的菰蒲之思

鲁迅旧诗不多，最早见知于世的是悼念范爱农的三章诗，发表在1912年8月21日绍兴出版的《民兴日报》。其时知者有限，作家鲁迅也尚未诞生。1924年10月，凭借《我的失恋——拟古的新打油诗》，鲁迅旧诗正式进入现代文学视野。该诗拟汉张衡《四愁诗》，讽刺当时盛行的失恋诗，既同《野草》其他作品一样有着"难以直说的苦衷"，也明示着鲁迅旧诗的游戏精神在多个层面上挑战现代社会。无论是"拟古的新打油诗"所意指的戏拟旧诗，还是"我的失恋"所意指的嘲讽新诗的某一具体创作现象，都说明鲁迅旧诗非圣无法，不遵矩度。其后，鲁迅在不同的杂文中戏拟曹植《七步诗》、王士禛《咏史小乐府》、崔颢《黄鹤楼》，游戏在经典文本与社会批评之间，充分刺激着现代读者的神经。不过，首先要注意的也许是鲁迅旧诗游戏精神背后的一种积习。

一

所谓积习问题，见于鲁迅 1933 年 2 月写作的《为了忘却的记念》一文。鲁迅在文中有两处写到了积习问题，一处为了引出自己 1931 年创作的悼念柔石等人的旧诗：

> 我沉重的感到我失掉了很好的朋友，中国失掉了很好的青年，我在悲愤中沉静下去了，然而积习却从沉静中抬起头来，凑成了这样的几句：
>
> 惯于长夜过春时，挈妇将雏鬓有丝。
> 梦里依稀慈母泪，城头变幻大王旗。
> 忍看朋辈成新鬼，怒向刀丛觅小诗。
> 吟罢低眉无写处，月光如水照缁衣。[1]

另一处为了说明自己何以在柔石等人牺牲两周年之时写作《为了忘却的记念》一文：

> 我又沉重的感到我失掉了很好的朋友，中国失掉了很好的青年，我在悲愤中沉静下去了，然而积习却从沉静中抬起头来，写下了以上那些字。[2]

这两处几乎只有一个"又"字之别的文字表明，对于鲁迅来说，

---

[1] 鲁迅：《南腔北调集·为了忘却的记念》，《鲁迅全集》第 4 卷，第 501 页。
[2] 鲁迅：《南腔北调集·为了忘却的记念》，《鲁迅全集》第 4 卷，第 502 页。

无论是写旧诗，还是写杂文，都与积习相关，并不因文体而生差别。当然，这并非泯灭鲁迅的文体意识，实际上乃是要在更深的层面上凸显它。鲁迅的积习是悲愤不能自已，要通过立言来舒愤懑。而为了舒愤懑，他往往文成破体，破坏既有文体的规定性，甚而开创出新的文体，譬如杂文，譬如鲁迅式的旧诗。即以"惯于长夜过春时"一诗言之，表面看来严守律体，其实不然。首先，支微叶韵，韵不严。而更重要的是其次，用典不庄。"缁衣"最早出典《诗经·郑风》，有礼贤下士之意，解人谓鲁迅借以表达自身痛惜贤德同志不得善终者也，更谓"缁衣"暗用陆机《为顾彦先赠妇诗二首》（其一）"京洛多风尘，素衣化为缁"，反用陆游《临安春雨初霁》"素衣莫起风尘叹"，以喻世路险恶，政局污浊。揆诸原诗，未必得情。按原诗系第一人称叙述，隐藏的主语是"我"，即鲁迅本人，这便意味着"月光如水照缁衣"，照的是鲁迅自己身上穿的"缁衣"。如以《郑风》之典实论之，则鲁迅自视为贤士，与原诗表达的对朋辈的痛悼之意不合，恐未便解为鲁迅表达自身对贤德同志的痛惜。如以陆机、陆游典实论之，则"城头变幻大王旗"已喻政局污浊，"忍看朋辈成新鬼""刀丛""无写处"已喻世路险恶，而借"缁衣"再三言之，宜有重复之嫌，鲁迅似不必出此。探求旧诗的典实，本是解诗的一般路径。但求之过深，就难免凿枘丛生，唐突诗人。据许寿裳回忆，鲁迅曾对他解释："那时我确无写处的，身上穿着一件黑色袍子，所以有'缁衣'之称。"[1] 这说明作者虽然知道"缁衣"一典，但用意不过是以字面意思写实。许氏误会其中别有深意，鲁迅则明说此典非典，可知鲁迅用典不庄，挑战律体写与读的成规。事

---

[1] 许寿裳：《亡友鲁迅印象记》，第97页，北京：当代世界出版社，2015年。

实上,铺陈"淄衣"典故,固然助成原诗的厚重感,但也难免板滞,丧失写实的活气。试以直接写实的意思理解"惯于长夜过春时"一诗,则写作主体的形象立时细腻、丰满,活脱脱一个乱离之世痛悼朋辈的老年男子。或谓何以不直写"黑衣"?答曰,迅翁岂笨伯耶?鲁迅的积习固然是遇事不能不发,发则直陈其事,直抒胸臆,但究竟有文采也。"淄衣"一词足以说明鲁迅旧诗的写实精神,《我的失恋》更足以明之。论者谓以猫头鹰回百蝶巾、冰糖壶卢回双燕图、发汗药回金表索、赤练蛇回玫瑰花,殊近玩笑,难怪打油,其实前四者恰是鲁迅所爱,并非为了打油而玩笑。而打油一层,宜从文体求之,即指戏拟张衡《四愁诗》而言;孙伏园谓作者"拟的只是外形,诗的内容却仍是他自己的根本思想"[1],庶几近之。

鲁迅旧诗与杂文背后相同的积习,不仅是一个文体学意义上的创格破体问题,而且是一个文学功能论的问题。鲁迅将自己的杂文视为一种社会批评和文明批评,他的部分旧诗也有同样的功用。许寿裳谓《为了忘却的记念》可以说是"惯于长夜过春时"一诗的序文[2],近有论者更谓"究竟是旧诗帮助鲁迅表达了非此不足以表达的深沉悲愤,还是时文的气韵赋予旧诗新的血色?恐怕难以细分"[3],则与其离析诗、文在文体上的区隔,实不如牵合二者相互生成之关系,并探求二者在文学功能上的相通之处。识者每以鲁迅杂文难入文学殿堂为迕,乃谓《"硬译"与文学的阶级性》一文中鲁迅自比盗火的普罗米修斯,诗情飞逸,令人动

---

[1] 伏园:《京副一周年》,《京报副刊》第349期,1925年12日5日。
[2] 许寿裳:《431014 致柳非杞》,《亡友鲁迅印象记·许寿裳回忆鲁迅全编》,第272页,上海:上海文化出版社,2006年。
[3] 郜元宝:《谁谓河广一苇杭之》,《文汇报·笔会》,2011年8月7日。

容，鲁迅杂文究竟是有文学价值的。[1]这种固守成见的原宥似不足以见鲁迅杂文给现代文学带来的真实可能性，但亦可启人思。鲁迅杂文中有诗笔，鲁迅旧诗中也正有杂文笔法。名篇《自嘲》结句"躲进小楼成一统，管它冬夏与春秋"[2]，越出前六句造成的严肃之诗境，由戟指千夫而返身自护，与鲁迅杂文题序中讽世自省的文思暗合。而《好东西歌》《公民科歌》《南京民谣》《"言词争执"歌》《教授杂咏》诸篇，诚有韵之杂文也。《教授杂咏》其一讽刺钱玄同"作法不自毙，悠然过四十。何妨赌肥头，抵当辩证法"[3]，是鲁迅杂文"仅以一击给与致命的重伤"[4]、寸铁杀人的正宗笔法。其中公仇私怨，不必细表，较诸胡适同一题材之作，则鲁迅以杂文笔法作此诗，愈益明了。胡适诗题《亡友钱玄同先生成仁周年纪念歌》，系钱氏写信给胡适说自己要做"成仁纪念"之酬答，其辞如下：

> 该死的钱玄同，怎么还没有死！一生专杀古人，去年轮着自己。
> 可惜刀子不快，又嫌投水可耻。这样那样迟疑，过了九月十二。
> 可惜我不在场，不曾来监斩你。今年忽然来信，要做"成仁纪念"。
>
> 这个倒也不难，请先读《封神传》：回家去挖一坑，好好睡在里面。
>
> 用草盖在身上，脚前点灯一盏。草上再撒把米，——瞒得阎王鬼判。

---

[1] 李欧梵：《铁屋中的呐喊》，第122页。
[2] 鲁迅：《集外集·自嘲》，《鲁迅全集》第7卷，第151页。
[3] 鲁迅：《集外集拾遗·教授杂咏》，《鲁迅全集》第7卷，第459页。
[4] 鲁迅：《两地书·一〇》，《鲁迅全集》第11卷，第41页。

瞒得四方学者，哀悼成仁大典。年年九月十二，到处念经拜忏。度你早早升天，免在地狱捣乱！[1]

鲁迅认为讽刺背后是善意，不是要将人摁进水里，他当然不至于希望旧友钱玄同真的作法自毙，肉身成道，但相比胡适的雍容大度、雅趣盎然，确乎相隔一间。而胡适诗中念响的"瞒"字诀，正是鲁迅诋为国民劣根性的症候，两人之不相能，由此亦可见一斑。胡适洋洋洒洒一大篇，是为朋友设计瞒天过海，而鲁迅了了二十字，破的正是瞒天过海之计，鲁迅诗之如匕首，投枪，宛然在目。《教授杂咏》作为游戏笔墨，并未公开发表，讽刺谢六逸的一首更迟至1947年9月方由许寿裳发表于《台湾文化》第2卷第8期上，鲁迅的游戏精神实多于讽世热情。而且，这也是鲁迅的一种积习。据沈瓞民回忆，鲁迅早年就读弘文学院时即擅游戏笔墨。时有性喜攀附清廷官吏的王惕斋，住东京新桥，一臂为车马辗断，自称独臂翁，鲁迅即刺之以"钦差唤过王爷叫，忙煞新桥独臂翁"。[2]又，据周作人回忆，蒋智由本来追随革命，赠诗陶成章曰"敢云吾发短，要使此心存"，后与梁启超组织"政闻社"，转言君主立宪，主张发电报给清廷，要求不再滥杀党人。排满青年反对，蒋辩说猪、狗被杀也要叫几声，鲁迅答说，猪才只好叫叫，而人不能只是这样便罢，乃戏拟蒋氏赠陶句曰："敢云猪叫响，要使狗心存。"[3]要之，鲁迅遇事即发，发而为诗，嬉

---

[1] 胡适：《胡适诗存》，第300页，胡明编注，北京：人民文学出版社，1993年。
[2] 沈瓞民：《回忆鲁迅早年在弘文学院的片断》，见《鲁迅回忆录》一集，第232页，上海：上海文艺出版社，1978年。
[3] 周作人：《鲁迅的故家》，第239—240页，止庵校订，石家庄：河北教育出版社，2001年。

笑怒骂，或偏于游戏，或偏于讽刺，诗体为之破坏则一。

当鲁迅的积习偏重于讽刺时，文字或文体层面的游戏意义隐退，文学的批评意义彰显，这主要表现在他1931年年底至1932年年初以阿二的笔名发表在《十字街头》上的《好东西歌》《公民科歌》《南京民谣》《"言词争执"歌》诸篇。鲁迅旧诗从友朋之间的传抄走上"十字街头"，自娱娱人的游戏精神也转变为泼辣恣肆且奇崛瑰丽的社会批评和文明批评。如《"言词争执"歌》：

> 一中全会好忙碌，忽而讨论谁卖国，粤方委员叽哩咕，要将责任归当局。吴老头子老益壮，放屁放屁来相嚷，说道卖的另有人，不近不远在场上。有的叫道对对对，有的吹了嗤嗤嗤，嗤嗤一通不打紧，对对恼了皇太子，一声不响出"新京"，会场旗色昏如死。许多要人夹屁追，恭迎圣驾请重回，大家快要一同"赴国难"，又拆台基何苦来？香槟走气大菜冷，莫使同志久相等，老头自动不出席，再没狐狸来作梗。况且名利不双全，那能推苦只尝甜？卖就大家都卖不都不，否则一方面子太难堪。现在我们再去痛快淋漓喝几巡，酒酣耳热都开心，什么事情就好说，这才能慰在天灵。理论和实际，全都括括叫，点点小龙头，又上火车道。只差大柱石，似乎还在想火并，展堂同志血压高，精卫先生糖尿病，国难一时赴不成，虽然老吴已经受告警。这样下去怎么好，中华民国老是没头脑，想受党治也不能，小民恐怕要苦了。但愿治病统一都容易，只要将那"言词争执"扔在茅厕里，放屁放屁放狗屁，真真岂有之此理。[1]

---

[1] 鲁迅：《集外集拾遗·"言词争执"歌》，《鲁迅全集》第7卷，第401页。

诗里提到的"一中全会"指的是1931年12月22—29日在南京召开的国民党四届一中全会。会上宁粤两派因争权夺利和推卸卖国罪责,互相谩骂。当时报纸称之为"言词争执"。1931年12月27日《申报》在《二次大会中言词争执经过》题下载南京26日电:"昨日会中粤委某提出张学良处分案,发言滔滔不绝,谓不仅张应负丧师失地责任,即南京政府亦当负重要责任,报告毕,吴敬恒即起立,谓张学良固应负责,南京政府亦当负不抵抗之责任,至赴日勾结日本来祸中国之卖国者,亦不能不科以责任,粤委某起立,诘吴卖国者何指,吴答当事者不能不知,当时有人呼对对对,亦有喊嘘嘘嘘。"鲁迅在诗中揭开国民党政党政治"言词争执"的民主假面,直指各方眷眷于私利,在民族灾难面前表现得"没头脑",可谓一针见血。而行文泼辣恣肆,痛快淋漓,端的是一篇有韵的杂文。当然,这到底是"十字街头"的"歌",情随字尽,意缘篇终,究非诗歌本色。然而,正如一直被中国学界视为主张纯文学的韦勒克和沃伦在《文学理论》中所表示的那样,"我们也可以这么说:物体的本质是由它的功用而定的:它做什么用,它就是什么"[1],重要的也许不是诗歌本色如何,而是鲁迅赋予了诗歌何种功用,这种赋予是不是使旧诗在现代文学中复活,甚或赢得了新的可能性?相对于中国古典传统的拾阙补遗,讽谏诃骂,《"言词争执"歌》不啻非圣无法,更有一种超卓的主体意识,俯视现代政党政治及其中的营扰诸生,因此远非昔日的"三吏""三别"之类可比。有论者研索鲁迅旧诗的现代性,谓"鲁迅在客观的社会批判中、社会抒怀中贯穿了自己强烈的自我生存意志和生存欲望。在鲁迅看来,社会批判若不是为了个体

---

[1] 韦勒克、沃伦:《文学理论》,第18页,刘象愚等译,北京:三联书店,1984年。

生命的发展，那它就是毫无价值的"，[1]《"言词争执"歌》批评现代政党政治的荒唐，也是担心"小民恐怕要苦了"，标的是生命，而非宪政。循此，则视"俯首甘为孺子牛"一句中"孺子"喻指大众，乃是政治浪漫派的误读。"孺子"实写鲁迅年幼的儿子，方为作者本意。而从此出发，鲁迅"怜子如何不丈夫"的诗语，才能更好地落实到鲁迅特有的情感和思想中去。这是一种更具有普遍意义的生物之爱，也是更具体的历史产物，鲁迅其时认为传统的纲常束缚了人性，连如同生物一般的天性之爱，中国人也无法理解、付出和享受。当鲁迅的主体意识灌注到旧诗中，使旧诗发挥着社会批评和文明批评的作用，旧诗就有力地介入了现代社会，不仅成为鲁迅杂文文本的组成部分，以互文的方式呈现在读者眼前，而且自身在文体上也杂文化，展现出新的可能性。

二

鲁迅自身可能并不在意自己为旧诗带来的可能性。从现存篇目来看，从1900年至1930年，鲁迅存旧诗12题，其中1900年1题，1901年6题，1912年1题，1924年1题，1925年1题，1928年1题，1930年1题，数量之少，间隔期之长，洵为观止。1931年起，存目暴增，其中1931年11题，1932年11题，1933年14题，1934年4题，1935年1题，总41题；率皆题赠之作，初无为诗而诗之念。1931年起，鲁迅旧诗暴增，主要可能缘于交游，慕名索书者多，不得已而作。[2] 鲁迅自己无意于旧诗写作，故不得已

---

[1] 李怡：《鲁迅旧体诗新论》，《中国现代文学研究丛刊》，1997年第2期。
[2] 有意思的是，1930年后，鲁迅年秩五十，旧诗多了起来，其弟周作人也是五十自寿后，一度专写旧诗，有《苦茶庵打油诗》存世。

时，多偶然之诗。其诗多题"无题""偶成""偶作"，或编集时方拟题，良有以也。

偶然之诗与作为社会批评和文明批评的诗不同，后者或婉而多讽，或泼辣恣肆，作者的主体意识向外扩张，指向社会的弊病和文明的症结，前者或彷徨自许，或委曲深情，作者的主体意识向内拓进，指向个体的精神和个人的情感。以名篇《戌年初夏偶作》而论，识者皆务外求，谓鲁迅描写时代，同情底层大众，此诚得一面之情。该诗曰：

> 万家墨面没蒿莱，敢有歌吟动地哀。
> 心事浩茫连广宇，于无声处听惊雷！[1]

郭沫若1961年将此诗翻译如下：

> 到处的田园都荒芜了，
> 普天下的人都面黄肌瘦。
> 应该呼天撞地、号啕痛哭，
> 但是，谁个敢咳一声嗽？
>
> 失望的情绪到了极点，
> 怨气充满了整个宇宙。
> 谁说这真是万籁无声呢？
> 听：有雷霆的声音在怒吼！[2]

---

[1] 鲁迅：《集外集拾遗·戌年初夏偶作》，《鲁迅全集》第7卷，第472页。
[2] 郭沫若：《翻译鲁迅的诗》，《人民日报》，1961年11月10日。

郭译甚得原诗精神之一面,即鲁迅对于时代氛围的敏感,对于人民苦难的博大同情,对于渊默而雷声的相信和期许。但洞见与盲视相伴,郭氏丢掉了原诗的个体精神和个人情感。"心事浩茫连广宇"恐不便译为"失望的情绪到了极点,/怨气充满了整个宇宙",鲁迅之意或以"我的浩茫心事和广宇相通"为长。盖鲁迅原诗背后本有一个主体意识充盈的现代自我,是一个以小博大的小我,大我在此基础上生成;而郭译省却了大我的生成过程,于是丢掉了小我,进而丢掉了原诗的个体精神和个人情感。鲁迅青年时期对现代自我有充分的信心,以为"凡人之心,无不有诗。如诗人作诗,诗不为诗人独有,凡一读其诗,心即会解者,即无不自有诗人之诗"[1],每一个个体以"诗"相通,在"诗"的意义上是均质的,因此现代自我可以小博大。但《新生》的挫折使鲁迅不再相信一呼百应的超人或大士天才,转而质疑群众是看客,1927年12月甚至认为"人类的悲欢并不相通,我只觉得他们吵闹"[2]。当然,这是鲁迅所谓奴隶的心,还不是奴才,他在自己生命最后的一年中写下这样的话:

> 街灯的光穿窗而入,屋子里显出微明,我大略一看,熟识的墙壁,壁端的棱线,熟识的书堆,堆边的未订的画集,外面的进行着的夜,无穷的远方,无数的人们,都和我有关。我存在着,我在生活,我将生活下去,我开始觉得自己更切实了,我有动作的欲望——但不久我又坠入了睡眠。[3]

---

[1] 鲁迅:《坟·摩罗诗力说》,《鲁迅全集》第1卷,第70页。
[2] 鲁迅:《而已集·小杂感》,《鲁迅全集》第3卷,第555页。
[3] 鲁迅:《且介亭杂文末编附集·"这也是生活"》,《鲁迅全集》第6卷,第624页。

通过"无穷的远方,无数的人们"等一切外在于个体的存在来证实"我"的存在,意味着鲁迅对"我"的内曜、心声、自性缺乏信心,但又坚信"凡人之心,无不有诗",人类的悲欢与"我"相通,"我"因这相通而存在。不由内求,而缘外烁,鲁迅对现代自我的理解从青年时代的主观意力转向客观世界的关系,发生了一个明显的倒转。但与其说这是人之将死,其言也善,不如说这背后隐藏着更曲折的无意识内容,鲁迅将陆王的心性之学"宇宙便是吾心,吾心即是宇宙"嵌入了现代语境。"我"仍然是一个高于"无穷的远方,无数的人们"的存在,后者由前者感知、识别、表述,并进而得以证明、呈露、展现。因此,重要的是"我","我"是主体,也是本体。转译成诗语,鲁迅这段话大略近于"心事浩茫连广宇"。那么,"我"对于《戌年初夏偶作》诗思的展开、意境的构建、主旨的生成,其重要性就不言而喻了。循此,诗人对于万家墨面无声的哀戚及渊默雷声的期许,背后隐藏着一个无意识的现代自我,这个自我正在哀戚及期许的同时,捕捉自我,构建自我的主体意识。然而,这是一个孤独的自我,甚至是穆旦所谓"残缺的部分渴望着救援"[1]。论断到这里,未免有些求之过深,试以《酉年秋偶成》足之。原诗如下:

> 烟水寻常事,荒村一钓徒。
> 深宵沉醉起,无处觅菰蒲。[2]

该诗作于1933年,比《戌年初夏偶作》约早一年。"烟水""钓

---

[1] 穆旦:《我》,《穆旦诗集 1939—1945》,第16页,北京:人民文学出版社,2000年。
[2] 鲁迅:《集外集拾遗·酉年秋偶成》,《鲁迅全集》第7卷,第470页。

徒""菰蒲"云云,颇有隐逸气。鲁迅自不以隐逸为然,但"躲进小楼成一统","随便玩玩"的心思是有的,并非"十字街头"打赤膊战的莽汉。重要的是,《酉年秋偶成》将"我"喻为"荒村一钓徒",落实了自我的孤独性质。也即,鲁迅在诗中传达的自我意识是一种孤独意识,而"无处觅菰蒲"则意味着"我"的失落感,"我"需要借助某物以构建自我的主体意识,可惜外在于"我"的只有"烟水""荒村",无可如何。"广宇""无穷的远方,无数的人们"作为"烟水""荒村"的替代物,以外烁的方式唤起鲁迅自我的内求,从而"心事浩茫连广宇",成功构建自我的主体意识。因此,《戌年初夏偶作》隐藏了一个无意识的孤独的自我,鲁迅试图构建强大的自我主体意识,以小博大,生成一个大我。

这个无意识的孤独自我,隐藏在鲁迅其他一些偶然之诗背后,构造了一些委曲深情的人物形象。如下列诸诗:

>华灯照宴敞豪门,娇女严妆侍玉樽。
>忽忆情亲焦土下,佯看罗袜掩啼痕。(1932年)[1]

>皓齿吴娃歌柳枝,酒阑人静暮春时。
>无端旧梦趋残醉,独对灯阴忆子规。(1932年)[2]

>明眸越女罢晨妆,荇水荷风是旧乡。
>唱尽新词欢不见,旱云如火扑晴江。(1933年)[3]

---

[1] 鲁迅:《集外集拾遗·所闻》,《鲁迅全集》第7卷,第461页。
[2] 鲁迅:《集外集拾遗·无题二首其二》,《鲁迅全集》第7卷,第462页。
[3] 鲁迅:《集外集·赠人》,《鲁迅全集》第7卷,第160页。

这三首诗都是第三人称全知叙述，主人公都是歌女。她们都是孤独的，要么亲人亡于战祸（"情亲焦土下"），要么"独对灯阴忆子规"，要么情人不知所终（"唱尽新词欢不见"），总之，无可告语者。她们又都是深情的，或因忆亲人而啼哭，或因旧梦而忆故乡，或为情人唱尽新词，只可惜一腔子深情无处安放，只能"伴看罗袜""独对灯阴"，寂寞无聊。这些歌女可能是真实存在的人物形象，鲁迅是以第三人称进行写实。然而鲁迅悬拟的一腔子委曲深情，恐怕主要是鲁迅无意识的孤独自我的投影。这个无意识的孤独自我，因为打破孤独的需要，散发出强大的力量，使鲁迅在旧诗中自由出入歌女内心的情感世界，使诗歌本身洋溢同情的光芒。孤独是同情的起点，同情是孤独的救援，歌女作为他者的存在，在个体的意义上唤醒鲁迅心中的诗，鲁迅因之识别不同个体之间的联系，构建自我的主体意识。当然，这一切未必是鲁迅自身所完全自觉的。抛开对于无意识的挖掘和信任，也许不妨补充各诗的历史背景和鲁迅个人传记的因素，如鲁迅1932年避难闸北时曾访问歌女[1]，分析作者的人道主义精神，彰显各诗社会批评和文明批评的价值。但无论如何，偶然之诗背后隐藏的无意识内容，也许蕴含着更为丰富的属于鲁迅所特有的心情和思想。

　　鲁迅偶然之诗背后隐藏的这个无意识的孤独自我，委曲深情，甚至残缺、脆弱，与荷戟彷徨的显在形象，构成一个对照。在《题〈彷徨〉》中，鲁迅写道："寂寞新文苑，平安旧战场。两间余一卒，荷戟独彷徨。"[2]虽然寂寞孤独，但鲁迅的自我主体意识是倔强的战士。这不难令人联想到《野草》中《这样的战士》

---

[1] 鲁迅1932年2月16日日记谓："复往青莲阁饮茗，邀一妓略来坐，与以一元。"见鲁迅：《鲁迅全集》第16卷，第299页。
[2] 鲁迅：《集外集·题〈彷徨〉》，《鲁迅全集》第7卷，第156页。

的勇猛无畏,联想到鲁迅反抗绝望的战斗精神。反抗绝望的斗士,也有一种温暖,然而是冰冷的温暖,冷气灼指的"死火"[1]。也许反抗绝望的主体意识不妨被视为鲁迅构建的现代自我主体意识最重要的组成部分,但鲁迅偶然之诗背后隐藏的无意识的孤独自我,并非不值得分析、钩稽和建构。有论者谓"走进了鲁迅诗歌,就是走进了鲁迅的柔情世界",[2]诚得鲁迅旧诗另一面之情也。昉此,存世最早的《别诸弟》,也是鲁迅旧诗的本色当行,区别只在于年轻的鲁迅将无意识的孤独自我显影在文本的表层罢了。《别诸弟》系组诗,共三首,作于1900年南京求学期间,谨录其一、二如下:

> 谋生无奈日奔驰,有弟偏教各别离。
> 最是令人凄绝处,孤檠长夜雨来时。
>
> 还家未久又离家,日暮新愁分外加。
> 夹道万株杨柳树,望中都化断肠花。[3]

诗中愁思无尽,对于家庭亲情的怀恋,让作者凄绝肠断。这种过分伤感的自我意识,令人不禁怀疑,以其脆弱,将来如何能成长为反抗绝望的战士?然而,仿佛是精神的创痕,在鲁迅晚年偶然之诗隐藏的无意识自我中,委曲深情、残缺、脆弱……总能一一感知。这里多少存在一点精神现象的辩证法,不必赘言。更重要

---

[1] 鲁迅:《野草·死火》,《鲁迅全集》第2卷,第200—201页。
[2] 吴洁菲:《满贮温馨的柔情世界——论鲁迅的诗歌创作》,《江汉论坛》,2007年第5期。
[3] 鲁迅:《集外集拾遗补编·别诸弟》,《鲁迅全集》第8卷,第531页。

的是，通往一个新命题的通道打开了，鲁迅的菰蒲之思可以开始正面的讨论了。

三

"菰蒲"一词凡二见于鲁迅旧诗，其一即前引《酉年秋偶成》，其二即1935年创作的《亥年残秋偶作》，引如下：

> 曾惊秋肃临天下，敢遣春温上笔端。
> 尘海苍茫沉百感，金风萧瑟走千官。
> 老归大泽菰蒲尽，梦坠空云齿发寒。
> 竦听荒鸡偏阒寂，起看星斗正阑干。[1]

此诗或为绝笔。许寿裳三评此诗，以第一次评语为近正："俯仰身世，无地可栖，是何等的悲凉孤寂！"[2] 郜元宝认为"这首诗可以看作鲁迅对于自己一生事业的高度总结，具有强烈的心理自传色彩"[3]，大旨与许氏不差。鲁迅俯仰身世，觉菰蒲已尽，无地可栖，竦听荒鸡，起看星斗。结句或谓作者睹熹微之光，或谓诗人觉生命将残，似皆可备一说。惟"老归大泽菰蒲尽，梦坠空云齿发寒"一联，实乃鲁迅委曲深情、残缺、脆弱之自我主体意识的表露，试细分梳之。首先，这是一种叶落归根式的乡愁。鲁迅在《呐喊·自序》中痛诋故乡人情，在小说《故乡》中也痛陈人与人之间的隔膜，其他小说莫不以故乡人情为疗救国民灵魂

---

[1] 鲁迅：《集外集拾遗·亥年残秋偶作》，《鲁迅全集》第7卷，第475页。
[2] 许寿裳：《怀亡友鲁迅》，《月报》1937年第1期，第218页。
[3] 郜元宝：《鲁迅六讲》（增订本），第293页，北京：北京大学出版社，2007年。

的病例，难免令人误会鲁迅绝无乡思，只剩逃异地，寻找别样的人。事实上，鲁迅自觉自身有一种无法或止的乡愁。在《朝花夕拾·小引》中，这位异乡的游子坦承："我有一时，曾经屡次忆起儿时在故乡所吃的蔬果：菱角、罗汉豆、茭白、香瓜。凡这些，都是极其鲜美可口的；都曾是使我思乡的蛊惑。后来，我在久别之后尝到了，也不过如此；惟独在记忆上，还有旧来的意味存留。他们也许要哄骗我一生，使我时时反顾。"[1]的确，在文章中，鲁迅仅此一次袒露关于乡愁的心情和思想。然而在旧诗中，他实在是三致意焉。且不说《酉年秋偶成》及《亥年残秋偶作》这两首明确以"菰蒲"为记的诗，其他旧诗中的"吴娃""越女""荇水荷风"等，亦可谓真情流露。至于"故乡如醉有荆榛"[2]和"故乡黯黯锁玄云"[3]中的"故乡"，恐怕也不会独独将自己的生身之地排除吧。当然，即使在旧诗中，鲁迅也仍然批评浙地人情，如《阻郁达夫移家杭州》即谓"钱王登假仍如在"，"何似举家游旷远"[4]。这是一种爱恨交加的感情，鲁迅虽看透了S城人的心肝，却仍然忆念着儿时吃过的蔬果。通过人与物的分离，鲁迅将落叶归根的乡愁寄托在"菰蒲"上。菰，多年生草本植物，生在浅水里，嫩茎称"茭白"。菰蒲果然是要哄骗鲁迅一生并使其时时反顾的一种特殊物。

其次，"老归大泽菰蒲尽，梦坠空云齿发寒"意味着鲁迅不愿彷徨于无地。在《影的告别》中，"影"宣称"我不如彷徨于

---

[1] 鲁迅：《朝花夕拾·小引》，《鲁迅全集》第2卷，第236页。
[2] 鲁迅：《集外集·送O.E.君携兰归国》，《鲁迅全集》第7卷，第147页。
[3] 鲁迅：《集外集拾遗·无题二首》，《鲁迅全集》第7卷，第462页。
[4] 鲁迅：《集外集·阻郁达夫移家杭州》，《鲁迅全集》第7卷，第162页。

无地"[1]。所谓"无地",即"黑暗和虚空"。鲁迅自言"惟黑暗与虚无乃是实有"[2],论者乃多以"影"为鲁迅之自喻,从而探析其反抗绝望之主体精神。"老归大泽菰蒲尽,梦坠空云齿发寒"当然意指无地可栖,但诗人自我的主体意识却是以此为憾,本希望老归大泽之时,菰蒲未尽的。因此,由"影"的决绝到"老归"时的脆弱,鲁迅的主体意识发生了细微的转换。《酉年秋偶成》结句慨叹"无处觅菰蒲",更明确地表现了鲁迅心情的沮丧和思想的脆弱,他并不总是决绝地要"不如彷徨于无地",也想将脆弱的情感放松、抚平,"躲进小楼成一统,管它冬夏与春秋"。一种脆弱的主体意识存在,并不就导向对鲁迅反抗绝望的主体精神的否定。相反,它将鲁迅的自我主体意识呈现为一个层次不甚分明的立体,恢复其日常的肉身状态,即鲁迅有一般生物共有的脆弱和恐惧。

第三,鲁迅俯仰身世,但见菰蒲已尽,无处可觅,可知他已然绝望,并不总是认为"绝望之为虚妄,正与希望相同"[3]。一个脆弱的主体,并非推石上山的西西弗、月中伐桂的吴刚,当然难以始终支撑反抗绝望的现代使命;而当肉身将被岁月和病痛夺去之时,任何强韧的个体,恐怕都难免一时半会儿的脆弱吧。但是,这种脆弱是不便直接表述又必须直接面对的,鲁迅乃选择了旧诗,借典故以自文,于是呈现为另一类型的"难以直说的苦衷"。这也可以算是鲁迅的黑暗面,然而是近似于"仁厚黑暗的地母"[4]的黑暗,或许可以永安一个战士的魂灵。

---

[1] 鲁迅:《野草·影的告别》,《鲁迅全集》第2卷,第169页。
[2] 鲁迅:《书信·250318致许广平》,《鲁迅全集》第11卷,第467页。
[3] 鲁迅:《野草·希望》,《鲁迅全集》第2卷,第182页。
[4] 鲁迅:《朝花夕拾·阿长与〈山海经〉》,《鲁迅全集》第2卷,第255页。

在上述三点的意义上，鲁迅所谓的积习问题，可以有新一层的解释，即积习不仅源于愤世之情和游戏精神，而且源于脆弱的情感，源于有家却无从归去的恐惧。周作人在其兄逝世后写作的《关于鲁迅》一文提到鲁迅1898年写的《戛剑生杂记》，其中有一段极其伤感的乡愁叙述：

> 行人于斜日将堕之时，暝色逼人，四顾满目非故乡之人，细聆满耳皆异乡之语，一念及家乡万里，老亲弱弟必时时相语，谓今当至某处矣，此时真觉柔肠欲断，涕不可仰。故余有句云，日暮客愁集，烟深人语喧，皆所身历，非托诸空言也。[1]

青年鲁迅情感脆弱，竟至于"真觉柔肠欲断，涕不可仰"，殊无"戎马书生"之概，何怪乎"文章误我"也。这种脆弱的情感，酿成为一种积习，就是每每在异乡敏感到挫折，积蓄为愤懑。按诸鲁迅生平，荦荦大者有仙台的幻灯片事件、泄题事件，鲁迅后来所抒发的屈辱体验，非情感脆弱者不能得也。因此，情感上的脆弱，对于家的怀恋，或许是鲁迅最原初的积习。只是这一积习深藏在鲁迅的愤世之情和游戏精神背后，鲁迅自身固然不常提及，读者也不得门径，难以索解。

话虽如此，鲁迅的菰蒲之思仍然含有明显、明确的愤世之情，甚或含有一丝游戏精神。愤世之情不必细表，游戏精神则拟略述一二。有研究者指出，鲁迅凭记忆所及，曾分别于1934年4月10日、1935年12月5日书项圣谟题画诗"风号大树中天立，日薄西山四海孤。短策且随时旦莫，不堪回首望菰蒲"赠人，鲁

---

[1] 周作人：《瓜豆集》，第218—219页，上海：宇宙风社，1937年。

迅旧诗中"菰蒲"一典多少与项圣谟有关,"无处觅菰蒲"意指"老百姓已经到了无以为生、非揭竿而起不可的地步了"。[1]揭出"菰蒲"与项圣谟的关系,的确有助于理解鲁迅的菰蒲之思中所传达的愤世之情。然而,遗民项圣谟题画诗容或有一丝反抗的气息,主要意思应是大树飘零、复国无望的落寞之情,与李煜所谓"故国不堪回首月明中",意旨相同。因此,"不堪回首望菰蒲"恐怕难以传达老百姓要揭竿而起的文化信息,而鲁迅"无处觅菰蒲"句也就难以承担革命的指符作用了。鲁迅与项圣谟相通的应是落寞之情,然一则"无处觅菰蒲",一则"不堪回首望菰蒲",前者重点在于没有菰蒲,后者重点在于不敢回头看,菰蒲却是有的,鲁迅的情绪要低落得多。或谓《酉年秋偶成》受秦观诗"菰蒲深处疑无地,忽有人家笑语声"及张元幹《石州慢》"满湖烟水苍茫,菰蒲凌乱秋声咽"影响,[2]或可备一说。秦观诗系《秋日》三首其一,全诗作"霜落邗沟积水清,寒星无处傍船明。菰蒲深处疑无地,忽有人家笑语声"[3],乃是喜乐之境。张元幹《石州慢》恰好相反,写悲愤之境:

> 雨急云飞,惊散暮鸦,微弄凉月。谁家疏柳低迷,几点流萤明灭。夜帆风驶,满湖烟水苍茫,菰蒲零乱秋声咽。梦断酒醒时,倚危樯清绝。　心折。长庚光怒,群盗纵横,逆胡猖獗。欲挽天河,一洗中原膏血。两宫何处?塞垣只隔长江,唾壶空击悲歌缺。万里想龙沙,泣孤臣吴越。[4]

---

[1] 潘德延:《〈无题〉诗新解》,《鲁迅研究月刊》,1992年第12期。
[2] 阿袁:《鲁迅诗编年笺证》,第358页,北京:人民出版社,2011年。
[3] 徐培均:《淮海集笺注》,第437页,上海:上海古籍出版社,1994年。
[4] 张元幹:《张元幹词集》,第14—15页,上海:上海古籍出版社,2011年。

张氏的故国之思、反抗之意明写在字面上,倒可传达揭竿而起的文化信息。其词由烟水而菰蒲,与鲁迅诗句之组织亦颇相涉。如其鲁迅真有意张词,则《酉年秋偶成》必然要暗中传达革命的信息。然而,正如"淄衣"一词,鲁迅自承乃写实,探求"菰蒲"一词的典实,恐亦难免堕入縠中,鲁迅不过实写一己记忆中之苍白耳。不管如何,小心迅翁再次用典不庄,以游戏精神挑战古典诗词写与读的惯例,似非全无必要。无论在《酉年秋偶成》还是在《亥年残秋偶作》中,鲁迅的菰蒲之思都相当浑成,指向自我主体意识的脆弱面,悲凉孤寂,似无暇外求,亦不假外求也。

  需要再作分梳的是,鲁迅的菰蒲之思固然源于情感的脆弱,是内发之症,但仍有外烁之痕迹。《酉年秋偶成》置主体于荒村独钓之境,《亥年残秋偶作》置主体于梦坠空云、齿发俱寒之境,洵难自持,于是内外相激,主体脆弱的情感发生作用,鲁迅乃不得不慨叹菰蒲已尽,无处可觅。而一旦鲁迅将菰蒲之思落笔为诗,实际上就告别了无地彷徨的窘境。诗将无地彷徨的精神压力从诗人肩上卸下,诗人乃在诗这块土地上彷徨,脆弱的主体有了暂栖之所,反抗绝望的主体继续像过客一样前行。这其实是鲁迅自觉的文学禅,即所谓记念是为了忘却,写成文字是为了竦身一摇,摆脱悲哀。当鲁迅的菰蒲之思写在纸面上之后,他的自我主体意识乃发生一次蜕变;所谓速朽,抑或因之而言。于是旧诗乃成心情和思想的游戏,这是鲁迅游戏精神对读者的最末一次挑战。

第 三 编

行动问题与革命语境及历史实践

时间意识与小说文体

——胡适《论短篇小说》与鲁迅《狂人日记》对读

《新青年》杂志第 4 卷第 5 号[1]同时刊出胡适《论短篇小说》和鲁迅《狂人日记》，应当说是《新青年》同人在小说主张和实践上的第一次正面亮相，既强有力地抨击了他们所不以为然的小说观念及相关的具体写作，也立下了他们心以为然的法则和榜样，同时或许还弥合了他们内部的一些分歧。对于这一事件及其周边，学界已多有分梳，本文不惮以狗尾续貂，尝试一次以文本本身为主的对读，核心话题是"时间意识与小说文体"。

胡适《论短篇小说》以极为明显的进化论意义上的线性时间意识为基础，表现出明确的现代时间将从此开始的意识。文章认为"最近文学的趋势，都是由长趋短，由繁多趋简要"，"文学越进步，自然越讲求'经济'的方法"，这是进化论线性时间意识的表现。文章又说"今日中国的文学，最不讲'经济'"，"不可不提倡真正的'短篇小说'"，这就是中国的现代小说要从此开始

---

[1] 该期《新青年》杂志出版日期为 1918 年 5 月 15 日。本文所引胡适《论短篇小说》、鲁迅《狂人日记》及鲁迅《梦》均出自该期杂志，谨此说明，不另具注。

的意思了。再加上文章下定义的方式,"我如今且下一个'短篇小说'的界说",并提醒读者"这条界说中,有两个条件最宜特别注意",是一种呼告式的语气,这表现了作者明确的立法者的姿态,仿佛现代小说的江山从此定矣。什么是"短篇小说"本来也许是需要讨论的,但文章采用了不容置疑的语法,采取了告知的姿态,给读者一种这就是关于"短篇小说"的真理的感觉。因此,文章背后的时间意识不仅是进化论意义上的线性时间意识,而且带有科学的和实用的色彩。

文章以"经济"一词描述"短篇小说"的特点,并因及产生"短篇小说"的时代的特点,更表现出一种工业化生产条件下的时间意识。文章说明什么是"经济"时,先以都德反映普法战争的小说《最后一课》和《柏林之围》为例,证明"短篇小说"比史书省却多少文字。这是一种典型的效率思维,以文字表达的效率来衡量文学品质的高低和优劣,似乎无论写作还是阅读,效率都是第一位的。注重生产效率,这是较为典型的工业化条件下对于时间利用的态度,时间在这里成为客观的对象,与人的情感、经验和意识不大有干系。文章后来在分析《木兰辞》时说:"十个字记十年的事,不为少。一百多字记一天的事,不为多。这便是文学的'经济'。"这里所谓的"经济"倒不完全是节省时间的意思,但注重效率的思维则一以贯之。因此文章结论部分说:"世界的生活竞争一天忙似一天,时间越宝贵了,文学也不能不讲究'经济';若不经济,只配给那些吃了饭没事做的老爷太太们看,不配给那些在社会上做事的人看了。"这是从社会生活的角度逆推文学需讲求效率的思路,而强调时间的宝贵,则意味着叙事和阅读所需要的时间,是依存于社会生活带给"在社会上做事的人"的时间紧迫感的。也就是说,现代社会的个体,"在社会上做事的人",一种(带有)资产阶级社会性质的个体,被社会生活挤压出一种紧迫的时间感,并从而要求文学表达发生相应的变化,注重效率,节省时间。在这样的逻辑下,"短篇小说"作为现代的文学的极致之一出现了。时间在这里是外在于社会个体的客观之物,反映或再现这一时间的"短篇小说"也因此是外在于社会个体的客观之物,即"短篇小说"承当的是史书般的叙事任务,与现代社会个体的情感和意志的表达不那么相关。而文章在举证说明何谓理想的"短篇小说"时,自始至终都在强调各篇小说在叙事上的涵容量,强调叙事时间之短与故事时间之长,说明它建立对"短篇小说"的判断时,于史书的依赖甚重,未免将"短篇小说"当作了现代社会的小史。这就进一步加重了"短篇小说"的叙事任务,使其成为外在于社会个体的客观之物。因此,文章虽然涉及"短篇小说"对于情感表达的"经济",总体上对抒情言志是近于疏忽的。而时间紧迫感这一现代社会的时间政治,本来是与现代社会个体的情感、经验和意志有着密切关系的,是现代性的或一层面,却几乎被文章完全漠视了。彼得·奥斯本认为现代性就是时间的政治[1],胡适《论短篇小说》大约是从反面证明了奥斯本这个意见的有效性。

  对读之下,鲁迅《狂人日记》的文字表达允为"经济"。小说全文不足5000字,但其广度、深度和强度,都是惊人的。不过,有意思的是,小说几乎没有完整和连贯的叙事,叙事时间呈现出一种无序的特点。首先,文言小序里交代:"语颇错杂无伦次,又多荒唐之言;亦不著月日,惟墨色字体不一,知非一时所

---

[1] 彼得·奥斯本:《时间的政治:现代性与先锋》,第2—5页,王志宏译,北京:商务印书馆,2014年。

书。""不著月日"说明狂人是"时间不感症"患者,对现代社会惯于用来标示时间段落的物理时间缺乏意识,而小序据"墨色字体"判断"知非一时所书",说明叙事者倒是可能拥有较为稳定的时间意识。其次,白话文本,也即"日记",并非逐日写下,而十三个小节之间的故事时间简直没有前后关系,节与节的关系仅在事理的逻辑上略有关联。问题是,这样的关联还有可能是出于"撮录",即叙事者的建构。事实上,正如有的研究者注意到的那样,就文本表层来看,小说叙事的动力来自"凡事须得研究,才会明白",整个白话文本是狂人对于社会世相进行的记录。最后,每一节出现的时间符码的编码方式不一,有时是天气物候这样的自然时间,有时是"年代""年"这样的物理时间,有时则干脆没有明显的时间符码。因此,小说最明显的时间特点是,时间是无序的。读者难以判断故事时间的流向和长短,也无法判断故事时间一般都会参照的物理时间坐标。换言之,对于狂人来说,时间更多的是一种心理感觉,是情绪性的,因而是内在于现代社会个体的主观之物。这就是说,从表面上来看,鲁迅《狂人日记》和胡适《论短篇小说》可能遵循同样的时间"经济"法则,在尽可能短的叙事时间里涵容尽可能长的故事时间,共同彰显了《新青年》同人的时间意识和小说文体选择,真的可谓"新青年派"。但这表面上的一致性掩盖着深刻的分歧,在胡适《论短篇小说》那里,一种客观的时间开始了,而在鲁迅《狂人日记》那里,客观的时间塌缩了,沦为或转为主观的时间。小说最后一节写:"救救孩子……"省略号所代表的未尽之意,就狂人的内在心理而言,表达的是对时间的未来向度的忧虑和某种不确定感。这其实指向的是一种时间图景的模糊,即时间的流向是不清晰的,甚至是不可靠的。因此,胡适《论短篇小说》对小说文体的理解,近乎史书的变体,而鲁迅《狂人日记》虽然通篇抽象的说理,却是抒情文学的变体,是一种伪说理和伪叙事。二者构成《新青年》同人在小说文体认知上的一体之两面,或预示或呈现了中国现代小说的多重面向。两种有着深刻差异的时间意识以及其影响之下的小说文体认知,能够同台面世,既意味着《新青年》同人彼此之间多有分歧,也意味着他们有可通约的"现代"想象、体验和理解。鲁迅甚至在1929年发表的《近代世界短篇小说集小引》一文中重复了胡适《论短篇小说》关于时代与短篇小说关系的论述:"在现在的环境中,人们忙于生活,无暇来看长篇,自然也是短篇小说的繁生的很大原因之一。"[1]这一重复虽然不是照搬,但究竟表明同人到底是同人,针对现代社会发生的时间意识,颇能互通款曲。鲁迅之骄傲于自己是"新青年派",这也算是一个理由。

　　胡适《论短篇小说》与鲁迅《狂人日记》在时间意识上的分歧,也造成了小说文体认知或建构上的差别。前者举证诸小说,都强调其结构上的巧妙,有论者并且因此认为胡适心仪的是欧·亨利式的小说,而后者虽有文章意义上的谋篇布局,却没有情节结构上的匠心独具。进而言之,胡适《论短篇小说》注重小说叙事的细节,如欣赏《列子·汤问》用直接会话写细小事物,认为"操蛇之神"的命名方式是小说家家数,但他是在完整的一个情节结构中注重细节,这意味着细节须在结构中才能获得意义,也就是说,时间的碎片必须放置在时间的整体中才是有小说意义的。鲁迅《狂人日记》的各种细节之多,也表明它注重细节。但它的细节并不从属于一个情节结构的整体,而是从属于

---

[1] 鲁迅:《鲁迅全集》第4卷,第134页。

"凡事须得研究,才会明白"这一更像是文章的谋篇布局的叙事动力。每一个细节所代表的时间碎片,散落在时间的荒原上,就像是阿多诺和本雅明他们所说的星丛一样,抵挡着线性时间意识建构的整体感和崇高感。每一个时间碎片都值得阐释,碎片与碎片之间相互排斥又相互补充,共同营造了《狂人日记》逼促的文体。值得注意的是,《狂人日记》文本呈现的时间碎片的星丛和时间荒原,可能是出于鲁迅的自觉。在同一期《新青年》杂志上,有署名唐俟的诗《梦》,这是鲁迅新诗的代表作。《梦》所呈现的便是一片时间的荒原:

> 很多的梦,趁黄昏起哄,
> 前梦才挤却大前梦时,后梦又赶走了前梦。
> 　去的前梦黑如墨,在的后梦墨一般黑;
> 　去的在的仿佛都说:"看我真好颜色。"
> 颜色许好,暗里不知;
> 而且不知道,说话的是谁?
>
> 暗里不知,身热头痛,
> 你来你来!明白的梦。

"很多的梦"代表很多的时间碎片,它们拥挤在一起,颜色相同,言语一致,令人无从分辨。"黄昏"是一个时间的临界点,意味着时序的失效或需要重建时序。大量的时间碎片拥堵在时序失效的瞬间,从而造成一种空间感,碎片与碎片之间的差异相互消耗,造成无主无名亦无客的荒原感受。因此,作者感到"身热头痛",身体和意识受困于时间的荒原,不得不呼唤一个"明白的梦"。如此看来，鲁迅身在时流之中，深感如同置身荒原，期待着救援或救赎。"你来你来！明白的梦"与"救救孩子……"都指向时流的不可靠，其背后的社会个体都是在等待脱困于时间荒原的契机。《狂人日记》没有交代狂人如何获得脱困的契机，但通过文言小序交代了狂人已经脱困的结果，他痊愈后把过去的自己视为狂人，"赴某地候补矣"。鲁迅则大约如论者所言，接受以钱玄同为代表的《新青年》同人的邀约和影响，"一发不可收拾"地投入了胡适和陈独秀主导的再造文明的事业。

  时间碎片，时间荒原，它们构成的时间意识造成了鲁迅《狂人日记》意义的晦涩。假如作显义和晦义的区分，那么鲁迅《狂人日记》的显义恰如文言小序所说的那样，是一个被迫害狂患者的临床记录，晦义则众说纷纭。有吴虞《吃人与礼教》读出的"礼教吃人"的含义，也有鲁迅自谓的中国人仍然是食人族的含义，后世的纷纭解释，也都能自圆其说。略微岔开来一句，鲁迅后来解释《狂人日记》的作意时沿用吴虞的意见，说明他重视《新青年》同人的通约之处，的确愿意认同"新青年派"。因为晦义纷纭，鲁迅《狂人日记》虽然截开的是狂人发狂的那么一个横截面，但这一横截面是否如胡适《论短篇小说》所言，是"可以代表全部的部分"，则大可讨论。胡适《论短篇小说》认为在"经济"之外，短篇小说最重要的特点乃是以一横截面代表个人、国家和社会：

  譬如把大树的树身锯断，懂植物学的人看了树身的"横截面"，数了树的"年轮"，便可知道这树的年纪。一人的生活，一国的历史，一个社会的变迁，都有一个"纵剖面"和无数"横截面"。纵面看去，须从头看到尾，才可看见全部。横面截开一段，

> 若截在要紧的所在,便可把这个"横截面"代表这一人,或这一国,或这一个社会。这种可以代表全部的部分,便是我所谓"最精采"的部分。又譬如西洋照相术未发明之前,有一种"侧面剪影"(silhouette),用纸剪下人的侧面便可知道是某人(此种剪像曾风行一时,今虽有照相术,尚有人为之)。这种可以代表全形的一面,便是我所谓"最精采"的方面。若不是"最精采的"所在,决不能用一段代表全体,决不能用一面代表全形。

从理论上来说,胡适通过比拟论证的方式来说明人、国和社会如同大树一样存在"横截面",是一种虚假论证,并没有解决问题。人、国和社会是否存在横截面?如果存在横截面,又为何能够是或可以是"代表全部的部分"?这些都不是植物学问题,胡适的论证是无效的。而他坚信人、国和社会横截面之存在,可谓表达了一种对于科学主义的近乎盲目的信仰。在举例论证时,他认为都德《最后一课》胜过写普法战争的史书,其中的道理也没有什么说服力。而要害即在于,"全部"应当是一个复数,"部分"必然是对"全部"的取舍,二者之间的等价关系只有借助某种桥梁才能实现。对于工业化条件下的流水生产线上的产品而言,彼此之间,部分和整体之间,差异可能的确不是主要的,相同或相似才是主要的。借用本雅明的概念来说,可技术复制时代的产品,是不妨互相代表的。在这一意义上,横截面获得了代表个人、国家和社会的可能,中国现代短篇小说也成为中国作为(成为)现代民族国家合法的横截面,郁达夫《沉沦》最后能指向国族的衰弱,而鲁迅《狂人日记》行将终篇时,狂人也就可以自称"有了四千年吃人履历的我"。但是,郁达夫称小说为自叙传,论证其小说叙事的合法性,鲁迅则特意为《狂人日记》添加了文言小序,将狂人的叙述相对化了。有一个细节是很有意思的,《狂人日记》收入《呐喊》之后,文言小序和整个文本在标识写作时间时,采用了不同类属的时间符码。前者标识的是"七年四月二日",这是民国纪年,它既是民族国家时间,也是王朝时间的延续;后者标识的是"一九一八年四月",这是公元纪年,它当然是中国现代民族国家时间的另一标识方法,但更属于世界时间。[1]这一细微的更改,鲁迅的本意可能不过是循例注明写作时间,但却彰显了《狂人日记》文本内部不仅有两套语言语法系统,而且有两套时间系统。因此,在关于同一个横截面的叙述中,鲁迅《狂人日记》动用了两套时间系统,使得横截面作为"代表全部的部分"的可能性大大受损。那么,所谓"有了四千年吃人履历的我"这样的指称未免让人感觉不过是一纸虚文,其旨趣实在晦暗不明。两套时间系统的拼接,一方面契合着胡适《论短篇小说》"横截面"的理论,另一方面则通过拼接之处的龃龉挑战着"横截面"理论的合法性和有效性。在中国现代小说理论和实践的开端处出现如此有趣的场景,不能不令人产生联想:一个以启蒙为总体特征的《新青年》团体的成立,从一开始就是以损耗启蒙的意义为代价的。

更有意思的是,胡适《论短篇小说》第二部分"中国短篇小说的略史"因为过于简略,完全不像是一个历史叙述,倒像是一个个空间之间的跳跃。凭借着强大的理论逻辑,文章不仅毫不费力地从先秦一路跳到了明清,而且从散文跳到了韵文,历史时间变成了可以随意开合的时间褶皱,失去了纵深和意义,历史时间因此被虚化为平面化的空间,可以自由跳接。这是一种比较典型

---

[1] 鲁迅:《呐喊》,第1页,第20页,上海:北新书局,1926年。

的历史虚无主义的方式。而这种历史虚无主义的方式也见于鲁迅《狂人日记》的时间符码系统。在文言文本中，痊愈的弟弟将过去的自己视为疯狂，几乎无视历史，而后世的学者对白话文本似乎又过于郑重其事。在白话文本中，"我不见他，已是三十多年"及"有了四千年吃人履历的我"等时间符码将历史时间高度提纯，仅萃取出合乎己意的所在。这些都是将历史时间虚化的历史虚无主义方式。历史当然需要借由历史叙述来呈现自身，但不应当是历史叙述在选择或剪裁历史，而是历史来选择历史叙述，历史会通过历史叙述来顽固地呈现自身。对读这两个文本，只见到理论的洞见和小说的虚构，二者共享着历史虚无主义的方式。那么，如此开端的存在，也许不难理解中国现代文学史上"短篇小说"所制造或陷入的文学的政治事件和政治的文学事件。中国的现代"短篇小说"从一开始就被理论和实践推举到了过分崇高的历史虚位，勉强地扮演着现代社会的立法者和审判者的角色，从而介入或不由自主地陷入文学与政治交叉的地带。

现在看来，胡适《论短篇小说》和鲁迅《狂人日记》是两个时而貌合神离、时而又貌离神合的文本，它们在《新青年》杂志上同台出现，实在是为了演好中国现代知识者都可能难以避免甚至充分享受的历史虚无主义的戏码。当然，胡适《论短篇小说》更像是一个胜利者的开端，文章雄辩的语气带着开创历史的豪情，而鲁迅《狂人日记》则是一个失败者的低回，在游移不定中举足向前。因此，受胡适《论短篇小说》影响的中国现代短篇小说实践，例如丁玲《在医院中》，就总要出现一个开创者或启蒙者的角色，表现为启蒙文体或教导文体。而鲁迅《狂人日记》影响下的中国现代短篇小说实践，就难免表现出怀旧的气质，表现为乡愁文体或忏悔文体。而在胜利者和失败者交叉的那个历史节点，中国现代短篇小说理论及其实践诞生了。这给后世的短篇小说创作带来谜一般魔力的同时，又不断地自我耗散，让后世无视胡适《论短篇小说》关于世界趋势的判断，无视鲁迅《狂人日记》建构的崇高模式。还是在1929年发表的《近代世界短篇小说集小引》中，鲁迅自己就已经不得不承认短篇小说不过是大部头著作之林中的雕阑画础，细小之物，成不了"时代精神所居的大宫阙"。胡适作为理论家和学者，虽在《论短篇小说》中曾贬斥章回小说，后来却在章回小说研究上用力颇勤。

革命与"启蒙主义"
——鲁迅《阿Q正传》释读

近年来,鲁迅《阿Q正传》研究成果斐然,引发了许多重要的讨论,也形成了一些新的问题空间和视野。本文受已有研究成果的启发,拟从小说的叙述形态入手,重新讨论辐辏其中的国民性、启蒙、革命等诸问题,以期贴着文本肌理给出一些新的解释和判断,就教于方家。

一 结构与叙述

《阿Q正传》是以连载形态出现在《晨报副刊》上的,第一章发表在"开心话"栏目上,第二章即改在"新文艺"栏目发表,直至结束。鲁迅后来解释,第一章为了切题"开心话","就胡乱加上些不必有的滑稽",但"似乎渐渐认真起来了",不很"开心","便移在'新文艺'栏里"。[1] 这样的发表形态和解释提

---

[1] 鲁迅:《华盖集续编·〈阿Q正传〉的成因》,《鲁迅全集》第3卷,第397页。

供了足够论据让研究者们论证现代报刊作为文艺生产机制对《阿Q正传》的制约[1]，并且从小说叙述层面发现《阿Q正传》前后不一致的地方[2]。不过，这些论证不足以否定《阿Q正传》在结构上的完整性。

过去有研究者曾经论证，"像鲁迅这样有心的艺术家是不会把一个在心中酝酿了很久的小说随意地断然结束的"[3]，这一逻辑也适合用来论证《阿Q正传》的叙述、结构和风格等方面的问题。从叙述上来说，很多研究者都已经注意到，叙述者"我"刚出场的时候离小说人物阿Q很远，第一章甚至表露了与赵秀才的朋友关系，但其后叙述者并未表现出对赵秀才的同情，反而随着阿Q"从中兴到末路"经历的展开，表现出对阿Q的同情，最终甚至进入了阿Q的内视角，与阿Q共同感受人群的眼睛"在那里咬他的灵魂"[4]。这的确是一个很大的变化，叙述者与人物之间的距离由远而近，造成小说在风格上也由讽刺变得有一些抒情的意味。但是，这种变化并不是因为现代报刊作为文艺生产机制的制约，它显然是在（隐含）作者的自觉掌控之中的。作者的自觉掌控有多处表现，最直接的表现是叙述者"我"刚刚与阿Q一起经受灵魂被撕咬的痛楚，就转入了讽刺的声口：

> 至于当时的影响，最大的倒反在举人老爷，因为终于没有追赃，他全家都号咷了。其次是赵府，非特秀才因为上城去报官，被

---

[1] 龙永干:《报纸约稿、题旨取向与〈阿Q正传〉的叙事骨架及肌理》，《中国现代文学研究丛刊》，2019年第4期。
[2] 吴晓东:《鲁迅小说的第一人称叙事视角》，《鲁迅研究动态》，1989年第1期。
[3] 李欧梵:《铁屋中的呐喊》，第73页。
[4] 鲁迅:《呐喊·阿Q正传》，《鲁迅全集》第1卷，第552页。

不好的革命党剪了辫子,而且又破费了二十千的赏钱,所以全家也号咷了。从这一天以来,他们便渐渐的都发生了遗老的气味。

至于舆论,在未庄是无异议,自然都说阿Q坏,被枪毙便是他的坏的证据;不坏又何至于被枪毙呢?而城里的舆论却不佳,他们多半不满足,以为枪毙并无杀头这般好看;而且那是怎样的一个可笑的死囚呵,游了那么久的街,竟没有唱一句戏:他们白跟一趟了。[1]

关于上述两段文字,《晨报副刊》发表时,前后并未空行,《呐喊》初版本(新潮社1923年8月版)前后也未空行,《呐喊》被鲁迅纳入乌合丛书再版(北新书局1924年5月版)时,两段文字前后都已有空行,成为两个相对独立的意义单元,和现在通行的排版一致。新潮社版由周作人编定,北新书局版由鲁迅亲自编定和出版,可以推测,上述空行现象反映的不是简单的排版行为,而是鲁迅订正排版错误,澄清《阿Q正传》的叙述面貌的行为。遗憾的是《阿Q正传》的手稿仅残存第六章开头的一页,无法从实证的意义上论证作者对叙述的自觉掌控。作者应该非常清楚,从阿Q的内视角直接转入叙述者的讽刺性叙述,是生硬的,因此在叙述的语法上需要通过前后空行,变成相对独立的意义单元来表示其中存在的语法跳跃,叙述者必须跳出阿Q的内视角,摆脱对阿Q的拟态性叙述行为,然后才能重新回到《阿Q正传》故事的叙述,前后统一。这也就意味着,存在于叙述者"我"和阿Q之间的视阈融合,是并未脱离作者控制的一个有机组成部

---

[1] 鲁迅:《呐喊·阿Q正传》,《鲁迅全集》第1卷,第552页。

分，视阈融合的背后是作者对这一视阈融合充满疑虑的目光。而且，这一充满疑虑的目光是贯穿小说始终的。简单地分析起来，第一章叙述者"我"自我嘲讽没有作传的能力却又确信有"所聊以自慰的"[1]，形成的是一种不可靠叙述，读者不太可能完全认同叙述者，而这背后正是作者的操控，诉诸的也许是些"不必有的滑稽"，也许是后来的研究者所发掘的"名""言"之辩[2]。但不管怎样，作者对于叙述者的疑虑是给读者留下深刻印象了。因此，在第二章，当叙述者试图进入阿Q的精神世界却又止于"他睡着了"[3]时，读者在兴奋于叙述者所勾勒的阿Q的精神胜利法的同时，似乎不应该感受不到作者的疑虑，即：叙述者真的了解阿Q的精神状态吗？这一疑虑在第三章应该会加深，因为叙述者对于阿Q欺侮小尼姑的叙述，止于阿Q"十分得意的笑"和酒店里的人"九分得意的笑"[4]，"十分"和"九分"的区分更像是随意的文字游戏，而不是对人物的精神世界有什么精准把握。而到了第四章，当叙述者以直接引语叙述阿Q的心里话"应该有一个女人"之后，紧接着来一通"若敖之鬼馁而"的语体陡变的议论[5]，完全脱离了阿Q的言语方式，显示了作者明显的嘲讽态度，读者很难跟随叙述者的叙述真正进入阿Q的情欲心理。这种状况到了第五章变得更加明显，叙述者试图进入阿Q冒险爬进尼姑庵而几乎要一无所获的内在情绪时，却很隔膜地叙述"阿Q仿佛文

---

[1] 鲁迅：《呐喊·阿Q正传》，《鲁迅全集》第1卷，第515页。
[2] 张旭东：《中国现代主义起源的"名""言"之辩：重读〈阿Q正传〉》，《鲁迅研究月刊》，2009年第1期。
[3] 鲁迅：《呐喊·阿Q正传》，《鲁迅全集》第1卷，第519页。
[4] 鲁迅：《呐喊·阿Q正传》，《鲁迅全集》第1卷，第523页。
[5] 鲁迅：《呐喊·阿Q正传》，《鲁迅全集》第1卷，第524页。

童落第似的觉得很冤屈"[1]。叙述者"我"与赵秀才是朋友，自然懂得文童落第的冤屈，但阿Q只是靠出卖劳动力为生的人，恐怕很难懂得文童落第的冤屈。作者显然是有意暴露叙述者的短处和自以为是，从而再次引发读者对叙述的怀疑。叙述者在第六章对阿Q的态度完全是"敬而远之"的，与未庄人一样，最后针对阿Q"不过是一个不敢再偷的偷儿"的议论"斯亦不足畏也矣"，[2]更是冷漠、轻佻，作者的否定显现，读者的不信任加强。第七章叙述者叙述的阿Q的梦境，通常被视为阿Q式革命的定谳，论者鲜少质疑，这大概是受鲁迅在杂文中的一些表达的影响，如"我觉得革命以前，我是做奴隶；革命以后不多久，就受了奴隶的骗，变成他们的奴隶了"[3]，不完全是从小说文本中读出来的结论。事实上，结合第七章阿Q去尼姑庵革命，却发现赵秀才、钱少爷已经去革过一革的下文，可以发现阿Q对革命的理解与未庄的知识分子赵秀才、钱少爷并无二致，如果加上第八章、第九章关于赵家遭抢而阿Q成了替死鬼的下文，似乎更加应该质疑叙述者"我"所叙述的阿Q的梦境。与其将这一梦境视为阿Q缺乏革命思想的证据，不如视为未庄社会的整体性的、结构性的症候。阿Q只是在梦中展现占有欲和破坏欲，而未庄社会及城里的新的当权者，则在实际行为中实现了占有欲和破坏欲。如果一定要定罪的话，罪不在阿Q的梦，而在他人的实际行为。因此，有效的推论应该是，革命以后不多久，阿Q就受了奴隶的骗，内在占有欲和破坏欲被释放出来，但却成了奴隶的替死鬼；他连奴隶都没有做成。但叙述者"我"显然试图归罪于阿Q，正所谓"至

---

[1] 鲁迅：《呐喊·阿Q正传》，《鲁迅全集》第1卷，第531页。
[2] 鲁迅：《呐喊·阿Q正传》，《鲁迅全集》第1卷，第537页。
[3] 鲁迅：《华盖集·忽然想到》，《鲁迅全集》第3卷，第16页。

于舆论，在未庄是无异议，自然都说阿Q坏，被枪毙便是他的坏的证据"，叙述者没有提供高于未庄人的视界，故而无法提供视差之见。但作者对这一切洞若观火，操控着叙述者在阿Q的梦境之后叙述道："他也仍旧肚饿，他想着，想不起什么来；但他忽而似乎有了主意了，慢慢的跨开步，有意无意的走到静修庵。"[1]在热烈的梦境之后叙述阿Q"想不起什么来"，在真实性上无懈可击，叙述者的叙述具有一致性。但作者的高明之处在于，通过这光滑的一致性提出抗议，梦里的占有和破坏实在并未毁坏未庄的社会秩序，"未庄的人心日见其安静了"[2]，革命以后的秩序为何不但不能容纳阿Q，反而要定阿Q的罪？而后世的论者，为何又要一次又一次地将阿Q送上审判台？这些地方无疑都是十分深刻，而且需要重新讨论的。在这一逻辑上观察第八章和第九章叙述者对于阿Q的叙述，如第八章叙述阿Q痛恨不准他造反的钱少爷，恨不得钱少爷被"满门抄斩"[3]，第九章叙述阿Q入狱之后"并不很苦闷"，画花押时"羞愧自己画得不圆"，游街时"很气苦"自己穿囚服像戴孝，临刑前看见"更可怕的眼睛"，灵魂呼叫"救命，……"[4]，就会发现叙述者不但前后矛盾，对于阿Q忽而嘲笑，忽而同情，而且始终深陷在自身的想象逻辑里设计阿Q的仇恨、苦闷、羞愧和恐惧，并没有真正进入阿Q的内视角。这就极大地挑战了从叙事学入手分析出来的阿Q的内视角叙述，使得读者对于阿Q的同情式阅读和理解也必须接受作者充满疑虑的目光的拷问。

---

[1] 鲁迅：《呐喊·阿Q正传》，《鲁迅全集》第1卷，第541页。
[2] 鲁迅：《呐喊·阿Q正传》，《鲁迅全集》第1卷，第542页。
[3] 鲁迅：《呐喊·阿Q正传》，《鲁迅全集》第1卷，第542页。
[4] 鲁迅：《呐喊·阿Q正传》，《鲁迅全集》第1卷，第547页。

而且,《阿Q正传》值得关注的不仅有第一人称叙述问题,小说其实不是从"我要给阿Q做正传,已经不止一两年了",而是从"第一章 序"这四个字开始的[1]。这就是说,《阿Q正传》在第一人称叙述之上还有一个强大的(隐含)作者,是作者划定了叙述的结构,让叙述在一定的范围和秩序内部发生。小说九个章节的标题分别是"序""优胜记略""续优胜记略""恋爱的悲剧""生计问题""从中兴到末路""革命""不准革命"和"大团圆",叙述者"我"的叙述严守范围,丝毫没有溢出章节标题的指示,显示出作者以文章的谋篇布局的方式结构叙述的匠心。对于作者来说,叙述者"我"讲述一个前后连贯、完整的故事是次要的,在作者通过九个标题划定的秩序内进行讲述才是主要的。由于这一内在的规定性结构的存在,叙述者"我"的叙述表现出一些明显的命题作文的特点,如在"序"的最后,叙述者说"以上可以算是序"[2],在"优胜记略"中,叙述者说"记起的是做工,并不是'行状'"[3]……叙述者一方面显然不敢越雷池一步,另一方面又隐隐讥嘲命题作文带来的限制,自己只能勉强叙述一些内容以完成结构的填充。但叙述者很少有这种隐隐讥嘲的表现,大体上还是在范围内作业,一步步陷进自我酿造的叙述氛围里,不能自拔。因此,《阿Q正传》的第一人称叙述虽然有比较丰富的褶皱,甚至在一些细微之处挑战(隐含)作者的权威,但大体上还是被作者自觉掌控着进行叙述。需要进一步分辨的是,也许有论者会认为叙述者"我"的叙述构成了对九个章节标题的反讽,因为"序"的内容不太像序,"优胜记略"和"续优胜记

---

[1] 鲁迅:《呐喊·阿Q正传》,《鲁迅全集》第1卷,第547—552页。
[2] 鲁迅:《呐喊·阿Q正传》,《鲁迅全集》第1卷,第512页。
[3] 鲁迅:《呐喊·阿Q正传》,《鲁迅全集》第1卷,第515页。

略"的内容都是精神胜利，全非优胜，而"恋爱的悲剧"的内容像闹剧，"生计问题"的内容是无法谋生，"从中兴到末路"的内容也毫无中兴可言，"革命"和"不准革命"的内容是阿Q不知革命为何物，谈不上革命和不准革命的问题，"大团圆"的内容虽然包括小说中出现的人物最后统统出场这样的典型的大团圆桥段，但实际上却是阿Q的无法团圆。这种意见看上去非常有道理，其实却是错误的，因为九个章节标题与小说名字中的"阿Q"和"正传"本身已经构成了充分的反讽气质，它们本身就预叙了反讽性质的故事，大概很难会有读者在看了"阿Q正传"四个字之后，又看到"第一章 序"这样的字眼，还不能体会作者讽刺和反讽的用心。因此，叙述者"我"对作者权威的细微挑衅以及对阿Q内视角的征用或模拟，都并未溢出作者的谋篇布局，叙述者通过叙述对小说的结构安排进行反讽，也是作者谋篇布局的应有之义。

那么，根据作者对叙述者的自觉掌控和作者对叙述者能力的怀疑，理解《阿Q正传》中引起读者深刻同情的内视角叙述，就不得不提出两个彼此之间存在矛盾的问题，即：一、作者要求叙述者进入阿Q的内视角以刻画阿Q的灵魂，以表达作者的同情；二、作者认为叙述者无力进入阿Q的内视角，有意让叙述者再次出乖露丑。第一个问题好理解，学界通常引用"哀其不幸，怒其不争"的说法来论证鲁迅对被压迫者的博大同情，已经达成共识，第二个问题则多少有些背离学界的共识，但也并非无人论证。最近有研究者将《阿Q正传》的叙述者视为一套意识形态具象化的公共发言人，认为："在小说最初的调子里，不仅阿Q自轻自贱，叙事人也有些轻贱，事实上鲁迅一面让叙事人戏谑阿Q，一面也画出了这个叙事人的轻浮，这就达成了一个反讽的复合视角。"[1] 按照这一理解，在叙述者看似最具同情心的瞬间发现其缺乏同情的能力，虽然会让同情式的阅读难堪，但却是合乎逻辑的。事实上，根据鲁迅下列两处学界广泛引述的说法，不难发现，鲁迅不仅怀疑叙述者无力进入阿Q的内视角，而且怀疑自己能够真正让阿Q发声：

> 我虽然竭力想摸索人们的魂灵，但时时总自憾有些隔膜。[2]

> 所可惜的，是左翼作家之中，还没有农工出身的作家。[3]

第一处说法出自鲁迅1925年写给《阿Q正传》俄文译本的序，在自谦的意味中结实地表达了自己与阿Q这一人物的隔膜。既然作者与阿Q的隔膜是难以穿透的，那么叙述者对阿Q梦境的叙述，尤其是叙述者进入阿Q内视角的叙述，就像是徒劳无功的戏拟，看起来高度融合的视阈，不过是阿Q的视阈消失而叙述者的视阈全覆盖罢了。因此，可以推测的是，在鲁迅的逻辑中，《阿Q正传》叙述者"我"进入阿Q内视角的片段，是小说叙事的濒危时刻，叙述者的视阈随着阿Q的死亡一起"仿佛微尘似的迸散了"[4]，叙述者只能重新捡起讽刺的声口，逃离崩溃的现场。第二处说法意味着鲁迅可能对此有充分的自觉，面对左翼作家如何描写工农的问题，鲁迅感到可惜的不是作家没有获得无产阶级意

---

[1] 谢俊：《启蒙的危机或无法言语的主体——谈〈阿Q正传〉中的叙事声音》，《中国现代文学研究丛刊》，2019年第1期。
[2] 鲁迅：《集外集·俄文译本〈阿Q正传〉序及著者自叙传略》，《鲁迅全集》第7卷，第84页。
[3] 鲁迅：《二心集·黑暗中国的文艺界的现状》，《鲁迅全集》第4卷，第295页。
[4] 鲁迅：《呐喊·阿Q正传》，《鲁迅全集》第1卷，第552页。

识或相应的理论武器,而是作家还没有农工出身的。很显然,鲁迅认为阶级意识和理论是难以穿透社会经验和结构所造成的隔膜的。明知不可为而为之,鲁迅写作《阿 Q 正传》的行为,因此必须读入更多文本外的内容,才能获得较为准确的理解。

二 灵魂与国民性

在《阿 Q 正传》漫长的研究史中,从文本外读入的内容集中在国民性、启蒙和革命三个方面,而尤以国民性为最。有研究者甚至认为,鲁迅在《阿 Q 正传》中展现了两个国民性的对话,一个是鲁迅的叙述本身体现出的反思性的国民性,一个是作为反思对象的国民性,国民性不是单面的,具有自我审视和批判的双重性。[1] 按照这种思路理解《阿 Q 正传》,无疑会打开一些问题空间,至少能一改只谈劣根性、奴隶性等相对单一的逻辑。但是,也许应该稍微松动一下国民性论述与《阿 Q 正传》的关系。这并不是否定国民性问题是《阿 Q 正传》的重要参照和存在,而是要重新建构问题的线索和逻辑。正如学界反复引述的那样,鲁迅的确在 1925 年 3 月 31 日写给许广平的信中说过,重要的是改革国民性,讨论的语境也正是革命与共和的问题,[2] 这和《阿 Q 正传》非常相似。但是,正如上文所分析的那样,阿 Q 绝不是一个能被叙述者"我"完全笼罩的人物,因此也就不是一个会被国民性问题完全笼罩的对象。而且,如果侧重强调作者对人物的隔膜,那么重要的问题就由审判阿 Q、审视国民性转变成理解阿 Q、理解

---

[1] 汪晖:《阿 Q 生命中的六个瞬间——纪念作为开端的辛亥革命》,《现代中文学刊》,2011 年第 3 期。
[2] 鲁迅:《两地书·八》,《鲁迅全集》第 11 卷,第 31—32 页。

鲁迅作为知识者所无法理解的对象。事实上，写作《阿Q正传》时的鲁迅，也的确未见得像学界所普遍共识的那样重视国民性问题。学界的共识大体上都与许寿裳的回忆和周作人的论述有关。许寿裳在《亡友鲁迅印象记》中说鲁迅在弘文学院时和自己谈得最多的是国民性问题[1]，周作人在《关于〈阿Q正传〉》一文中说阿Q是中国一切的"谱"的结晶，其中"缺乏求生意志"和"不知尊重生命"两项是中国人的最大病根，[2]后来的研究者几乎都奉为圭臬。但是从论证上来说，许寿裳的回忆只是旁证，周作人的看法则是一种引申，并非无懈可击。而直接的证据应该是鲁迅自己的说法，他在1918年1月4日写给许寿裳的信中表示认可许提出的诚、爱二字，但自己对于同胞之病则"未知下药"，"不如先自作官"，[3]可见鲁迅对于国民性问题热情不是很高，至少不如老朋友许寿裳。而在1921年4月28日写的《〈医生〉译者附记》中，鲁迅更有如下说辞：

> 人说，俄国人有异常的残忍性和异常的慈悲性；这很奇异，但让研究国民性的学者来解释罢。我所想的，只在自己这中国，自从杀掉蚩尤以后，兴高采烈的自以为制服异民族的时候也不少了，不知道能否在《平定什么方略》等等之外，寻出一篇这样为弱民族主张正义的文章来。[4]

这样的说辞也渗透着国民性论述的痕迹，如"自从杀掉蚩尤以

---

[1] 许寿裳：《亡友鲁迅印象记》，第23页，峨嵋出版社，1947年。
[2] 仲密：《关于〈阿Q正传〉》，《晨报副刊》，1922年3月19日。
[3] 鲁迅：《书信·180104致许寿裳》，《鲁迅全集》第11卷，第357页。
[4] 鲁迅：《译文序跋集·〈医生〉译者附记》，《鲁迅全集》第10卷，193页。

后，兴高采烈的自以为制服异民族的时候也不少了"，就延续着青年时期的文言论文《破恶声论》对"崇侵略"背后的兽性、奴子性的批判思路[1]，但这更多的乃是一种文明论述，非国民性论述所能完全涵盖。而所谓"但让研究国民性的学者来解释罢"，则多少透露出鲁迅对某种国民性论述不以为然的态度，而他自己也有更重要的关心，即"为弱民族主张正义"，从人群结构（社会和国族）的意义上思考问题。1921年前后正是周氏兄弟影响下的文学研究会大力提倡弱小民族文学的时代，鲁迅身在其中，的确表现出对国民性论述的相对疏远，而瞩目于更为重大的、具有政治意味的国族论述。因此，在不放弃也不排斥国民性问题的前提下，也许应当意识到，1921年12月4日开始在《晨报副刊》连载的《阿Q正传》恐怕并没有把热情完全集中在国民性问题上。而这也是符合小说文本提供的基本事实的，《阿Q正传》直接叙述国民性问题的章节只有叙述阿Q的精神胜利法的第二章和第三章，其余七章都另有焦点，并未始终围绕着国民性问题展开故事。

顽强的研究者也许会认为，阿Q作为人物形象，类似于福斯特所谓扁形人物，其个性在第二章和第三章确定之后，就不再变化，因此整篇小说仍然是围绕着国民性问题展开的。但是，正如有研究者将解读《阿Q正传》的中心放在阿Q精神胜利法失效的瞬间[2]所表明的那样，鲁迅推进阿Q故事的动力并非来自精神胜利法的有效运转，而是来自其一系列失效的瞬间。准确地说，

---

[1] 高远东：《鲁迅的可能性——也从〈破恶声论〉寻找支援》，《鲁迅研究月刊》，2003年第7期。

[2] 汪晖：《阿Q生命中的六个瞬间——纪念作为开端的辛亥革命》，《现代中文学刊》，2011年第3期。

没有精神胜利法，阿Q的故事无法开始，而没有精神胜利法的失效，阿Q的故事无法展开和结束。因此，即使难以从观念上论证精神胜利法失效的瞬间对于理解阿Q更重要，也必须承认，对于小说叙述而言，精神胜利法的失效是更重要的。如果关注《阿Q正传》的时间线索，就会发现阿Q的故事正式开始后，小说出现的第一个明确的历史时间就在精神胜利法失效的瞬间：

> 在阿Q的记忆上，这大约要算是生平第一件的屈辱，因为王胡以络腮胡子的缺点，向来只被他奚落，从没有奚落他，更不必说动手了。而他现在竟动手，很意外，难道真如市上所说，皇帝已经停了考，不要秀才和举人了，因此赵家减了威风，因此他们也便小觑了他么？
>
> 阿Q无可适从的站着。[1]

这一段叙述饶有反讽的趣味。阿Q本来是一个姓氏、籍贯、行状和出生年月不详的"鬼"[2]，不在历史之中，缺乏时间性，此刻却因为精神胜利法的失效，阿Q本人亲自将个人的得失与1905年科举考试废除这样的宏大历史时刻关联起来，似乎获得了一定的历史位置。事实上，阿Q"生平第一件的屈辱"虽然与废除科举无关，但阿Q的强行关联又并非毫无道理。更值得讨论的是，作者操控叙述者如此叙述的意图，除了讽刺阿Q过甚其辞，还有什么？结合整篇小说来看，其意图首先应当包括的是控制叙事节奏，作者需要逐步建立阿Q与辛亥革命的关系；其次应当包括的

---

[1] 鲁迅：《呐喊·阿Q正传》，《鲁迅全集》第1卷，第521页。
[2] 比较早系统关注阿Q与"鬼"的关联的是日本学者丸尾常喜。参见丸尾常喜：《"人"与"鬼"的纠葛》，秦弓译，北京：人民文学出版社，2006年。

是摸索阿Q的灵魂，精神胜利法只是阿Q应对窘境的方法，并非阿Q真正的灵魂，作者只有通过精神胜利法失效的瞬间才能实现对阿Q灵魂的摸索。而在这样的意图之下，阿Q精神胜利法的失效获得了历史意义，即只有精神胜利法失效，阿Q才能拥有历史时间，才能在历史时间中识别自我的位置，"无可适从的站着"的阿Q恰恰是拥有了自我意识的阿Q，他那被精神胜利法云山雾罩的灵魂，也才露出了一点点面目。但是，作者在抓住这一瞬间的同时却失去了这一瞬间，没有让叙述者打开这一瞬间阿Q更多的心理内容，而是立刻叙述阿Q"生平第二件的屈辱"，即被"假洋鬼子"打，并且强调"忘却"和欺侮小尼姑的作用[1]。这也就意味着，即使建立宏大历史时刻与阿Q的关联，也难以彻底解开精神胜利法的枷锁，阿Q必须在个体的意义上面对更彻底的挫败和窘境，才能真正获得记忆和历史时间。因此，精神胜利法不仅意味着国民性或国民劣根性，更意味着精神创伤（trauma），虽言而不喻，是鲁迅哀其不幸的所在。此后，叙述者轻佻地叙述道：

> 谁知道他将到"而立"之年，竟被小尼姑害得飘飘然了。[2]

通过这一轻佻的叙述，阿Q在获得历史时间之后，也获得了个人的生命时间，在1905年这一年，阿Q将近三十岁了；阿Q终于在此刻获得了一般纪传体文章的主人公应该获得的基本时间。这的确是充满反讽意味的，仿佛时间只是精神创伤外显出来的印

---

[1] 鲁迅：《呐喊·阿Q正传》，《鲁迅全集》第1卷，第521—523页。
[2] 鲁迅：《呐喊·阿Q正传》，《鲁迅全集》第1卷，第525页。

记,并不像宏大叙述所标举的那样伟大、崇高,阿Q的人生在三十而立时恰恰不是立,而是毁。

如果说精神胜利法乃是精神创伤的表征,那么国民性问题也不妨视为鲁迅摸索灵魂的一种路径。在这个意义上,梳理清楚灵魂和国民性问题的关系是十分必要的。有论者曾表示,鲁迅对阿Q真正的"精神"反讽观念是,中国人的集体的灵魂即"无灵魂"。[1]这种看法略微有点费解,试图将鲁迅笔下的国民性问题完全处理为一种集体(无)意识,但给人的启发是,鲁迅笔下的国民性问题与国民的灵魂有关,不能止步于类似"俄国人有异常的残忍性和异常的慈悲性"的现象式描绘。鲁迅所谓"我虽然竭力想摸索人们的魂灵,但时时总自憾有些隔膜",表现在《阿Q正传》文本中,是叙述者在那些轻佻的瞬间、止步不前的瞬间和崩溃的瞬间的状态。有研究者曾经指出,《阿Q正传》的叙述人称不是真正的第一人称,随着叙事深入,"我"逐渐隐去或淡出,慢慢变成了第三人称,因而能写阿Q的性苦闷、参加革命的梦、"可怕的眼睛"等等。[2]这一观察无疑是有效的,不过与其将"我"的逐渐隐去或淡出视为第一人称慢慢变成了第三人称,不如视为叙述者"我"更加内在地藏身于叙述之中,以凸显阿Q性苦闷、参加革命的梦、"可怕的眼睛"等段落,因为"我"不露面的叙述段落,叙述的声音并未发生变化,仍然是那个将自己混同于普通未庄人的叙述者在发出声音。而在这些看上去内容丰富

---

[1] 李欧梵在注释中回顾国民性讨论时认为马克思主义的阶级分析法和外来侵略说都不妥当,强调阿Q的"精神"问题是"无灵魂"。见李欧梵:《铁屋中的呐喊》,第72页。
[2] 严家炎:《复调小说:鲁迅的突出贡献》,《论鲁迅的复调小说》,第142页,上海:上海教育出版社,2002年。

的叙述段落之外，还有叙述者"我"失声的一些叙述段落，也许更加值得重视：

其一，被王胡打败后，"阿Q无可适从的站着"。对于阿Q的心理活动，叙述者失声了。

其二，被小尼姑蛊惑后，阿Q想的是"女人，女人！……""女……"，[1] 展开来是什么？叙述者不知道，只是饶舌不已。

其三，恋爱悲剧之后，阿Q连生计都成了问题，只好离开未庄。叙述者写阿Q看见熟识的酒店和馒头都走过了，"他所求的不是这类东西了；他求的是什么东西，他自己不知道"。[2] 其实，叙述者"我"也是不知道的。

在这些段落中，饶舌的叙述者"我"要么一味饶舌，兜圈子，不正面叙述阿Q的精神世界，要么干脆一言不发。这种奇诡的状态造成了明显的留白效果，似乎是作者有意让叙述者尴尬。但结合鲁迅的"隔膜"说，就应当意识到，不是作者有意让叙述者尴尬，而是作者与叙述者同时遇到了不得不留白的段落，作者无力操纵叙述者发出声音，无法全知全能。而作为作家来说，鲁迅了不起的地方也正在这里，他敢于留出这些空白，以表明阿Q对于自己而言，是一个从国民性、精神胜利法、启蒙、革命等视野出发不足以摸索清楚的灵魂，他并没有站在审判台上俯视阿Q，而是试图更加贴近阿Q，摸索阿Q的灵魂。鲁迅曾经在别的地方说过："我从别国里窃得火来，本意却在煮自己的肉的，以为倘能味道较好，庶几在咬嚼者那一面也得到较多的好处，我也不枉费了身躯：出发点全是个人主义，并且还夹杂着小市民性的

---

[1] 鲁迅：《呐喊·阿Q正传》，《鲁迅全集》第1卷，第524—525页。
[2] 鲁迅：《呐喊·阿Q正传》，《鲁迅全集》第1卷，第531页。

奢华，以及慢慢地摸出解剖刀来，反而刺进解剖者的心脏里去的'报复'。"[1]这个动情的表达背后有一种非常微妙的二律背反的逻辑，可以借用来说明鲁迅塑造阿Q的动态过程。当鲁迅摸出自己的解剖刀去解剖阿Q的灵魂时，不期然将解剖刀反而刺进了自己的心脏，凸显了作家本身的有限性。因此，从灵魂摸索的角度出发，鲁迅并不像有的研究者所说的那样，他拥有反思国民性的国民性，他只是不得不承认，他之所谓改革国民性的判断，首先遇到了自己隔膜于像阿Q这样的国民的灵魂的阻滞。鲁迅通过《阿Q正传》的写作，恰恰不是集大成地呈现了自己探索国民性的成果，而是借助灵魂隔膜的问题，呈现了国民性视野的有限性。

而在同样的逻辑上，鲁迅也通过《故乡》《祝福》等小说的写作，呈现了叙述者"我"所携带的国民性视野的有限性。无论是面对闰土的生活变化，还是面对祥林嫂关于灵魂的询问，"我"都表现出隔膜和手足无措的特点。因此，鲁迅在《小杂感》中的说法也许比学界习以为常的国人之相互隔膜源于等级制度的说法更能说明问题：

> 楼下一个男人病得要死，那间壁的一家唱着留声机；对面是弄孩子。楼上有两人狂笑；还有打牌声。河中的船上有女人哭着她死去的母亲。
>
> 人类的悲欢并不相通，我只觉得他们吵闹。[2]

那种根源于人类自身的拒绝人类悲欢之相通的性质，深刻地限制

---

[1] 鲁迅：《二心集·"硬译"与"文学的阶级性"》，《鲁迅全集》第4卷，第214页。
[2] 鲁迅：《而已集·小杂感》，《鲁迅全集》第3卷，第555页。

着鲁迅拆除自己与阿Q之间隔膜的可能。鲁迅对此是自觉的，故而虽然在杂文中常有显得极端的全称判断，在小说中，尤其是在《阿Q正传》及类似的小说中，却总是有意收束作者的权威，鲁迅的文体感觉和对于灵魂问题的持重，于焉显现。

因此，可以肯定的是，鲁迅对于精神胜利法所表征的国民性问题的确持讽刺性的叙述态度，显得高高在上，对于阿Q的灵魂却是保持着摸索的、同情的、尊重的态度的，他并没有把自己放到某种更高的位格上，而是像《祝福》中的叙述者"我"与祥林嫂共同面对灵魂有无的问题而失措一样，像《故乡》中的叙述者"我"与老年闰土共同面对偶像一样，鲁迅与笔下的人物阿Q一起面对灵魂的撕咬，探索灵魂的未知之处。

三　启蒙与革命

沿着上述分析路径继续往前走，必须要面对的两个重要议题是启蒙与革命，即在鲁迅的思想理解和小说表达中，这两个议题的面貌到底是怎样的？在过去的思想论述和研究中，启蒙和革命往往被视为一组矛盾，此消彼长，或互相压倒，论者也往往以此衡量鲁迅的思想和行迹。鲁迅解释自己为何写小说时，的确用过下列学界奉为理解鲁迅文学的密钥的说法：

> 说到"为什么"做小说罢，我仍抱着十多年前的"启蒙主义"，以为必须是"为人生"，而且要改良这人生。我深恶先前的称小说为"闲书"，而且将"为艺术的艺术"，看作不过是"消闲"的新式的别号。所以我的取材，多采自病态社会的不幸的人们中，意思是

在揭出病苦，引起疗救的注意。[1]

这一说法是鲁迅被视为启蒙思想家或启蒙主义小说家的重要证据。把鲁迅放到启蒙的位格上，肯定是有道理的，问题在于如何理解鲁迅所谓的"启蒙主义"。如果说在鲁迅和他笔下的小说人物阿Q、闰土、祥林嫂……之间存在着一个共同站立的平面，并无高下之分的话，那就应当将鲁迅的"启蒙主义"视为一种双向互动的启蒙，即鲁迅试图启蒙其小说人物所代表的社会状况中的人，反过来自己也被对方启蒙，鲁迅并不外在于"病态社会的不幸的人们"。无论是其留日时期所期待的尼采、拜伦式的先觉者和天才，还是其《新青年》时期所期待的"独异"个人，都不宜视为鲁迅本人的自我认知，而应当视为鲁迅思想和精神的理想投影，他本人至多是《狂人日记》里那个疑惑自己也许吃过人的瞬间的狂人，《我们现在怎样做父亲》里那个顶着黑暗的闸门的勇士，和"病态社会的不幸的人们"有着血肉的联系，他们是捆绑在一起而发生双向互动的启蒙的。也正是在这个意义上，简单的《一件小事》却在鲁迅的文学世界中占据了不简单的位置，鲁迅通过一个车夫的行迹建构了自我启蒙的路径，将自己送进高度紧张的反省自我的运动中。《一件小事》中"我"当然不宜直接视为鲁迅本人，但其所包含的借助具体的对象来自我启蒙的路径，却深刻吻合鲁迅所说的"我的确时时解剖别人，然而更多的是更无情面地解剖我自己"的"中间物"[2]的思维形态，吻合解剖者将解剖刀刺进自己心脏的思维形态。因此，可以推测的是，鲁迅

---

[1] 鲁迅：《南腔北调集·我怎么做起小说来》，《鲁迅全集》第4卷，第526页。
[2] 鲁迅：《坟·写在〈坟〉后面》，《鲁迅全集》第1卷，第300—302页。

所谓的"启蒙主义"并不是一劳永逸的,有一套现成的方案放在那里,被启蒙者只需照方抓药即可。相反,鲁迅的"启蒙主义"需要构成启蒙与被启蒙关系的双方发生持续的双向运动,共同向未知延展。而在这一逻辑的线索上,必然出现的是鲁迅对阿尔志跋绥夫的共鸣。除了学界已广有论述的"黄金世界"的问题和个别研究者探求的"个人的无治主义"[1]问题,顺着鲁迅的"启蒙主义"而来的重要问题是,启蒙必须在革命的意义上才能建立理解。有的研究者会在启蒙和革命之间建构某种颠倒关系[2],但也许要点不在于颠倒,而在于鲁迅从来就是在革命的意义上使用所谓"启蒙主义"的。从文本上来看,如果将启蒙和革命视为二元对立的关系,《阿Q正传》有一个非常重要的细节就无法得到很好的解释。这一细节就是,当阿Q被枉抓之后,审判他的革命者们不但没有查出真相的耐心,而且当阿Q终于"跪了下去"时:

> "站着说!不要跪!"长衫人物都吆喝说。
>
> 阿Q虽然似乎懂得,但总觉得站不住,身不由己的蹲了下去,而且终于趁势改为跪下了。
>
> "奴隶性!……"长衫人物又鄙夷似的说,但也没有叫他起来。[3]

几乎所有从启蒙出发的解读都会重复小说中的长衫人物的意见,

---

[1] 参见中井政喜:《鲁迅探索》,卢茂君、郑民钦译,北京:知识产权出版社,2017年。
[2] 罗岗:《阿Q的"解放"与启蒙的"颠倒"——重读〈阿Q正传〉》,《华东师范大学学报》,2013年第1期。
[3] 鲁迅:《呐喊·阿Q正传》,《鲁迅全集》第1卷,第548页。

认为阿Q身上的奴隶性根深蒂固，必须对阿Q进行启蒙，阿Q才不会跪下，才能自觉地站着；更进一步的解读也许会强调，长衫人物是新建立的革命政权的帮闲，也是需要接受启蒙的对象。这些解读看上去极其可靠，具有很好的深度，但极其致命的是，忽略了阿Q究竟是在什么意义上跪下去的。阿Q主要不是因为缺乏启蒙所主张的自由、民主等意识而跪下去的，而是从一开始就意识到了在老头子和长衫人物所组建的政权面前，自己惟有跪下。而长衫人物虽然因为具有启蒙所主张的自由、民主等意识而试图制止阿Q跪下去，却在说完阿Q"奴隶性"之后无所作为。在这个场景中，缺乏的并不是启蒙的意识，而是启蒙得以实践或制度化的空间，是革命后出现了危机，而不是启蒙缺席了。因此，简单地否定革命，并主张以启蒙的方案代替革命，认为阿Q身上的奴隶性根深蒂固，就不过是重复长衫人物的意见，在不对革命进行讨论的前提下，将启蒙的话语变成了一种重复践踏弱者尊严的意识形态空转。不去讨论阿Q是处在何种社会和权力的结构下"跪了下去"，而一味"启蒙主义"地批判阿Q身上的奴隶性，甚至认为阿Q的性格代表着根深蒂固的国民劣根性，认为阿Q是未庄排斥异己和瞧不起知识分子的代表，这无疑是鲁迅在《阿Q正传》中已经预先讽刺过的长衫人物的幽灵转世，也算是一种"故鬼重来"吧。

而考虑到《阿Q正传》是从阿Q已死于被判死刑却案卷不详的结果写起，则必须强调，尽管小说的写作是与《新青年》所造成的启蒙的历史语境密切相关的，也不能切断其与辛亥革命所造成的革命的历史语境的内在联系。实际上，鲁迅写作《阿Q正传》的年代恰好是一个与辛亥革命有着内在联系的年代，陈独秀作为老革命，创办《青年杂志》和主张文学革命，针对的正是辛亥革命的问题,而鲁迅本人对于辛亥革命,更是充满复杂的感情,既有欣喜和解放之感,也有做了奴隶的奴隶的被骗之感,并不是在脱离革命和反对革命的意义上发生与启蒙命题的关系的。因此,如果不动用鲁迅所使用的"启蒙主义"的字眼,也许可以避免滑入一种简单的启蒙视野,可以更加客观地观察鲁迅处在革命后的历史语境中,如何通过小说写作来重新理解革命。鲁迅当然不只在《阿Q正传》中处理过这一问题,在《药》《头发的故事》《祝福》《在酒楼上》《孤独者》等小说中都处理过,在其他文体的写作中也反复处理过,辛亥革命就是他一生都绕不过去的历史时刻;而且,很明显的是,鲁迅几乎都是从后设视点出发,重在以历史的后果反抗回忆的欣忭,几乎都是反讽,抒情的笔墨极其稀缺。在这个意义上,也即在认为《阿Q正传》不仅写了辛亥革命之后的故事,而且本身也是写在辛亥革命之后的意义上,就尤其需要关注鲁迅通过《阿Q正传》表达的对革命的理解。面对阿Q死于辛亥革命后的社会和权力结构的结果,鲁迅通过《阿Q正传》做的其实是追溯此种社会和权力结构的渊源,指出未庄社会并未随革命的革过一革而发生根本性的变化。而且,在逻辑的同一性上来看,鲁迅要表达的意见是继续革命,而非转向启蒙。这也就是说,即使一定要强调启蒙之于鲁迅的重要性,也应当在革命的意义上进行理解,而不是二元对立地以启蒙批判革命。否则的话,鲁迅在纪念孙中山的文章中表达的意见就会显得"君子豹变"而匪夷所思:

无论如何,中山先生的一生历史具在,站出世间来就是革命,失败了还是革命;中华民国成立之后,也没有满足过,没有安逸过,仍然继续着进向近于完全的革命的工作。[1]

鲁迅肯定孙中山继续革命、永远革命的精神,也在同样的逻辑上发生对于托洛茨基的共鸣[2],这些都有助于说明鲁迅在《阿Q正传》当中所做的表达,固然并非与"启蒙主义"无关,但根本上却是在继续革命、永远革命的意义上展开的。鲁迅抓住一个革命的案卷中不见踪影的阿Q做文章,正是重写革命的历史,并且以革命的眼光重新打量和塑造阿Q。因此,鲁迅的确有充分的理由反驳郑振铎,认为自己笔下阿Q的人格并非两个。而更为关键的是,鲁迅强调:

> 其实这也不算辱没了革命党,阿Q究竟已经用竹筷盘上他的辫子了;此后十五年,长虹"走到出版界",不也就成为一个中国的"绥惠略夫"了么?[3]

他不但认为阿Q的人格不是两个,而且认为参加革命的阿Q并没有辱没革命党。这里有鲁迅独特的历史感和革命记忆,他反复在各种文体的表达中强调辫子之于辛亥革命的重要意义,不再细论,[4]更重要的是鲁迅在这里并举阿Q、高长虹和绥惠略夫所透露

---

[1] 鲁迅:《集外集拾遗·中山先生逝世后一周年》,《鲁迅全集》第7卷,第305页。
[2] 近期有一些专著讨论鲁迅与托洛茨基的关系。参见长堀祐造:《鲁迅与托洛茨基——〈文学与革命〉在中国》,王俊文译,台北:人间出版社,2015年;杨姿:《"同路人"之上:鲁迅后期思想、文学与托洛茨基研究》,上海:上海三联书店,2019年。
[3] 鲁迅:《华盖集续编·〈阿Q正传〉的成因》,《鲁迅全集》第3卷,第397—398页。
[4] 参见孔昭琪:《鲁迅笔下的"辫子"——为纪念鲁迅逝世60周年暨辛亥革命85周年而作》,《鲁迅研究月刊》,1996年第6期。

的信息。鲁迅在翻译了阿尔志跋绥夫的《工人绥惠略夫》之后，很快就着手写作《阿Q正传》，由此可以推测，多年以后并举阿Q、高长虹和绥惠略夫，虽是随手一刺，但并非绝无来由。高长虹在《1925，北京出版界形势指掌图》中写自己初见鲁迅，仿佛是绥惠略夫与亚拉籍夫的会面，[1]鲁迅因为高长虹疯狂攻击自己而做实高长虹确为"中国的'绥惠略夫'"。对于绥惠略夫，鲁迅后来在重提为何翻译《工人绥惠略夫》的文章中评价道：

> 绥惠略夫临末的思想却太可怕。他先是为社会做事，社会倒迫害他，甚至于要杀害他，他于是一变而为向社会复仇了，一切是仇仇，一切都破坏。中国这样破坏一切的人还不见有，大约也不会有的，我也并不希望其有。[2]

这个评价基本可以见出鲁迅对"中国的'绥惠略夫'"高长虹的厌恶，连阿Q都不如，[3]也可以见出鲁迅对阿Q式的革命的理解，并不是在启蒙的逻辑上展开，而是在"个人的无治主义"的革命逻辑上展开。而看中这一逻辑的原因是什么？鲁迅在同一篇文章中解释道：

> 那一堆书里文学书多得很，为什么那时偏要挑中这一篇呢？那意思，我现在有点记不真切了。大概，觉得民国以前，以后，我

---

[1] 长虹：《走到出版界·1925，北京出版界形势指掌图》，《狂飙》，1926年第5期，第141页。
[2] 鲁迅：《华盖集续编·记谈话》，《鲁迅全集》第3卷，第376页。
[3] 参见董大中：《鲁迅与高长虹——现代文学史上的一桩公案》，石家庄：河北人民出版社，1999年；高远东：《自由与权威的失衡——高长虹与鲁迅冲突的思想原因一解》，《鲁迅研究月刊》，1990年第5期。

们也有许多改革者,境遇和绥惠略夫很相像,所以借借他人的酒杯罢。然而昨晚上一看,岂但那时,譬如其中的改革者的被迫,代表的吃苦,便是现在,——便是将来,便是几十年以后,我想,还要有许多改革者的境遇和他相像的。[1]

将阿Q视为民国前后的改革者,大概会让很多研究者感到不舒服,但既然鲁迅强调阿Q革命不算辱没了革命党,那么,将阿Q完全彻底地清除出民国前后的改革者地队伍,多少是违背作者意图的吧。阿Q的梦想式杀戮,尤其是被反复诟病的、在马克思主义的视野里也碍难宽贷的连小D也不放过的杀戮梦,也许的确被鲁迅处理成了未庄的绥惠略夫在复仇,但阿Q的灵魂被撕咬,似乎也正与阿尔志跋绥夫笔下的绥惠略夫一致,乃是在"改革者的被迫,代表的吃苦"之后的事,是一种"改革者的境遇"。因此,鲁迅被启蒙视野解读为反思甚至批判(辛亥)革命的话,"我也很愿意如人们所说,我只写出了以前的或一时期,但我还恐怕我所看见的并非现代的前身,而是其后,或者竟是二三十年之后"[2],其实也指向鲁迅对阿Q似的革命党作为改革者的一面的深刻同情。鲁迅当然"也并不希望其有",不希望绥惠略夫式的改革者和阿Q似的革命党出现,但在鲁迅黑暗的思维逻辑里,却可以勾勒出一种超越革命和启蒙的更具有一般性质的逻辑,即革命者的境遇总是一再重复的。而正是针对这一重复,鲁迅推崇孙中山的继续革命、永远革命。因此,应该郑重强调,当鲁迅在为数不多的地方表示对民国元年的革命新气象的向往时,鲁迅通过

---

[1] 鲁迅:《华盖集续编·记谈话》,《鲁迅全集》第3卷,第375—376页。
[2] 鲁迅:《华盖集续编·〈阿Q正传〉的成因》,《鲁迅全集》第3卷,第397页。

《阿Q正传》的写作，从反面建构了对辛亥革命的温暖记忆，建构了必须继续革命、永远革命的寓言。鲁迅曾经略有兴致地对许广平说："说起民元的事来，那时确是光明得多，当时我也在南京教育部，觉得中国将来很有希望。"[1]鲁迅大概很遗憾，（辛亥）革命的希望之光没有一直照亮中国的未来，从而瞩望于继续革命、永远革命。

问题是如何避免革命者一再重复的境遇？继续革命、永远革命的历史主体何在？这也许只是鲁迅在《阿Q正传》中提出的问题，没有答案，也许已有一定的答案，值得后世去反复挖掘，从而有所发现和发明。

四 新的历史主体出场

在老派的马克思主义的研究视野中，研究者会认为，"阿Q背负着沉重的负担向往追求革命"，"鲁迅的确从极其复杂的矛盾中显示出在这个被压迫者身上已经有着革命种子的萌芽，已经闪现出革命本能的火花"，鲁迅对"阿Q的极为复杂微妙的心灵辩证法的描写"，"真实、准确、简洁和明晰"得令人惊叹。[2]在这一逻辑上，后来的研究者通过重点分析小说表现阿Q本能的瞬间，强调某种"向下超越"的可能，认为鲁迅"试图抓住这些卑微的瞬间，通过对'精神胜利法'的诊断和展示，激发人们'向下超越'——即向着他们的直觉和本能所展示的现实关系超越、

---

[1] 鲁迅：《两地书·八》，《鲁迅全集》第11卷，第31页。
[2] 陈涌：《阿Q与文学的典型问题》，《陈涌文学论集》，第628页，上海：上海文艺出版社，1984年。

向着非历史的领域超越"。[1]应当说,这种论述确实是在批判既有知识构成的合法性,并试图寻找和命名全球化时代新的革命主体,隐现了当代政治论争的格局。[2]任何一种基于鲁迅对阿Q的同情的分析、论证和研究,都难免是在不同的历史条件和语境下重复鲁迅的工作,重返革命的话语系统;上文强调应在革命的意义上理解鲁迅所谓"启蒙主义",也正是对鲁迅工作的重复。但是,更重要的问题肯定不是重复,而是对重复的突破。在这个意义上,《阿Q正传》第一章的一个细节也许是非常重要的:

> 我的最后的手段,只有托一个同乡去查阿Q犯事的案卷,八个月之后才有回信,说案卷里并无与阿Quei的声音相近的人。我虽不知道是真没有,还是没有查,然而也再没有别的方法了。[3]

在这一可能对鲁迅来说是有意滑稽的细节中,叙述者坦承了自己想尽办法却无能为力的状况。但作者却反手利用这一状况,将犯事的案卷中可能也不存在的阿Q从革命历史的尘埃中拔取出来,并竭力为其造像。这种行为,与其视为无中生有,颠覆传统历史谱系,拒绝现代实证主义历史观及其知识谱系[4],不如简单直接一些,视为突破重复,即不再重复案卷中的记载,自己去讲述一个从来未被讲述过的故事。而且,尤为重要的是,从这一细

---

[1] 汪晖:《阿Q生命中的六个瞬间——纪念作为开端的辛亥革命》,《现代中文学刊》,2011年第3期。
[2] 吴宝林:《重返革命话语?——论近年对〈阿Q正传〉的几种新解》,《中国现代文学研究丛刊》,2017年第1期。
[3] 鲁迅:《呐喊·阿Q正传》,《鲁迅全集》第1卷,第514页。
[4] 汪晖:《阿Q生命中的六个瞬间——纪念作为开端的辛亥革命》,《现代中文学刊》,2011年第3期。

节可以看出,《阿Q正传》的叙事起点乃是既定的,即阿Q因犯事而被处死。这就意味着,《阿Q正传》的故事终点一定是阿Q之死,以死的方式"大团圆"。因此,对于鲁迅后来给出的解释,"其实'大团圆'倒不是'随意'给他的;至于初写时可曾料到,那倒确乎也是一个疑问。我仿佛记得:没有料到"[1],不宜过分落实,更不宜推向某种写作发生学,认为鲁迅让小说叙述随写随生,终于写了一个作家本人意料之外的结局。阿Q的死局已在意先,可谓事先张扬的凶杀案,这些不需要预料,鲁迅所未曾料到的是如何写阿Q之死,他大概没有一开始就决定写阿Q被枪毙之后,未庄的舆论又以诠释循环的方式将阿Q反复枪毙。

需要进一步强调的是,鲁迅笔下的《阿Q正传》其实是一个革命的死囚的故事,这个革命的死囚虽然可能无法以明正典刑的案卷验明正身,但在未庄的舆论中却是板上钉钉的罪人。在这个意义上,不去强调阿Q所失去的正史和现代实证主义历史观中的位置,不强调默杀,而强调阿Q在未庄舆论中的罪与死,或许更贴近《阿Q正传》文本。但更贴近鲁迅讲述阿Q故事的意图,那个鲁迅未曾言明甚或难以言明的意图的,也许是:阿Q在符号、象征、寓言、现实、正史、民间……的意义上都是因罪而死的整体性话语必须被推翻,才能发现阿Q的灵魂。不过,正如上文所分析的那样,鲁迅从一开始就认为这将是徒劳无功的,他制造一个无法全知全能却又无限选择未庄一般舆论的叙述者,暗示小说中关于阿Q的一切叙述都迹近隔膜,谁也救不了阿Q的命。阿Q的故事注定无法控制,鲁迅唯一能做的是操控叙述者,对人物和自我进行双重反讽。而因为反讽指向了作家自身,在生成

---

[1] 鲁迅:《华盖集续编·〈阿Q正传〉的成因》,《鲁迅全集》第3卷,第398页。

双向互动的启蒙效果的同时，也生成了读者的重重疑问，读者从《阿Q正传》里找到的不是答案，而是问题。因此，与1921年流行的小说现象一致，《阿Q正传》也是问题小说，提出了一系列问题，却给不出答案。当然，这不是说研究者不能从《阿Q正传》出发，推理演绎出某种答案，而是说《阿Q正传》本身没有答案；研究者不能从字面上找到什么，只能从紧张的反讽结构中追蹑一点踪迹。而那些踪迹，与其说是鲁迅有意留下的，不如说是鲁迅茫无头绪的追索的倒影，刻印更多的是研究者的努力。

而贴着《阿Q正传》的文本来说，阿Q就是一个枉死于革命后的社会和权力秩序的囚徒，他的存在与死亡，除了质疑辛亥革命的历史合法性和正当性，似乎只能是一个启蒙的倒影，供后世大张挞伐。但这显然不太符合鲁迅的本意，不用说与上文所分析的双向互动启蒙格格不入，即使与鲁迅"哀其不幸"的同情倾向，也是不太吻合的。那么，如果不是为了再次降罪，鲁迅为什么要以阿Q这样的因罪而死的人物为主角呢？阿Q有什么地方值得鲁迅为其洗心革面，从而与改革者、革命者发生关联呢？老派的马克思主义研究会从社会关系入手，强调赵太爷、赵秀才、钱太爷、假洋鬼子……是未庄真正的坏人，是统治者，是伪士，从而在反面搭救阿Q，发掘阿Q革命的直觉和本能，并在逻辑上推导一种可能性，即只有阿Q才是未庄的革命性力量。这种推导因为有后来的历史发展为其背书，显得非常有合理性，但就小说文本本身而言，也许更值得重视的是下列细节：

> 阿Q没有家，住在未庄的土谷祠里；也没有固定的职业，只给人家做短工，割麦便割麦，舂米便舂米，撑船便撑船。工作略长久时，他也或住在临时主人的家里，但一完就走了。所以，人们

忙碌的时候,也还记起阿 Q 来,然而记起的是做工,并不是"行状";一闲空,连阿 Q 都早忘却,更不必说"行状"了。只是有一回,有一个老头子颂扬说:"阿 Q 真能做!"这时阿 Q 赤着膊,懒洋洋的瘦伶仃的正在他面前,别人也摸不着这话是真心还是讥笑,然而阿 Q 很喜欢。[1]

如果说整部《阿 Q 正传》所写的内容有什么是阿 Q 所喜欢的,老头子的颂扬就是了,剩下的一切,对于阿 Q 而言,都是犯忌的。这就意味着,除了老头子的颂扬,《阿 Q 正传》里全是不合阿 Q 心意的话。在这个意义上来说,鲁迅写阿 Q,确实意在揭出病苦,引起疗救的注意,故而无意从正面肯定阿 Q,只能从对阿 Q 的否定中表现同情。但这闲闲的一笔,对于叙述者"我"来说也许无关紧要,对于(隐含)作者来说,也许是至关重要的,它在小说开始不久便暗示读者,叙述者"我"对阿 Q 是有偏见的。叙述者"我"明知阿 Q 喜欢别人夸自己"真能做",其中的尊严感不言而喻,但却强调阿 Q 的劳动能力不算"行状",没有资格进入叙述。这就意味着,叙述者"我"不仅对阿 Q 所知有限,而且还有刻意的偏见,叙述者"我"不愧是赵秀才的朋友,与正史、"行状"……背后的意识形态机制合谋,像未庄的闲人一样,只爱看阿 Q 的笑话。这样的叙述者自然无法让阿 Q 以有尊严的姿态出场,更不可能让阿 Q 具有历史主体的位格。而由于作者对叙述者"我"是持反讽态度的,当叙述者"我"像未庄的闲人一样看阿 Q 的笑话时,作者也正在把叙述者"我"的表现当作笑话来看,这就暗示了阿 Q 不是在直觉和本能的意义上具有成为改革

---

[1] 鲁迅:《呐喊·阿 Q 正传》,《鲁迅全集》第 1 卷,第 515 页。

者或革命者的潜能，而是在自身的劳动能力的意义上具有个体尊严，具有成为历史主体的可能，因此也就有可能是真正的改革者或革命者。只不过因为鲁迅此时并无答案，而且甚至还是在"个人的无治主义"的意义上理解阿Q梦中的革命，所以《阿Q正传》虽然触及了新的历史主体出场的契机，却几乎只留下不合阿Q心意的叙述。不必远绍马克思主义的经典理论来演绎劳动与主体的关系，鲁迅在《阿Q正传》中提出的不过是问题而已，一切都有待于后来的历史发展将启蒙和革命的意识形态纠葛厘清。所谓洗心革面也好，与改革者、革命者的关联也好，也许都可以递归到"立人"的宗旨里去，只不过对于小说的理解而言，有些过于漂浮在思想的云层上罢了。

此刻更值得强调的是，鲁迅选择了因罪而死的阿Q作为小说主角，并且以极为复杂的眼光塑造阿Q，不惜尽一切努力贴近阿Q，完成一种双向互动的启蒙，的确型构了一种新的知识者的历史主体形象。这一新的知识者的历史主体形象，首先当然是知识者，承续着源自传统的历史担当的道义；其次又是一个主张永远革命的革命者，对革命后的社会和权力秩序，也担心维持现状的后果；最后又是一个启蒙者，一个将阿Q这样的社会秩序的冗余存在视为镜像的启蒙者，在双向互动的意义上实践着启蒙的可能性。因此，提出问题的鲁迅，写出问题小说的鲁迅及其同时代的作者，尤其是鲁迅本人，通过承认、确认自己的局限、无知和茫昧，与他们尚无法言明的阿Q相遇，共同为新的历史主体出场，演出了序幕。

最后，正如学界所建构的种种二元对立难免是意识形态空转的外溢表现一样，过分信任鲁迅的洞见，而无视鲁迅的局限性，也会因为抽离具体的历史条件和历史语境而变成一种意识形态空转的外溢表现。而对于《阿Q正传》的朴素理解，可能比将高深的文本外内容读进文本，更加重要。虽然被各种学术资本、文化政治资本甚至政治资本征用是《阿Q正传》不可避免的命运，从《阿Q正传》在《晨报副刊》连载伊始，一切就已如脱缰之马，但《阿Q正传》的文本仍然矗立在那里，稳如柱石。如果神往于鲁迅的深刻和梦想，不妨将鲁迅对于辛亥革命初年的美好记忆，理解为他"不能全忘"的、年青时候做的"许多梦"[1]之一。鲁迅并不时时刻刻都是一个"清醒的现实主义者"，他也沉湎往事。有研究者曾经表示，革命对应的概念"Revolution"有循环、复辟等意[2]，这很有启发。鲁迅大概也免不了在循环、复辟的意义上理解辛亥革命，从而令人联想起他自己笔下的九斤老太；所谓"见过辛亥革命，见过二次革命，见过袁世凯称帝，张勋复辟，看来看去，就看得怀疑起来，于是失望，颓唐得很了"[3]，不正是九斤老太的名言"一代不如一代"打开之后的褶皱吗？

总之，正如《阿Q正传》中出现的奇诡的时间编码"宣统三年九月十四日——即阿Q将搭连卖给赵白眼的这一天——三更四点"[4]凝聚着作者鲁迅对绍兴宣布光复的记忆一样，朴素地解读文本，也许会更好地切近小说，切近鲁迅的思想、情感和记忆，从而真正打开《阿Q正传》和它的时代。

---

[1] 鲁迅：《呐喊·自序》，《鲁迅全集》第1卷，第437页。
[2] 吴宝林：《重返革命话语？——论近年对〈阿Q正传〉的几种新解》，《中国现代文学研究丛刊》，2017年第1期。
[3] 鲁迅：《南腔北调集·〈自选集〉自序》，《鲁迅全集》第4卷，第468页。
[4] 鲁迅：《呐喊·阿Q正传》，《鲁迅全集》第1卷，第537页。

腹语者的诗学：论鲁迅《伤逝》

自从问世以来，鲁迅《伤逝》就仿佛一把精致的折扇，企图打开或拆毁者，代有其人，形成了山重水复的接受史。然而，也许是因为这把折扇过于曲折、复杂、魅惑，在此山重水复之中，人们最容易提出的疑问似乎依然是：这把折扇打开了吗？

一 多义的文本

疑问的动因，最明显的或许在于，鲁迅《伤逝》到底写的是与作者切身体验有关的爱情、婚姻，还是兄弟之情？1963年前后，周作人信誓旦旦地说："'伤逝'不是普通恋爱小说，乃是假借了男女的死亡来哀悼兄弟恩情的断绝的。"[1] 1980年前后，王得后意味深长地表示："当我向一位前辈谈起，鲁迅和景宋的定情大致在一九二五年的端午节的时候，他立即想，《伤逝》作于

---
[1] 周作人：《知堂回想录》，第426—427页，香港：三育图书有限公司，1980年。

这之后。他查了一下时间就深情地缄默着。我似乎懂得了一点什么，然而，我又说不出。"[1] 王得后"说不出"的内容，后来的许多研究者"说出来"了。如有论者认为涓生、子君的人物原型是鲁迅、朱安[2]，有论者认为原型是鲁迅、许羡苏[3]，也有论者认为涓生的原型是鲁迅，而子君的原型包括朱安、许广平[4]。这些见解相互矛盾，本为令人莫衷一是之局面，然而将矛盾调和一体的观点也有，如有论者即认为《伤逝》主要写的是"兄弟失和"之痛，然而其中隐藏着鲁迅的婚姻、恋爱体验[5]。这些索隐式的解读多吃力而不讨好，论者越是将观点论述得斩钉截铁，反对者驳论也就越旗帜鲜明，不留余地，结果也许不如王得后的"说不出"。即使将索隐式的解读推进，借助弗洛伊德以来的精神分析学的有关理论来进行解读，也同样难免言人人殊；理论资源和分析路径都一样，但结论却往往大相径庭。如有论者即就鲁迅的病、兄弟失和、恋爱、经济紧张等现实中的个人因素来分析《伤逝》，企图一一显影文本中所隐藏的鲁迅形象。[6] 不过，不管这些研究是否真的洞幽烛隐，足以说明的是，仅仅就最明显的层次而论，鲁迅《伤逝》也必然是一个多义的文本。

正因这一多义性，研究者们总是努力从各自不同的方向切入文本，企图打开《伤逝》的意义空间，并进行单向性的论述。同

---

[1] 王得后：《〈两地书〉研究》，第328页，天津：天津人民出版社，1982年。
[2] 参见宗先鸿：《论〈伤逝〉的创作意图与人物原型》，《鲁迅研究月刊》，2005年第11期。
[3] 参见陈留生：《〈伤逝〉创作动因新探》，《南京师大学报》，2003年第2期。
[4] 参见耿庆伟：《〈伤逝〉创作目的的一种解读》，《湖北广播电视大学学报》，2008年第7期。
[5] 参见谢菊：《〈伤逝〉解读》，《鲁迅研究月刊》，2001年第11期。
[6] 参见安文军：《病、爱、生计及其他——〈孤独者〉与〈伤逝〉的并置阅读》，《中国现代文学研究丛刊》，2008年第6期。

样是文学社会学的研究,陈涌主要从个人解放与社会解放的关系角度解读《伤逝》[1],范伯群、曾华鹏则着眼于分析"我是我自己的"这一观念,认为其属于资产阶级个人主义革命范畴,在半殖民地半封建社会的现代中国天生具有局限性,故必然失败[2]。相关的研究有讨论涓生的道德问题的,理论使用上的突破主要有女性主义;也有讨论启蒙问题、国民性问题的。汪晖则另开文学的哲学研究,认为《伤逝》"在涓生'新生'的愿望中完成了'反抗绝望'的人生哲学的全部推衍过程"。[3]相关研究有讨论生命意识、忏悔意识的。其中有一种较为特殊的观点认为"写作《伤逝》是鲁迅假借了恋爱的形式,对自我从思想到人生道路进行深刻而痛苦的反省、探索、总结与调整",[4]别有意味。此外,也有一些研究是以叙事学理论为基础,对《伤逝》文本进行内部研究。汪晖借助巴赫金关于复调小说的理论,较早在《伤逝》中发现了"双重第一人称独白的论争性呈现",并建立这一形式与鲁迅思想本身的矛盾性之间的关系。[5]吴晓东借助韦恩·布思的小说修辞学理论,分析了《伤逝》等小说文本所展现的鲁迅对于"距离控制"的美学的自觉追求。[6]日本学者中里见敬借助热奈特的叙事理论,认为《伤逝》的评价和解释之所以分歧较大,源

---

[1] 参见陈涌:《论鲁迅小说的现实主义——〈呐喊〉与〈彷徨〉研究之一》,《鲁迅论》,第68—71页,北京:人民文学出版社,1984年。
[2] 参见范伯群、曾华鹏:《切勿惊醒无路可走的昏睡者——论〈伤逝〉》,《徐州师范学院学报》,1986年第3期。
[3] 参见汪晖:《反抗绝望:鲁迅及其文学世界(增订版)》,第309—312页,北京:生活·读书·新知三联书店,2008年。
[4] 参见赵敬立:《唱歌一般的哭声,给旧我送葬——〈伤逝〉新解》,《鲁迅研究月刊》,1996年第11期。
[5] 参见汪晖:《反抗绝望:鲁迅及其文学世界(增订版)》,第328—333页。
[6] 参见吴晓东:《鲁迅小说的第一人称叙事视角》,《鲁迅研究动态》,1989年第1期。

于《伤逝》文本本身因为叙述者独白时使用自由间接引语所造成的叙述者"我"与人物"我"之间的矛盾:"我"真情流露,挥笔写下了自己的悔恨之情,却把"我"里面的冷酷、自私暴露无遗。[1]这些以叙事学理论为基础进行的研究,充分展现了《伤逝》文本本身的矛盾性。

如果说众多关于《伤逝》的研究呈现的只是显而易见的分歧,或者说,所有关于《伤逝》的研究无法形成某种合力,拼合出《伤逝》文本应有的整体性的话,那么,通过叙事学理论发现的《伤逝》文本本身的矛盾性,为呈现《伤逝》文本应有的整体性提供了可能。这也就意味着,互相矛盾的解释背后隐现的确乎是《伤逝》文本本身的矛盾性,它们并不能互相取消对方的合理性。因此,鲁迅《伤逝》是一个毋庸讳言的多义文本;如何打开这把精致的折扇,也的确需要从不同的方向同时进行。然而,需要强调的是,并非每一个方向都能抵达核心,甚至有一些方向是"谬托知己",徒费力气。[2]

贴近文本本身,从文本本身出发寻求《伤逝》的意义体系这一点来讲,叙事学无疑提供了最为有利的分析工具。汪晖、吴晓东、中里见敬等学者的研究也表明,如果从叙事层面出发,不仅能够为《伤逝》文本的多义性提供学理上的支持,而且能够从

---

[1] 参见中里见敬:《〈伤逝〉的独白和自由间接引语》,http://course.shufe.edu.cn/course/yuwen/gjxs39/zppl/sg4.htm。
[2] 关于鲁迅《伤逝》研究更为具体、深入、全面的评述文章,近些年主要有以下几篇是值得注意的:1.何云贵:《近年来〈伤逝〉研究综述》,《鲁迅研究月刊》,1997年第9期;2.沈敦忠:《〈伤逝〉研究方法述评》,《邵阳学院学报》,2005年第6期;3.祝欣、李迎春:《抵达意义的探寻——近十年〈伤逝〉研究综述》,《河南社会科学》,2005年第6期;4.李泉、申朝晖:《〈伤逝〉主题研究述评》,《新西部》,2008年第6期。

审美意义上解放文本，使其免于沦为单纯的社会学、政治学或哲学的材料。当然，原则是叙事分析不能变成各种叙事的组成元素的拆解和重组，而必须有助于对文本整体性的说明，也即有助于审美价值的阐发或诗学意味的说明。唯有如此，才能在排除了所有社会学的、政治学的或哲学的移植物之后，发现剩下的是什么，即发现什么不是文学，什么是文学。具体到《伤逝》而言，即为说明《伤逝》是小说，而远不只是社会学、政治学或哲学的文本。不过，文学往往要借非文学才有可能得到说明。因此，不管能否指向审美或文学，叙事学是说明文学所以为文学的必要工具，社会学、政治学、哲学等也往往与有荣焉。从这一意义上言之，各种分析路径在相互矛盾中通向的是相反相成的阐释空间，终点则是关于什么是文学的整体塑型。要完成关于《伤逝》文本多义性的整体描述，显然必须借助于多种分析工具的协同工作。

二 遗忘与向往

叙事学介入《伤逝》解读的意义在于发现叙事者"我"与人物"我"之间的裂缝，也即正在进行回忆的涓生与回忆出来的涓生之间的矛盾。在叙事的层面上，通过对"涓生的手记"这一副标题的格外关照，或通过对自由间接引语的细读，隐含作者的形象得以显现。这一形象不是由于叙述策略的使用而偶然成形，乃是作者的自觉控制。作者显然洞悉此"我"彼"我"之间的矛盾，故有意通过具体的叙述策略，即使用副标题和自由间接引语，显现这一矛盾，并曲折地表达其思考和批判性立场。这一从文本出发得出的结论意味着作者鲁迅超然于《伤逝》文本之外，或者至少意味着鲁迅相对于文本获得了足够的距离。这里有一个审美性如何生成的问题，但更重要的问题是，强调距离难免在或一程度上切断文本与作者在非叙事层面的联系。事实上，正如已有研究所表明的那样，《伤逝》中回荡着的对"娜拉出走"的批判性思考与鲁迅1923年在演讲《娜拉走后怎样》中表达的意见是一致的。[1]

而且，需要进一步指出的是，叙事学介入文本分析后发现了叙事者"我"与人物"我"之间的裂隙，这固然是有重要意义的，但同时却在一定程度上凝固了裂隙的存在，即着力于此"我"彼"我"之间，反而将此"我"彼"我"本身本质化，忽略二者各自的内部可能存在的矛盾性。在《伤逝》这个文本中，叙事者涓生和人物涓生，二者之间固然是矛盾的，各自的内部无疑也是矛盾的。[2]对于叙事者涓生而言，其对于记忆的叙述纠缠在遗忘与向往之间；对于人物涓生而言，其对于子君和日常家庭生活的态度，纠缠在爱与厌之间；这两组矛盾相互渗透，共同编

---

[1] 蓝棣之甚至认为《伤逝》的写作就是要以故事的形式把《娜拉走后怎样》中的观点"演绎给世人看看"。当然，他察觉到这一"演绎"背后负载了一点鲁迅的无意识投射，即爱当如何。参见蓝棣之：《"万不可做将来的梦"——论〈伤逝〉》，《鲁迅研究月刊》，1998年第10期。

[2] 这里涉及鲁迅小说研究中的一个重要论题，即复调问题。汪晖、吴晓东、严家炎、钱理群等人都有相关的论述。钱理群的意见有某种代表性，他认为鲁迅的作品"总是同时有多种声音，在那里互相争吵着，互相消解、颠覆着，互相补充着，这就形成了鲁迅小说的复调性。所以在鲁迅的小说里，找不到许多作家所追求的和谐，而是充满各种对立的因素的缠绕、扭结，并且呈现出一种撕裂的关系"（钱理群：《与鲁迅相遇》，第133页，北京：生活·读书·新知三联书店，2002年）。许多具体文本分析的结论因此也往往从"撕裂"上生长出来。如有的论者即认为《伤逝》"写个性解放却在解构个性解放；写爱情却在解构爱情；写真诚却在解构真诚"，因"撕裂"而"超越五四，成为说不尽的'伤逝'"。参见谢廷秋：《叹人生隔膜伤爱情已逝——鲁迅〈伤逝〉新论》，《贵州师范大学学报》，2008年第2期。

织成了《伤逝》文本的意义脉络。[1]

首先说明第一组矛盾，即叙事者涓生关于记忆的叙述如何在忘却与向往之间纠缠。小说开头交代了叙述发生的情境：

> 然而现在呢，只有寂静和空虚依旧，子君却决不再来了，而且永远，永远地！……[2]

这就意味着，对于叙事者涓生而言，如果不是现在的生活"只有寂静和空虚依旧，子君却决不再来了"，丧失了期待的话，叙事者涓生很有可能是不会开始其有关子君的记忆的叙述的。或者说的更为显豁一些，如果叙事者涓生现在春风得意，而非穷困潦倒，佳人在望，而非独守空房，叙事者涓生恐怕是不会打开记忆的大门的。因此，对于叙事者涓生，叙述的开始和进行，在整一的忏悔或悔恨的面貌下，仍存一种可能，即叙述乃是为了从记忆中打捞过去，寻回曾经拥有过的幸福生活。

但是，随着叙述的深入，曾有的过去逐步苏醒，叙事者涓生发现曾带给自己每天期待和幸福的子君，其实并不真的那么值得向往。一旦真正进入过去，过去的美好就悄然遁形。叙事者涓生看见人物涓生对子君的诸多质疑：

> 壁上就钉着一张铜板的雪莱半身像，是从杂志上裁下来的，是

---

[1] 郜元宝《关于〈伤逝〉》一文的解读思路与本文不无相通之处，见郜元宝：《鲁迅六讲（增订本）》，第272—281页，北京：北京大学出版社，2007年。
[2] 鲁迅：《彷徨·伤逝》，《鲁迅全集》第2卷，第113页。按，本文所引《伤逝》原文均来自《鲁迅全集》第2卷（北京：人民文学出版社，2005年），为避烦冗，下文不另具注。

他的最美的一张像。当我指给她看时，她却只草草一看，便低了头，似乎不好意思了。这些地方，子君就大概还未脱尽旧思想的束缚……

我似乎已经更加了解，揭去许多先前以为了解而现在看来却是隔膜，即所谓真的隔膜了。

但她并不爱花，我在庙会时买来的两盆小草花，四天不浇，枯死在壁角了，我又没有照顾一切的闲暇。

那么一个无畏的子君也变了色，尤其使我痛心；她近来似乎也较为怯弱了。

可惜的是我没有一间静室，子君又没有先前那么幽静，善于体贴了，……

只有子君很颓唐，似乎常觉得凄苦和无聊，至于不大愿意开口。我想，人是多么容易改变呵！

子君的识见却似乎只是浅薄起来，……

她所磨练的思想和豁达无畏的言论，到底也还是一个空虚，而对于这空虚却并未自觉。她早已什么书也不看，已不知道人的生活的第一着是求生，向着这求生的道路，是必须携手同行，或奋身孤往的了，倘使只知道捶着一个人的衣角，那便是虽战士也难于战斗，只得一同灭亡。

随同人物涓生对子君质疑的一一浮现，叙事者涓生的态度渐次改变，由最初的对于过去的向往，转为厌嫌、悲哀、忏悔和最终的遗忘：

> 我仍然只有唱歌一般的哭声，给子君送葬，葬在遗忘中。
> 我要遗忘；我为自己，并且要不再想到这用了遗忘给子君送葬。

对于叙事者涓生而言，模糊的记忆中所沉淀下来的美好因素本来足以构成一次叙述冲动。只是完整的叙述复活的不仅是记忆，不仅是使记忆清晰生动起来，而且复活了人物涓生，使过去的已死的涓生重新渗入现在的、正在进行叙述的涓生的灵魂，从而导致一次叙述的完成不但难以指向初衷，甚至完全改变了叙述意图。因此，如果说因为对于现在生活不满，叙事者涓生本来满怀对于过去的向往之情的话，一次叙述扭曲了叙事者涓生的时间线索，将向往之情从对过去移植为对未来：

> 我要向着新的生路跨进第一步去，我要将真实深深地藏在心的创伤中，默默前行，用遗忘和说谎做我的前导……

这种对于"新的生路"的茫然向往之情，无疑是与人物涓生一脉相承的；甚至毋宁说是人物涓生复活并渗透到叙事者涓生灵魂之中的具体表征。因为只有人物涓生始终相信："其实，我一个人，是容易生活的，虽然因为骄傲，向来不与世交来往，迁居以后，也疏远了所有旧识的人，然而只要能远走高飞，生路还宽广得很。"

如果将叙事者涓生最初的对于过去的向往定义为一种颓唐或

病症，叙述过程就成了一次疗救。叙述不仅瓦解了对于过去的美好想象的沉湎，而且借尸还魂，骄傲、自信的人物涓生在叙事者涓生身上重生，叙事者因此得以重建向"新的生路"跨进的精神图景。

三 爱与厌

叙事者涓生所以能够通过一次叙述而改变，是因为人物涓生本身提供了这种可能性。这就涉及到了第二组矛盾，即对于人物涓生而言，其对于子君和日常家庭生活的态度，本就在爱与厌之间纠缠。

叙述开始，人物涓生"在百无聊赖中"等待子君的到来。他随手抓书看，却对书中内容熟视无睹，"只是耳朵却分外地灵，仿佛听到大门外一切往来的履声"，憎恶着不是子君所发出的履声，焦急地担忧到："莫非她翻了车么？莫非她被电车撞伤了么？……我便要取了帽子去看她，然而她的胞叔就曾经当面骂过我。"这是一个很典型的等待心上人的青年男子形象，痴，多情，热烈，多疑，因为碍于情面和自尊又不敢充分表达。谁也不会怀疑，此时，人物涓生是多么热烈地爱子君的！但是人物涓生为什么会爱上子君呢？在子君未来之前，人物涓生所居住的破屋是寂静和空虚的，子君来了之后，"破屋里便渐渐充满了我的语声"，因为"她总是微笑点头，两眼里弥漫着稚气的好奇的光泽"。这说明，人物涓生不安于寂静和空虚，希望"我的语声"能够打破寂静、填充空虚。然而在子君未来之前，"我的语声"缺乏作用对象，因此就算发出，也依然是寂静和空虚；只有子君来了之后，"我的语声"才能发生作用。而且，不同寻常的是，子君对"我的语声"反馈出来的总是赞同和好奇,这就使得人物涓生不仅找到了寂静和空虚的突破口,而且借由子君的反馈找到了自尊和信心,从子君的反馈中构建了自己强大的主体性。因此,人物涓生之所以爱上子君,与其说是因为子君可爱,不如说是因为"我的语声"可爱。人物涓生爱上的不是子君,而是"我的语声"的回声,也即人物涓生自己。

"交际了半年之后",子君说:"我是我自己的,他们谁也没有干涉我的权利!"人物涓生看到了"我的语声"在子君身上发生作用后瓜熟蒂落般的效果,因此感到灵魂被震动了,"说不出的狂喜","知道中国女性,并不如厌世家所说那样的无法可施,在不远的将来,便要看见辉煌的曙色的"。由一己爱情之成功推及全社会之"曙色",其实不仅是因爱情而发昏的昏话,更是一个思想家看见自己思想的种子在他者身上发芽、开花、结果的喜悦。因此,人物涓生爱上的也不尽是整个的自己,而是自己的思想,或者说自己思想的具体显现者子君。子君的本来面目如何,人物涓生并不关心,或者说并未费多少心思去发现。在此意义上,下述对于人物涓生的观察是正确的:"他与子君的交流一直是单向的,他并不了解子君,他只需要子君的点头和倾听。他并不明白,他不是喜欢子君,而是喜欢能给他慰藉的新女性。"

而一旦当子君裸露在人物涓生跟前,隔膜出现,人物涓生对子君的爱也就逐渐转为厌,转为连厌都没有了的不爱。当然,人物涓生最初察觉到自己对子君的隔膜是由于自己的屈辱性经验,即没能按自己预先设计好的方式求爱,而是"在慌张中,身不由己地竟用了在电影上见过的方法了","含泪握着她的手,一条腿跪了下去"。人物涓生本来或许认为是自己启蒙了子君,拯救了子君,不料含泪下跪的竟是自己。含泪下跪意味着人物涓生和子君之间真正的结构关系，即如果不否认子君等待启蒙和拯救的话，也就应该承认，人物涓生同样有待于子君的拯救和认可，人物涓生的主体性因此产生了危机，"很愧恧"。人物涓生总想遗忘这一危机，子君"却是什么都记得"，并且进行经常性的"质问"和"考验"。人物涓生由此意识到二人存在分歧。

与二人世界的时间偕逝的，是人物涓生在子君身上认出的自己。在这一背景下，子君的自我显得日趋明显和强大。人物涓生无法理解子君"不爱花"，却"爱动物"，这些都是无法揭去的"真的隔膜"。人物涓生不喜欢狗取名"阿随"，不喜欢子君为了"饲阿随，饲油鸡"而"终日汗流满面"，"和那小官太太"暗斗，希望子君能够"读书和散步"，和自己谈天。子君退归日常家庭生活，成了人物涓生完全无法理解的陌生的他者。因此，当经济打击来临，人物涓生以为"外来的打击其实倒是振作了我们的新精神"，却发现子君"实在变得很怯弱了"，而且只知道"吃了筹钱，筹来吃饭，还要喂阿随，饲油鸡"，"似乎将先前知道的全都忘掉了"。人物涓生此时才发现自己思想的种子并没有发芽，更谈何开花结果。子君"是没有懂，或者是并不相信的"。人物涓生因生嫌隙，认为"子君的识见却似乎只是浅薄起来"，认为自己大半年来"只是为了爱"，"盲目的爱"。陌生与厌嫌同时（或先后）来袭，人物涓生疲惫不堪，最终对"爱"产生怀疑，认为是"盲目的爱"。此时，人物涓生的情绪里已经有了明显的"悔恨和悲哀"。当然，他始终隐忍着，出于道德和责任的考虑，或者也出于对爱情的某种微茫的挽回之念。而当子君意识到变化，"从此又开始了往事的温习和新的考验"时，隐忍以行，人物涓生爆发："我已经不爱你了！"不合时宜的温习和考验更深层次地刺激了人物涓生的主体危机感受。

在这一变迁的过程中,也还纠缠着人物涓生对于主要由子君经营的日常家庭生活情调的夹杂着不舒服感的幸福感。人物涓生虽然对于动物、子君与邻居的暗斗感到不舒服,但也由衷地对两人的生活感到:"那是怎样的宁静而幸福的夜呵!"只是在爱厌交错之间,随着分歧、陌生感、主体危机日益明显,人物涓生选择了说出"真实":"我已经不爱你了!"

因此,叙事者涓生一开头强调说"如果我能够,我要写下我的悔恨和悲哀,为子君,为自己",的确隐含着某种"为子君"的忏悔和悲哀因素,但却远不止如此简单。"写下我的悔恨和悲哀",绝不仅仅是为了子君之死活与一己之爱不爱的密切关联,其中必然杂有对于人物涓生所爱非人的"悔恨和悲哀"。只有如此,才可以理解写下悔恨和悲哀的终点是"为自己"。对于叙事者涓生而言,叙述对于子君之死的"悔恨和悲哀"与对于人物涓生之不该爱上子君的"悔恨和悲哀",是纠缠在一起的。

四 "空虚"与"挣脱"

在这两组矛盾编织成的《伤逝》文本中,人物涓生与子君其实从未达成真正的理解,两个主体相撞击,结果主要是因隔膜带来的"悔恨和悲哀"。在这个意义上,人物涓生与子君的关系是两个孤独者的交锋,语词和动作在二者之间漂浮,丧失了所指。[1]

---

[1] 对此,有的论者借用哈贝马斯有关交往理性的理论指出:"《伤逝》的悲剧在一定意义上缘自主体理性的'不在场','伤逝'或许可以说是主体交往理性的伤逝。"见张春泉:《交往理性的"伤逝"——〈伤逝〉的主体交互性解读》,《哈尔滨工业大学学报》,2007年第1期。

人物涓生在子君生前只是发现自己的思想言论，子君"是没有懂，或者是并不相信的"；只有在子君死后才意识到："她当时的勇敢和无畏是因为爱。"

然而，问题是，既然人物涓生与子君相互隔膜，叙事者涓生的叙述也就并不可靠。正如有的研究者指出的那样："涓生的叙述产生于内心的极度紧张中，并在叙述中时刻紧张地面对自己、面对别人，形成了巴赫金所强调的'暗辩体'或'带辩论色彩的自白体'，构成了'微型对话'的心灵复调结构。"[1]子君在所叙述的整个事件中有着怎样的思考和心理感受，固然难以阐明，即使是人物涓生当时的思考和心理感受，也难以辨明。正因为如此，叙事者涓生与叙事者叙述出来的人物涓生之间的矛盾，也许更多的并不在于二者之间的分歧，而在于二者之间的相互补充，即叙事者固然粉饰妆扮了人物，人物也粉饰妆扮了叙事者。那么，由这种相互补充所带来的共通性主要有何表现呢？也许细读《伤逝》文本交代叙述情境的两段话能够窥见一二：

> 会馆里的被遗忘在偏僻里的破屋是这样地寂静和空虚。时光过得真快，我爱子君，仗着她逃出这寂静和空虚，已经满一年了。事情又这么不凑巧，我重来时，偏偏空着的又只有这一间屋。依然是这样的破窗，这样的窗外的半枯的槐树和老紫藤，这样的窗前的方桌，这样的败壁，这样的靠壁的板床。深夜中独自躺在床上，就如我未曾和子君同居以前一般，过去一年中的时光全被消灭，全未有过，我并没有曾经从这破屋子搬出，在吉兆胡同创立了满怀希望的小小的家庭。

---

[1] 刘竞：《〈伤逝〉的复调世界》，《哈尔滨学院学报》，2009年第2期。

> 不但如此。在一年之前,这寂静和空虚是并不这样的,常常含着期待;期待子君的到来。在久待的焦躁中,一听到皮鞋的高底尖触着砖路的清响,是怎样地使我骤然生动起来呵!于是就看见带着笑涡的苍白的圆脸,苍白的瘦的臂膊,布的有条纹的衫子,玄色的裙。她又带了窗外的半枯的槐树的新叶来,使我看见,还有挂在铁似的老干上的一房一房的紫白的藤花。

这两段话既交代了叙述情境,也在重复的意义上叙述了叙事者涓生和人物涓生各自与环境(他者)的关系。二者所处的物质空间是一样,尽管在时间上发生变化了,但基本特点一样,都是"寂静和空虚";而且二者在不同的时间、处于相同的空间时,都是孤独一人。所不同的是,叙事者涓生无所期待,人物涓生则有所期待,期待子君的到来,改变空间的基本特点。但是,子君似乎并没有从真正意义上改变这一空间。进入这一空间的子君被叙述为"我的语声"的回声,她与这一空间的主人一样,对于"半瓶雪花膏和鼻尖的小平面"骄傲地"目不邪视"。这样一来,这个空间及在其中活动的人的主要趋向就是拒绝,拒绝他者,自我孤独化。而这种自我孤独化,则源于"寂静和空虚",源于对邻居的物化;邻居成了"半瓶雪花膏和鼻尖的小平面",反倒不如槐树的新叶和紫白的藤花。这就意味着,叙事者涓生和人物涓生经由空间的"寂静和空虚"互相将对方粉饰妆扮成了孤独者。而且,子君也在一定程度上被粉饰妆扮了。[1]

事实上,"寂静",尤其是"空虚"恰好是整个《伤逝》文本

---

[1] 空间问题在《伤逝》中有着强烈的阶级政治内涵,这一点李春在其论文《空间政治与日常生活——对鲁迅〈伤逝〉的再解读》中有详细分析,可以参考。其文载《文艺理论与批评》,2009年第5期。

复现最多的词。"空虚"一词出现了20次，意义近似的"虚空"一词出现了8次；"寂静"出现9次，"寂寞"3次，"默默"3次，"清静"3次，"幽静"2次；其他相关性的词语有"冷漠""冷屋""无人之境""连墓碑也没有的坟墓""无爱的人间"等。这些以"空虚"为主的词语蝶舞翩跹地分布在文本的各个角落，使整个文本集中地呈现了"空虚"作为意象的复杂性。"空虚"不仅意味着一个物质空间的"寂静""幽静"及人情的"冷漠"，更意味着"真实""说谎"等一切的"空虚"，即文本中所涉及的各个层面的价值问题，包括思想、爱、新生等，都是"空虚"的，落不到实处，或者没有意义的。因此，整个文本无论对于叙事者涓生还是对于人物涓生而言，都是关于"空虚"的巨大存在；而且，"空虚"就像"冷屋"一样，束缚住二者，使二者感受到"空虚"形似物质般坚实的存在。这样一来，《伤逝》无疑成了一个孤独者叙述"空虚"及其挣脱的文本。

那么，无论是对于叙事者涓生还是对于人物涓生而言，切近肌肤地感受"空虚"的同时，必然要求挣脱。因此，叙事者涓生需要通过叙述来完成自我疗救，挣脱"空虚"，人物涓生也需要某种途径来挣脱"空虚"。这样，（无法）"挣脱"也就成了文本的主要意象。而且，因为人物涓生已经尝试过多种"挣脱"的方法，叙事者叙述的过程便同时又是代谢"挣脱"方法的过程。

人物涓生开始企图通过子君来"逃出这寂静和空虚"，结果却发现陷入"盲目的爱"，即新的"空虚"，于是三次幻想"深山大泽，洋场，电灯下的盛筵；壕沟，最黑最黑的深夜，利刃的一击，毫无声响的脚步……"，然而结果依然是"空虚"：

> 我们总算度过了极难忍受的冬天,这北京的冬天;就如蜻蜓落在恶作剧的坏孩子的手里一般,被系着细线,尽情玩弄,虐待,虽然幸而没有送掉性命,结果也还是躺在地上,只争着一个迟早之间。

人物涓生一切"挣脱"的努力就像蜻蜓一样,结果还是"空虚","只争着一个迟早之间"。叙事者涓生叙述完人物涓生的一切"挣脱",最后结论不过是:"新的生路还很多,我必须跨进去,因为我还活着。但我还不知道怎样跨出那第一步。有时,仿佛看见那生路就像一条灰白的长蛇,自己蜿蜒地向我奔来,我等着,等着,看看临近,但忽然便消失在黑暗里了。"因此,二者必然共通地感觉到"空虚"所造成的拥挤感和绝望感:

> 我似乎被周围所排挤,奔到院子中间,有昏黑在我的周围;正屋的纸窗上映出明亮的灯光,他们正在逗着孩子推笑。我的心也沉静下来,觉得在沉重的迫压中,渐渐隐约地现出脱走的路径……

五 孤独的腹语者

在此"我"彼"我"的分歧与合谋之下,子君被怎样粉饰妆扮了?是否能够寻找某种线索还子君以本来面目?这样的思考方式似乎暗含着对于女性主义的认同,或对于发现启蒙与被启蒙的悖论之回归,但其实乃是试图越过二者可能存在的陷阱,达到一种发现,即认为子君是孤独的腹语者。

如果说此"我"彼"我"都因强烈感受到"空虚"的压迫感而一再企图"挣脱"、逃出去的话,那么子君的行为证明了子君恰好逆向而行。子君显然不是没有感觉到"空虚"的存在,但她并无明显的怖畏之情;有的论者认为"子君的勇敢和无畏是一贯的",[1]不无道理。首先,在文本的开始,子君是一个不断重复走进人物涓生所处的"寂静和空虚"中的人,带来期待,带来新生的希望,努力改变着"寂静和空虚"。半枯的槐树的新叶,在象征的层面上似乎意味着不管"寂静和空虚"持续了多长时间("半枯"),都依然有新生的希望("新叶")。的确,在或一程度上,"寂静和空虚"为"我的语声"所打破和填充。因此,从一开始,只是对"我的语声"微笑点头并表示稚气的好奇的子君,就是沟通内外的使者,在努力将窗外的生命力的象征"新叶"和"藤花"引进"寂静和空虚"的破屋内。这就是说,与其认为人物涓生是子君的启蒙者,倒不如说子君是拯救者,是女神。对于拯救者(女神)来说,崇拜者表达崇拜时的言行、眼神无疑是一种对拯救者(女神)地位和价值的必要的礼物。因此子君总是一再地"质问""考验"人物涓生,让其一遍又一遍地复述求爱时的情境,从而获得温习的乐趣。

其次,在另一个空间里,与此"我"彼"我"不同的是,子君不是面对"空虚"而"读书"和幻想"深山大泽,洋场,电灯下的盛筵;壕沟,最黑最黑的深夜,利刃的一击,毫无声响的脚步……",幻想犹有翅膀可以在天空飞翔,而是摒弃书本和幻想,将一切日常家庭生活都引入到"空虚"中,乐此不疲。在文本的叙述中,子君从来没有解释过动物的价值和意义,只是将油鸡和狗饲养在家。子君通过油鸡和狗与邻居建立了联系,尽管这一联

---

[1] 赵红:《〈伤逝〉中子君形象的女性话语解读》,《西安财经学院学报》,2007年第3期。

系未必如意，但却到底打破了"寂静和空虚"，使外界的事情成为子君和人物涓生的日常话题之一。尤其取名阿随的狗，更是在文本中一再复现，具有了深刻的象征性。很难想象，摒弃书本和幻想的子君在人物涓生上班以后，如果没有油鸡和阿随以及因此发生的与邻居的联系，她将如何打发时间？在遭遇生计问题之后，这一点显然更是难以想象。那么，只有阿随，象征着日常家庭生活的阿随，始终陪伴在左右，子君才有可能有力量面对"空虚"。子君面对"空虚"的力量确实部分地来自日常家庭生活；她整日汗流满面，头发粘在额头上，只是不停地忙于家务，有效地与"空虚"保持了距离。在或一时段里，人物涓生也从子君经营的日常家庭生活感觉到了"宁静而幸福的夜"，这就证明了子君行为的有效性。尽管人物涓生一再表示不满，甚至嫌恶，从被弃郊外的阿随在子君死后重新回来、逼主人出走这一点来看，似乎依然暗含着某种无可奈何的认可。[1]

最后，当人物涓生变化至视归家为畏途时，一直无言或仅仅作为"我的语声"的回声存在的子君说话了。只是在叙述中，她不再像说"我是我自己的"时那么斩钉截铁，而是犹疑、迟滞，仿佛总有些话在往肚子里咽；她像是一个腹语者。

人物涓生第一次谈论易卜生是为了鼓励子君从自己父母的家中出走，第二次谈论则是希望子君从与自己组成的家庭中出走。子君两次都是倾听，只是第一次实现了他者的预期，第二次却在沉默过后说道：

---

[1] 有论者认为"阿随"事件背后隐含着两个主题，一是人性的隔膜，一是复仇。参见刘歆立：《伤逝：复仇冲动过后的忏悔——从"阿随"的命名和结局谈起》，《天府新论》，2007年第2期。

> 但是,……涓生,我觉得你近来很两样了。可是的?你,——你老实告诉我。

这种回答背后无疑隐藏许多未曾说出的对于人物涓生意见的异议,然而犹自暗含着对话的欲望和可能,期待着语词能够兑换为意义。但是,当人物涓生说出自己的主张,说出"真实",即所谓"我已经不爱你了"时,子君就成了一个彻底的腹语者:

> 她脸色陡然变成灰黄,死了似的;瞬间便又苏生,眼里也发了稚气的闪闪的光泽。这眼光射向四处,正如孩子在饥渴中寻求着慈爱的母亲,但只在空中寻求,恐怖地回避着我的眼。

子君一语不发,然而似乎有无数的语词在她腹中浮动,引人猜想。表面上看,人物涓生不再爱子君,使得子君"死了似的"。从更深层次看,子君作为拯救者(女神),从"我已经不爱你了"获得的信息是自己神格的丧失,改造人和"空虚"的工作都已经失败,且毫无继续进行的必要。从这一意义上言之,子君"眼光射向四处",并非如叙述的那样,"正如孩子在饥渴中寻求着慈爱的母亲",而是重新寻找崇拜者,却一无所获,于是所感到者为孤独。

子君作为一个孤独的腹语者,在或一层面上与此"我"彼"我"有着内在的共通性,即都是孤独的个体,为维持自身的主体性而无法与他者真正沟通,无法揭去"真的隔膜"。于是,无法经由"空虚"粉饰妆扮子君的叙事者通过"孤独"模糊了子君的形象,企图将子君定型为孤独者。但是,子君的行为,既能倾听人物涓生说道，又能与小官太太为了油鸡争吵，说明她至少在主观上并不"目不邪视"，在客观上有所行动，不愿成为孤独者。

然而，仅仅就《伤逝》文本内部而言，不管如何回退和化约，子君毕竟还是一个孤独的腹语者。叙事者涓生强大的叙述逻辑使得任何试图发现子君本来面目的努力都有些生涩，甚至徒劳无功。因此，只有将文本敞开，将其中浮现的子君模糊的面目与鲁迅其他文本中的类似人物进行比照，才能更好地将努力落到实处。

六 腹语者的诗学

希利斯·米勒认为："任何一部小说都是重复现象的复合组织，都是重复中的重复，或者是与其他重复形成链形联系的复合组织。在各种情形下，都有这样一些重复，它们组成了作品的内在结构，同时这些重复还决定了作品与外部因素多样化的关系……"[1]鲁迅《伤逝》显然是很典型的"重复现象的复合组织"，其中复现的诸多意象如"空虚""悔恨""路"，诸多主题如"个人与庸众""启蒙与被启蒙""爱与被爱"等，不仅组成了文本的内在结构，形成了内在的意义网络，而且与鲁迅的其他作品构成了普遍的联系。而正是普遍联系的存在，使得从各种路径进入的分析都能够顺藤摸瓜式的通往《伤逝》这个文本；只是《伤逝》文本在此往往化约成了某种单一的元素或象征。

---

[1] 希利斯·米勒：《小说与重复》，第3页，王宏图译，天津：天津人民出版社，2007年。

不过，这种化约始终有诱惑力，因为借此可以阐发或一层面从文本内部或正面切入不得不舍弃的内容，打捞剩余物。从这一意义上言之，子君作为一个腹语者存在，即为《伤逝》文本中的剩余物。这一剩余物并不是没有任何意义的，就像生产系统和软件系统中的设备冗余，虽然平时并不（完全）工作，一旦系统出现故障，冗余配置的部件就会介入并承担故障部件的工作，由此减少系统的故障时间。腹语者子君的形象在《伤逝》文本内部并没有多大的文本意义，或者说很难冲破《伤逝》文本整体上的"悔恨"（回忆）的诗学面貌，但是与鲁迅文本中的其他类似形象相勾连的话，则有可能建构一种腹语者的诗学。

鲁迅创造出的最典型的一种诗学形态是《野草·题辞》中反映出来的关于"空虚"的诗学。鲁迅说："当我沉默着的时候，我觉得充实；我将开口，同时感到空虚。"薛毅解释道："这里，话语与写作主体呈鲜明的异己性对立，主体只有在沉默状态中才能充分感受到自我那独特的心灵世界，但它似乎无法言说，一旦开口，它立刻离去，话语所到之处，它无迹可寻，话语之内的一切令人遗憾地成为并不确切和真实的东西。所要表达的似乎永远在表达之外，这是一种表达的困境。"[1]在《伤逝》文本中，叙事者涓生和人物涓生显然都体验到了这种"所要表达的似乎永远在表达之外"的"空虚"，看见语词消失在空中，不发生任何意义。但是，如何挣脱"空虚"，则似乎需要子君这样的腹语者来给出或一层面的答案。面对"空虚"，子君没有不停地言说，也没有像《野草·颓败线的颤动》中垂老的女人那样，在走到无边的荒野之后，"举两手尽量向天，口唇间漏出人与兽的，非人间所有，

---

[1] 薛毅：《无词的言语——论〈野草〉》，《文艺理论研究》，1995年第1期。

所以无词的言语"。[1]对于子君，言语不是说出，或者从口唇间漏出，而是回流到肚子里，转化为动作。如果说总是具有言语能力者，最终总是缺乏行动能力，像叙事者涓生一样，曾经离开过"空虚"（破屋），最后却还是回到"空虚"（破屋），仿佛什么也没有发生，只是证明了"空虚"之不可挣脱或"所要表达的似乎永远在表达之外"，那么，无词者则走向了荒野，腹语者则挣脱了"空虚"，并永远不再回来。子君用动作，而不是言语，证明了挣脱"空虚"或表达不可能的可能。

虽然有某类语词可以从口唇间漏出或说出，然而吞咽回肚子里，任话语在腹中蠕动，另外以动作证明那语词所不能证明的，这种腹语者的诗学，也许在鲁迅的其他文本，如《明天》《长明灯》中，会呈现得较为清晰一些。《明天》中的单四嫂子"是一个粗笨女人"[2]，不仅不善言辞，而且也不善思考。宝儿病夭了，她一味地想，却没有想到什么。叙事者这时现身说法："我早经说过：他是粗笨女人。他能想出什么呢？他单觉得这屋子太静、太大、太空罢了。"[3]因此，似乎是为了让单四嫂子连续不断的动作显得有理有据，叙事者才在各个动作间隙填充了单四嫂子的内心独白。子君与这个粗笨女人当然不可同日而语。子君是善于言辞的，只是在特殊时刻选择吞咽话语，将话语转化为动作。单四嫂子则甚至听不清自己内心独白些什么，只是凭着感觉便将那些可能的话语内容转化成了动作。与子君关系更近一些的是《长明灯》中的"他"。"他"要吹熄长明灯，认为吹熄了就不会有蝗虫和猪嘴瘟。但吉光屯人则故老相传，认为长明灯熄了，屯子就要

---

[1] 鲁迅：《野草·颓败线的颤动》，《鲁迅全集》第2卷，第211页。
[2] 鲁迅：《呐喊·明天》，《鲁迅全集》第1卷，第474页。
[3] 鲁迅：《呐喊·明天》，《鲁迅全集》第1卷，第479页。

变海，人就要变泥鳅。"他"说服不了吉光屯人，于是所有的话语都回流肚子，只是说："我放火！"而且，"他"要付诸行动。这引起了吉光屯人的集体性惶恐，于是合计将"他"捆起来锁闭在庙里闲置的房子中。[1]在此，叙事者不是塑造了一个未完成的思想"我想"，而是塑造了一个未完成的动作"我要"。总是要将话语回流肚子，转化为动作，这是腹语者的基本特点。在两个相反的意义上，《祝福》中的祥林嫂和《阿Q正传》中的阿Q分别延长了腹语者的序列。祥林嫂只有通过不停地劳作，才能摆脱过去遗留给她的精神痛苦，一旦鲁四老爷一家剥夺其参与劳动的权利，她也就在空虚之感中慢慢槁亡。这意味着腹语者的动作必须是持续不断的，否则只有死亡。阿Q的精神胜利法说明了相反的问题，即一旦腹语者的话能够从口唇中流溢出来，变成自我解脱的说辞，也就不再转化为动作。阿Q善于"辩证式"的思维，并常不自觉地将所思转为所言，故从无真正的愤怒和反抗，缺乏行动能力。

子君在整个腹语者系列中有特殊的价值，即子君不仅有自身的行动能力，有可据以自我证明的日常家庭生活，而且能够袭用他者的话语，在他者话语的妆扮中与他者对话。这也就是说，人物涓生只能理解"我是我自己的"这一套话语系统的逻辑，子君便为了对话起见，借用其逻辑。在这种借用中，腹语者的诗学就诞生了。子君借用他者的话语，本来是为了对话的可能，为了相互的沟通和理解，但总难免出现水火不容的情境。而二者的异质性一旦露出端倪，反讽的效果就出来了。当人物涓生第二次"称扬诺拉的果决"时，就从子君的"点头答应着倾听""后来沉默

---

[1] 鲁迅：《彷徨·长明灯》，《鲁迅全集》第2卷，第58—68页。

了"察觉到了这一反讽性:

> 也还是去年在会馆的破屋里讲过的那些话,但现在已经变成空虚,从我的嘴传入自己的耳中,时时疑心有一个隐形的坏孩子,在背后恶意地刻毒地学舌。

这就意味着沉默中所未曾说出的话语并非不存在,只是"隐形";一旦矛盾的瞬间出现,沟通和理解失去,它就显形。因此,在腹语者的诗学里,反讽的意味总是附着在对话、沟通和理解的努力之中。[1]

余 论

这一悖谬的情境,或许与鲁迅因为听前驱的将令,便借用他者的话语为自己的小说装点上欢容,有一种同构性。鲁迅在《呐喊·自序》中叙述的关于"铁屋子"的隐喻,一向是解读其与《新青年》诸贤之分际的关节。这一隐喻,蕴涵甚为深广,犹疑、踌躇、欣慰、跃跃欲试的情绪,似乎都濡染其中,不能轻易分辨。鲁迅走上《新青年》开辟的战场,有多少话语是自己的,有多少话语是借自他者,也难以辨明。这就造成其言说中始终存有

---

[1] 反讽是鲁迅思想和文学中颇有意味的一个关节点,一直以来也颇受到研究者们的关注。近年不仅有专门的论文讨论鲁迅思想和文学中的反讽问题,更有博士论文设专章进行深入的讨论。可参考龚敏律《西方反讽诗学与二十世纪中国文学》(湖南师范大学中国现当代文学专业2008届博士学位论文)第二章"存在之魂:鲁迅小说中的反讽诗学"。李今也专门著文从反讽的角度讨论了《伤逝》,见李今:《析〈伤逝〉的反讽性质》,《文学评论》,2010年第2期。不过,需要指出的是,这一论题尚有深入的可能和必要。

一些怀疑的因子，并表现为一种腹语者的反讽。因此，在或一层面上，子君更深刻地表征了鲁迅的独特性。[1]

在这种不乏怪诞甚至无稽的逻辑下，鲁迅与子君的同构关系建立起来了，鲁迅、子君都成了腹语者。但是，很显然，即使认可这一怪诞、无稽的逻辑，"腹语者"形象也难以涵盖发出笑声的鲁迅或带着骄傲之情说出"我是我自己的"的子君；它只是打捞了某些剩余物，并对其进行命名。

而且，从耽于思想或言辞的阿Q、涓生（甚至还有魏连殳、吕纬甫、N先生）等"孤独者"形象到子君、单四嫂子、"他"、祥林嫂等腹语者形象，似乎也还是飘溢出一些可以走向纵深的内容，即动作或行动的意义。鲁迅似乎并不总是在腹语转化为动作的层面上处理动作或行动。《补天》中不善言辞，也不能理解自己所创造的人口中纷飞的言语的女娲，可能很难算是腹语者；至少不是子君式的腹语者。因为女娲将自己烦躁不安的生命力化为了一种自己也始料未及的创造，生产出了异质性的后果，之后并未弃之不顾，而是选择了补天。子君则显然并无此等魄力，只是一走并身死了之。而《理水》中的大禹和《非攻》中的墨子，似乎也不再腹语。大禹面对文化山上的学者和部下的滔滔议论，不置一词，只是坚定地认为"湮"不行，只有"导"，并将全部心力付诸行动，三过家门而不顾。墨子则不仅胼手胝足，力行自己的主张，而且并不放弃言语，在言语的逻辑上驳斥曹公子的民气

---

[1] 也正因为如此，女性主义解读下的作者鲁迅形象并不十分可靠。例如有的论者认为：《伤逝》真实地体现了处于'私奔'套中的、以鲁迅为代表的现代男性文化精英们所具有的性政治观的成色与所到达的限度，并泄露出这种限度使得他们所创作的同类小说，并未到达同时代一些女作家叙事深度的事实。"（林丹娅：《"私奔"套中的鲁迅：《伤逝》之辨疑》，《厦门大学学报》，2007年第2期）这种结论难免有些先入为主的色彩。

论，在王廷上与公输般针锋相对。《铸剑》中的宴之敖者则在复仇的层面上显现了动作的另一种意义。那么，究竟应该如何来说明鲁迅所创造的一系列文本中的那些沉默无言但行动力十足的个体？或者说，鲁迅何以将埋头苦干者视为中国的脊梁？这背后难道不应该有非政治、思想或社会的原因吗？鲁迅晚年提出的生产者问题，或即为一种解释。

革命与反讽

——鲁迅《在酒楼上》释读

一 两种读法的交融

鲁迅署1924年2月16日写作的小说《在酒楼上》，发表在1924年5月10日出版的《小说月报》第15卷第5号上，是该期杂志的开篇之作。时至今日，这篇小说已经是毫无疑问的经典之作，不同时代不同路径的学术研究都给出了高度评价，诸如周作人说它是"最富有鲁迅气氛的小说"[1]，陈涌说它是"艺术上十分完美十分成熟的一个短篇"[2]，司马长风说它"表现了卓越的写实主义技巧，可与莫泊桑和契柯夫互相竞耀，是鲁迅生平最成

---

[1] 见曹聚仁：《与周启明先生书——鲁迅逝世二十年纪念》，《北行小语——一个新闻记者眼中的新中国》，第36页，北京：生活·读书·新知三联书店，2002年。钱理群先生为周作人的说法背书，写有《"最富鲁迅气氛"的小说》一文，见钱理群：《鲁迅作品十五讲》，第59—80页，北京：北京大学出版社，2003年。
[2] 陈涌：《论鲁迅小说的现实主义》，《文学评论集二集》，第32页，北京：作家出版社，1956年。

功的一篇短篇小说"[1]，夏志清说它与《祝福》《肥皂》《离婚》等4篇小说是"小说中研究中国社会最深刻的作品"[2]，王富仁说它是"一篇情深意浓的小说"，"我们并没有真正说清这篇小说的意识底蕴"[3]，吴晓东则说"在鲁迅的第一人称小说中，《在酒楼上》是值得深入阐发的一部"[4]……各家观点不乏相左之处，但都同样肯定该小说的艺术成就。由此可见，鲁迅《在酒楼上》是被充分经典化了的文本。但正如王富仁所说的，"我们并没有真正说清这篇小说的意识底蕴"，《在酒楼上》仍然是一篇值得反复重读的小说。

需要强调的是，问题不在于反复重读，而在于如何读出"小说的意识底蕴"，读出新意。在这个意义上，聂绀弩的读法应当是一种理想的读法，值得详细介绍。在1942年9月15日出版的《世界政治》第7卷第14期上有一篇署名绀弩的《读〈在酒楼上〉的时候》的文章，是一篇回忆性的文章。作者1942年写作此文时身在桂林，文章开篇回忆自己1924年春天如何与《新青年》杂志结缘，喜欢上吴虞，因为吴虞《吃人与礼教》一文而对鲁迅的《狂人日记》有所关注，从而记住了鲁迅的名字，后来就写自己在第一次东征那样的军旅生活间隙看到书报摊上有一册新出的《小说月报》，开卷是鲁迅的《在酒楼上》，非常想买，可惜太贵买不起，得到朋友无私赞助后才买回来看。读《在酒楼上》，读

---

[1] 司马长风：《中国新文学史》上卷，第152页，香港：昭明出版社有限公司，1980年。
[2] 夏志清：《中国现代小说史》，第35页，刘绍铭等译，香港：中文大学出版社，2001年。
[3] 王富仁：《中国反封建思想革命的一面镜子》，第87页，北京：中国人民大学出版社，2010年。
[4] 吴晓东：《鲁迅第一人称小说的复调问题》，《文学评论》，2004年第4期。

完第一遍,想的是:

> 他说的什么呢?这有什么意思呢?原来我以为他又要讲古久先生的流水账,礼教吃人,救救孩子之类的,他却没有讲,只讲一个很颓唐的教书匠做了一些无聊的事情而已,这算什么呢?

想来想去觉得自己"就是吕纬甫似的",就开始读第二遍。第二遍读完,状态是:

> 我几乎有点愤怒了,这不是一篇好文章,悲观,颓伤,阴郁,无论是作者和作者所写的人,都没有一点年轻人发扬蹈厉的精神……

于是为了排遣不快,出去戏场看戏,找同学胡聊去了。后来,过了一些时日,读到《妇女杂志》上的《娜拉走后怎样》一文,产生了新的感触:

> "人生最痛苦的是梦醒了没有路可以走",似乎就是那篇文章里的话,我觉得和《在酒楼上》的情调很一致。

并且认为:

> 鲁迅实在是理解人,理解人的感情,理解他的时代,而他自己似乎就是饱经伤难的,所以《在酒楼上》就这样地吸住我了。——不用说,能够这样想,那是不知多少时候以后,我已经作为有理想有志向的人,在社会的壁上碰得满头脑的大包小窟,仅仅没有变得

教"诗云子曰"而已。

在聂绀弩的回忆性叙述中，可以比较清晰地看到，他阅读《在酒楼上》时的初始状态是一种移情和代入式的阅读，再次阅读则成了自我区隔的批判性阅读，后面经过《娜拉走后怎样》的激发和近20年人生经历的磨砺，阅读就变成一种深刻的自我发现了。如果不怀疑聂绀弩回忆性叙述的可靠性问题，那么，可以看到的是，他的叙述很好地呈现了一种理想的阅读经典文学文本的读法应该包含的三个层次，即移情、批判和自我发现。如果没有移情，就难以没有任何负担地进入文本，如果没有批判，就无法有效地从文本中脱身而出，而如果不能在自我发现的意义上重新理解文本，就难以建立切己的个人与文本的关系，也就难免受制于人。尤其是一个已经被充分经典化的文本，个人与之建立任何关系都有可能是陈旧的，既不属于自己，更缺乏创造性。那么，能在多大程度上自我发现，就是能在多大程度上重新打开经典文学文本的一项重要指标；如果不是唯一指标的话。从《在酒楼上》近90年的阅读史来看，聂绀弩最后的自我发现式的读法，仍然是具有新意的。很少见到有论者将《在酒楼上》和《娜拉走后怎样》联系起来阅读，而实际上，后者作为鲁迅1923年12月26日在北京女子高等师范学校的讲演，与前者的写作时间相隔不足两月，彼此如果在情调上表现出一致性，也不算意外。尽管《娜拉走后怎样》的主旨是强调女性拥有经济权的重要性，还是应当承认聂绀弩对于其情调的感知是很有说服力的，鲁迅的确是在面对女性权利意识觉醒之后的可能状况发言，而说出下面这样的话来：

> 人生最苦痛的是梦醒了无路可以走。做梦的人是幸福的；倘没有看出可走的路，最要紧的是不要去惊醒他。[1]

话里的意思和《呐喊·自序》里表达的不要在铁屋子里呐喊的意思，可谓一脉相承，的确是1923—1926年间非常典型的鲁迅的思想意识的表露。作为映衬，鲁迅在《祝福》《幸福的家庭》《孤独者》《伤逝》《影的告别》等同时期作品中，也都表达了类似的意思。那么，对于《在酒楼上》这一文本所塑造的革命者吕纬甫来说，类似的意思就是这样的：由于革命所预约的未来社会在革命的第二天并未出现，吕纬甫就只有痛苦，颓唐，但同时又极度清醒着。"我"作为吕纬甫的旧友，其实陷入了同样的困局，但显然也"没有看出可走的路"，于是几乎没有对朋友过去的生活做任何评判和介入。

不过，如此理想的读法也还是内含着一种过于保护文本自足性的缺陷，似乎文本自身已经达成了某种不证自明的和解。《在酒楼上》果真如此自足吗？未免令人怀疑。如果它的确是一个完全自足的文本，文本自身已经达成不证自明的和解，对它的解读和研究便很难构成纷纭、对立的历史。事实上，正如聂绀弩借助《娜拉走后怎样》理解《在酒楼上》所显示的那样，文本的外部关联可以是打开文本的钥匙，文本内部也始终向外显露着一些迹象，那些迹象一旦被发现，读者就能摆脱文本自足的幻象，找到打开文本的钥匙。但是，对于迹象的细查是难免存在分歧的，故而解读也就免不了要出现分歧。作为文本内部向外显露的迹象，《在酒楼上》首先值得关注的是吕纬甫自叙迁葬时的如下细节：

---

[1] 鲁迅：《坟·娜拉走后怎样》，《鲁迅全集》第1卷，第166页。

> 我站在雪中，决然的指着他对土工说，"掘开来！"我实在是一个庸人，我这时觉得我的声音有些希奇，这命令也是一个在我一生中最为伟大的命令。但土工们却毫不骇怪，就动手掘下去了。[1]

这一迁葬掘坟的细节，很多研究者也都是注意的，前引各论者即各有精彩的考证或论述，但着眼于该细节的反讽性质的论述还不多见。虽然谈鲁迅小说中的反讽也不是什么新鲜话题，但也还值得继续讨论。有人认为《在酒楼上》属于"并置式复调结构反讽"，指出"叙述者的回忆""不断被现实所嘲弄"，[2]最后总结性地判断鲁迅属于克尔凯郭尔所描述的反讽者，"反讽者逃离了同时代的队伍，并与之作对。将来的事物对他来说隐而不现，藏在他的背后，而对于他所严阵以待的现实，他却非摧毁不可，他以锋利的目光逼视着这个现实"，鲁迅"选择了彻底地解剖并颠覆黑暗的现实，包括自己内心的黑暗，成为一个反讽者"，[3]这些都值得进一步讨论。事实上，吕纬甫的叙述所以是反讽，而且是自觉的反讽，不是由于"不断被现实所嘲弄"，而是由于被回忆所钩沉起来的关于一己之过去所"嘲弄"。当他说"我实在是一个庸人"时，嘲弄的是正在进行叙述的自己确实是庸人，记忆中的自己则不是庸人，因为他"也还记得我们同到城隍庙里去拔掉神像的胡子的时候"[4]，不是别的，正是这一"也还记得"使他给出了"我实在是一个庸人"的判词。而在这一意义上，"这命令也

---

[1] 鲁迅：《彷徨·在酒楼上》，《鲁迅全集》第2卷，第28页。
[2] 王沁：《鲁迅小说文体反讽性研究》，第96—97页，北京：社会科学出版社，2017年。
[3] 王沁：《鲁迅小说文体反讽性研究》，第154—155页。
[4] 鲁迅：《彷徨·在酒楼上》，《鲁迅全集》第2卷，第29页。

是一个在我一生中最为伟大的命令"一句因其夸饰性质而显得尤为反讽性十足。当吕纬甫说出这句话的同时，就已经表达了否定的意思，否定其为"最为伟大的命令"，回应作为听众的"我"肯定也已在心里表达的否定意见，因为彼此都"记得我们同到城隍庙里去拔掉神像的胡子的时候"，断难以"掘开来"为伟大的命令，遑论"最为伟大的命令"。因此，关于过去的革命的共同记忆，不仅是构成叙述的反讽效果的真正来源，而且是高于"现实"的存在，似乎不宜说什么"并置式复调结构反讽"，鲁迅"逼视着这个现实"的位置感，也未必源于"将来的事物对他来说隐而不现"，而可能源于历史的光亮所照见的现实和未来。这就与聂绀弩的理解颇有些不同，即尽管情调上是强调"人生最苦痛的是梦醒了无路可以走"，但吕纬甫仍有其记忆作为根据地，进而开辟出一条路来也未可知，而鲁迅自己是的确另有应对之术的。且不说《娜拉走后怎样》提出经济权作为女性出路的关键即是在指路，在小说《故乡》中鲁迅就有"其实地上本没有路，走的人多了，也便成了路"[1]的叙述，鲁迅并没有认为关于出路的思考到"人生最苦痛的是梦醒了无路可以走"这里为止，停止的不过是聂绀弩个人的自我发现罢了。

二 革命者与知识者的歧途

实际上，聂绀弩的理解可能多少忽略了吕纬甫参与过辛亥革命的革命者身份。《在酒楼上》的主人公吕纬甫乃是参与过辛亥革命的革命者，这一点从文本本身即能找到支撑，比如小说

---

[1] 鲁迅：《呐喊·故乡》，《鲁迅全集》第1卷，第510页。

作于1924年，吕纬甫和"我"已有十年不见，十年前即是1914年，那么彼此都还记得的"同到城隍庙里去拔掉神像的胡子的时候"绝不晚于1914年，就只能是辛亥革命前后的事情了。因此，王富仁说《在酒楼上》"极其精微地揭示了我国'五四'时期首先觉醒的知识分子所面临的现实和理想、道义责任与斗争目标之间的矛盾，反映了他们在这种矛盾中所感到的内心之苦"[1]，是有一些错位的。这是他在20世纪80年代那种特殊的重返五四、重提启蒙的历史语境中沿袭的政治无意识，他以为"将中国政治革命与中国思想革命区别开来，用思想革命的标准研究鲁迅作品，不用政治革命的标准直接衡量鲁迅文学创作的思想价值和意义"，才能回到鲁迅作品本身去[2]，其实只回到了20世纪80年代的知识分子诉求当中。此后所有只把吕纬甫当作知识分子来看待的研究，都难免有相同的问题，从而形成了《在酒楼中》的阅读史上常见的革命者和知识者处于歧途的常见现象。这一现象的另一更广为人知的表述即是李泽厚《启蒙与救亡的双重变奏》一文肇其端绪的革命压倒启蒙的叙述。而且，有意思的是，就在《启蒙与救亡的双重变奏》一文中，李泽厚写道：

> 就是男性的娜拉，命运也好不了多少，连指导和积极参加五四运动的《新青年》一伙和《新潮》一伙不也都"或被黑暗吞噬，或自身成了黑暗的一部分""有的高升，有的退隐"么？他们与鲁迅所见的辛亥的革命一代并无太大的差别。可以有新的吕纬甫、魏连

---

[1] 王富仁：《中国反封建思想革命的一面镜子》，第87—88页。
[2] 王富仁：《中国反封建思想革命的一面镜子》，第459页。

受……[1]

这是明确将吕纬甫与辛亥革命关联在了一起。然而，流风所披，其后的学者接过启蒙的思想话语，将吕纬甫的历史背景彻底移位到五四时代，可堪寻味。

从《在酒楼上》这一文本的实际情况来看，可以分出两层，一层是，吕纬甫革命者的身份是无碍于其知识者身份的，这就是陈涌以来的研究者将吕纬甫表述为"革命的知识分子"的原因；另一层是，吕纬甫知识者的身份是有碍于其革命者身份的，这是较为具有鲁迅特色的。这两层看起来不是很矛盾，但其实有着根本性的冲突。所谓"革命的知识分子"，中心仍在"知识分子"，"革命"所起的修饰作用改变不了"知识分子"的主体位置。而所谓知识者的身份有碍于革命者的身份，乃是将二者视为性质不同的主体位置。小说中吕纬甫自述教的是"子曰诗云"，引来"我"的质疑：

> 我实在料不到你倒去教这类的书，……[2]

这是小说中"我"对于吕纬甫仅有的评判和介入。对于鲁迅来说，这个质疑是非常深刻和可怕的，而吕纬甫在内心则认同这样的质疑，可见整个小说叙述的倾向性何在。客观地说，吕纬甫的

---

[1] 李泽厚：《中国现代思想史论》，第25页，上海：东方出版社，1987年。周作人说，"《在酒楼上》是写吕纬甫这人的，这个人的性格似乎有点像范爱农，但实在是并没有模型的"，这种曲折含糊的意见也大可参考。见周作人：《鲁迅小说里的人物》，第203页，止庵校订，石家庄：河北教育出版社，2001年。

[2] 鲁迅：《彷徨·在酒楼上》，《鲁迅全集》第2卷，第33页。

行为不过是以一个知识者的知识和技能苟全性命于乱世而已。但这种行为，也许可以在周作人忧生悯乱的原则里得到谅解，在鲁迅那里则是批评儒家儒学的核心所在。例如1934年6月发表的《儒术》一文，鲁迅在梳理元好问等"中国人才""献教"和"卖经"等历史细节之后，说：

> 中华民国二十三年五月二十日及次日，上海无线电播音由冯明权先生讲给我们一种奇书：《抱经堂勉学家训》（据《大美晚报》）。……（引者略）
>
> 这说得很透彻：易习之伎，莫如读书，但知读《论语》《孝经》，则虽被俘虏，犹能为人师，居一切别的俘虏之上。这种教训，是从当时的事实推断出来的，但施之于金元而准，按之于明清之际而亦准。现在忽由播音，以"训听众"，莫非选讲者已大有感于方来，遂绸缪于未雨么？
>
> "儒者之泽深且远"，即小见大，我们由此可以明白"儒术"，知道"儒效"了。[1]

这里的意思很明显，知识者如果凭借自己的知识和技能而得以全一己之身，罔顾异族统治之时代巨恶，在鲁迅看来，就是一种带有根本性的文明病症了。同样地，当鲁迅为师友章太炎和刘半农盖棺论定时，也有着迥异于当时文坛学界的眼光，所重皆在师友的"战绩"[2]和"令人神旺"[3]的战斗文章，而非知识者的华衮。在

---

[1] 鲁迅：《且介亭杂文·儒术》，《鲁迅全集》第6卷，第31—34页。
[2] 鲁迅：《且介亭杂文·忆刘半农君》，《鲁迅全集》第6卷，第75页。
[3] 鲁迅：《且介亭杂文末编·关于太炎先生的二三事》，《鲁迅全集》第6卷，第565—567页。

这个意义上来说，吕纬甫认同"我"的质疑，意味着他颇有自知之明，与"我"乃是同一类型的人，否则"我"将不知出何恶言。这也就是说，在鲁迅的叙述中，吕纬甫首先是革命者，其次这个革命者是有知识的。以鲁迅的修辞方式来表达，模仿他说章太炎是有学问的革命家，那么，吕纬甫是有知识的革命者，而不仅仅是革命的知识分子。但是，鲁迅并不是认为有知识是错的，辛亥革命本来就是有知识的革命。相反，鲁迅是否认以知识者作为一种主体形象去重构革命者的形象，因而更加否认革命者是无知者。在鲁迅那里，革命者与知识者之间是由前而后地统一着的，只是在其他人那里，在关于鲁迅的阅读史中，革命者与知识者往往成为歧途。曾有学者读出小说对于吕纬甫的同情意味，以为"人"的心是究竟还不尽的，[1] 这种阅读上的同情感受，与其从人道主义或个人主义的角度进行分析，不如从革命的角度进行分析，即"我"与吕纬甫同为辛亥革命的参与者，二者分享了共同的情感密码，故而从"我"眼中看到的吕纬甫，是很难不让读者感到同情的。事实上，作者鲁迅本人也是辛亥革命的参与者，他对辛亥革命的思考固然有着严厉的批判，但也并不缺乏正面的评价，在感情上更是一直有一种深刻的归属感。在鲁迅看来，辫子的有无，就是辛亥革命的一桩功德，[2] 对于辛亥革命的先烈，鲁迅一向也是赞誉有加，并且总是多方书写的。除了我们所熟知的《药》和《范爱农》对秋瑾和范爱农的怀念和讴歌，鲁迅在《中山先生逝世后一周年》一文中的说法，也深刻地表达了他对辛亥革命的独特记忆和理解：

---

[1] 范伯群、曾华鹏：《"人"的心是究竟还不尽的》，《江西师范大学学报》，1986年第4期。
[2] 鲁迅：《坟·从胡须说到牙齿》，《鲁迅全集》第1卷，第260页。

> 中山先生逝世后无论几周年，本用不着什么纪念的文章。只要这先前未曾有的中华民国存在，就是他的丰碑，就是他的纪念。
>
> 凡是自承为民国的国民，谁有不记得创造民国的战士，而且是第一人的？但我们大多数的国民实在特别沉静，真是喜怒哀乐不形于色，而况吐露他们的热力和热情。因此就更应该纪念了；因此也更可见那时革命有怎样的艰难，更足以加增这纪念的意义。[1]

对于革命者的独特热情使得鲁迅产生了一种国体既在，则革命者亦随之不灭的独特理解，并在此基础上产生一种具有共同体意识之感的革命理解。因此，当他在文章中解释《战士和苍蝇》中的战士指的是孙中山和辛亥革命先烈，苍蝇指讥笑孙中山和辛亥革命先烈的奴才时，[2] 非常有必要重温他1925年的下列说法：

> 我想，我的神经也许有些瞀乱了。否则，那就可怕。
>
> 我觉得仿佛久没有所谓中华民国。
>
> 我觉得革命以前，我是做奴隶；革命以后不多久，就受了奴隶的骗，变成他们的奴隶了。
>
> 我觉得有许多民国国民而是民国的敌人。
>
> 我觉得有许多民国国民很像住在德法等国里的犹太人，他们的意中别有一个国度。
>
> 我觉得许多烈士的血都被人们踏灭了，然而又不是故意的。
>
> 我觉得什么都要从新做过。
>
> 退一万步说罢，我希望有人好好地做一部民国的建国史给少

---

[1] 鲁迅：《集外集拾遗·中山先生逝世后一周年》，《鲁迅全集》第7卷，第305页。
[2] 鲁迅：《集外集拾遗·这是这么一个意思》，《鲁迅全集》第7卷，第275页。

年看,因为我觉得民国的来源,实在已经失传了,虽然还只有十四年![1]

这意味着,在鲁迅看来,虽然离辛亥革命不过十四年而已,革命已经被人遗忘,社会不仅被去革命化了,而且革命的队伍里生产出了新的奴隶主,社会也存在着革命的敌人,"什么都要从新做过",需要"好好地做一部民国的建国史"来唤醒革命。而尤为重要的是,鲁迅对现状的不满源于对革命的认可。而这种认可乃是一种历史的记忆,并非对于未来的想象。鲁迅通过《在酒楼上》等小说所完成的书写工作因此也可以视为"好好地做一部民国的建国史"的组成部分,他在以自己的方式打捞革命历史记忆,唤醒革命精神。因此,如果吕纬甫的主体位置不是安放在革命上,将吕纬甫仅仅视为一介知识分子,对于鲁迅而言,大约是匪夷所思的了。

遵从上述逻辑,首先要破除的一种意见是,吕纬甫乃是"在酒楼上"的"孤独者",他作为独异的个人,对抗着母亲、顺姑及长富等庸众。[2]正如另有研究者会强调的那样,吕纬甫所做的两件事可能是鲁迅所真正激赏的带有鲜明鲁迅特征的事情,让人感受到一种诗意的光芒,[3]将母亲、顺姑及长富视为围绕在吕纬甫身边的庸众是极不妥当的。整个小说反讽的感受并非来自独异的个人与庸众之间的关联性事件,而是来自革命者主人公自身

---

[1] 鲁迅:《华盖集·忽然想到》,《鲁迅全集》第3卷,第16—17页。
[2] 这种意见的早期代表当推李欧梵《铁屋中的呐喊》,近年国内学者的意见可参看宋剑华:《"在酒楼上"的"孤独者"——论鲁迅对"庸众"与"精英"的理性思辨》,《鲁迅研究月刊》,2016年第1期。
[3] 吴晓东、倪文尖、罗岗:《现代小说研究的诗学视域》,《中国现代文学研究丛刊》,1999年第1期。

因为各种各样的原因不得不躬行昨日之非，但内心却仍自清醒和痛苦的人格；在相同的逻辑上理解《伤逝》《孤独者》等经典文本，也是完全可以的。魏连殳是革命者，这一点很清楚，无须详论。涓生作为五四后一代的知识分子，身上遗传了革命者的某种习性，也是可以找到文本证据的。每当苦思出路之时，涓生的幻想里总会出现"深山大泽""壕沟""利刃的一击"等[1]潜隐着辛亥虚无党人以暗杀手段进行革命的意象，似乎就是遗传的证据。所可惜者，在革命的顿挫中，耽于幻想的涓生重又回到公馆躺下了。这就是说，即使是涓生这样的缺乏行动能力的人物，也仍然应当纳入革命者的谱系中加以理解，方能更好地贴近鲁迅的本意。而那种有意将吕纬甫作为知识者、剥离其革命者身份的努力，如果不是考虑到任何一种研究总是不可避免地与其所处的时代轴合在一起，就多少是难以理解的。

那么，现在的问题是，立足于吕纬甫的革命者身份，应当如何重新打开已经被充分经典化的小说文本《在酒楼上》？是廓清成说立论，还是尊重成说立论？这既是一个学术伦理问题，也是一个学术自信问题。下文拟从学术伦理出发，在尊重成说的基础上，重点讨论《在酒楼上》的反讽问题。

三 反讽及其意向性

严家炎从复调小说的意义上肯定鲁迅小说时，曾经表示：《在酒楼上》《孤独者》的叙事特点是将自己的内心体验一分为二，化成两个人物——两个孪生兄弟似的人物，一部分以单纯独

---

[1] 鲁迅：《彷徨·伤逝》，《鲁迅全集》第2卷，第129页。

白的主观的方式呈现，另一部分则以客观的、非'我'的形式呈现。"[1] 把《在酒楼上》上的"我"和吕纬甫视为作者鲁迅派生出的"孪生兄弟似的人物"，是20世纪80年代中期汪晖《反抗绝望》出版以来非常重要的解读方式。值得在此基础上进一步讨论的是，作者鲁迅是否居于"我"和吕纬甫的互为镜像的关系之上？过去的研究一般认为作者鲁迅并不居于"我"和吕纬甫之上，但事实可能恰恰相反，作者鲁迅是居于人物之上的，作者有意识地控制着小说叙述，非常注重与人物的距离。在这个意义上，与其说《在酒楼上》等小说是复调小说，不如说它们是具有复调性质的小说。就《在酒楼上》这篇小说而言，其开头部分即已表明作者非常注重与人物拉开距离：

> 我从北地向东南旅行，绕道访了我的家乡，就到S城。这城离我的故乡不过三十里，坐了小船，小半天可到，我曾在这里的学校里当过一年的教员。深冬雪后，风景凄清，懒散和怀旧的心绪联结起来，我竟暂住在S城的洛思旅馆里了；这旅馆是先前所没有的。城圈本不大，寻访了几个以为可以会见的旧同事，一个也不在，早不知散到那里去了；经过学校的门口，也改换了名称和模样，于我很生疏。不到两个时辰，我的意兴早已索然，颇悔此来为多事了。[2]

对于"我"而言，"颇悔此来为多事了"，指的是不该"绕道访了我的家乡"之后，又到三十里外的S城去。而对于作者鲁迅而

---

[1] 严家炎：《复调小说：鲁迅的突出贡献》，《论鲁迅的复调小说》，第144页。
[2] 鲁迅：《彷徨·在酒楼上》，《鲁迅全集》第2卷，第24页。

言,"我"的多事之举恰恰是必要的,"多事"之"事"是小说作者真正想展开的"事"。鲁迅以类似这样的笔墨从小说开头就拉开了与人物的距离。而由于作者有意拉开了距离,这个开头便在诗化面貌下折叠了内在紧张的多个层次,从而具有一种反讽的效果。"我从北地向东南旅行,绕道访了我的家乡,就到S城",这看起来像是典型的回忆性叙述的开头,但"绕道"的目的地其实只是"我的家乡","S城"是目的之外的冗余。而写"我"怀着懒散和怀旧的心绪暂寓洛思旅馆,则暗含着这趟回访注定是以告别为结束的。分号后的起补充说明作用的分句"这旅馆是先前所没有的",其客观果决的表达效果,立马使"我"原先应牵连出的思乡怀旧之绪戛然而止。而这种无处安放的情感在后文更是被"生疏""意兴索然""颇为后悔"等情绪所取代。由此可见,回忆的诗学随着叙述的展开逐步被遏制,并随着第一段的收束而就此终结。那么,下文在S城发生的情节,就作为冗余的存在而构成了对回忆性叙述的戏仿。这里鲁迅有意制造了一个空间,即怀乡情结被隔断的S城。而这一手法与《伤逝》中以自由间接引语展开的叙述视点,有着同样丰富的表达层次——似乎产生了一种间离感,使读者在陷入文本所营造的氛围的同时,对"我"的叙述不敢完全相信,从而不至于完全沉溺于诗化的抒情表意之中。在这样的间离感中,反讽的意味出现。

小说接下来写"我"为了"逃避客中的无聊"去一石居"买醉",在进一步打破回忆性叙述之后,延展出下列极其重要的反讽性叙述:

> 我看着废园,渐渐的感到孤独,但又不愿有别的酒客上来。偶然听得楼梯上脚步响,便不由的有些懊恼,待到看见是堂倌,才又

安心了,这样的又喝了两杯酒。[1]

"我"沉浸在孤独中,不愿被打扰,固然是真实的,也是诗意的。这是小说"最富有鲁迅气氛"的一刻,但却是反讽性的抒情。事实上,鲁迅并不着意营造"鲁迅气氛",着意地是打破"鲁迅气氛",从而展开故事。对于作者鲁迅而言,如果由着"我"适心惬意地"孤独"下去,《在酒楼上》的故事无从顺利展开,因此便将这一"最富有鲁迅气氛"的细节处理为过渡性的细节,将堂馆的"脚步响"作为接下来吕纬甫上楼的"脚步声"的铺垫,暗示"我"其实一直期待"S城的旧同事"出现。"我"既享受孤独,因为脚步声而懊恼,又渴望不再孤独,因为脚步声带来的不符期望而懊恼,这种复杂的心绪附着在"我"安心于孤独的叙述之中,作者以此表达了对"我"的反讽态度。当吕纬甫真的上楼时,"我"的一系列"害怕""吃惊""意外"的反应,就显得顺理成章。而且由于作者的控制和介入,"我"的叙述也开始变得具有自我辩难的色彩:

> 我竟不料在这里意外的遇见朋友了,——假如他现在还许我称他为朋友。那上来的分明是我的旧同窗,也是做教员时代的旧同事,面貌虽然颇有些改变,但一见也就认识,独有行动却变得格外迂缓,很不像当年敏捷精悍的吕纬甫了。
> "阿,——纬甫,是你么?我万想不到会在这里遇见你。"
> "阿阿,是你?我也万想不到……"[2]

---

[1] 鲁迅:《彷徨·在酒楼上》,《鲁迅全集》第2卷,第25页。
[2] 鲁迅:《彷徨·在酒楼上》,《鲁迅全集》第2卷,第26页。

在"我"的叙述中,"我"认出了吕纬甫,并且视为朋友,但同时又感到怀疑,补一句"假如他现在还许我称他为朋友",这就表现出自我辩难的色彩。而"面貌虽然颇有些改变,但一见也就认识"也就显得不够真实,"我"的潜台词也许是"虽然一见也就认识,但面貌颇有些改变"。"我"的问候语"阿,——纬甫,是你么?我万想不到会在这里遇见你"暴露了"我"内心的不确定感,而吕纬甫的回答"阿阿,是你?我也万想不到……",不仅表现了吕纬甫的惊异,更重要的是表现了吕纬甫的客套。面对一个陌生人的热情问候,吕纬甫来不及识别陌生人是否故友,故而以"阿阿,是你?"笼统地回应着,重复着对方的话语"我万想不到",却说不出什么实际的内容。此后,在双方的整个交谈中,"我"的名字都没有出现。这里有叙述技巧的问题,但更值得关心的是,"我"是如何从一个作者所设置的反讽性的孤独情境中将吕纬甫识别出来的。如果没有作者鲁迅的介入,"我"也许可以在孤独中结束在酒楼上买醉的时间,吕纬甫自然也无遇见"我"的愿望,下文两人的交谈中透露出的双方都对对方的踪迹不甚关心的信息足以证明这一点。因此,当"我"在酒楼上觉得"空空如也"的时刻,正是作者鲁迅将"我"的目光扭向了废园中的老梅和山茶,打破此刻的空无。而"我"与吕纬甫的相见之惊,也明显具有作者鲁迅的人为之感。那么,在"我"觉得"空空如也"的孤独的此刻,听到楼梯上脚步响,故人吕纬甫一步步上来,就像是作者鲁迅从不是此刻的此刻,从历史之外,伸出一只巨手将人物拉出了荒芜的历史地表。在"我"排斥被打扰的瞬间,吕纬甫从底下踩着楼梯上来,就好像是一个被人遗忘且漠不关心的遗民,被不可知的洪荒之力从荒芜和废墟中拖拽出来。他是从历史的掩埋中慢慢浮现的,在一个"我"默想的、无时间的或者说永恒的瞬间被制造出来。而他与甘于孤独,并乐于驰骋于历史废墟与荒芜的"我"是并列的,是互为镜像的,因此也可以说他们是一同从废墟中钻出地面的。这也就解释了"我"看到吕纬甫时害怕与吃惊的原因——"我"看到了另一个自己。在隐喻的意义上,"我"与吕纬甫是共同上楼的,而非在酒楼上以一种启蒙式的眼光从上至下地俯视吕纬甫,而彼此的对视又带有回返自身的反思与审视的意味。作者鲁迅作为从历史之外伸出一只巨手将"我"和吕纬甫拉出荒芜的历史地表的存在,则以一种旁观的、俯瞰式的角度审度这对孪生兄弟,他努力剥离与人物的纠缠,对"我"和吕纬甫的肯定和同情中包含着明显的批判。

在作者鲁迅的有力控制之下,吕纬甫的叙述也有着明显的自我辩难的色彩。吕纬甫叙述了两件事,即为小兄弟迁葬和送顺姑剪绒花。这两件事都是对失去意义之物的重新修护或补救。吕纬甫本来是将这两件事视为"无聊,且又愿意的事",但结果是两件事都不顺遂,最后与目的产生了偏移,只好应了母亲之愿做了他未必愿意的徒劳之举。因而,吕纬甫的态度就如小说中所说的那样——"这些无聊的事算什么?只要模模胡胡"[1]。在这样的叙述中,吕纬甫其实一直都处于一种自我辩难的状况中。比如送剪绒花一事,很难猜测吕纬甫对顺姑到底是怀着什么样的情感,但可以肯定的是,不是沈从文小说中那种深切动人的恋情。这也就使得吕纬甫的叙述有一种暧昧、紧致的张力,而这种张力也呈现了某种反讽效果:鲁迅似乎作为观察者,审视并沉思他笔下的人物身上承载的对历史、革命的态度,而从这个人物与历史、革

---

[1] 鲁迅:《彷徨·在酒楼上》,《鲁迅全集》第2卷,第33页。

命构成的模糊关系中又可看到，观察者也是怀着某种悬而未决的犹疑和不确定。对于鲁迅而言，人生的选择正是一点点挣扎出来的，他要从各方面寻找新的文化建构路径的可能性，因而思想上的复杂与文本中所体现出的丰盈的、向各个方向张开发展着的诗学面貌是一致的。

作为作者，鲁迅对吕纬甫的自我辩难在同情中仍然保持批评的典型表现是，在吕纬甫的自述中，往往潜藏着作者的反讽。例如本文已经讨论过的一个极具反讽性的细节，即吕纬甫在迁葬挖坟时说"我实在是一个庸人，我这时觉得我的声音有些希奇，这命令也是一个在我一生中最为伟大的命令"，其意在嘲弄自己现在就是庸人之外，尚有着"我不是庸人"的暗示和优越感。由此可见，在吕纬甫的意识里是很难赞成迁葬这类事的，而今竟于某一瞬间生发出崇高感，多少有些可笑。因而在这里，吕纬甫的话语与思想、信念与事实之间的差异，在吕纬甫自己这里和在作者鲁迅那里都形成了反讽。而事实上，鲁迅确实是摒弃这种革命者的自我中心化的，他往往站在表达的边缘地带，有时会从民间俗信中汲取写作的精神资源，如丸尾常喜和汪晖所讨论的，鲁迅有时也会寻求一种"向下超越"的力量。[1] 暂不论这是否为鲁迅所寻求的诸多可能性之一，他的很多小说确实都叙述了革命者与下层民众对话的无效性。比如《故乡》中的迅哥儿和闰土，《祝福》中"我"对祥林嫂关于有无灵魂的回答，这些都表现了革命者与下层民众无法挽回的疏远与分离。他们被划归为不同阶级，分布于鲁迅小说的人物谱系之中，而《故乡》结尾所表达的也并非是对水生与宏儿不分离的希望，而是分离的担忧。联系 1924 年孙中

---

[1] 参见汪晖:《鲁迅与向下超越——〈反抗绝望〉跋》,《中国文化》,2008 年第 1 期。

山启动"联俄、联共、扶助农工"三大政策的外部现实,可以想见鲁迅对辛亥革命的反思:辛亥革命是通过自上而下的形式推动的,因而它并未与基层建立厚实的关联,这也在某种程度上导致了它的偶然性。这也就是说,当革命者作为独异个人与下层民众疏离时,与其说鲁迅表达的是一个独异个人与庸众对立的命题,不如说表达的是对革命的反思。而正是在反思革命的意义上,鲁迅以反讽的方式批判了吕纬甫身上的自我优越感。吕纬甫作为个体的艰难与孤独其实是因为他把个人主体性看得太重,他所感伤愤懑的是自我难以在民众中得到认可,作为革命者,他是难以对民俗世界产生认同与理解的。这恐怕也是鲁迅在设置送剪绒花情节时,有意将对象替换为无法令吕纬甫产生共情的阿昭的原因。而正是意识到了这些,鲁迅在塑造吕纬甫这个人物时就糅杂了同情与批判的双重情绪,并着重表现了吕纬甫踟蹰不前的行动状态。而这种内在辩驳的过程也就形成了《在酒楼上》不断收缩、展开的紧张面向,构成了指向叙述自身的反讽效果。

在作者鲁迅的有意控制下,不仅"我"和吕纬甫的叙述都存在自我辩难的特点,而且二者之间还存在相互进行辩难的状况。当"我"说"万想不到"时,吕纬甫说"我也万想不到",当"我"说"我早知道你在济南,可是实在懒得太难,终于没有写一封信",吕纬甫说"彼此都一样。可是现在我在太原了,已经两年多",[1]当吕纬甫说"你不能飞得更远么","我"说"大约也不外乎绕点小圈子罢"[2]……彼此之间进行的是一种相互暗辩,既有自我辩护的意味,又有对对方仍然含有期许的意味。而

---

[1] 鲁迅:《彷徨·在酒楼上》,《鲁迅全集》第2卷,第26页。
[2] 鲁迅:《彷徨·在酒楼上》,《鲁迅全集》第2卷,第27页。

"我"作为小说的叙述者,占据了更为有利的位置,因此既有类似于"我实在料不到你倒去教这类的书"的对吕纬甫的直接质疑,更有皮里阳秋的暗讽。当吕纬甫自辩"他们的老子要他们读这些;我是别人,无乎不可的。这些无聊的事算什么?只要随随便便……"之时,"我"没有直接问"你藉此还可以支持生活么?",而是叙述道:

> 他满脸已经通红,似乎很有些醉,但眼光却又消沉下去了。我微微的叹息,一时没有话可说。[1]

这也是极其微妙的暗辩,"我"虽然同情吕纬甫生计维艰的状况,但却并不愿意听到他说"我是别人",将自己从具体的社会结构和情状中抽离出来,独善其身。因此,"我"将吕纬甫的满脸通红叙述为"似乎很有些醉",潜台词是希望吕纬甫不是因为酒醉而脸红,而是因为"我是别人"那样的说辞而羞愧脸红。但是,在"我"的眼中,吕纬甫的"眼光却又消沉下去了",这意味着"我"认为吕纬甫斗志已销,几乎完全被生活打败了,彼此其实也没有什么可谈的了。"我"满怀期待地试图从故友的叙述中寻找共同的革命记忆,通过历史的打捞建构起对于现在和未来的信心,最终却发现吕纬甫并不能真正提供给"我"什么面对现在和未来的资源,只能分别。这也就意味着,如果一开始作者鲁迅是将"我"和吕纬甫作为互为镜像的两个人物来处理的话,最后是通过赋予"我"更大的话语权,将吕纬甫作为镜像而存在的意义打破了。而吕纬甫作为镜像被打破,从辩证的逻辑上来说,"我"

---

[1] 鲁迅:《彷徨·在酒楼上》,《鲁迅全集》第2卷,第33—34页。

作为吕纬甫的对立面同样失去了镜像的性质，从而也就被作者鲁迅放逐了。因此，在完成对"我"和吕纬甫互为镜像的复杂叙述之后，作者鲁迅在上升的逻辑上回到"我""颇悔此来为多事了"的起点，超越了那个被怀乡情结所隔离出来的 S 城空间，进入小说结尾所写的悬而未决的临界性空间：

> 我独自向着自己的旅馆走，寒风和雪片扑在脸上，倒觉得很爽快。见天色已是黄昏，和屋宇和街道都织在密雪的纯白而不定的罗网里。[1]

"见天色已是黄昏，和屋宇和街道都织在密雪的纯白而不定的罗网里"作为自由间接引语，呈现的首先是"我"的视野。但考虑到吕纬甫虽然行走的方向相反，时空却是一致的，作者鲁迅此刻也难以占据高于人物的位置，这最后的黄昏中的密雪罗网其实是三者所共享的。黄昏，这是一个难以准确定义的临界时刻，与密雪的意象相近，它们所描述的都是一种悬而未决的状态：一切都失去了界限和秩序，所要去的方向有待于描述却未被描述。所谓相反的方向，也就未见得多么相反，而作者鲁迅对于"我"和吕纬甫的反讽性叙述，也未见得能突破"密雪的纯白而不定的罗网"，这样一来，小说的叙述最终指向的是作者鲁迅的自我辩难。整个小说叙述变成一次文本上的反讽之旅，鲁迅借此体验了种种低回而回旋的时刻，也体验了独自离开的"我"的"爽快"，在某个瞬间获得并非迷惘不安，也并非晦暗绝望，似乎摆脱了一切的感受，但最终只能将一切卸载在小说叙述中，再次面对无从通

---

[1] 鲁迅：《彷徨·在酒楼上》，《鲁迅全集》第 2 卷，第 34 页。

过历史的钩沉而得以救赎的此刻。也许,正是在此意义上,《在酒楼上》作为反讽的文学文本提供了极其丰富的内容,也不妨承当聂绀弩在生活的磨难中所感慨的"人生最苦痛的是梦醒了无路可以走"。

鲁迅论"现代史"

在鲁迅的杂文中,有一篇《青年必读书》,1925年发表的,非常有名,其中说"我以为要少——或者竟不——看中国书,多看外国书",理由是"我看中国书时,总觉得就沉静下去,与实人生离开;读外国书——但除了印度——时,往往就与人生接触,想做点事",而"中国书虽有劝人入世的话,也多是僵尸的乐观;外国书即使是颓唐和厌世的,但却是活人的颓唐和厌世"。[1]一年之后,鲁迅在《写在〈坟〉后面》一文中又说:"去年我主张青年少读,或者简直不读中国书,乃是用许多苦痛换来的真话,决不是聊且快意,或什么玩笑,激愤之辞。"[2]这些说法当时就物议纷纷,后来分歧更大。尤其是20世纪80年代以来,很多人将当下的某种文化缺失溯源到鲁迅那里,怪鲁迅反对读中

---

[1] 鲁迅:《华盖集·青年必读书》,《鲁迅全集》第3卷,第12页。
[2] 鲁迅:《坟·写在〈坟〉后面》,《鲁迅全集》第1卷,第302页。

国古书,要他负责。[1]这种说法其实是没有多大道理的,将当下的文化缺失归因于几十年前的逝者身上,逻辑上失之简单粗暴。

与《青年必读书》相关的是鲁迅写在《狂人日记》和《灯下漫笔》中的一些说法,也是非常有名的。在《狂人日记》中,鲁迅写狂人:

> 我翻开历史一查,这历史没有年代,歪歪斜斜的每页上都写着"仁义道德"几个字。我横竖睡不着,仔细看了半夜,才从字缝里看出字来,满本都写着两个字是"吃人"![2]

有人会把狂人的意见直接当成鲁迅的看法,认为鲁迅将中国史视为吃人史。鲁迅能这么写,自然也有他个人的原因。在写给许寿裳的信中,鲁迅说:"《狂人日记》实为拙作,又有白话诗署'唐俟'者,亦仆所为,前曾言中国根柢全在道教,此说颇广行。以此读史,有多种问题可以迎刃而解。后以偶阅《通鉴》,乃悟中国人尚是食人民族,因此成篇。此种发现,关系亦甚大,而知者尚寥寥也。"[3]后来的学者会由此延伸到夏曾佑对中国古代史的看法、古史中关于"相斫书"的议论及日本明治时期提倡肉食等项。[4]但值得注意的是,"中国人尚是食人民族"一语,其实是一

---

[1] 显得比较辩证的是林毓生的说法,他认为胡适、陈独秀全盘反传统的方式带来了20世纪70年代的中国问题,而"鲁迅的伟大之处就在于,在全盘性反传统的气氛中,他能辩证地指出中国文化传统中某些遗留成分具有知识和道德的价值"。参见林毓生:《中国意识的危机——"五四"时期激烈的反传统主义》(增订再版本),第281—296页,穆善培译,苏国勋、崔之元校,贵阳:贵州人民出版社,1988年。
[2] 鲁迅:《呐喊·狂人日记》,《鲁迅全集》第1卷,第447页。
[3] 鲁迅:《书信·180820致许寿裳》,《鲁迅全集》第11卷,第365页。
[4] 比较有代表性的论文有李冬木《明治时代"食人"言说与鲁迅的〈狂人日记〉》,载《文学评论》,2012年第1期。

个人类学和民俗学话题,并不是经吴虞阐发后广为人知的"礼教吃人"的意思。[1]只是早在1925年,周作人就在《吃烈士》一文中说:"中国人本来是食人族,象征地说有吃人的礼教,遇见要证据的实验派可以请他看历史的事实,其中最冠冕的有南宋时一路吃着人腊去投奔江南行在的山东忠义之民。不过这只是吃了人去做义民,所吃的还是庸愚之肉,现在却轮到吃烈士,不可谓非旷古未闻的口福了。"[2]其后把"食人族"和"吃人的礼教"放在一起来谈,甚至混为一谈,就成了理解《狂人日记》的主流了。但这实在是大有可商榷之处的。

在《灯下漫笔》中,鲁迅针对当时流行的"汉族发祥时代""汉族发达时代""汉族中兴时代"等修史语法,提出了著名的"更其直截了当的说法":

一,想做奴隶而不得的时代;
二,暂时做稳了奴隶的时代。

这个说法影响后世至深,被认为是鲁迅对中国古代历史的定论。不过,鲁迅自己却在该文中说这也是"先儒之所谓'一治一乱'",更重要的是"创造这中国历史上未曾有过的第三样时代"。[3]这就意味着,对中国古代历史下定论不是《灯下漫笔》一文的目的,为"创造这中国历史上未曾有过的第三样时代"开辟

---

[1] 鲁迅自己也并不排斥吴虞的看法,在带有史论性质的《〈中国新文学大系〉二集序》一文中也说《狂人日记》"意在暴露家族制度和礼教的弊害"。见鲁迅:《鲁迅全集》第6卷,第247页。
[2] 周作人:《周作人文类编1》,第514页,钟叔河编,长沙:湖南文艺出版社,1998年。
[3] 鲁迅:《坟·灯下漫笔》,《鲁迅全集》第1卷,第225页。

路径才是目的。这"第三样时代"大概就是鲁迅及其同时代人所要塑造的"现代"。

但是,由于鲁迅几乎没有关于"现代"的系统、完整而鲜明的论述,就很难理解鲁迅对"现代"的正面看法,后世也往往只能反复引证和分析其对于中国古代历史的看法,并且以此推衍其对于"现代史"的看法。这种做法也很有道理,因为当鲁迅写下上述各种各样的说法时,并不是以一个学者的方式写下的,而是以一个针对现实问题发言的作家的方式写下的,这意味着不管他写下的内容是什么,都是对现代历史发言。在这个意义上,钱理群在他的《与鲁迅相遇》中说,鲁迅是理解20世纪中国绕不过去的存在,[1]不但非常有道理,而且可以延伸出一个别致的命题,即鲁迅一生的言议都在论"现代史",鲁迅本身就构成"现代史"重要的一环。

不过,面对这一别致命题的诱惑,也不是没有其他办法,因为鲁迅1933年写过一篇文章,题目就叫《现代史》,可能是更适合拿来分析鲁迅对"现代史"的理解的。《现代史》一文最初发表于1933年4月8日《申报·自由谈》,署名何家干,全文如下:

> 从我有记忆的时候起,直到现在,凡我所曾经到过的地方,在空地上,常常看见有"变把戏"的,也叫作"变戏法"的。
>
> 这变戏法的,大概只有两种——
>
> 一种,是教一个猴子戴起假面,穿上衣服,耍一通刀枪;骑了羊跑几圈。还有一匹用稀粥养活,已经瘦得皮包骨头的狗熊玩一些把戏。末后是向大家要钱。

---

[1] 钱理群:《与鲁迅相遇》,第2页。

一种，是将一块石头放在空盒子里，用手巾左盖右盖，变出一只白鸽来；还有将纸塞在嘴巴里，点上火，从嘴角鼻孔里冒出烟焰。其次是向大家要钱。要了钱之后，一个人嫌少，装腔作势的不肯变了，一个人来劝他，对大家说再五个。果然有人抛钱了，于是再四个，三个……

抛足之后，戏法就又开了场。这回是将一个孩子装进小口的坛子里面去，只见一条小辫子，要他再出来，又要钱。收足之后，不知怎么一来，大人用尖刀将孩子刺死了，盖上被单，直挺挺躺着，要他活过来，又要钱。

"在家靠父母，出家靠朋友……Huazaa！ Huazaa！"变戏法的装出撒钱的手势，严肃而悲哀的说。

别的孩子，如果走近去想仔细的看，他是要骂的；再不听，他就会打。

果然有许多人 Huazaa 了。待到数目和预料的差不多，他们就检起钱来，收拾家伙，死孩子也自己爬起来，一同走掉了。

看客们也就呆头呆脑的走散。

这空地上，暂时是沉寂了。过了些时，就又来这一套。俗语说，"戏法人人会变，各有巧妙不同。"其实是许多年间，总是这一套，也总有人看，总有人 Huazaa，不过其间必须经过沉寂的几日。

我的话说完了，意思也浅得很，不过说大家 Huazaa Huazaa 一通之后，又要静几天了，然后再来这一套。

到这里我才记得写错了题目，这真是成了"不死不活"的东西。[1]

通篇文章看下来，会发现"钱"是其关节之一，不同地方不断地

---

[1] 鲁迅：《伪自由书·现代史》，《鲁迅全集》第5卷，第95—96页。

出现"钱"这个字眼。这意味着在鲁迅看来,不管如何"各有巧妙不同",变戏法的根本目的都是为了钱。但题目却叫"现代史",这是为何?当然不是真的"写错了题目",而是另有深意在焉。所谓"这真是成了'不死不活'的东西",很明显是反讽,反讽当时从西方引进各式各样观念和说法的中国人与变戏法的人是一样的,不过是"大家 Huazaa Huazaa 一通",目的都是为了钱。这里的中国人既包括官僚群体,也包括一些看上去很先进的知识分子。为什么要如此认定鲁迅反讽的意图?除了 1933 年前后中国官僚群体的种种表演、涌动在中国的纷繁复杂的外来话语形态以及鲁迅当时明确的左翼立场,很重要的原因是,《现代史》行文背后隐藏着鲁迅一贯的观察当下的方法论。早在留日期间写的文言论文《文化偏至论》中,鲁迅就认为有些引进欧美文化的人,所学不深,面有"干禄之色",心"博志士之誉",都是"以福群之令誉""掩自利之恶名"的"千万无赖之尤",[1] 大有深恶痛绝的意思;其后在文言论文《破恶声论》中就直接说"伪士当去,迷信可存,今日之急也",[2] 可谓是悲痛陈辞了。这是鲁迅刺破话语伪装的衡人之术,具有毫无疑义的方法论性质。

但是,读出鲁迅质询变戏法的目的是什么这一层意思,其实还是浅层次阅读。更深一层的意思与尼采有关,必须借助另外一些周边文献才能打开。先看鲁迅 1919 年发表在《新青年》杂志上的《随感录四十六》,其中有几段文字如下:

> 不论中外,诚然都有偶像。但外国是破坏偶像的人多;那影

---

[1] 鲁迅:《坟・文化偏至论》,《鲁迅全集》第 1 卷,第 46—47 页。
[2] 鲁迅:《集外集拾遗补编・破恶声论》,《鲁迅全集》第 8 卷,第 30 页。

响所及,便成功了宗教改革,法国革命。旧像愈摧破,人类便愈进步;所以现在才有比利时的义战,与人道的光明。那达尔文易卜生托尔斯泰尼采诸人,便都是近来偶像破坏的大人物。

在这一流偶像破坏者,《泼克》却完全无用;因为他们都有确固不拔的自信,所以决不理会偶像保护者的嘲骂。易卜生说:

"我告诉你们,是这个——世界上最强壮有力的人,就是那孤立的人。"(见《国民之敌》)

但也不理会偶像保护者的恭维。尼采说:

"他们又拿着称赞,围住你嗡嗡的叫:他们的称赞是厚脸皮。他们要接近你的皮肤和你的血。"(《札拉图如是说》第二卷《市场之蝇》)

这样,才是创作者。——我辈即使才力不及,不能创作,也该当学习;即使所崇拜的仍然是新偶像,也总比中国陈旧的好。与其崇拜孔丘、关羽,还不如崇拜达尔文、易卜生;与其牺牲于瘟将军五道神,还不如牺牲于Apollo。[1]

鲁迅在这里表达的破坏偶像的意见,是五四时期"重估一切价值"主张的具体表现。而独具鲁迅特色的地方在于,他延续了自己留日时期《破恶声论》一文中对于"不和众嚣,独具我见之士"[2]的期许,不仅要破坏偶像,而且要自甘孤独,"决不理会偶像保护者的嘲骂","也不理会偶像保护者的恭维"。为什么"也不理会偶像保护者的恭维"?这就和鲁迅对尼采思想的深度接受有关。回到鲁迅所引尼采文字的上下文来看,就会发现,鲁迅对

---

[1] 鲁迅:《热风·四十六》《鲁迅全集》第1卷,第348—349页。
[2] 鲁迅:《集外集拾遗补编·破恶声论》,《鲁迅全集》第8卷,第27页。

创作者的珍视与尼采对现代社会的批判几乎完全是在同一个逻辑上展开的。试将徐梵澄的相关译文和孙周兴的相关译文分列如下:

> 凡寂静终止之处,那里展开了市场;凡市场展开之处,便开始有大演剧者的呼叫,与毒苍蝇的嘤嘤。
>
> 在世界上是最好底事物也无所用,倘若没有一个人将其引献。民众很少知道伟大的意义,那便是创造者。但民众对于一切伟大事物的引献者和演剧者,甚有兴趣。
>
> 世界环着新价值的发明者转移,不可见地潜转。民众和荣誉是环着演剧者旋转,这么便是世界的进展。
>
> 演剧者亦有智慧,但缺乏智慧的良知。他始终只相信极使他相信者——使人相信他自己者!
>
> 明天他将有一种新底信仰,后天将更有一种新的。他有敏锐底感官,同普通人一样,和转变的气质。
>
> 颠倒——在他便叫:证明。使人糊涂——在他便叫:使人信服。血,于他是一切理由中最佳底理由。[1]

> 寂寞结束处,市场开始了;而市场开始处,也就开始了大戏子的喧嚣和毒蝇们的嘤嘤。
>
> 世上最好的事物,若是没有人首先把它表现出来,也是毫无用场的;民众把这些表演者叫作大人物。
>
> 民众理解不了伟大之为伟大,即:创造者。然则对所有伟大事物的表演者和戏子,民众却是兴味盎然。

---

[1] 尼采:《苏鲁支语录》,第32—33页,梵澄译,上海:生活书店,1936年。

> 世界围着新价值的发明者打转：——它不可见地旋转。但围着戏子打转的却是民众和荣誉：这就是世界进程。[1]

鲁迅的引文"他们又拿着称赞，围住你嗡嗡的叫：他们的称赞是厚脸皮。他们要接近你的皮肤和你的血"，徐梵澄翻译为"渠们用颂赞嗡嗡地迫近你身，渠们的颂赞便是逼迫。渠们欲近你的皮肤和血"[2]；根据梁展先生的指点，德文原文为：

> Sie summen um dich auch mit ihrem Lobe：Zudringlichkeit ist15 ihr Loben. Sie wollen die Nähe deiner Haut und deines Blutes.

"逼迫"比"厚脸皮"更接近原文。从《市场之蝇》的上下文来看，嗡嗡叫的"他们"指的是毒苍蝇，它们和市场上的"大演剧者"（"大戏子"）一样，都是喧嚣而毫无意义之物，虽然世界之潜转与其无关，但在世界的进程上却全是它们。民众把它们称为"大人物"，充满兴趣，对真正的创造者却一无所知。这大概就是鲁迅表示"也不理会偶像保护者的恭维"的理由，至于尼采在《市场之蝇》中说的苍蝇的种种恶德，倒是其次的了。

而根据《苏鲁支语录》的上下文来看，还有值得掘发的更深刻的逻辑起点。"市场"作为一个场景，是苏鲁支学会超人或者说懂得超人哲学之后，下山遇到的第一个人类群体活动场景，个中人尚不知道上帝已死。尼采似乎在暗示，未经超人洗礼的现代社会是一个闹哄哄的市场，其中最受关注的就是类似表演走钢丝

---

[1] 尼采：《查拉图斯特拉如是说》，第50页，孙周兴译，上海：上海人民出版社，2018年。
[2] 尼采：《苏鲁支语录》，第34页。

的变戏法者，只有离开市场，回到寂静（寂寞）中，才是出路。因此，鲁迅在《随感录四十六》中将尼采的话与易卜生所谓"世界上最强壮有力的人，就是那孤立的人"并举，也是合乎逻辑的，都是强调不为市场所扰的寂寞、孤立的必要。那么，鲁迅在一篇名为《现代史》的文章中写的却是市场上的变戏法者，就意味着他在逻辑的起点上分享了尼采对现代社会的批评，即：现代史就是市场史，演剧者是有智慧的，"明天他将有一种新底信仰，后天将更有一种新的"，但"缺乏智慧的良知"，不管怎么变，目的只要为了"使人相信他自己"，从而 Huazaa Huazaa 成功。而其中出现的"颠倒"和"使人糊涂"，也就是鲁迅深恶痛绝的。

而且，鲁迅通过对当时中国社会的观察，沿着尼采的逻辑生产出了更加深刻的逻辑和见解。在1933年发表的另一篇杂文《观斗》中，鲁迅写道：

> 军阀们只管自己斗争着，人民不与闻，只是看。
>
> 然而军阀们也不是自己亲身在斗争，是使兵士们相斗争，所以频年恶战，而头儿个个终于是好好的，忽而误会消释了，忽而杯酒言欢了，忽而共同御侮了，忽而立誓报国了，忽而……。不消说，忽而自然不免又打起来了。
>
> 然而人民一任他们玩把戏，只是看。[1]

粗看起来，"只是看"的状态与《现代史》中"看客们也就呆头呆脑的走散"的状态是一样的，也就是学界通常说的出现在"看与被看"关系中的看客状态，一种麻木的、缺乏自性的状态。但

---

[1] 鲁迅：《伪自由书·观斗》，《鲁迅全集》第5卷，第9页。

顺着尼采的逻辑推衍过来的话，就会发现，呆头呆脑走散的看客们只是市场上被变戏法蛊惑的对象，他们尚未看到创造者，"理解不了伟大之为伟大"，而"只是看"的群体当中，就除了那呆头呆脑走散的看客们，还有"一任他们玩把戏，只是看"的"人民"。从翻译者的"民众"到鲁迅笔下的"人民"，一字之易而已，但却出现新的逻辑因素。将"也不是自己亲身在斗争，是使兵士们相斗争"的军阀们视为呆头呆脑走散的看客或者Huazaa Huazaa的变戏法者，逻辑上是可通的，军阀们确有一身二任的事实，但将"一任他们玩把戏，只是看"的"人民"也视同看客，就很不妥当。"一任他们玩把戏，只是看"中的"一任"和"只是"两个虚词，都意味着观看者具有充分的精神自觉，那么，"人民"的"看"就是冷冷地看，是一种深刻的历史旁观，也就是将尼采《市场之蝇》中隐藏的超人视点放置到了"现代史"的现场当中。这也就意味着，在尼采看来，世界的创造者不在市场之中，而在1933年的鲁迅看来，世界的创造者也在市场之中，只不过需要对市场进行更进一层次的逻辑分析和处理而已。在这个意义上来说，鲁迅的《现代史》一文不是复刻了《随感录四十六》对于尼采的挪用，而是在尼采的基础上生产出了新的逻辑，一种"人民"的逻辑。因此，在1933年前后，鲁迅不再讨论1919年讨论的以外国新偶像替代中国旧偶像的命题，而是直接进入观斗现场的内部进行微观分析，将"人民"的逻辑生产出来了。

当然，需要回护的是，尼采对鲁迅的影响确实是深入骨髓，鲁迅不仅在上引诸文中沿用着尼采的逻辑，而且在《战士与苍蝇》《死后》中沿用尼采对苍蝇的理解，在《看变戏法》中几乎重写了一遍《现代史》，等等。鲁迅沿着尼采的逻辑走了多远？最终是否跳出了尼采的逻辑？这些都是需要另文反复检讨的。

与上述两个层次的阅读不同,但具有相关性的是,《现代史》还可以读出第三种意味,即鲁迅将"现代史"视为话语泡沫史。在浅层次的阅读中,《现代史》可以读出的内涵是鲁迅刺破话语伪装,质询变戏法者的目的,在与尼采有关的层次中,《现代史》可以读出的内涵是鲁迅将"现代史"视为市场史,是闹哄哄的、无关创造的历史,二者指向了一个相同的方向,即"现代史"有名无实,只有话语的泡沫,一片 Huazaa Huazaa 声,虚幻不实。从《现代史》文本的实际来看,全文只出现了一句变戏法者说的话,即:"在家靠父母,出家靠朋友……Huazaa!Huazaa!"这不是行胜于言么?的确如此,这句话凸显了变戏法者以语言伪饰行为的特点,变戏法者的行为明显是要找看客们要钱,说出来的却是无关钱财,而事关伦理的话。这说明仅仅听变戏法者怎么说,是无法做出有效判断的。但是,这并不是说变戏法者的话语不重要,而是说变戏法者必须拥有一套伪饰行为的话语,才能顺理成章地进行其行为,要钱的行为与伪饰的话语之间是相互配合的关系。那么,鲁迅将"现代史"视为话语泡沫史,就能建构出一条有效地分离话语泡沫和历史(现实)真实的路径。"现代史"既在话语中,又在话语外,关键在于对待的方式和角度。

如此说来,鲁迅论"现代史"的全部精髓就都在《阿Q正传》当中。在小说中,阿Q自己的生活、他和未庄人的关系,都发生了各种各样的改变,阿Q为此建构了各种各样的说法,最有名的是精神胜利法。阿Q通过各种各样的说法来解决自己面对的困难和困境,其实是不解而解,按照《现代史》的逻辑来说,阿Q就是陷在自己制造的话语泡沫中,没有从实质上解决问题。汪晖在《阿Q生命中的六个瞬间》一文中特别看重阿Q无话可说、精神胜利法失效的一些瞬间,就是试图从实质上找到解决阿Q

的困难和困境的路径。[1] 阿Q的恋爱和生计出现问题时，一筹莫展，未庄人不但无意援手，而且指斥他道德上有问题；而阿Q从城里回来，未庄人风闻他是强盗集团的一员时，对他是又提防又害怕，但又想拉拢他；未庄没有人考虑过阿Q该如何拥有美好生活，阿Q自己也只是抄袭赵老太爷、赵秀才的生活，梦中自我满足一把。整个未庄都在用不同的说法来掩饰、逃避阿Q生存所面临的真正问题。那么，阿Q生存所面临的真正问题是什么？鲁迅在1926年发表的《〈阿Q正传〉的成因》中说：

> 据我的意思，中国倘不革命，阿Q便不做，既然革命，就会做的。我的阿Q的运命，也只能如此，人格也恐怕并不是两个。民国元年已经过去，无可追踪了，但此后倘再有改革，我相信还会有阿Q似的革命党出现。我也很愿意如人们所说，我只写出了现在以前的或一时期，但我还恐怕我所看见的并非现代的前身，而是其后，或者竟是二三十年之后。其实这也不算辱没了革命党，阿Q究竟已经用竹筷盘上他的辫子了；此后十五年，长虹"走到出版界"，不也就成为一个中国的"绥惠略夫"了么？[2]

这些说法本来是鲁迅为了应对郑振铎认为阿Q"至少在人格上似乎是两个"的意见，但的确是抵不过一千个读者有一千个哈姆雷特的接受规律，更多的、更大的分歧反而由这些说法引发出来。就鲁迅本身的行文来说，他是在交代阿Q即使革命也不会变成两个"人格"，"阿Q似的革命党""也不算辱没了革命党"，因为阿

---

[1] 汪晖：《阿Q生命中的六个瞬间——纪念作为开端的辛亥革命》，《现代中文学刊》，2011年第3期。
[2] 鲁迅：《华盖集续编·〈阿Q正传〉的成因》，《鲁迅全集》第3卷，第397—398页。

Q有"用竹筷盘上他的辫子"的革命的行为,而知识分子如高长虹也会变成一个仇恨一切、破坏一切的虚无主义者"绥惠略夫",似乎是在暗示阿Q或阿Q似的革命党并非知识分子启蒙的对象。周作人后来在《鲁迅小说里的人物》中说,阿Q的精神胜利法代表的是士大夫的精神状态,[1]大可玩味。因此,后来的知识分子抓住"阿Q似的革命党"做文章,大谈"而是其后,或者竟是二三十年之后"的启蒙问题,未免有些离题。但这又是一个值得另文讨论的问题,这里还是谈阿Q生存所面临的真正问题吧。既然鲁迅说"中国倘不革命,阿Q便不做,既然革命,就会做的",那么阿Q生存所面临的真正问题就可以跃迁为中国生存所面临的真正问题。但这种弗里德里克·杰姆逊式的寓言读法虽然深刻,却过于峻急,仍然不能说清楚阿Q个人的生存所面临的真正问题,对于这种同一性的统合逻辑,还是尽量小心使用为好。因此,与其跃迁到民族寓言的高度去解读阿Q,不如推测:那像鬼一样纠缠着鲁迅的阿Q,是鲁迅写出了却无法说清楚的存在;或者说,鲁迅当时只是写出了他能写出的部分,但那并不是阿Q的全部。在这个意义上,借用上文分析《现代史》的逻辑来说,就是鲁迅写出的阿Q是一个话语泡沫意义上的阿Q,这个阿Q刚出场的时候善于使用由古代中国话语构置的精神胜利法来进行表达,辛亥革命前后则试图使用辛亥革命的革命话语来进行表达。而且,鲁迅写出来的内容还有,两种话语都不能解决阿Q的生计和恋爱问题。这就意味着,鲁迅虽然不知道阿Q的生计和恋

---

[1] 周遐寿:《鲁迅小说里的人物》,第67—68页,上海:上海出版公司,1954年。周作人对《阿Q正传》的论述自成脉络,耐人寻味,可参看高恒文:《周作人的〈阿Q正传〉论述》,《论"京派"》,第65—74页,太原:北岳文艺出版社,2015年。

爱问题到底是什么，该如何解决，但他知道已有的两种话语都是无效的。因此，过去有人用经典马克思主义的逻辑来解读阿Q，认为阿Q表达的诉求内容和方式是统治阶级意识形态的反映，不是他自身诉求的本质内容和方式，是极有见地的。只不过需要进一步推测的是，《阿Q正传》文字层面所呈现的内容勾连着更深刻的历史内容和秘密，而类似"鲁迅写出的阿Q是一个话语泡沫意义上的阿Q"的阅读，也仍然是一个浅层次的阅读。

同样借助上文分析《现代史》的逻辑来说，更深层次的阅读应该要在一定程度上解除阿Q看客的身份，让阿Q像《观斗》中的"人民"一样，获得类似于隐藏在《现代史》文本背后的那种超人视点，真正像历史主体一样表达自己。这当然是一种危险的阅读方式，如果没有鲁迅在《阿Q正传》开头就写的"仿佛思想里有鬼似的"[1]，根本就是不应该尝试的阅读方式。鲁迅写"仿佛思想里有鬼似的"，意味着"思想里有鬼"是被动的、尚未被他完全确认的，因此也就不一定是事实；而既然得其"仿佛"，就意味着那未被完全确认的、未定的事实却已经以确定的面目纠缠着他，吁求他赋予"人格"。很显然，"鬼"的吁求是成功的，它获得了阿Q这一"人格"，甚至在小说快结束时成为小说的内视角，支配着小说的进展和结尾。如此一来，阿Q这一"人格"不仅是小说第三人称全知视角下的主角，而且是带着叙述者/作者进入新的现实、历史、心理和精神空间的历史主体。虽然由于鲁迅只是得其"仿佛"，阿Q这一"人格"的历史主体面貌暧昧不明，但正如《观斗》中的"人民"可以从看客中分离出来一样，阿Q也不是不可以从一些负面的形象中分离出来，并被鲁迅

---

[1] 鲁迅：《呐喊·阿Q正传》，《鲁迅全集》第1卷，第512页。

式的叙述确认。因此，在一篇反思辛亥革命的小说中，鲁迅不仅写出了"现代史"的负面，而且也暗示了"现代史"的正面，一种"第三样时代"的可能起点。

延续上述分析逻辑，鲁迅1934年发表的《中国人失掉自信力了吗》一文中一些说法，可以说是对突破"不死不活"的"现代史"陷阱，从而进入"第三样时代"的正面表达。鲁迅在该文中写道：

> "自欺"也并非现在的新东西，现在只不过日见其明显，笼罩了一切罢了。然而，在这笼罩之下，我们有并不失掉自信力的中国人在。
>
> 我们从古以来，就有埋头苦干的人，有拼命硬干的人，有为民请命的人，有舍身求法的人，……虽是等于为帝王将相作家谱的所谓"正史"，也往往掩不住他们的光耀，这就是中国的脊梁。
>
> 这一类的人们，就是现在也何尝少呢？他们有确信，不自欺；他们在前仆后继的战斗，不过一面总在被摧残，被抹杀，消灭于黑暗中，不能为大家所知道罢了。说中国人失掉了自信力，用以指一部分人则可，倘若加于全体，那简直是诬蔑。
>
> 要论中国人，必须不被搽在表面的自欺欺人的脂粉所诓骗，却看看他的筋骨和脊梁。自信力的有无，状元宰相的文章是不足为据的，要自己去看地底下。[1]

这几段文字有一系列家族相似的词语，即"笼罩""掩""摧

---

[1] 鲁迅：《且介亭杂文·中国人失掉自信力了吗》，《鲁迅全集》第6卷，第121—122页。

残""抹杀""消灭""诓骗"等,指向的都是"正史"和"状元宰相的文章"所构成的话语对事实的遮蔽。鲁迅显然认为需要拨开话语的云翳才能看到"中国的脊梁",感受到"他们的光耀"。既有"中国的脊梁"作为确切的主体想象,又有拨开话语的云翳、"自己去看地底下"的方法论,那么,"第三样时代"在鲁迅的想象中,也就呼之欲出了。回到《阿Q正传》,鲁迅写阿Q抱怨"他们没有来叫我"[1],即暗示着阿Q只是被辛亥革命裹挟,属于他自己的革命、他主动参加的革命,还尚未展开;而也许在那里,埋藏着"第三样时代"的可能性。如果将阿Q在土谷祠的梦中的幻想理解为阿Q的革命,那当然不是真正的革命,也根本不能反映辛亥革命的伟大意义,因为辛亥革命至少塑造了一个民主共和国的理想。但是,被人叫去的革命并不是真正的革命,不能发现和解决阿Q生存面临的真正问题,只有阿Q主动参加的,而非"投降"的革命才是真正革命,才能带来属于自己的美好生活。

再回到阿Q的身份问题上来。周作人认为阿Q的精神胜利法代表了士大夫,即使承认这一说法的合理性,也不能否认阿Q在未庄主要靠打短工生活的事实。也就是说,阿Q所以能在未庄活下去,首先靠的是"真能做"[2],而不是精神胜利法。虽然区分动物般的生存和人的生存不是没有道理,但对于阿Q而言,首先要讲的显然是动物般的生存,否则也就无所谓恋爱悲剧和生计问题。因此,精神胜利法不是识别阿Q身份的首要条件,"真能做"才是识别阿Q身份的首要条件。需要再次强调的是,鲁迅作为一

---

[1] 鲁迅:《呐喊·阿Q正传》,《鲁迅全集》第1卷,第549页。
[2] 鲁迅:《呐喊·阿Q正传》,《鲁迅全集》第1卷,第515页。

个知识分子，他显然更熟悉精神胜利法的秘密，而不那么熟悉，甚至不熟悉"真能做"的秘密，从而也就难以从"真能做"的角度去建构阿Q的"人格"。如此一来，阿Q的本质就被淹没在精神胜利法的话语泡沫中，而且差一点彻底沦为国民性的标本。还好，鲁迅有其高明之处，他在第一人称叙述的"序"当中反复叙述了"我"的无知和紧张，在第三人称全知叙述的正文中最终也允许阿Q占据内视角的位置，没有高高在上地控制一切。否则，关于"现代史"，鲁迅给出的就是一个封闭的图式，永无"第三样时代"的可能了。

鉴于后世多有人认为阿Q的革命是农民的革命，阿Q是农民，有必要继续分析一下鲁迅对农民的看法。除了一些个人传记的因素，如鲁迅幼年随母亲去过乡下，对农民有亲切感，可能还有一些思想资源更值得分析。仍然是对鲁迅影响至深的尼采，他在《苏鲁支语录》中说上帝已死，现在的希望在大地。从空中转向大地，也是梵高画农民的鞋、海德格尔阐发梵高的《鞋》的逻辑。这背后的哲学和伦理问题搁置不论，在中国当时那样一个士农工商分层的社会中，农民无疑是最接近大地的存在。这些因素汇集到鲁迅的理解中，再加上对鲁迅影响甚深的章太炎在《革命道德说》一文中"农人于道德为最高"[1]的判断，也许就形成了鲁迅留日时期在文言论文《破恶声论》中为"乡曲小民"辩护的思路，认为农民是"朴素之民，厥心纯白"[2]。尽管鲁迅的思路和观念此后有起伏变化，他应当还是很难同意，作为"真能做"的农民，阿Q在土谷祠的梦中幻想乃是其本能的表现；至少，鲁迅

---

[1] 章太炎：《章太炎全集·太炎文录初编》，第289页，上海：上海人民出版社，2014年。
[2] 鲁迅：《集外集拾遗补编·破恶声论》，《鲁迅全集》第8卷，第30—33页。

不会认为是阿Q作为农民的革命本能的表现吧。如果做一点弗里德里克·杰姆逊式的政治无意识阐释的话，也许不妨认为阿Q在土谷祠的梦中幻想乃是赵老太爷、钱老爷所代表的未庄的主流意识形态长时间占据阿Q的精神世界的结果，梦中幻想并非阿Q的本能所在，而是未庄政治无意识的表现。这并非凭空揣测，以理论架空文本，因为鲁迅早在1919年发表的《随感录五十九》中写过：

> 古时候，秦始皇帝很阔气，刘邦和项羽都看见了；邦说，"嗟乎！大丈夫当如此也！"羽说，"彼可取而代也！"羽要"取"什么呢？便是取邦所说的"如此"。"如此"的程度，虽有不同，可是谁也想取；被取的是"彼"，取的是"丈夫"。所有"彼"与"丈夫"的心中，便都是这"圣武"的产生所，受纳所。
>
> 何谓"如此"？说起来话长；简单地说，便只是纯粹兽性方面的欲望的满足——威福，子女，玉帛，——罢了。然而在一切大小丈夫，却要算最高理想（？）了。我怕现在的人，还被这理想支配着。[1]

笼统地讲国民性，阿Q当然分享着刘邦、项羽所表现的"纯粹兽性方面的欲望"，但鲁迅讲的刘邦、项羽等"一切大小丈夫"难道首先不是统治阶层吗？因此，即使要建构对立面，不也应该先把刘邦、项羽等"一切大小丈夫"批判批判吗？《阿Q正传》以新党和举人咸与维新、共杀阿Q收束，不能说是毫无深意的吧。

但是，和古代史上的刘邦、项羽不同，他们赤裸裸地说

---

[1] 鲁迅：《热风·五十九》，《鲁迅全集》第1卷，第372页。

着"大丈夫当如此也""彼可取而代也","现代史"中的变戏法者却是艺术地说着"在家靠父母,出家靠朋友……Huazaa！Huazaa",鲁迅也算是不经意地写下了历史并不总是"一治一乱"循环的一面。

怀疑主义作为意识形态
——关于汪晖的鲁迅研究

1992年,在回顾自己走近鲁迅和走上学术道路时,汪晖对当时的历史氛围和自我的思想、心理状态做了如下叙述:

> 虽然很早就知道鲁迅的名字,他在六十年代和七十年代的中国是仅次于毛泽东的声望的人。但真正系统研读鲁迅著作是在大学时期。那是一个理性觉醒的时代,伴随着对"文革"的越来越彻底的否定和大量历史真相的展现,我们置身于一个把怀疑主义作为自己的意识形态的时代。几乎是疯狂的阅读使我一次又一次地震惊:呵,真实的历史竟是这样!没有什么比"幻灭"这个字眼更确切地表达我们对曾经拥有的理想主义、英雄主义以及一整套观念体系的态度,也没有什么比"寻求真实"这个短句更深切地说明我们内心的惶惑与渴望。在鲁迅的偶像遭到同辈人的普遍怀疑和冷淡的同时,我想看到的是那些"纸糊的假冠"背后的"真实"——他是怎样的一个人?当"寻求真实"的努力最终转化成对"真实"这一概念的自我质疑时,我才发现"真实"本身不断地被人们——包括我

自己所构造,于是,对自己用以构造"真实"的那些前提的反省逻辑地出现了。而这时,我对鲁迅的思考已耗去了近十年的时间。[1]

如果并不介意这一叙述中可能存有的戏剧化成分,则至少足以说明:汪晖是在"幻灭"和"惶惑"的心理状态之下走向当时备受冷落的鲁迅的,因此,"怀疑主义"和"寻找真实"仿佛是孪生的兄弟或者一个硬币的两面,成为他当时找到的走近鲁迅的别无选择的向导。这种对于时代的感受和再次出发,不难让人联想到鲁迅《呐喊·自序》中所渲染的寂寞和绝望。作为个体的汪晖,他分享了集体性的幻灭,并分享了时代的意识形态——"怀疑主义",因此不可避免地在阅读鲁迅时对鲁迅式的寂寞和绝望产生共鸣。"曾经拥有的理想主义、英雄主义以及一整套观念体系"都不过是"纸糊的假冠",那么,值得信赖的在哪里呢?或者说,还有什么值得信赖呢?第二个问题显然比第一个更接近"绝望"和"幻灭"的状态。而汪晖不仅提出了第一个问题,即"寻找真实",更将第二个问题推向了极端,即对"真实"这一概念的自我质疑,不是有没有、存不存在"真实"背后的所指物(reference)的问题,而是能不能、该不该及为什么提"真实"这一概念(signifier & signified)的问题。这就不单单是时代的共名能够说明的了。因此必须考虑,前引叙述是汪晖式的叙述,必然有着汪晖式的秘密在里面。

这一秘密肇因何在,曾令当年作为汪晖导师的唐弢百思不得其解。在写给汪晖的信中,他问道:

---

[1] 汪晖:《无地彷徨》"自序",第4页,杭州:浙江文艺出版社,1994年。

我至今还不明白，像你那样年龄、环境，为什么有那样独特复杂的想法。你对问题不随便放过，这当然是主要的一面，但什么使你有这样习惯呢？我年轻时性格内向，喜欢沉思而不多开口，原因是多年来一直寄人篱下（我从十四岁即寄活别人家里），不得不时时约束自己。你呢？为什么会有那样奇特的想法？我认为一个有社会感和时代意识而生在中国（包括大作家、大诗人）的人，要不忧郁、孤独，实在困难（你看，我仍不免要提及时代）。时代如此，不过每个人的表现又各不相同。……鲁迅对中国社会的思考的确比现在一般研究者所说的要深刻的多，但千万不要将他放在悲观绝望的深渊中，我想你是不会的，你没有忘记他对悲观绝望的反抗。[1]

此处无意追索汪晖当年给出了什么答案，只是要说明唐弢当年就已经注意到，即使是在"时代如此"的状况之下，汪晖身上那种与自己的"忧郁""孤独""喜欢沉思而不多开口"近似的气质，也是不可思议的。的确，正是自身"忧郁""孤独"和"喜欢沉思而不多开口"的气质，使汪晖更深刻甚至不无独特地感应到了时代带给个体的"幻灭"感和"惶惑与渴望"，从而选择了以"怀疑主义"和"寻找真实"作为走向当时备受冷落的鲁迅的向导。[2] 这也就是为什么他最初写作的两篇关于鲁迅的论文选

---

[1] 转引自汪晖：《"火湖"在前——记唐弢先生》，见《旧影与新知》，第7—8页，沈阳：辽宁教育出版社，1996年。
[2] 如果一定寻求某种知人论世式的理解，我以为在散文《我的父亲》中，汪晖透露了自身忧郁、孤独气质的某种根源。《我的父亲》一文见《旧影与新知》第30—31页。在2005年的一次访谈中，汪晖谈到自己在"文化大革命"氛围中度过的少年时代，父母受到政治冲击，兄长一代外出串联长征，留下了某种烙印。这也可以视为某种暗示。参见汪晖、陈曦：《在历史中思考——汪晖教授访谈》，《学术月刊》，2005年第7期。

择的对象分别是《孤独者》和《影的告别》。1992年回忆起这种独特的起点时,汪晖依然充满因怀疑主义而来的激情:

> 我选择的篇什都是在传统的鲁迅研究中不受重视或被视为消极、灰色、阴暗的作品。然而,恰恰是在这些作品中,我深切地感受到了一种对传统的深刻的不信任感,一种对"黄金世界"和一切虚幻事物的怀疑和拒绝,一种对自己也身陷其中的生活方式的严峻的否定态度,一种置身"庸众"荒原的先觉者的孤独、愤激、由爱而憎、终至趋于复仇的心态,一种在受骗、幻灭的虚无主义气氛中执著于"现在"的挣扎感。很难用言词来描述那种阅读过程所体会到的心灵共震。[1]

汪晖带着自身所处时代的情境和焦虑、自我心理救赎的愿望阅读鲁迅,建构的一方面是鲁迅的近似于阴暗面(夏济安)、"无"(竹内好)或"终末论"(伊藤虎丸)的"反抗绝望"的形象,另一方面则是自我及其所属时代的肖像。在汪晖最早的两篇关于鲁迅的论文中,所能萃取出来的关键词只能是"孤独""怀疑""彷徨",而结论则是"反抗绝望"。在1982年写的《论鲁迅小说〈孤独者〉》一文中,作者较为细心地叙述了"孤独者"曲折、复杂的内心心理,最后的落脚点是鲁迅的怀疑和探索乃"伟大的疑问号",必然得到"伟大的答案"。[2]这里面透露出来的汪晖对于"孤独者"的体认及对于怀疑主义的信任,虽然不见得精深,却明示了汪晖的鲁迅研究的基本色彩,即关注主体的精神状

---

[1] 汪晖:《无地彷徨》"自序",第5页。
[2] 汪晖:《论鲁迅小说〈孤独者〉》,《扬州大学学报(人文社会科学版)》1982年第1期,第218—224页。

态及时代内容在其中的反映。而在1984年写的《论鲁迅的〈野草·影的告别〉》一文中，作者不仅论证了鲁迅"从否定中获得肯定、从否定中表述肯定的独特的思维方法"，而且认为："《影的告别》中的'影'正体现着鲁迅的这种绝望抗战的态度，是一个浑身充满痛苦而又具有坚决的否定精神的象征性的战士形象。"[1]与两年前相比，汪晖显然找到了更能切入鲁迅精神世界的文本，并且形成了其鲁迅研究的基本问题视野，即反抗绝望。而历史的"中间物"这一属于汪晖建构鲁迅世界的概念，也与其对《影的告别》之逐步深入的寻求有关。此后，汪晖交给自己的任务就是建构反抗绝望者鲁迅的基本形象，完成鲁迅的精神自传，其内容大致包括鲁迅如何及为何反抗绝望，并兼及价值、意义、地位等诸问题。当然，如此叙述汪晖，背后未免有一种后设性的发明，因为汪晖1988年完工的博士论文就是将鲁迅及其文学世界建构为"反抗绝望"，如此叙述或许是按图索骥式的简化。与此不同，汪晖自己有一个更为直接明了的说法。1997年夏天，香港，汪晖和王晓明彻夜长谈。王晓明问及汪晖的一些思想变化。汪晖后来回信说："你知道我对鲁迅的研究与别人有所不同，是因为我的起点是他在1907—1908年间的思想，特别是他与斯蒂纳、尼采以及他们在文学上的代表的关系。"[2]这一自述当然并不错，无论是从汪晖硕士论文的论题《一个角度的观察：鲁迅前期思想及其与创作的关系》来看，还是从其博士论文首先讨论鲁迅青年留日时期写作的文言论文的论证结构来看，汪晖都将其关于

---

[1] 汪晖：《论鲁迅的〈野草·影的告别〉》，《扬州师院学报（社会科学版）》1984年第4期，第35—39页。着重号系原文所有。

[2] 汪晖：《反抗绝望：鲁迅及其文学世界》"第二版序"，第21—22页，北京：生活·读书·新知三联书店，2008年。

鲁迅的理论分析推到了鲁迅1907—1908年间的思想。但是，与其相信这一自报家门式的学术自述，倒不如将汪晖与鲁迅的精神意义上的初次相遇和学术意义上的初次碰撞安置在汪晖对《野草》的阅读和分析之中。至少从情感和气质上而言，将汪晖从鲁迅身上寻求心灵印证的起点置于鲁迅1907—1908年间的思想是不妥当的。这可以找到许多证据，例如在1988年给自己的博士论文写的"题辞"和"后记"中，汪晖都复写了鲁迅《野草》中的过客形象："我只得走。我还是走好罢……"而在2003年给《现代中国思想的兴起》写的"前言"中，这一形象第三次出现。另外，汪晖在评价钱理群的鲁迅研究时，认为钱以鲁迅最具内省精神的《野草》作为探讨鲁迅心灵世界的切入口，源于一种心灵契合。[1]这一评价还给汪晖本人，亦未尝不可。而且，更有意味的是，两位20世纪80年代从鲁迅《野草》切入鲁迅精神世界的学人，都注意到了"历史的中间物"这一意象在鲁迅意识中的重要性。再加上当年汪晖以"历史的中间物"这一概念为核心论证鲁迅小说的精神特征时所造成的学界波澜，似乎不能不说，处于同一时代氛围下的个人都从《野草》中感觉到了隐秘的魅力和问题性。孙玉石、钱理群等人也正是从20世纪80年代开始研究《野草》。

当然，需要分辨的是，每一个个体在时代的共名之下都有各自不同的拓展，汪晖的独特性在于将自己阅读《野草》的感受进行理论化整理时，层层推进地进入了鲁迅留日时期思想的论述。汪晖认为："《野草》真实地表现了'彷徨'时期鲁迅的特有心态，但它所呈示的独特的思维方式却在20世纪初年已获得了它

---

[1] 汪晖：《心灵的探寻——钱理群与他的鲁迅研究》，见《旧影与新知》，第140—144页。

的哲学启示。"[1]这一看法与同时代的孙玉石、钱理群等人显然是各有千秋的。而汪晖的推原复始式的分析逻辑,则得益于他以怀疑主义为意识形态,无法说服自己仅仅以鲁迅《野草》中所展露的精神结构来建构鲁迅的精神自传,而必须追寻根由,探求到鲁迅最开始显示出思想者内容的地方;这也就是对"真实"的永远无法餍足的寻求。更值得注意的是,如果说大多数鲁迅研究者的思路是始于鲁迅则必终于鲁迅的循环阐释性的圆圈,汪晖则又再次表现出了其以怀疑主义为意识形态的特点。他并不以寻求到伊藤虎丸所谓的"原鲁迅"为满足,而是进一步寻求"原鲁迅"来自何处,从而突破鲁迅研究的范围。这一突破不仅仅意味着建立鲁迅与施蒂纳、尼采、章太炎等为代表的中外思想的联系,对于汪晖自身而言,更重要的是从此进入他的思想史研究课题。同样地,如果说历史的"中间物"这一概念的建构对勾连鲁迅1907—1908年间的思想与《野草》中"反抗绝望"的思想起到重要的起承转换的作用,使得汪晖能够凭借"中间物"概念比较好地叙述鲁迅精神结构的变迁,并且为当时学界理解鲁迅提供了崭新的视野的话,那么,对于汪晖自身而言,更重要的可能是汪晖从研究对象鲁迅那里为自己以怀疑主义为意识形态的思路找到了学理上的依据。而这种学理上的依据对于汪晖理解现代中国思想的脉络,其意义应该是非同寻常的。在解释书名《现代中国思想的兴起》中的"兴起"时,汪晖说道:

> 我写现代中国思想的兴起,不是写一部现代中国思想史的起源。什么是"兴起"?你可以把它解释为"生生"——一个充满了

---

[1] 汪晖:《反抗绝望:鲁迅及其文学世界》,第52页。

新的变化和生长的过程。假定宋代是"近世"的开端,元代到底是延续还是中断?假如明末是早期启蒙思想的滥觞,那么,清代思想是反动还是再起?我们怎么解释这个时代及其思想与现代中国之关系?假定大家读完这本书,对现代也感到怀疑,对中国这个概念的界定提出追问,我觉得在一定程度上达到了它的目的。我注重的是一些要素反复呈现,而不是绝对的起源。"生生之谓易",这是古老的宇宙观,对我而言,"兴起"的意思也就是"生生"的意思。我没有把所谓现代中国思想的兴起,看成类似京都学派那种以宋代为开端直到现代的一条线。这个意思是什么呢?就是颠覆现代性本身的稳定性。也有人认为,应该彻底地抛开这个概念,但我觉得还必须跟它纠缠,在纠缠的过程中颠覆它的稳定性。[1]

这种否定起源的绝对性,而将"兴起"解释为"生生"的逻辑,显然与"中间物"意识是一致的。汪晖认为:"只有意识到自身与社会传统的悲剧性对立,同时也意识到自身与这个社会传统的难以割断的联系,才有可能产生鲁迅的包含着自我否定理论的'中间物'意识。"[2] 这表明以"中间物"意识观察思想史,必然发现传统与现代之间不仅对立而且难以割断的联系,从而否定绝对的起源论,将思想史叙述为在具体的历史情境中"兴起"——"生生"的过程。

当然,汪晖对"兴起"的解释不仅意味着"中间物"意识潜入了他对思想史脉络的梳理之中,而且暗示了更多的内容。汪晖

---

[1] 汪晖:《如何诠释"中国"及其"现代"——关于〈现代中国思想的兴起〉的几个问题》,《天津社会科学》2006年第2期,第133页。2008年版《现代中国思想的兴起》以该文作为"重印本前言",但有所删改。
[2] 汪晖:《反抗绝望:鲁迅及其文学世界》,第185页。

期待的"对现代也感到怀疑,对中国这个概念的界定提出追问",还透露出他以怀疑主义为意识形态导向的近似于章太炎、鲁迅的对一切名相都加以分析和排遣的立场和逻辑。正是这种立场和逻辑,这种对于一切"纸糊的假冠"背后的"真实"的寻求,才使得汪晖的鲁迅研究有着明显的观念史的痕迹,使得汪晖因寻求鲁迅之所以为鲁迅的历史语境和缘由而进入主要以概念史或观念史的方式来建立叙述框架,阐发"现代中国思想的兴起"这一学术课题。汪晖说:"我个人倾向于认为,思想史的延续性的最集中体现莫过于人们一直在沿用的概念,即使有些概念变化了,或者是全新的,人们总可以从传统中找到用这一语词来表述某概念的理由。因此,追溯这些概念的来龙去脉便是呈现思想史延续性的最自然的方式。"[1]通过这种对一切名相都加以分析、排遣的逻辑和立场的呈现,或许才能理解1985年年初到北京念书的汪晖,向唐弢请教的第一个问题不是直接与鲁迅相关的什么,而是:"我们说现代文学是现代的,那么怎样解释'现代'或文学的'现代性'?"[2]如果汪晖期待的是某种确定性的解释,也还可以还原到1985年前后"现代化"思潮占主导地位的历史情境中去,证明他并无过人之处。然而,汪晖关心的乃是"我们如何成为'现代的'",即"现代"知识体制化的过程。这与以怀疑主义作为意识形态,与寻求"真实"的"惶惑和渴望",与"中间物"意识,显然是密切相关的。因此,如果说怀疑主义作为意识形态曾经是某个历史时段的漫漶不定的氛围的话,对于汪晖而言,则可能是终其一生的教义。

---

[1] 汪晖:《"历史同一性"及其形成与解体——关于思想史理论与方法的札记》,见《无地彷徨》,第244页。
[2] 汪晖:《我们如何成为"现代的"?》,见汪晖《旧影与新知》,第120页。

不过上述分析在彰显汪晖的鲁迅研究在20世纪80年代时代共名下的特殊取径的同时,却反而遮蔽了其因气质与情感之相近而阅读《野草》时的心理上的逻辑起点。而只有同时看到了这一心理上的逻辑起点,才能真正理解汪晖何以赋予鲁迅的精神结构以一种持久存在的"反抗绝望"的内涵,何以在论述中透露出忧郁、孤独的气息。只是考虑到汪晖后来的学术走向,即从1989年始,他开始进入思想史研究,则有必要强调,当心理上的涌动和激情逐渐沉淀,褪去华彩,对鲁迅建构思想世界所吸纳的资源和过程的关注才是其鲁迅研究的核心课题。汪晖正是通过对鲁迅1907—1908年间思想建构的研究而进入晚清至20世纪40年代的中国思想语境,形成其具有精神现象学意味的思想史研究课题。而且,如他自己1998年所表白的:"1988年之后,我的研究工作从现代文学、鲁迅研究转向了晚清至现代时期的思想史,但我在鲁迅研究中碰到的那些问题换了个方式又回到我的研究视野之中了,几乎成为我的思想史研究的一些背景式的问题。"[1]尽管已经不能像在硕士论文和博士论文写作期间那样,鲁迅覆盖在汪晖的叙述的每一个角落,但其背景性的制约仍然在那里,以至于2008年的汪晖回首自己的学术生涯时说道:"对我而言,也许又到了重新回到鲁迅文本的时刻。"[2]这种学术思路上的沉潜和循环变迁,则又似乎不能仅仅从学理或思想上得到说明。作为一个在其四卷本的著作《现代中国思想的兴起》中只是偶尔涉笔"章太炎的学生鲁迅"的作者,其与鲁迅关系之远,应该是毋庸讳言的。这也就是说,一旦进入真正的思想史脉络,即使是抄鲁迅的

---

[1] 汪晖:《反抗绝望:鲁迅及其文学世界》"第二版序",第21页。
[2] 汪晖:《反抗绝望:鲁迅及其文学世界》"三联版跋 鲁迅与'向下超越'",第462页。

近道的学者如汪晖，也不会偏倚倾侧地给予鲁迅太多的空间。因此，如果说鲁迅能够始终成为背景式的存在，甚至成为某个需要重新回去的地方，也许表面上大部分原因都在于学术和思想，或者当下的某种危机感应，而内在的原因更多的应该是某种难以割舍的情感或心理。

事实上，鲁迅在思想史上的位置和意义，除了20世纪40—70年代这四十年，始终处于论争当中；而在20世纪40—70年代，鲁迅在思想史上的位置和意义更多的是被赐予的。当然，这里涉及何种思想史或谁之思想史的问题。然而，却也正是因为这一问题，如何衡定鲁迅在思想史上的位置和意义，引发更大的隔阂和争议。汪晖在博士论文完成之后将鲁迅退为自己的思想史研究课题的背景式存在，也许恰好反映了鲁迅在不论何种或谁的思想史上的位置和意义的难以论证。汪晖也并未正面解决这一问题。与其说是鲁迅的思想吸引了汪晖，不如说是鲁迅《野草·过客》中所呈现出来的"孤独""忧郁""寡言""多思""绝望""挣扎"的"我只得走。我还是走好罢……"的过客形象，烙在汪晖心里。当然，汪晖也的确曾经试图给出答案。借机于评价李欧梵《铁屋中的呐喊》，他说：

> 我想提出异议的是：既然我们同意把鲁迅的文学放在中国传统的背景中来分析和评价，那么我们为什么一定要用"概念""逻辑""体系"之类的西方标准作为衡量中国思想家的唯一标准呢？中国的思想史不是恰好具有那种不同于西方的不脱离具体感悟的传统吗？即使以西方的例子来说，尼采的那种感性的、充满了逻辑矛盾的格言或著述也曾受到经院哲学家的排斥，而现在又有谁能否定《查拉斯图拉如是说》是一部哲学著作呢？在我看来，对于历史人

物的研究，重要的并不是名称，甚至也不是评价，而是如何贴近历史人物思考、体验和把握世界与自我的独特方式，从而显示出历史的复杂性和丰富性。[1]

这段叙述的前半段还有意建构某种思想史以安置鲁迅，后半段却从这种意图中闪回，转而关注历史人物的精神世界及其中可能附载的历史的复杂性和丰富性了。因此，尽管汪晖不乏以相异与类比的逻辑来论证鲁迅位置的愿望，实际上还是不愿在此纠缠，从而没有在正面解决鲁迅在思想史上的位置和意义问题。汪晖倾向于先在地肯定鲁迅在思想史上的位置和意义，然后直接进入对鲁迅形象的建构。在《反抗绝望：鲁迅及其文学世界》一书中，汪晖的叙述出现了某种不假思索性。[2]他认为"现实主义的《呐喊》《彷徨》中自始至终徘徊着一个无名无姓的幽灵"，其理论前提是伍尔夫和加缪的话。伍尔夫说："一部作品的意义，往往不在于发生了什么事情或说了什么话，而是在于本身各不相同的事物与作者之间的某种联系，因此，这意义就必然难以掌握。"加缪说："小说从来都是形象的哲学。"如果说鲁迅因其《呐喊》《彷徨》可以比较方便地归为现实主义作家的话，伍尔夫和加缪则可能只有在罗杰·加洛蒂的意义上才能进入同一殿堂。以伍尔夫、加缪的话来解《呐喊》《彷徨》，不能不说是一种急于达到叙述目的的错位。鲁迅《呐喊》《彷徨》中罕见的品性因此是与汪晖式的叙述共时出现的。当然，如此说法并非要否定汪晖式叙述

---

[1] 汪晖：《铁屋中的呐喊——李欧梵和他的鲁迅世界》，见《旧影与新知》，第139页。在分析《野草》的人生哲学时，汪晖也做了同样的类比论证。参见汪晖：《反抗绝望：鲁迅及其文学世界》，第257页。
[2] 参见汪晖：《反抗绝望：鲁迅及其文学世界》，第290—294页。

的意义;毕竟,汪晖式的叙述与同时期的鲁迅小说研究相比,提供了新的范式和空间。高远东2003年对自己写于1988年的论文《〈祝福〉:儒道释"吃人"的寓言》所写的一个附记能够深刻证明这一点。[1]在附记里,高远东承认自己1988年写文章时对汪晖《"反抗绝望"的人生哲学与鲁迅小说的精神特征》一文观点"'忽略不计'之失",并对严家炎2001年在《复调小说:鲁迅的突出贡献》一文中延续汪晖的观点得出"道德反省可以说就是《祝福》的副主题"的结论"深以为然"。

并且,正如汪晖1988年在告别仪式一般的《鲁迅研究历史批判》一文中所叙述的那样:"传统的鲁迅研究在王富仁那里终结了:一方面,因为他在自己的体系中以最宏伟的形式概括了鲁迅研究的全部发展和它的局限;另一方面,因为他(虽然是不自觉地或半自觉地)给我们指出了一条走出这个体系的迷宫而达到真正地切实地认识鲁迅的道路。"[2]如果要接上一句话,则不妨说,新的鲁迅研究在钱理群、汪晖等人那里开始了。只有在新的鲁迅研究里,夏济安、竹内好、李欧梵、伊藤虎丸、木山英雄等一长串国外鲁迅研究者的名字才意味着一种有机的资源,能够激活鲁迅研究的活力。正如有论者注意到的那样,如果20世纪80年代的鲁迅研究界只是出现"立人"的命题,而没有出现历史的"中间物"这一命题,竹内好是难以真正进入中国语境的。[3]汪晖无疑是促成竹内好资源进入中国当代语境的主要贡献者之一。而且明显的事实是,汪晖的博士论文恰好也是最早引入夏济安、竹内好、伊藤虎丸等人提供的鲁迅研究视野的中国文本之一。不过,

---

[1] 参见高远东:《现代如何"拿来"——鲁迅的思想与文学论集》,第184—185页。
[2] 汪晖:《鲁迅研究的历史批判》,《文学评论》,1988年第6期。
[3] 参见张宁:《"竹内鲁迅"的中国位置》,《天涯》,2006年第6期。

需要警惕的是，时至今日，曾经有机的资源似乎也正在渐渐无机化了。

当然，以汪晖为代表的新的鲁迅研究传统的意义不止于使得国外鲁迅研究的视野进入中国。在新的鲁迅研究传统下，鲁迅思想在新的历史语境中重新焕发了对话能力，不仅进入启蒙、现代与后现代交锋的战场，而且进入某种地域研究的论述中，如"东亚主体性""第三世界文学"等。甚至于在汪晖当年止步的地方，新一代的研究者也发现了开阔的处女地。如果说在《反抗绝望：鲁迅及其文学世界》一书中，汪晖讨论《野草》与存在主义的关系因小心谨慎而未免显得魄力不足的话，那么，新一代的研究者彭小燕在其 2005 年通过答辩、2007 年出版的博士论文《存在主义视野下的鲁迅》中的论述，就显得大开大阖，显影甚或夸大了鲁迅一生与存在主义之间的各种可能的联系。汪晖只是认为《野草》的人生哲学与存在哲学有着共同的文化背景和思维渊源，且认为"这种深刻只有被置于鲁迅独特的精神结构和中国社会文化的复杂状态中才是真正有效的"。[1] 而彭小燕则将鲁迅一生都建构为存在主义式的，将鲁迅的 1909—1925 年建构为"遭遇虚无与穿越虚无"，且为鲁迅精神结构形成的关键性时段。[2]

如果说彭小燕的叙述与钱理群、汪晖、王晓明[3]等人的叙述一样，未免在建构鲁迅时描绘了过于浓重或普遍的暗影或灰色的色调（虽然各有论述方向之考虑或各自论述语境之制约，但还是

---

[1] 参见汪晖：《反抗绝望：鲁迅及其文学世界》，第 284—290 页。
[2] 参见彭小燕：《存在主义视野下的鲁迅》。
[3] 王晓明将鲁迅视为"现代中国最苦痛的灵魂"。参见王晓明：《鲁迅：现代中国最苦痛的灵魂》，《无法直面的人生》，第 261—286 页，上海：上海文艺出版社，2001 年。

有失偏颇），那么，汪晖在"告别"鲁迅研究近十年之后的1996年写《"死火"重温》，并在此后的岁月里反省自己建构"反抗绝望"的鲁迅世界的偏颇性，则可谓汪晖延续自己以怀疑主义为意识形态的研究思路导向的自我反省所开拓出来的鲁迅的别一种的可能性。在《"死火"重温》一文中，汪晖认为鲁迅简直就是用"鬼"世界的眼光来看待他身处的世界。[1]他沿着这一思路还在2006年写作了《鲁迅文学世界中的"鬼"与"向下超越"》一文，并于2008年试图做出某种结论性的判断，认为：

> 无论是对绍兴戏中的鬼的追溯，还是与这些鬼戏相关的民间生活，都在现代自我之外，因而也在鲁迅所描述的黑暗与绝望的世界之外，它们赋予了鲁迅以悲观为底色的文学世界以某种怪异的光芒。正是这种光芒让我在鲁迅的世界中听到了某种源自大地的（即与天启方向相反的）启示，让我在他的虚无主义的情绪之外看到了一个丰富多彩的人类学世界。正是意识到了这一点，在《"死火"重温》中，"鬼"的世界突破了"黑暗主题"，呈现为一种奇异的能量，一种绝不属于"病态生活"的倔强的活力，甚至欢乐的情怀。[2]

通过"鬼"的发现，汪晖终于听到了鲁迅的笑声。2005年的汪晖说："我在那个世界中不但听到了鲁迅的悲怆的叹息和复仇的呐喊，而且也听到了鲁迅的笑声，在黑暗的主题中看到了欢乐的光芒。我分明地感到：将鲁迅放置在一个孤独的知识分子

---

[1] 汪晖：《反抗绝望：鲁迅及其文学世界》，第31—35页。
[2] 汪晖：《反抗绝望：鲁迅及其文学世界》"三联版跋　鲁迅与'向下超越'"，第456—457页。

的位置上来理解他是多么地狭隘。"[1]这种怀疑主义式的自我反省是汪晖惯有的循环推进式的学术理论；而这一反省本身，可能恰好切中了他自己早年的（及类似的）鲁迅研究的根本性弊病。这一类型的鲁迅研究也许与经汪晖宣判其终结的传统鲁迅研究有一种相似性，即都为具体的历史情境所影响，使论述文本在一定程度上成了具体历史情境下的意识形态的纸上战场，因此不免矫枉过正，论述偏至。所有的鲁迅研究因此也似乎都是历史的"中间物"，都在开拓新的路向的同时因袭着旧有的传统，不可能真正地"尊中道而直行"，臻于完美。

不过，即使抛开这种"中间物"意识，汪晖听到的笑声也许也还是过于独特，因为汪晖发现"鬼"的目的在于加深和拓宽"一个真正反现代性的现代性人物"[2]鲁迅的深度和广度。只要汪晖认为还必须与"现代性"纠缠，鲁迅在汪晖的叙述中就必然宿命般地与"现代性悖论"或"反现代性的现代性"纠缠在一起。与"现代性"话题无关的鲁迅在汪晖那里因此成了一个悬置的命题，也许不存在，也许存在，只是从未触碰。正如汪晖自己曾经留意到的那样，"并非所有小说都直接呈示着鲁迅'反抗绝望'的人生哲学"[3]，也并非鲁迅所有的思想和观念都与"现代性"相关。这一点就算从"中间物"意识出发也是可以得到解释的，鲁迅所自称因袭的"庄周韩非之毒"，只是随同鲁迅进入了现代的历史情境，并不等于在现代的历史情境下就必然与"现代性"相

---

[1] 汪晖、陈曦：《在历史中思考——汪晖教授访谈》，《学术月刊》，2005年第7期。
[2] 汪晖进入鲁迅研究伊始，即瞩目鲁迅身上体现的"现代性悖论"，以后更认为鲁迅是"一个真正反现代性的现代性人物"。参见汪晖：《一个真正反现代性的现代性人物》，《反抗绝望：鲁迅及其文学世界》，第435—447页。
[3] 汪晖：《反抗绝望：鲁迅及其文学世界》，第317页。

关,需以之为轴进行讨论。而当鲁迅声称"做事的时候,有时确为别人,有时却为自己玩玩"[1]时,也许不妨还给鲁迅一些必要的私人空间,放弃寻求其中可能会有的微言大义。例如对于鲁迅《故事新编》当中的"油滑"之处,也许的确有某种命意或美学上的追求,然而,更简单地说,大部分可能只是鲁迅文笔滋酣流溢出来的游戏之笔。如果记得鲁迅在《故事新编》序言所说的那些话,即为回敬只推《不周山》为佳作的成仿吾,印行《呐喊》第二版时抽去《不周山》,"我的集子里,只剩着'庸俗'在跋扈了",[2]体味话中所透露出来的其中戏弄对手的意思,也许不妨认为,鲁迅有意在文字上设置障碍或漂浮物,叙事之余,陡生神来之笔。当然,鲁迅并没有像加西亚·马尔克斯那么赤裸裸。后者曾经说:"我记得,有一位评论家看到书(按:指马尔克斯《百年孤独》,笔者)中描写的人物加夫列尔带着一套拉伯雷全集前往巴黎这样一个情节,就认为发现了作品的关键。这位评论家声称,有了这个发现,这部作品中人物穷奢极侈的原因都可以得到解释,原来都是受了拉伯雷文学影响所致。其实,我提出拉伯雷的名字,只是扔了一块香蕉皮;后来,不少评论家果然都踩上了。"[3]鲁迅大约没有扔香蕉皮的习惯;马尔克斯的刻薄也另有其具体的语境。而且,必须强调的是,此处并不是暗示汪晖踩上了香蕉皮;虽然也许有那么一些剑走偏锋的鲁迅研究者(包括现代文学研究者),自己把香蕉皮扔在地上,然后踩在上面滑行。

最后,需要提出的是,如果说汪晖自己已然意识到以"孤

---

[1] 鲁迅:《两地书·二四》,《鲁迅全集》第11卷,第81页。
[2] 鲁迅:《故事新编·序言》,《鲁迅全集》第2卷,第353—354页。
[3] [哥伦比亚]加西亚·马尔克斯、门多萨:《番石榴飘香》,第104页,林一安译,北京:生活·读书·新知三联书店,1987年。

独""惶惑"或"反抗绝望"这些自己当年在具体历史情境下特有的心情的词语建构鲁迅及其文学世界未免狭隘的话，那么，即使加上后来所发现的"鬼"的世界，恐怕也仍然难以将其思路贯通到对于《故事新编》的解读中去。在汪晖建构的鲁迅世界中，《故事新编》不知是否出于这一原因而处于悬置状态。另外，如果说在汪晖之前的鲁迅研究过度"圣化"了，形成了某种"鲁迅古堡"，那么以汪晖为代表的研究似乎过度"黑化"或"鬼化"了，作为普通人的鲁迅被遮盖在某个帐幔之下，再度消失了。当然，正如"回到鲁迅那里去"，不知"那里"在哪里，"普通人鲁迅"也许只是一个概念的游戏吧。

后　记

将近二十年拉杂写成的文章汇聚在一起，实在有些不得已。

想象中这些篇什自有条贯，但一篇篇校读下来，却大有今昔之慨，只是克制着自己，只调整注释，修改语病和错字，尽量一仍其旧。倒不是自己有什么成长，仅仅是时过境迁，有些看法到底改变了。

也设想过这些篇什有一个整体性，做过如下归纳：

> 鲁迅作为中国现代文学的基石和巅峰，其文学背后的思想同样具有基石和巅峰性的意义。但不管其思想和文学孰先孰后，何者更为重要，对于读者来说，无法避开的缠绕是，鲁迅的思想往往是从具体的文学形式中表达出来，鲁迅的文学也往往根迹于其思想中具体的逻辑常项。因此，如何通过鲁迅创造的文学形式来抵达鲁迅思想的隐秘所在，就成为一个非常重要的课题。本书着眼于此，用心淘洗鲁迅留下的各类文本的文学形式与思想之关系，究明鲁迅文学的一个重要思想脉络，即在现代中国，面临古今中西之间交错所带

来的变革和动荡，行动如何可能？

　　本书首先讨论的是鲁迅留日时期思想的基本面貌，勾勒的是与章太炎的"自性"的关系，彰显鲁迅在思想层面对于行动的理解和渴望，接着讨论与"自性"关联的主体建构问题在《野草》《故事新编》和旧体诗中的展开，着力分析思想与文学之间的关联，显影鲁迅重建行动之可能时的思想困局、历史哲学和自我安慰，最后是接续文学分析的脉络讨论鲁迅在《呐喊》《彷徨》等小说集中的部分小说，展开具体历史语境中的小说细读，澄明鲁迅对辛亥革命及五四的理解，讨论其在历史实践的维度对行动如何可能的思考及相应的文学形式的特质。总之，本书试图以"行动如何可能"为基本问题，追踪鲁迅文学背后的基本思想脉络，以期引发对于鲁迅及中国现代思想与文学的不同讨论。

但最终还是决定不删改成章节整饬的著作，不削足适履了，就这么散乱地编排吧。本来就处处都是缺陷和漏洞，再怎么费心修剪和隐藏也是枉然。

　　倒不如借机说说这些篇什的历史。书中第一编两篇文章，第一篇文章《鲁迅留日时期的思想建构与章太炎思想的关系》是我的硕士学位论文，是在高远东老师指导下完成的。第二篇文章《论鲁迅思想及其文学与"相互主体性"意识》是高老师《现代如何"拿来"》一书的书评，虽然改了多遍，但仍然忸怩不堪。对于自己老师的学术成果，我极不善于表达，姑且如此吧。

　　第二编五篇文章。第一篇《〈野草〉：梦与忆之诗》源于我在广东海洋大学中文系《中国现代文学史》的教学，学生发了一段讲课录音给我，写成于跟随吴晓东老师读博第一年，得到吴老师和当时的师弟师妹很多指点，也曾得到高老师的帮助。第二篇、

第三篇源于我在同济大学中文系的本科生课程《鲁迅作品讲读》的教学,第二篇《"我"的内在秩序与外部关联》的完成得益于《文艺争鸣》编辑张涛兄的约稿和宽容,第三篇后来写成是为了应对北京大学中文系"每月文会"的讲座,得益于张辉老师的邀约,讲时得到姜涛老师、冷霜老师和张洁宇老师的指点。第四篇是读博时选高老师的《鲁迅研究》课的课程作业,2010年参加北京大学中文系"众声喧哗的中国文学——首届两岸三地博士生论坛"时得到蒋晖老师的指点。第五篇写成是为了应对同济大学人文学院青年学术沙龙的讲座,讲完得到韩潮老师、祝宇红老师、张屏瑾老师等的指点。

第三编六篇文章,第一篇《时间意识与小说文体》得益于首都师范大学李宪瑜老师的邀请,我不揣谫陋,写了参会文章,会上得到鲍国华老师的指点。第二篇《革命与"启蒙主义"》,主要是为了我在北京大学中文系的本科生课程《左翼文学经典细读》而写。第三篇《腹语者的诗学:论鲁迅〈伤逝〉》是读博时选吴老师的《现代小说文本分析》课的课程作业,得到吴老师的详细批改和指点,后来还得到罗岗老师的指点。第四篇《革命与反讽》源于我在同济大学中文系的本科生课程《鲁迅作品讲读》,写成文章参加2019年北京大学文研院"五四与现代中国"会议时得到贺桂梅老师的指点。第五篇《鲁迅论"现代史"》得益于同济大学中文系徐渊老师的邀请,在文汇国学新知做讲座,后来于新冠疫情中成文,得到了梁展老师的帮助和指点。第六篇《怀疑主义作为意识形态》是读博时选温儒敏老师的《文论精读》课的课程作业,评价汪晖老师的鲁迅研究,得到了温老师的指点。

我感谢这些外在的教学和学术环境让我不耽于怠惰,始终勉力下笔。也感谢一篇篇文章写作和修改过程中拨冗阅读和提出意见的朋友们，相扶而行，彼此心照，知名不具。

我所感到珍贵的，是当年写作硕士论文时的一些经历。当年我提着两大袋新买的《周作人自编文集》去中关园找高老师时，他正和李杨老师在寓所里聊着什么。我表示学位论文想写周作人，书已经看得七七八八了，也报了个大致的题目，"周作人的六朝与晚明"，却被老师以神奇的理由驳回了："等你四十岁以后再写吧。"近年我终于年过不惑，但也没有理解为什么，只是对于"周作人的六朝与晚明"，兴趣也并未苏醒。此后高老师让我做的题目是鲁迅早期思想与章太炎的关系，看完书去开题，被老师们修理得七零八落，只好重新读书，几个月出入旧报刊室，写了四五万字初稿交给高老师。高老师说："毕业没问题。你推倒重来吧，交个一页纸的提纲给我。"虽然没有晴天霹雳之惊，但也颇有咋舌不下之慨。好在当时我没有什么挂碍，既不谈恋爱，也不在乎留京旅沪，重来就重来吧。提纲交上去，老师就约我在静园五院见面，指点再三，饥饿降临，乃移师药膳，边吃边谈。那情形我曾记录如下：

空

老师坐在我对面，中隔一张桌子，先是会议桌，后是餐桌，侃侃而谈。

当然，中间不仅隔有桌子，且有年纪、阅历、知识、空气、纸张、餐具和菜。它们造成隔阂，也建立联系。话语在它们中间穿行，撞击了我，又反射回老师那里。

似乎是从我的论文开始说起。老师认为我受到一种不好的影响，局促在名人脚下。这我是同意的，但强调说，那不是我的个性。我喜欢小小的感悟，小小的文章，不愿作论，也无意功名。活过，然后结束，这样就好。

我又说，也许我比较接近您的方式。我斟酌着，不知如何表达，姑且这么说吧。我指的是淡泊、宁静，或者懒。——也许是这样。

老师笑了，眼睛里闪烁着知识、经验和内省的优越感。于是，他说，空。多年以前，他读佛经，了悟空，不是色空，是极微。他说，之后，世界一片空明。他指着墙，这是可以穿过的。他说，因此，看待一切都没问题了。

老师认为这是我未必能经验的，这不是知识。我同意，与他一致也未必即如何。我看见了无从化为极微的经验和时间。话语，或其中所含有的认知，是从经验中，如蘑菇一样，如菟丝子一样，长大。它们要萎谢。

阳光在墙外奔窜，透过窗玻璃，照在餐桌上，照在我们身前的酒杯上，渗透杯身，使得杯子里的啤酒发出温暖的光。这是极微，在以不同的方式，诉说存在。我看重方式。我想说明这一点，然而我不确信，因我闭眼，则一切幻有。色、香、声、味、触、法，皆幻。

那么药膳、燕园、北京……都是幻。桌子、师生、对坐、谈论、饮食……都是幻。时间栖息在哪里？

只有从空中回来。服务员小姐说，先生，这是您的账单。她将账单递到我面前。老师对此不满，说，难道他看起来像老板？我有些尴尬，笨拙地对她说，这是我老师……于是老师付账，收检东西。

餐厅外，夜色已笼罩大地。老师站在我对面，中间是地面、自行车、纸张、知识和夜色；当然，还有经验。它们在空中流动。话语在它们中间穿行，这一回是互相道再见。

我骑上自行车，走了。老师已经离开，消失在夜色中。

据说，高明的论师能一口气说出几十种空来。我都不太清楚，而且觉得，那不过是名相之见吧。我不说空，说虚。然而，我依然不能确信。既然是虚，我不知从何而起说虚。我且保有一些感动，隐藏在心里，偶尔任它从我的唇舌和一举手、一投足间流溢出来吧。这似乎过于脆弱。但又如何？

2005.6.16

推倒重来的稿子终于写完了，交上去。高老师并不满意，然而快到送审的截止日了，便亲自动手，夤夜修改，原本平平的表达，经老师之手，有些终于变成了精彩的论断和表述。我也连夜追读老师的修改，如醍醐灌顶。从此，我大概明白了一些选题、立论和表述的奥妙，虽然生性迟钝懒惫，但也不是那么让老师失望吧。

从2003年得以问学到现在，我对高老师始终又爱又敬，爱则近之，有时听到老师谈一己之生活，如享秘密，敬则畏之，有时希望得到老师片言只语的肯定，如获大赦。

当年写完硕士学位论文，胡诌了几句旧体诗当后记，被高老师眼明拿下，于是后记欠奉。如今杂写几笔，聊补遗憾吧。

我对于鲁迅的理解，因此自然是受高老师影响至深的。另一位对我影响至深的老师，是吴晓东老师。尤其是解读鲁迅小说的文章，写完之后，我常常觉得还在吴老师的视野里，未越雷池一步。我的观点当然和吴老师有所不同，但解读的路径和方法，基本上是一致的。此事令人欣喜，因为看上去一切都有轨有辙；亦令人惶惑，因为看上去一切都止步不前。但每当愁前路时，我总会想起吴老师的鼓励，想起高老师的批评，于是，我始终还在路上，不管有没有掉队。

  书中诸篇什，几乎都已见刊于《中国现代文学研究丛刊》《鲁迅研究月刊》《现代中文学刊》《文艺争鸣》《文学评论》等刊物，感谢当年不吝指教并给予珍贵的版面，也感谢此次同意我收入此书。

  对于此书的成稿和出版，吴老师操心最多，始终令我如沐春风。最后，我要感谢北京大学给予的出版支持，感谢三联书店相中书稿，感谢此书的编辑李佳。一直期待的合作，如今终于成为事实，令人欣慰。

    2021 年 7 月 25 日于上海台风"烟火"呼啸声中